视 点 文 丛

王学泰 著

往来成古今

中国青年出版社

目 录

代序：读也匆匆，写也匆匆

2009年几乎是被报刊媒体赶着走的一年。谈书，谈读书文章写了一二十篇，还把过去谈书的文字编为一集，交出版社出版，整整一年，没离开书。本来设想要在本年结稿的一本书也有泡汤的危险，年底了《中华读书报》编辑又来约稿，似乎是要给这一年的与书打交道的生活画个句号了。这一年尽管忙，也还在网上买了几次书，也抽空读了几本书，写写读书的感受还是有本钱的。

连续好几年了，通俗史学热度始终不衰，通俗史书的出版也很火暴。本来我国是个历史悠久的国家，人们喜欢读史、讲史是件顺理成章的好事。"文革"当中，割断历史，一提历史就是"帝王将相""才子佳人"，须用铁扫帚，把他们从舞台、出版物、一切历史遗迹，乃至人们的头脑中扫除得干干净净。邓小平曾说，中国历史那么长，可以编成历史剧，一年360天，一天演一本。"四人帮"批他反对"样板戏"，让帝王将相、才子佳人重新占领舞台。看了报上的大批判，我曾说："一年365天，邓小平主张演360天历史剧，不是还给样板戏留了5天吗？"于是，整我时，这也成了一条反动言论。

现在非历史的"历史剧"大有要搞365天的趋势。这不是说这类书出版过多，也不是说这类戏太多，关键是对历史往往采取了非历史的态

1

度,放肆恶搞。胡编乱造尚且不说,而且吹捧过度。正像张鸣所说的一些研究者研究什么爱什么。不是爱历史这个事业,而是爱研究对象。研究秦始皇的,就说他是千古一帝;研究雍正的,就说他是皇帝里的劳动模范。缺少客观的态度,丧失了史学精神,弄得年轻人也沉迷其中,竟然讨论我们到底生活在哪个时代好?年初读了一本历史随笔《中国好人》(作者刀尔登)其中有一段说得很有趣:

> 历史爱好者喜欢的一个题目,是"你最愿意生活在哪个时代"。对于这个问题的回答,取决于自己在想象中的身份。要是想当皇帝,清朝最适合你;要是做农民,哪个朝代都差不多。文人喜欢宋朝,士兵怀念晚唐或五代。如果想当宦官呢?这不太像个好志愿,不过,万一有人心怀这样的抱负,我建议他回到明朝。对女性来说呢?不知道。
>
> ——《放纵的权利》

这是很实际的。你是个平民百姓,在哪个时代也不会太舒服,特别是作者说的"不知道"的女性,更是人下人。从秦始皇以来,中国进入皇权专制社会,平民百姓是根本无权的,太平时代,有口饭吃,大约问题不大,生存权能够保障,但不能有独立自主的精神追求,如有必然碰壁;至于乱世,命贱如蝼蚁,连生存权也不要想了。《中国好人》中的文章短而精,有不少精彩的议论。作者比较客观看待历史,书中不乏真知灼见。

历史热仅限于古代,至于近几十年历史似乎在出版领域消失了。承朋友告知《七十年代》出版了,可以看看,此书记录许多30年前的事,这似乎是个特例。本来打算买一本,可是到院图书馆一看,原来已经上架,一大厚册。翻开一看,基本上是生于40年代末和50年代初知青的作品。这一代人,主要是两个记忆。一个是革命的记忆;一个是被抛弃的记忆。我比这代人大10岁,"七十年代"给我留下的只是被革命的记忆。比如在70年代初的"一打三反"中,战战兢兢,总算逃过一关;但没有过"无产阶级专政下继续革命"关,被请进了K字楼。《七十年代》中张郎郎的《宁静的地平线》中许多场景是我所熟悉的。我与张郎郎曾有两面之缘。还是 30 年前了，那时他在《美术研究》编辑部做编辑，骑着辆旧自行车四处组稿。在白石桥碰到他一次，聊得比较长的是在京剧院齐治翔家。听他讲遇罗克在半步桥 23 筒（就是文中所说的"死刑号""枪号"）的遭遇与表现，在座者无不感慨欷歔。我与遇罗克是高中同学，一起在校文学组共事两三年，很熟，所以张郎郎对罗克事迹叙述，更使我悲慨莫名；时过 30 年，这次读《宁静的地平线》仍然很震撼，这篇文章使我打破了 10 点半以前入睡的习惯，过了午夜，仍未成眠。

文中还提到了沈元，这也是我早就知道的。他是"学部"近代史所的研究人员。1957 年沈元还是北大历史系的学生，私自翻译了赫鲁晓夫的《秘密报告》，被划为右派，开除学籍，后来摘掉帽子，在家里和北图自学，写了篇历史论文《〈急就篇〉研究》，发表在《历史研究》上。《急就篇》是汉代识字课本，但从中所排列字词里可以考证汉代一些社会情况。这篇文章从选题到分析过程在 50 年代看来都有新意，受过郭沫若的表彰。困难时期，社会控制较松，近代史所所长黎澍很欣赏沈元，把他收进所里，而且提倡青年学者向他学习，认真读书，开拓思路。北大历史系有些人对近代史所任用"摘帽右派"沈元，而且《历史研究》接二连三地发表他的文章，有的文章还被《人民日报》转载，特别生气，告状到毛主席那里。"文革"一来，这是近代史所了不得的大事。"革命派"指出，这与毛主席的"向雷锋同志学习"唱反调。于是，不仅黎澍受批判，作为黑典型的沈元也没有好果子吃。沈元受不了，化装成黑人，跑到苏联大使馆要求避难，不料一个到苏联使馆办事的非洲外交官员把他送给使馆门外站岗的中国警察，这样，他也进了半步桥的 23 筒。通过张郎郎对他的描写，我第一次了解到沈元在监狱的情况，他是在发了神经病后被枪毙了。1974 年，我在琉璃厂海王村淘旧书，曾买过一本王栻的《严复传》，是本很薄的小册子。扉页上有沈元的印章和签字，我想这是沈元死后，其书流散到了琉璃厂，我买下了。书后有沈元题写的一行小字"作者没有学力评论严复"，从这句话可见这个年轻人的自负。"四人帮"倒台后，沈元平了反。2008 年沈元在美国的一位姐姐来北京，到近代史所问沈元事和想要他遗留在所里的东西，所里的老研究员刘志琴先生曾经写过关于沈元的文章，与沈元姐姐见面。刘先生与我是邻居，说及此事，我把那本小册子给了刘先生,请她转交给沈元的姐姐。今年5月浙江杭州西泠出版社出版了沈元遗著《〈汉书补注〉批注》,前面有台湾沈君山(前台湾清华大学校长)的序。这位风流倜傥曾一度穿梭于两岸之间的大名人,原来与沈元是表兄弟。郎郎的文章引起了我太多的联想。

匆匆忙忙的2009年就要过去了,仔细清点读书心得,还有两部奇书不能不谈,就是章东磐的《父亲的战场》和侯井天注解、集评的《聂绀弩旧体诗全编》。前者是关于中国远征军滇西抗战报告文学,这是作者根据多年实地调查研究写成的血泪文字;后者聂翁旧体诗评注本,聂诗是奇诗,已为熟悉旧体诗的人们所共知;侯井天更是奇人,以古稀之年,为弄懂聂诗,调查与聂翁相关人士有100余位,来往信件,不计其数,孜孜矻矻20年,以成此书。被读者誉为义士。这在商业大潮覆盖一切的时期,真是奇事。

这本集子是读历史的随笔和回忆往事的集合,历史是我们的经历,包括载之于史籍的各种事件,也包括我们的经历。编好此集,很自然地想起孟浩然的名句"人事有代谢,往来成古今",希望读者于其中有采撷焉。

《论语》在文化史中地位的演变

一、开头的话

倡导"读经"已经有好几年了,其实真正认真读读儒家经典著作的并不很多,佶屈聱牙的《尚书》,说着好玩,其实玄奥的《易经》,古人盛赞"微言大义",今人不知就里的《春秋》,烦琐细微的《仪礼》《周礼》……没有多少人硬着头皮去碰,闹得特别红火的也只是一些不懂事的小孩在读《三字经》,本来古文、文言在大陆已经冷落有半个世纪了*,能够点断文言的人已经很稀缺了,线装书只是作为"文物""古董",其价格在不断飙升,其使用率却在大幅度下降。我所在研究单位的线装书库很少有人光顾,当然这与近些年不断大量出版各种古籍标点本、校订本、笺注本、选本也有关。

不过最近"读经"热点有从"三、百、千"向《论语》发展的趋势,《论语》勉强可以算作"经"。这大约与于丹女士在央视的《百家讲坛》上大力弘扬有关,她是一位被誉为"《论语》功臣"的女教授。她以自己的语言魅力,让彷徨于多种苦闷中的民众发现了原来中国古代还有一本能够抚慰人们心灵的图书——《论语》。《论语》本来如"布帛菽粟"凡是读书人都不能不接触的,只是因为近年来人们疏于读书,它才变得陌生起来。

1

　　听说前两年出版了一本《男论语·女论语》名字颇怪的书,也没有怎么火!可能是炒作不够的缘故。其实传统的《论语》本身就是男《论语》,因为这本书就是留给(那时还没有"写给谁看"的意识)男人看的,书中很少涉及女性,只有四五处,除了"太姒"(周文王的妻子,武王之母)外,几乎都是负面的。中国历史上第一位知名并且留下对后人有影响的著作的才女是2000年前曹大家(音姑)班昭。她是历史学家班彪的女儿、开拓疆土名将班超的妹妹。她为妇女界写了《女诫》七条,后来又被唐代宋若莘、宋若昭姐妹发展为《女论语》,虽然是为女人写的,但立场却是男人的,是教给女人如何伺候男人的。这正像中国第一部历史教科书编纂者、鲁迅的上司夏曾佑对鲁迅说的"宋以前女人尚是奴隶,宋以后男子全为奴隶,而女人乃成物件矣"。《女论语》出现大约就是女人变成"物件"的标志吧。讲《论语》说到这些似乎有些杀风景,不过,意在告诉大家《论语》不是十全十美的,也就是说它还是有许多局限的,起码这本书中几乎没有讨论过人类中另一半。

　　现在,媒体就希望群众有关心的话头,一有话头,马上炒作,使红者更红,黑者更黑。本来多年不谈《论语》,突然于丹女士开讲,引起人们关注,媒体因风就势,三炒两炒,《论语》"发迹变泰"了,颇有点恢复旧观的模样。甚至我所居住的偏僻的小区里也在数处张贴了"劲松街道文明市民学校"编纂的《中国传统文化经典哲理名言》,其中出自《论语》的就占了一大半。《论语》受到如此的关注,"读其书,想见其为人",这是读书人共同心理。因此,人们关心《论语》的作者、编者、来历,以及流传2000多年的命运,也是极其自然的事。

二、去妖魔化,去神圣化,还原《论语》

　　李零先生把他注释和整理《论语》的书命名为《丧家狗》虽然不无耸人听闻之意,但他在书封面的眉端上写下"任何怀抱理想,在现实世界找不到精神家园的人,都是丧家狗",说明他的命名不是故意贬损孔子,而是力图还原《论语》和孔子的本来面貌。"孔子不是圣,只是人",对孔子不仅要"去妖魔化",也要"去神圣化"。对待《论语》同样应该如此。"妖魔化"孔子的时间不长,只集中在30年前的批林批孔运动和20多年前思想解放时反思运动这两个时段。前者把孔子等同于"现行反革命";后者则把现存的许多社会问题皆归咎于传统,特别是孔子。对孔子和《论语》的神圣化则有 2000 余年了,最近又有沉渣泛起的趋势。李零的书有些超然,用他的话说就是因为经过"文革",对"热闹"①,抱有警惕。

1. 从内容上看:《论语》是本纪念册

《论语》在过去是"十三经"之一,被视为是记载圣人行迹的经典。其实就《论语》的原始意义而言,它应该是本纪念册,是孔子去世后弟子(包括再传弟子)为追念恩师所编纂的恩师言行录。

孔子可以说是中国最早的伟大教师,他第一个把官学办到民间来。在他之前,教育基本上是被贵族垄断的官学,孔子则是"有教无类",只要你交得起一小束干肉条(束脩),就可以跟孔子读书。传说他有 3000弟子,72 贤人。许多弟子追随他数十年。那时的教学方式不是老师讲、学生听,满堂灌;而是师生相对,论道授业,有如朋友,孔子又是一位性情温和、博学多能、循循善诱、诲人不倦的老师,师生之间建立了非常深厚的感情。

孔子去世后,许多弟子不愿意承认这个事实。恰恰弟子有若外貌酷似孔子,"弟子相与公立为师",同学们请有若扮演孔子,来做他们的老师。这个现在看起来是很搞笑的事情,在先秦却被视为平常。因为周代以来,在祭祀死去的先人时,因为没有画像,"孝子之祭,不见亲之形象,心无所系,立尸而主意焉"。也就是说找一个与死者相似的人做"尸",祭祀时,"尸"做神主,向他祭拜。"尸"还常常是死者的孙子,也就是说儿子高高端坐在神位上,接受父亲的祭拜。后来,神主和画像流行后,用"尸"的习俗遂废。仅仅长相像孔子的有若毕竟缺少内在的力量,如果让他充当一时之"尸"还够格的话,长期"演"孔子则不行,弟子们把他赶下了老师的座位。从这个故事可见弟子对老师思慕之深。后来他们找到了追念老师的最好办法,就是编一本纪念册,把孔子与他们的谈话、对他们的教导记录下来,想念恩师时就可以看一看。弟子们的记录、回忆录编纂在一起,就有了《论语》这本书。

---

① "热闹"这个词用得好,许多的"热"都借助于"闹",不"闹"很难把热度提上去。现在科技水平提高、媒体发达,很便于"闹",许多"热"都是"闹"出来的。

我们读《论语》感受最深的恐怕是书中所流露出来的感情力量，虽然它不像《孟子》那样咄咄逼人，但书中的孔子如冬日之阳，其温煦的光芒烘得人暖洋洋的。为什么《论语》中的孔子是那么有人情味、那么亲切，好像在与每一个读者对话？即使记录批评孔子的话（如讥讽孔子"四体不勤，五谷不分"之类的话），我们仍然能够从中感受到孔子人格的力量，因为孔子不仅不反唇相讥，反而带有敬慕地说骂他的人是"隐者也"。这种记录方式，反映了记录人的感情，这种感情必然在左右读者。

由于"纪念册"中所记的多是孔子感人的一面，或说是"菩萨心肠"的一面，其为政时"霹雳手段"的一面则付诸"阙如"（如孔子为司寇时"诛少正卯"，齐鲁两国会盟诛"侏儒"等，以及主张"治乱世，用重典"之类）。因此，《论语》中的孔子不能说是全面的孔子，只是弟子们心目中的孔子，而且更多的是作为教师面目的孔子，而非政治家的孔子。

认为《论语》是纪念册不仅仅是我的推测，自古以来也这样看待。《汉书·艺文志》说：

> 《论语》者，孔子应答子弟时人及弟子相与言而接闻于夫子之语也。当时弟子各有所记。夫子既卒，门人相与辑而论纂，故谓《论语》。

从这段话可知《论语》内容包括：①孔子回答弟子之问。②孔子回答当时人（鲁国国君等）之问。③弟子们互相传的孔夫子语言。④弟子之间的语言。当时弟子们各有所记。《论语·卫灵公》中记载子张问孔子出远门时应该怎样做，孔子告诉他应该注意的事项。子张马上"书诸绅"，写在自己的衣带上，免得忘了，回家好照着做。这就是一例。孔子去世了，当时，孔子已经是被公认的哲人，是鲁国的大老，鲁哀公在他悼念孔子的"诔文"中都表现出过度的哀痛。孔子的弟子们的悲恸更可以想见，这种感情我们在读《论语》可以时时感受到。

当然，我们现在见到的《论语》不是孔子弟子最初编纂的原始本，孔子弟子众多，"纪念册"也不一定就是一种。后来经过多次筛选和编纂，现存本留下孔子再传弟子的痕迹，唐代柳宗元在《〈论语〉辩》中发现了这一点。他说《论语》中对孔子诸弟子皆称字，唯有说到曾参、有若称"曾子"、"有子"，有若扮演过孔子，属于例外，而对曾参的特别尊重，说明它的编纂者有可能是曾子的弟子。

我们从《论语》的字面上也可以看出这一点。"論"从"侖"，而"侖"上面的"亼"，读作"集"，意义相近，下面的"冊"，就是册。因此"侖"字就是将许多竹简集合在一起的意思。每个弟子都把自己的记忆写在若干竹简上，编为一册，把许多弟子的回忆，也就是许多"册"竹简编集在一起就是"仑"（侖），也即"论"。

汉代把这类有关孔子及其弟子言行记录的书都称《论语》。《汉书·艺文志》中著录《论语》流行本子和《孔子家语》《孔子三朝记》（孔子朝见鲁哀公）、《孔子徒人图法》（孔子弟子图像）之后说"凡《论语》十二家"云云。可见当时凡与孔子及其弟子言行生平有关，对孔子有纪念意义的都可称《论语》。

认识到《论语》是众弟子、再传弟子为怀念师尊而编纂的，就可以明白为什么孔子说的一些非常浅白的话也记了下来。如《乡党》篇中所说的："饭馊了，鱼肉臭了，就不再吃了"（食饐而餲，鱼馁而肉败，不食）；"食物颜色不对了，不吃"（色恶，不食）；"食物有味了，不吃"（臭恶，不食）；"饭没有煮熟，不吃"（失饪，不食）等。这些都是大白话，几乎是人所共知的，但记录者还是不厌其烦地记录着。《论语》还有一些自相矛盾的话，如一会儿说《诗三百》的特点是"思无邪"；一会儿又说"郑声淫""放郑声"。批评郑诗中有过度柔靡的声音，应该离它远点。"郑风"是《诗三百》的一部分，它到底是"思无邪"还是"淫"？可能是孔子在不同时候针对不同问题说的，弟子各记各的，各有道理。孔子还说过单独看来不太高明的话。如说"不要与不如自己的人交朋友"（勿友不如己者），如果人人如此，世界上就没有朋友了。孔子谈此问题时，必有针对性，没记录具体环境，这成了一句傻话。从《论语》这些瑕疵也可见这些记录不是出于一人之手，也不是为记录而记录，其中必有感情的寄托。

因为许多人都在记，而且人已去，音容不再，记录保留越多越好。因此这种记录就会显得芜杂，一些没必要也留了下来；见闻异词的，两方的记录都保存了下来。这些流传到后世，给后人以"哥德巴赫猜想"机会,绞尽脑汁为孔子打圆场。后学们不知道弟子各个拿出自己的记录,更多是要从中重温老师和自己相处日子的温馨,并非要造神、造圣(这一点我不太同意李零的意见),因此不必尽选"高大全"的语录,而有什么就保留什么。另外,那时由于记载工具的限制,不可能动辄千百言,可以把话语的环境背景说得一清二楚,只要把老师所言记下来,弟子们就能想象当时的情景,就可以回到当时的氛围。对后世的读者来说,由于背景模糊,读《论语》则不免像盲人摸象一样地胡猜。现代读《论语》更多的是要体验,注释者责任在于尽量详尽地提供当时的背景资料,而不是依靠荒诞的、不能反映当时情势的想象,用于补经文的不足。

2. 从装帧形式上看:《论语》是袖珍本

现在一提到"经"给人们以庄严肃穆的感觉,实际上,"经"在纺织上只是条条竖线,横线叫"纬"。没有"经","纬"无所依托,因此,汉代被命名为"经"的应是朝廷最重视的文献。今文学家①认为只有孔子亲手所订之书才能称做"经"②。而古文学派的章太炎先生则认为《诗》《书》《礼》《乐》皆周代官书,《春秋》史官所掌,《易》则太卜所藏也属于官书,而"官书用二尺四寸之简书之",所以称做"经"③。

经过秦末的战火,政府所藏之书无几。汉惠帝时朝廷正式废除秦始皇三十四年实行的"挟书之律"(禁止民间藏书),民间违法私自收藏的书籍才逐渐显露于世。最初出现的还是儒家传播的《尚书》《诗三百》《周易》等。从汉文帝开始首先把"诗"(诗经)立为官学,主管的学者称为"博士"。《困学纪闻》说"后汉翟酺曰'文帝始置一经博士'"④后来不断有儒家经典被立为官学,如《尚书》《周易》《春秋》《礼》等,这些加上《诗》,遂有"五经博士"之说⑤。因为这些儒家传统教育用书,仿照周代被立为官学,其书便被称为"经"了。

汉代凡是重要的文献、官书用二尺四寸的竹简书写,那时大多文献

---

① 关于经学的今古文问题后面再讲。
② 见皮锡瑞《经学历史》,中华书局,1959。
③ 见章太炎《国学讲义》,海潮出版社,2007。
④ 转引自《经学历史》。
⑤ 时在汉武帝建元五年(前136)。

是写在木简和竹简上，高级一点的写在绢帛上。章太炎先生在《国故论衡》①中引汉代经师郑玄《论语序》云：

> 《春秋》二尺四寸，《孝经》一尺二寸，《论语》八寸。此则专之简策，当复短于《论语》，所谓六寸者也。

这里所说是指汉代儒家经典书写在竹简上的长短尺寸。《春秋》属于"经"，简长二尺四寸（汉尺，合48厘米）。《孝经》为汉人所著，低了一等，短了一半。文中所说的"专"即"传"，"传"是指解经文字（如《春秋》的注释文字的《左氏传》《公羊传》《谷梁传》都称"传"）用六寸的简来书写，比《孝经》又短了一半。而《论语》则用八寸的简书写。章太炎还说：

> 古官书皆长二尺四寸，故云二尺四寸之律。举成数言，则曰"三尺法"。经亦官书，故长如之。

也就是说，凡是官家所发布的书籍都写在二尺四寸的竹简上，"经"并没有什么特殊之处。就连马王堆汉墓所出土的简策，其规格也是48厘米（二尺四寸）和24厘米两种。即使是书写在绢帛上也分为48厘米和24厘米两种，用整幅或半幅的帛，横放直写。可见，当时书籍虽非印刷出版，但即使抄写也要遵从社会上共同遵守的格式。因此，简单地说"经""传"等最明显的分别还是个"开本"大小问题。这种规范只是到了汉代才严格起来。最近清华大学获赠的先秦楚简，据报道说其内容多为《尚书》《竹书纪年》之类，其长度由46厘米到10厘米，对官书的尺寸规定还没有汉代那样严格呢。

与社会流行的长达二尺四寸的大书比较起来，正像李零所说的《论语》只是个"袖珍本"的小书（河北定州八角廊村西汉刘脩墓出土的《论语》竹简更短，仅有16.2厘米，合汉尺七寸），按照皮锡瑞说法是"《论语》记孔子言而非孔子所作，出于弟子撰订，故亦名之为传"。这是今文学派

---

① 见《章氏丛书》，上海古书流通处，1924。

学者的意见。但东汉的王充在《论衡·正说》①中言：

> 说《论》者，皆知说文解语而已，不知《论语》本几何篇；但周以八寸为尺，不知《论语》所独一尺之意。夫《论语》者，弟子共记孔子之言行，敕记之时甚多，数十百篇，以八寸为尺，记之约省，怀持之便也。以其遗非经，传文记识恐忘，故但以八寸尺，不二尺四寸也。

从这段文字可知，《论语》在最初写作编纂时就已经是"八寸"本了。当初孔子的弟子共同记录的孔子的言行，他们受教时间长，需要记录的文字多，有几十几百篇，以八寸为一尺（周尺为汉尺八寸）的竹简记录，是为了记录简便，怀藏携带方便。《论语》不是作为经书留存下来，而是怕忘记而作为传文记录下来的，所以只用八寸为一尺的竹简来记录，而不用写经书用的二尺四寸长的竹简。汉朝兴起时《论语》失传了，汉武帝时拆毁孔子旧宅，武帝派人取视孔子壁中的古文，得到古文《论语》。

当时这类记录孔子言行的小书当有多种流行，"郭店楚简"中就发现了许多接近汉尺八寸的短简，被编成《语丛》四种。第一至第三，皆属于儒家思想体系，包括不少孔子或其传人的语录。它们与《论语》不仅在形式上相似，语句上也有相近之处。

为什么这里强调《论语》是袖珍本？作为官方发表的文书和"经"长达48厘米，与现代个人用书桌的宽度差不多了。南北朝以前没有桌子，看书或放在案子上，或拿在手上，长达半米的书只能放在案子上须要正襟危坐（当时的"坐"接近现代的跪，只是臀部坐在蜷曲的小腿上）地看，读书很累。而"袖珍本"则不同了，河北定州出土的《论语》仅16.2厘米，比现在的小32开的书还短一些，拿在手中或坐或卧，甚至箕踞（伸直两腿成八字坐着）都可以看，也可"隐几而坐"（靠着木几）舒舒服服地看。虽然其庄重性大大降低了，但用我们现代的话说它更"人性化"了，与读者更接近了。

---

① 《诸子集成》本，上海书店，1986。

3. 从作用上看:《论语》是小学教科书,但又可终身涵咏

①儿童读本

楚简研究者认为《语丛》是语录的形式教科书,是"东宫之师"(郭店一号楚墓的墓主,楚宫太子的老师)对学生讲课的话题集,言简意赅,都是三言两语述说一个问题。李零认为早期的《论语》与《语丛》是一类书籍。如果说《论语》比《语丛》更富于感情或说文学色彩,就是上面所说的与它的成书过程有关。

汉代最初级的读物是《仓颉篇》《急就篇》等,《仓颉篇》是秦代李斯所作,现已逸,这些都是识字课本,《急就篇》是汉元帝时史游的作品,比较晚出,34章2000余字,生字密度很大。其内容也较为丰富,涉及当时社会生活的诸多方面,整齐押韵,方便实用,在汉代更流行一些。读这些书目的比较单纯,就是识字。《论语》就不同了,它是可以读一辈子的书。因为其一,《论语》文字基本上是当时口语,对初学者,文字较为平易,很好懂;其二,《论语》虽然也有一些超越性的道理,但多是常理常情,儿童也易于理解,那些较深入的可以在以后的岁月中慢慢体会;其三,《论语》的文字有文学意味,多有故事,又富感情,老幼咸宜。它可以作为小学的德育课本和学习经学的入门书,老了仍可以涵咏。

顾颉刚先生说:"我们读《论语》便可知道,它的修养的意味极重,政治的意味很少。"(《春秋时代的孔子和汉代的孔子》)因为涉及政治就不免有阴谋阳谋、攻占杀伐,不利于儿童健康心理的形成和发展。《论语》中不仅充满怀念的温馨,就是在传播儒家思想观念(如礼乐、仁孝、忠恕等)时文字也温厚质朴,很能传达人性之美,这正适合儿童阅读学习。

从实际上看,《论语》确实也是儿童教科书。东汉人崔寔(与班固齐名)写的《四民月令》,讲到人们生活安排时说在十一月的时候,"砚水冻,命幼童读《孝经》《论语》篇章,入小学"。言当时农村之中冬闲,小学生上学读书,《孝经》和《论语》是小学生的入门书。不仅汉代如此,古代社会一直沿用。唐初李恕的《戒子拾遗》中就说"男子六岁,教之放名(辨别东西);七岁读《论语》《孝经》,八岁诵《尔雅》《离骚》,十岁出就师傅"。

宋代朱熹把《论语》定为"四书"之一,此后就成为儿童学习的必读课本了。明清时儿童入学先是三本小书"三、百、千"(《三字经》《百家姓》

《千字文》），然后是《神童诗》《幼学琼林》《龙文鞭影》《千家诗》一类通俗读物。如果上学正规，儿童聪明，这些不用两年就能读完，跟着就读"四书"，从《大学》《中庸》开始，接着就是《论语》，学童一般还没有到10岁，此时儿童读《论语》已经不像汉代容易了。因为时间过去了1000多年，口语有很大变化，汉代尚不觉古奥的文字，宋代以后则是日渐艰深了。于是便有"郁郁乎文哉"念成"都都平丈我"的笑话产生。

　　　　都都平丈我，学生满堂坐；郁郁乎文哉，学生都不来。

看来劣币驱逐良币，自古而然。唐代诗人杜甫嘲笑夔州人好经商，没有读书的习惯，有诗云："小儿学问止《论语》，大儿结束学商旅。"把只读到《论语》看做没有学问，现今把读《论语》看做有学问，也是学术变迁，世风推移的反映。实际上近世学童读"三、百、千"和《幼学琼林》之类尚不觉难，到《论语》就不行了。我就听上代读过私塾的老人说过："上论下论难死人。"（《论语》分上、下卷）

②终身涵咏之书

　　然而，《论语》又不是单纯的儿童读物，它只是文字比较浅显，又有些小故事，与一些枯燥的经书比较起来适于儿童阅读，实际上，书中多记孔子言行，多是孔子一生读书向学和阅历人生的体验，怎么能是小孩子能轻易弄懂的呢？读《论语》不仅需要学历，更需要阅历。

　　德国大哲学家黑格尔在《哲学史演讲录》中批评《论语》时说，这本书中只有一些"常识道德，这种常识道德我们在哪里都找得到，在哪一个民族里都找得到，可能还要更好些，这是毫无出色之点的东西"。其实他不知道（也不可能知道，当时儒家经典没有介绍到欧洲多少，他对中国的了解多是通过传道士翻译的少量的传统典籍）《论语》不是简单的格言、箴言的堆积，其中许多简单话语都是有深刻文化背景的，这是需要通读"五经"才能理解的。这些经典中所记载的历史、制度、习俗，以及各类人士的思想、情感、呼声都是孔子用于教给学生的，这些必然对孔子有深刻影响。孟子说：

　　　　孔子之谓集大成。集大成者,金声而玉振之也。金声也者,

　　始条理也;玉振之也者,终条理也。

　　所谓"金声玉振"是指乐曲终结时的高潮,万籁齐鸣。这是赞美孔子是既往知识的总结者,他汲取了此前各种知识,作为自己言说的文化背景。当然这些绝不是小孩子能懂的,也绝不是只根据《论语》本身谈论《论语》的外国人所能理解的。

　　这里再举一例,以见孔子对既往思想的弃取。孔子是殷人,是所谓"亡国之余",其祖先生活在殷人建立的宋国。孔子的六世祖先孔父嘉,是宋国的一位大夫,做过大司马,在宫廷政变中被杀,其子木金父为避灭顶之灾逃到鲁国的陬邑,从此孔氏在陬邑定居下来,变成了鲁国人。孔子的父亲叫叔梁纥(叔梁为字,纥为名)是当时鲁国有名的武士。鲁国国君是周公之后,周公是"周礼"的编订者,是周初集大成学者。"周礼"是兼制度、习俗、文化多方面而言的。孔子时刻没有忘记自己是殷人,直到死之前,还做了一个梦,梦见自己坐在两根柱子之间,他对来探望自己的子贡说:"我是殷人,殷人死了就停灵于两楹之间,我快死了吧!"过了7天,老先生就走了①。可是在文化和制度的选择上,他却全盘接受了周族——这个征服者民族的文化。为什么会这样?我看主要是因为周文化中的人文价值观,周民族对人的生命价值的肯定征服了孔子。殷人重鬼神,漠视生命,动辄以数十数百人殉葬,而周人不赞成殉葬。孔子倡导的"仁学"最重要的就是同类意识的认定,把自己当人,同样也把别人当人。任何人都有存在的权利。这种意识在当时是破天荒的,连鼓吹"交相利,兼相爱"的墨子家都不把盗贼视为人,认为杀盗不是杀人。孔子反对一切殉葬,有的子女担心父母在另一个世界里没有人伺候,用人不行,遂有人发明改用俑人随葬,以安孝子之心。《孟子·梁惠王上》记载孔子的话:"仲尼曰:'始作俑者,其无后乎!'为其像人而用之也。"意思是:第一个发明用陶俑替代活人殉葬成为风俗者,他大概不会有后代吧。连用像人的俑,孔子都反对,因为殉"俑人"以其"像人"也是在侵犯着人的尊

――――――――――

　　① 《礼记·檀弓》。

严。可见孔子在文化和制度上选择有高度的自觉性,是把价值摆在第一位的。

4.《论语》的定名与定本

《论语》这个名称始见于《礼记·坊记》。其中有"《论语》曰:'三年无改于父之道可谓孝矣。'"《坊记》古人认为是子思(孔子之孙孔伋)作品,后人对此表示怀疑,大多认为《礼记》中的文字多数是汉儒的解经之作。可是郭店楚简中所出现的《太常》一篇,其中有的文字明显截取于《坊记》,而楚墓是战国中期偏晚,竹简文字的作者当然应该更早一些,与子思(孔伋)所在时代大体相合。《坊记》创作时期的认定,从而可知《论语》之名在战国时代就有了。不过直到汉代《论语》也常被学者简称为《传》或《记》(汉儒把解释或注释经典的文字称做"传"或"记"),目的是把它们与"经"区别开来。如《史记·封禅书》中有"《传》曰:'三年不为礼,礼必废;三年不为乐,乐必坏。'"这段文字见《论语·阳货》。可知"传"即《论语》。

汉惠帝时废除"挟书之律"后,先秦儒家残存经典陆续面世。《论语》先有由齐人传出的《论语》二十二章(比现存《论语》多出《问王》和《知道》二篇)和鲁人传出的《论语》二十章(与今存《论语》相同),简称为《齐论》《鲁论》,齐、鲁二书是用当时流行文字隶书写成,称"今文本"。有人认为《齐论》《鲁论》出在汉宣帝时期,比《古论》晚了70年。还认为司马迁所引《论语》文字皆出自《古论》(出于孔壁的古文本)[①]。其实汉文帝时期韩婴所作《韩诗外传》引《论语》三条,除一条与今传《论语》有异外,有两条全同[②]。是知在汉文帝时期已经有了今文本的《论语》,不管它是《齐论》还是《鲁论》,或是其他的传本,如"河间本"之类。

上面说的"古论"是指用先秦篆文书写的《论语》文本。汉景帝末年发生了经学史上的一件大事,即孔壁古文经典的出现。当时被封在鲁的诸侯王刘余(死后谥号鲁恭王),喜建宫殿,其宫与孔子旧宅相邻,当他扩大自己的宫殿、拆到孔子宅壁时,发现了许多写着古文字的竹简,经整理,知道这些都是孔家代代相传的儒家经典。包括《尚书》《礼记》《孝

---

① 见郭沂《郭店楚简与先秦学术思想》。

② 《韩诗外传》引《论语·子路》中的"必也正名乎"和"君子于其言,无所苟而已矣"。

经》《论语》等数十篇。其中的《论语》二十一章(与现今《论语》相比有两个《子张》篇),称为古文《论语》,简称《古论》。汉代《论语》原本就是"齐""鲁""古"这三个本子。东汉王充在《论衡·正说》中言:

> 汉兴失亡,至武帝发取孔子壁中古文,得二十一篇,齐、鲁二,河间九篇——三十篇。至昭帝女读二十一篇,宣帝下太常博士。时尚称书难晓,名之曰传,后更隶写以传诵。初,孔子孙孔安国以教鲁人扶卿,官至荆州刺史,始曰《论语》。今时称《论语》二十篇,又失齐、鲁、河间九篇。本三十篇,分布亡失,或二十一篇,目或多或少,文赞或是或误,

这也可备一说,但引文中的汉武帝时拆毁孔子旧宅,应为景帝时。景帝派人取视孔子壁中的古文,得到古文《论语》二十一篇,加上齐、鲁、河间的九篇,正好三十篇。汉昭帝时读到的古文《论语》还二十一篇,到汉宣帝时把古文《论语》交给太常博士。有人说它的文字难懂,遂改用隶书抄写以便于传授和诵读。王充说"鲁人扶卿""始曰《论语》"也是错的。但其中说的,"古论"出世仅二十一篇,加上世上原有"齐、鲁、河间"九篇,合为三十篇。这些话值得重视,也可见齐、鲁、河间等地所传《论语》是在孔壁出书之前的。不过西汉中叶以后,流行于世的也只是"二十一篇本"了。

西汉末年汉成帝时安昌侯张禹位高权重,即使退休了,皇帝遇到重大事件都要咨询他。他又是位经师,汉成帝是太子时,张禹给他讲过《论语》。张本学《鲁论》,后调和"齐""鲁",以《鲁论》为底本,择善而从,合为一编,名为《张侯论》。张的地位名望都促成《张侯论》的广泛流传。当时就有"欲为论,念张文"谣谚。东汉末年朝廷所刊的《熹平石经》①就用的是《张侯论》,这是《论语》第一个由官方推出的定本。所谓历经战乱劫火,所存无多。清代翁方纲集各家所藏拓本,中有《论语》中《为政》《微

---

① 《熹平石经》是指东汉熹平四年(175)至光和六年(183)朝廷为了校订儒家经典在首都洛阳太学门前,竖立刊刻"七经"——包括《周易》《尚书》《鲁诗》《仪礼》《春秋》《公羊传》《论语》文字的石碑,共四十八石。它们被朝廷定为供抄校之标准范本。

子》《尧曰》等篇残字,不过数百字而已。

《论语》之名大约在东汉逐渐固定了下来。汉章帝建初四年(79)朝廷召集诸儒于洛阳白虎观讲论"五经"异同。汉章帝亲临裁决,命班固整理会议记录,称《白虎通义》,其中大量引用《论语》中语共 58 处,都称《论语》。《论语》的名字基本上固定了下来。东汉应劭的私人著作《风俗通义》也热衷引《论语》,多达 22 条。

三、《论语》地位的涨落

1. 今文学派统治下的《论语》

①汉代儒学变迁

原始儒学有些迂阔,因此孔子栖栖一生,不为世所用,与其缺少实践性品格有关。战国末,七雄纷争,越演越烈,各个学派要想有出路、为世所用都要加强自己的实践性,以供统治者采撷。儒学也分离成为对立的两大派,孟子一派,荀子一派,两相比较应该说荀子更注重现实政治因素,后来荀子的弟子、继承者韩非把儒家中的荀学发展成为法家,并成为秦朝的国家意识形态。

汉代的儒生为了加强其学术的实践性品格走的是与注重鬼神的楚文化(秦朝基本上是被楚人灭掉,汉朝制度承秦,文化承楚)及好奇幻的齐文化结合的道路,并演化为妖气十足的今文学派。董仲舒是其代表。董倡导天人感应之说,把不谈怪力乱神的孔子,打扮为通天教主,把儒学神学化。今文学派争着运用儒学,把"《诗三百》作谏书""以《春秋》决狱"。董仲舒之后更是编造"谶言""纬书","谶言"是一些神秘主义的预言,"纬书"相应经书而来,看来似乎是辅助补充经书的,其实不然,其中也多荒诞不经之语。"五经"皆有相应的"纬书",连平实通俗的《论语》也不例外。《论语纬》中就把孔子说成"素王受命",颜渊是"素王"的"司徒",子贡是"司空"。把儒学弄得乌烟瘴气,把儒家经典搞得鬼话连篇(大量的"谶纬"话语进入儒家经典的注本)。这种"实践"和"应用"在东汉末彻底破产,从此一蹶不振(鸦片战争后有个回光返照)。今文学派注释的经典大多散逸失传。

②今、古文学派

这里稍说一下经学史中一个重要的掌故,即今古文之争。自秦朝统一文字后,秦汉流行的文字是隶书。汉朝初年鼓励民间献出私藏的书籍,以充实朝廷府库,提升朝野文化。那时没有纸张、没有印刷术,书都写在或刻在竹简或木简上。本来书就难得,再经过秦朝的焚书坑儒和秦末的战火,民间的书籍不说绝迹也百不存一。但幸而秦朝统一中国很短,只十二三年(前221—前207),不重视文化的开国皇帝刘邦在位也不过十一二年(前206—前195),一直到汉惠帝废除"挟书之律"不过30来年。书传下来虽然少,但战国时受到过良好教育的人们还没有死绝,那时人们学习大多都要通过背诵书中的文字来掌握书的宗旨。这些没有死光的知识人就是通过记忆来复活儒家经典的。此时他们复述下经文(包括正文和注释)一定都用通行的文字——隶书来记录,这些用隶书写出儒家经典叫今文本。不是所有的先秦儒家经典都被这些遗留下的知识人靠记忆复活了,记忆是有所选择的。那些好记的书才容易被复活。

什么书好记呢? 第一,有韵或者有对仗的文学文字。能够荣膺此评价的当然是"诗三百"。儒家"六经"中"诗"是第一个被复活的。汉文帝期间它是第一个被立为官学,并且有了主管博士的。而且传播"诗三百"的家数很多,进入官学的就有"齐""鲁""韩"三家之多。三家的传人是:齐,辕固生;鲁,申培公;韩,韩婴。三家不仅对诗的解释有差异,而且"诗"的文本也有不同。皮锡瑞说:

> 汉人最重师法,师之所传,弟子所受,一字毋敢出入,背师说即不用。师法之严如此。①

为什么汉代特别注重师法传授? 因为学生没有书,书在老师的头脑里,老师背一句学生接受一句,老师文本无从校正,只有全面接受和严格传承。老师与学生之间仿佛是一条单行的知识链,如果你失去了师法,等

---

① 《经学历史》。

于断了这条知识链。这样不仅伤了老师的心，学生自己也变得什么也不是了。

第二，文字比较短，排列有一定规律而又比较有趣的文字。《周易》在这方面是个很好的例子。《周易》的文字不长，一共64卦，每卦六爻，每爻都有一小段形象、神秘而又有趣的文字解说。而且当时人相信卜卦，虽然对书有禁，但民间卜筮之事日日都在发生，因此它也很快被复原了。《易经》立施雠、孟喜、梁丘贺、京房四家，也都是今文。它们也各有博士主管其事。

至于难记的就是好记的反面，那些散文的、冗长的、无趣的、琐屑的文字都难记，所以复活较晚，或者只是片段地复活。例如《尚书》传有百篇，它是散文，文字佶屈聱牙，很难记。到汉文帝时，民间已经没有能记忆得了的人，只有位济南伏生原是秦朝博士，家里私藏了一部《尚书》。想招他入京，伏生已经90多岁，只好派朝臣晁错到济南留学。但他的私藏的《尚书》损失了一部分，只剩二十九篇了。自然，这些残篇断简也都是用隶书书写的。

汉初社会上流行又被官府认可的儒家经典，绝大部分都是隶书（今文）书写的，后世就称传播这些经典的经师为今文学派。由此可见，汉初最早流行、登上官学宝座都是今文学派。这个学派是在国家羽翼下成长壮大的。

上面说到景帝时鲁王从孔壁得到一部分孔子后人私藏儒家经典，这些经典藏自战国时期，其书写用的文字自然是"古文"（当时也称为"蝌蚪文"），前面说的这些书包括《尚书》《礼记》《孝经》《论语》等。另外，民间也有古文传本流行，这些大多是文字太多、很难靠记忆保存的书籍，如《春秋左氏传》。它是汉初就出现了，由张苍传给汉文帝时的才子贾谊。《左传》自然也是用古文书写的。学习用古文写就的儒家经典的，就称做古文学派，由此可知，今古文学派分别最初只是文字的差别。

古文经典显露于世后，便遭到已经高居学官位置的今文学派的激烈反对。汉哀帝时宗室刘歆提出应该为以古文写就的《左氏春秋》《毛诗》《逸礼》《古文尚书》设立学官，汉哀帝下诏令刘歆与五经博士讨论，这些博士坚决抵制，使之不得立，而且根本不与刘歆讨论。刘歆写了一封信责备负责此事的太常博士。这是第一次今古文之争。

今文学多是由口耳相传再写诸文字的，而且用刘歆的话说连《诗经》这类相对好记的经典，也是"一人不能独尽其经，或为'雅'，或为'颂'相合而成"①，是诸人拼凑成的；而古文学派的典籍有实实在在的书本在，这对靠记忆复活的经典是个挑战，使得今文学者感到威胁。因此，这些博士宁肯"信口说而背传记，是末师而非往古"，宁肯相信靠记忆背下来的书，而不相信古代传下来的典籍。当然，这种论争的实质还是利益、饭碗的问题。古文的儒家经典如果占了上风，今文学官的位置难免受到动摇；另外，古文经典有自古传下来的书籍在也降低了学生对老师的依附。为了应付古文学派的挑战，于是今文学者更竭力向"谶纬"一路发展，并用夹杂了许多奇谈怪论伪造经典参与当时的政治斗争。所谓"以春秋断狱""以三百篇当谏书"等就是当时所谓的"经世致用"。后世有的学者说今文学派倾向政治，说他们是"政治家"就是根据这些表现立论的。与今文相反，古文学派注重经典本身的研究、注重文字和内容背景的解读，他们不把孔子看做创造经典的人，而是把孔子看成以"删述"既有典籍以垂教后世的大师，后来的"六经皆史"说即源于此②。

今文学派成功地阻挡了古文学派进入官学，汉武帝独尊儒术，罢黜百家，所立五经博士，皆属今文。直至汉代中叶以后今文学派成功打入官学的十四家博士仍无古文学派的地位。直到西汉末年，《左氏春秋》《毛诗》《逸礼》《古文尚书》才立学官，以"网罗逸失，兼而存之"。③

③今、古文之争中的《论语》

儒家在今文学中扮演主角的经典是《春秋》《书经》《诗经》等，《论语》虽然也有谶纬的干扰，如出现了《论语谶考》《论语摘辅象》《论语摘衰圣》《论语素王受命谶》《论语崇爵谶》《论语纠滑谶》《论语阴嬉谶》《论语谶》《论语比考》等荒诞不经的著作，但都未能传世，因为《论语》毕竟是平实的著作，可供穿凿处极少。非要穿凿加入一些人们难以接受的胡

---

① 见《文选·刘子骏移书让太常博士》。

② 周予同先生把今、古文学派之别罗列了13条之多，也多是清人演绎，与原始的今古文学派之争关系不大。见《经今古文学》，中华书局，1955。

③ 见《汉书·儒林传》。

言乱语也不会受到关注。何况汉代的《论语》或做儿童学习的初级课本，或做闲书来读，与政治相关处少，因此今文学派的荒诞的学风在《论语》领域掀不起太大风浪。

统治者所重视的学科都设立了博士，前面已经说到。朝廷为了表示对不同传承的尊重，《诗》《书》《易》《礼》《春秋》等不同传本往往各立博士。西汉末，已经立有十四博士。《诗经》三家；《书经》分欧阳生、夏侯胜、夏侯建三家；《礼》分戴德、戴圣二家；《春秋》分严彭祖、颜安乐二家。两汉始终没有给《论语》立博士。可见《论语》在官方学术体系中是地位不高的。

东汉末，贯通今、古文学的经学大师郑玄依据《张侯论》，参考《齐论》《古论》著有《论语注》。但此书五代以后失传，从此三家差别也泯灭了。20世纪初从敦煌、吐鲁番文书中发现过几件唐写本"郑注"残卷，1969年在吐鲁番阿斯塔那363号墓中发现了唐中宗景龙四年(710)卜天寿抄写的《郑注论语》长卷，1991年文物出版社出版了王素整理的《唐写本论语郑氏注》，使我们对郑玄校注的《论语》有一个大概的了解。

1973年河北发掘定州八角廊村西汉中山怀王刘脩墓时，出土的竹简中有《论语》，经整理，录成的释文7576字，不及《论语》的二分之一。属于《鲁论》系统的。它与传本《论语》也有一些不同，可以用作校订。例如，我们常引用的"攻乎异端，斯害也已"，解释分歧很大；可是"定州本"作"功乎异端，斯害也已"。如果"攻"作"功"，那么，如何理解这两句歧义就会少了很多。

2. 谈论、清议、清谈风中的《论语》

①学风和社会风气变化

东汉末年以后，随着社会动乱，统治力量薄弱，个体意识逐渐觉醒，儒学的统治地位受到了挑战，有些人公开打出"非尧舜而薄周孔"的旗号。而且，汉代的带有妖气的今文经学越来越荒诞，越来越被人们厌恶，古文学派只从重视名物章句的角度也很难救其弊，于是学术变迁也就不可避免了。学术也开始转型，说明白点就是由经术到玄学的转变。正如前辈学者汤用彤所说：

汉人所习曰章句,魏晋所尚者曰"通"①。

魏晋士人不拘于经典文字注释与典章制度疏证,着重打通经义,而且往往是用玄学理论去解读儒家经典,借此"大畅玄风"。然而"清谈"的风气不是一天形成的,也不是在正经八百传承经学之后就是清谈玄学,其间还有个士人热衷"谈论"的时期。

自东汉中叶以来,文人学士之间有股风气,叫"谈论"。过去学者只重视了"清谈",而忽略其源头——"谈论"。能"谈论"、善于"谈论"是当时名士的特点之一。搜检史籍,能够找出许多例子。例如大名士郭泰,《后汉书》记载说他"善谈论,美音制"。不仅口若悬河,而且音色很美,铿锵动人。又如曹操的重要谋士荀彧的叔伯兄弟史学家荀悦也以"善谈论"闻名于世。他常常与荀彧、孔融等名士做彻夜谈。陈留的名士边让常常与谢甄"谈论,俱有盛名"。后来边让就因为好品评人物,言论侵犯了曹操而被杀和灭族。三国时蜀汉的马谡也是聊天的好手。刘备曾警告过诸葛亮,说马谡"言过其实,终无大用",说马谡只会聊天,不会干事。而诸葛亮却另有想法"亮犹谓不然,以谡为参军,每引谈论,自昼达旦"②。诸葛亮与马谡谈起来很投机,最终委以大任,错误使用了马谡才有了"失街亭""斩马谡"等节目。本来儒家推崇的是不善于说话的人,孔子说"刚毅木讷近仁",表情刚毅,说起话来嗫嗫嚅嚅,在孔子看来就接近"仁"了,而夸夸其谈者则不免近于佞幸便僻,因此即使孔子本人也很会说话,但他倡导要"慎言语",所谓百言百当,不如一默。当然,这种风气到了战国时就有一变,各国君主争相聘用士人,士人也争相游说各国,不用说专凭口舌胜人的纵横家,就是有理想、有追求的诸子百家的领袖人物,如孟子、荀子、墨子、庄子哪个不能言善辩?进入汉朝以后,先是以黄老治国,萧规曹随;后是外儒内法,统治者都是喜欢用那些"敏于事而慎于言"的,至少也要像万石君石奋那样惟恭惟谨,不多说不少道的,社会风气随之收敛。但到了汉末这种观念变了。

---

① 《魏晋玄学论稿·言意之辨》,中华书局,1962。
② 见《三国志·蜀志》。

这些士人为什么热衷"谈论"？他们在谈些什么？谈论从社会角度说是由于社会黑暗、外戚宦官操纵大政,黑白颠倒,社会失序。那时有首著名的民谣就反映名实相乖的情景:

> 举秀才,不知书;察孝廉,父别居。寒素清白浊如泥,高第良将怯如鸡。

统治阶层内的精英名实不符引起了广大民众的愤怒,就是一些中下层士人也极度不满。如果从社会思潮角度来看,则是人们普遍反感今文学派的妖气和烦琐。例如解释《书经·尧典》篇目的两个字,经师秦延君能用至十余万言,解说《尧典》开篇"曰若稽古"四个字用,用三万言。真是像《文心雕龙·论说》所说,这导致"通人恶烦,羞学章句"。于是循名责实、明白简约越来越成为人们的追求,社会也需要有一种实事求是、与朝廷主流认识有别的舆论。这种舆论不仅能够反映社会真相,而且能与民众看法大体相合。正是在这种情况下,"谈论"日渐成了气候,成了有一定影响力的民间舆论,而且这种舆论使权贵有所忌惮,对他们的胡作非为也有些监督和制约作用。

事情过去了一千八九百年了,我们很难想象在没有广播、没有报纸甚至纸张都没有普遍使用的时代,人们如何实现"舆论监督"。然而我们从历史记载可以看到,这些身处中下层的士人,他们就靠一张嘴和对国事热忱谈论国家大事和臧否现实中的人物,介入了政治,并创造了流行2000年的概念——清议。"清议"这个词现在说起来还有点让人尊敬,因为它是不掺杂个人私利的、在野的士人对国事的议论。

"善谈论"的郭泰等人在太学时,内有三两万太学生的拥护,外有李膺、陈蕃、王畅等高官名流的支持,他们的"危言深论,不隐豪强。自公卿以下,莫不畏其贬议,屣履到门"(《后汉书》卷67)。很奇怪,连高官都害怕这种舆论,不得不亲自上门,请求他们网开一面,口下留情。

这种清议在有些地方(例如汝南)还成为"制度化"的"月旦评"。这是汝南许劭与其堂兄许靖共同发明主持的,评论当时在朝或在野的士大夫为人品格,每月初一发布,并且每月都更换品评,这种评论还获得了极高的信任度。桥玄对曹操说,你还没有名,去找许劭品评一下吧,可以扬名天下。于是许劭说出了那著名的对曹操的千古定评:"治世之能臣,乱世之奸雄"。可见清议在当时的影响力①。在此基础上,当时民间有大量记录和品评历史或当时人物的作品出现。如应劭的《人物志》(此书主要是从理论角度分析如何品评一个人),后来的皇甫谧的《高士传》,张隐的《义士传》以及一系列的《汝南先贤传》《楚国先贤传》《汉中士女志》等,这些有别于官方所修正史的,人们称之为野史,有时它比官家的正史更能透露出一些历史真相。

东汉末年,政治越来越黑暗,统治者对不同意见的镇压越来越残酷,先是宦官权贵对批判他们的士人极度痛恨,大开杀戒,酿成历史上有名的"党锢之祸"。后来一些手中有权和有兵的人,对他们不满意的士人也不手软,那些"善谈论"的士人首当其冲,惨遭杀戮,如曹操杀孔融等。于是,士人们的充满了现实针对性的"谈论"向很少有针对性的"清谈"转移了,清议消失了,清谈开始流行,统治者放开手脚作恶,不必担心被写"上历史"了。

正始名士阮籍心里压抑了那么多激愤,但他能做到"口不臧否人物",这需要多么强的自制力!名士集团的"竹林七贤"的集会并不潇洒,他们聚在一起也就是喝喝老酒,议论议论老子的"无为无不为"。汤用彤曾指出同样是清谈,正始时期(曹魏之时)多谈《老子》;元康时期(西晋)谈《庄子》;东晋之时则谈佛学了。但无论清议的臧否品评,还是清谈的玄远幽深,我们都可以看到有《论语》影影绰绰的影子在,也可以看到与《论语》中的孔门师弟类似的言论和思维的理路。

为什么是《论语》呢?可能与士人们自幼就受到《论语》的熏陶有关,更重要的是《论语》中有太多的与谈论、清议、清谈有关的东西。例如,谈话的技巧:如何设问,如何应答,如何一语中的,如何应对不同的谈话对象;又如,如何分析问题和品评人物,如何使用谈话技巧,如何组织优美的辞令,如何营造言有尽意无穷的意境等。《论语》中的孔子喜好品评裁量人物,往往一语中的。这与魏晋和南朝名士非常相近,《世说新语》中

---

① 曹魏时开始实行的九品中正制度与此有关。

就有大量品藻人物的文字。如把它与《论语》相比，就可以看到两书有许多神似之处。另外，《论语》与儒家其他经典相比有较多的含义丰富、意象玄远的名言隽语(如"吾与点也""君子有三畏""天何言哉""道不行，乘桴浮于海"之类)，也可以成为清谈家的话头，或供清谈家们模仿。这些都是《论语》受到文士重视的原因。到了东晋元帝时还为《论语》置博士①，从此才开始有了专门主持《论语》的学官。可见《论语》的地位也受到朝廷的认可。

②何晏的《论语集解》

魏晋之际的名士王弼有《论语释疑》(已逸)，还出现了何晏的《论语集解》。这个注本有人说是郑冲等人执笔完成的，而且其序言还说本书是"集诸家之善说，记其姓名，有不安者，颇为改易"(主要是两汉经师研究成果)。然而，何晏挂了名，我们细检书中的注文可知此书还是贯穿了何晏的思想观点。何晏受老子思想影响，在他看来老子与孔子没有根本区别。他在《无名记》②中说："道本无名，故老氏曰'强为之名'；仲尼称'尧荡荡无能名焉'，下言'巍巍成功，则强为之名'。"把孔子定位于此，其解释《论语》必有歪曲。例如，孔子感慨弟子颜回贫困说："回也，其庶乎，屡空。""空"指颜回家徒四壁，言颜回即使穷困也不改变对道的追求；而何晏解释成"虚中"。"其于庶几每能虚中者，唯回怀道深远"，也就是说颜回因为内心虚无才能接受道，也就是说一只碗只有在空着的时候才能装东西。这一点清人陈澧的《东塾读书记·论语》批评说：

> 何《注》始有玄虚之语，如子曰"志于道"，《注》云"道不可体，故志之而已"；"回也其庶乎，屡空"，《注》云"一曰，空犹虚中也"。自是之后，玄谈竞起，此皆皇侃《疏》所采，而皇氏玄谈之说尤多，甚至谓原壤为方外圣人，孔子为方内圣人。

后世讲的"三教合一"，应该说何晏已露端倪。也应看到，《论语集解》还是以集汉代经师的成说为主，古文学派中的孔安国注文收录尤多，自己

---

① 见《晋书·荀崧传》。
② 见《全三国文》。

的发挥之处还不太明显，只是把《论语》引上谈玄的道路。陈澧所说的皇侃《疏》，即南朝·梁的皇侃《论语集解义疏》。皇侃有感于"何晏注"简略，对他注文作补充与疏解。据皇侃自言，在注文方面，"义疏"还吸收了何晏以后、西晋以来一些名家的意见，如卫瓘、郭象、袁宏等。西晋至南朝期间玄风日盛，因此皇侃的"义疏"更进一步向玄学靠拢。

皮锡瑞说：

> 皇侃之《论语义疏》，名物制度，略而弗讲，多以老庄之旨，发为骈丽之文，与汉人说经相去悬绝①。

其实"义疏"只是就注文发表意见，涉及原文少；即使讨论原文，也是多发挥，例如"义疏"对"学而时习之"作的疏解：

> 学，觉也，悟也。言用先王之道，导人性情，使自觉悟而去非取是，积成君子之德。

本来很简单的、具有多方面意义的一句话，经过皇侃的解释，便狭隘了，变得模糊不清了。有的还借助佛家的概念释义。例如皇侃在《论语集解义疏序》"论语"二字含义讲"论"释为"伦"，皇侃云：

> 明此书义含妙理，经纶今古，自首臻末，轮环不穷。依字则证事，立文取音，则据理为义，义文两立，理事双该，圆通之教，如或应示。故蔡公为此书为圆通之喻，云物有大而不普，小而兼通者，譬如巨镜百寻，所照必偏；明珠一寸，鉴包六合。以蔡公斯喻，故言《论语》小而圆通，有如明珠；诸典大而偏用，譬若巨镜。诚哉是言也。

其中"理事双该""圆通之教"之词以及"巨镜""明珠"之喻，皆出于佛典，

---

① 《经学历史·经学的分立时代》。

用来形容《论语》,有些拟之不伦。皇侃还常常用释、道两家的不甚确切的观念解释儒家有确指的言论,影响了读者对《论语》深入理解。另外,皇侃过度讲究注释文字的优美,也有以词害义之处。因为"义疏"略于名物制度的疏解,对初学者帮助不大,它只是文人化的《论语》读本。魏晋到南北朝的名士以远离实践为高,《论语集解义疏》正是在这种背景下的产物。

③作为谈资的《论语》

无论"谈论"也好,"清谈"也好,总是需要谈资的。"清谈"中"三玄"——《老子》《庄子》《周易》,后来包括了许多佛典,都是当时士人们的谈资。《论语》内容丰富,警句格言多,有趣味盎然的对话与故事,自然是聊天的好资料。《世说新语》引《论语》处不少,有的还模仿《论语》句式,如《世说新语·巧艺》中记顾恺之谈到画画有"手挥五弦,易;目送归鸿,难"。这就是《论语》中的"贫而无怨,难;富而无骄,易"的模仿。而且人们在日常生活中也以《论语》中的句子谈笑,给聊天带来乐趣。例如,南朝期间人们特别注重名讳,甚至有些病态。父母尊长的名字,晚辈决不能出之于口,连音同字不同的也不行。东晋有个故事说:

> 晋王绚、彧(音郁)之子。六岁,外祖何尚之特加赏异,受《论语》,至"郁郁乎文哉"。尚之戏曰:"可改为'耶耶乎文哉'。"(原注"吴蜀之人,呼公为耶")绚捧手对曰:"尊者之名,安得为戏?亦可道草翁之风必舅!"(原注《论语》云:'草上之风必偃。'翁即绚外祖何尚之,舅即尚之子偃"。)①

这是外祖父用《论语》与外孙开玩笑,让他把"郁郁乎文哉",改成"耶耶乎文哉",免得涉及王绚父亲的名字王彧。结果是 6 岁的小王绚反唇相讥,把"草上之风必偃"改为"草翁之风必舅",戏弄了外祖和舅舅。

另外一个笑话是北齐艺人石动筒说的,动筒是北朝期间最著名滑稽演员,有如当代的侯宝林。有一次他与国子学中的博士论难。博士说

---

① 王利器、王贞珉编选《中国笑话大观·启颜录》,北京出版社,1995。

孔子有成就的弟子七十二人。动筒问,这七十二人中有几位做官了,几位没做官?博士回答:"经典中没有明文记载。"动筒说:"先生们,你们读了那么多典籍,怎么不知道,这七十二人中,有三十位做了官,四十二位没有做。"博士说:"你怎么知道的?"动筒说:"《论语》中有云'冠者五六人,'五六三十也;'童子六七人'六七四十二也。岂非七十二人?"这个笑话直到现在传统相声中还当做包袱用。不过只是把"冠者"解释为结了婚的,童子解释为没结婚的[①]。从这些可见在谈论、清谈盛行时期,儒家的经典在被玄学化的同时也被世俗化了。

3. 科举制度下的《论语》

①科举与《论语》

中国权力转移的惯例有两种半,第一血缘继承,也就是儿子继承老子的政治遗产,有文可考的,实行了3000多年;另一种是"打天下坐天下",从陈涉、吴广、项羽、刘邦起实行了2000多年;另外还有半个是科举考试制度,它不是承继天下独尊的大权,而是能够得到皇帝分出的一些小权,因此说权力转移只有两个半。但以这"半个"最为文明,因为它不仅不需要流血,而且也没那么许多扯不断、拉不断的裙带关系。科举制度也是古代中国向世界贡献的一个重要的文明成果,欧洲的文官制度就借鉴了中国的科举制。它们废弃原有的赐官制,确立从竞争性考试中选拔文职官员的制度。在19世纪法国、英国、德国等国逐步推广、完成,至今仍在使用。

科举制在古代中国实行了1300多年,始于隋炀帝大业间,用于取代"九品中正"制度。"九品中正"制度本来是靠"谈论""月旦评"等捧起来的,后来因为话语权被大族豪门操纵,闹得"上品无寒门,下品无士族"。于是造成无能者垄断仕途,人才被压抑的局面。为了使寒族有更多的出路,隋人发明了科举,这是靠文笔学问说话。当时科举考试设明经、进士两科。进士以考诗文为主,明经以考经义为主。隋代很短,其制不详。

唐代进士一科独秀,明经则不被人们看重。因为明经考试以考"帖经"为主,注重死记硬背。"帖经"类似现今的"填空白",盖住上下经文,

---

① 王利器、王贞珉编选《中国笑话大观·启颜录》,北京出版社,1995。

如十条通五条以上,就可以"口问大义"了。所谓"口问大义"也就是考官口试,问一些经文的含义,随意性很大,也以记忆为主。唐代所谓的"经"是指"九经":包括《诗》《书》《易》、"三礼"(《仪礼》《周礼》《礼记》)、《春秋》"三传"(《公羊传》《谷梁传》《左氏传》)。科举考试中没有《论语》,社会上清谈之风也逐渐消弭,此时《论语》又还原为儿童读物。杜甫晚年流落夔州,说到夔州民风就有"小儿学问止《论语》,大儿结束随商旅"(《最能行》)的句子。"止《论语》"是讽刺当地人不重视学习,孩子们读书最多也就上到小学。

进士考试最初也要帖经,"口问大义",后来逐渐变为以考"杂文""诗赋"和"对策"为主。考查写诗作文的能力是从唐代进士考试开始的。

宋初的科举承唐制,在诗、赋、论、策之外,增加了帖《论语》十通。这样《论语》的地位有所回升。宋代除了帖经外,还有一种"墨义",取代了唐代的"口问大义"。它是以笔答的方式解释经典中的某段或某句的含义。

在科举考试出题的范围内有了《论语》,于是便凸显了《论语集解义疏》不适用性,因为这本书中对名物的解释,多付阙如。北宋真宗时,国子监的祭酒(国立大学校长)邢昺作为从事教育的儒臣,感觉到皇侃的《义疏》是不便于作为课本或参考书使用。咸平间(998—1003),邢昺被任命校订《周礼》《仪礼》《公羊传》《谷梁传》《论语》等书,借此机会,他把何晏《论语集解》中的皇侃的"义疏"除去,重新对该书作新的疏解。为什么不连"何晏注"一并除去呢,我以为"何晏注"尽管也有谈玄空疏的一面,但其中还是保留大量的汉代古注的。经过了唐末五代数十年的战乱,到了宋代,汉儒注解的经书,丧失大半。《宋史·艺文志》中关于《论语》的存书75种,最古的注释就是"何晏注"了。"邢疏"在注的基础上增加了对名物和典章制度的疏解,有助于初学。它的出现逐渐替代了皇侃的《论语集解义疏》,后《义疏》遂于南宋间亡逸。我们现代看到《论语集解义疏》是清代从日本引回的。"四库"馆臣评价"邢疏"说:"大抵剪皇氏之枝蔓,而稍傅以义理,汉学、宋学,兹其转关"(《四库全书总目》)。认为邢昺的"注疏"是"汉学"到"宋学"转折,这是不准确的,因为皇侃之疏并非"汉学"的代表,邢昺疏也非成熟"宋学"作品。

熙宁四年(1071),王安石主政,在进士考试的内容上发生巨大变化。《文献通考·选举志》记载:

> 于是,卒如安石议,罢明经及诸科,进士罢诗赋,各占治《诗》《书》《易》《周礼》《礼记》一经,兼以《论语》《孟子》。每试四场,初大经,次兼经,大义凡十道,次论一首,次策三道,礼部试即增二道。中书撰大义式颁行。试义者须通经,有文采乃为中格,不但如明经墨义粗解章句而已。

朝廷根据王安石的意见,把各科考试并为一科,即进士科。进士科不考诗赋,也不再考"帖经"(填空白)和"墨义"(笔答经文的注疏文字),后一种做法,一扫数百年来测试考生、只考记忆默写的陋俗。进士考试,要从"五经"或《论语》《孟子》中出题,考生据此发挥,写成一篇有文采的文章。这种"通经有文采"的文章又称之为"经义文"。《宋文鉴》中所选宋人张庭坚的《自靖人自献于先王》被视为这种文体的典范。这与"墨义"中的《《尚书》义》《《论语》义》文体中的只说"大义"和语义是根本不同的。传统的"经义"只是默写一段经典文字的注疏;而新生的"经义文"要求作者把自己对经典的理解写成一篇完整的文字。全篇有固定的程式,一篇中的各部分,也都各有规范。这种"经义文"是明清八股文的滥觞。它正像元人倪士毅所说,一篇之中"有'破题','破题'之下有'接题',有'小讲',有'缴结',以上谓之'冒子'。然后入'官题','官题'之下有'原题',有'大讲',有'余意',有'原经',有'结尾'。篇篇按此次序"①。这似乎比八股文还讲究,只是这还没有成为官定的、不容更改的程序罢了。

考试内容的变化,《论语》又在出题的范围之内,因此,更促使士子仔细认真研读《论语》。我们从少量传世宋代的经义文中看到,以《论语》内容命题的"经义文"在全部传世经义文中占的比重很大。例如,王安石的"经义式"(给学生写的经义文典范)六篇,分别题为《里仁为美》《五十以学易》《参也鲁》《浴乎沂》《非礼之礼非义之义大人弗为》《可以与可以

---

① 《作文要诀·序》。

无与,与伤惠,可以死可以无死,死伤勇》①。前四篇都是出于《论语》的,后两篇是出于《孟子》的。《论语》语句形式以短小精悍者为多,多警句警语,给读者留下的思考和话语空间特别大,易于作为题目出给考生作答。唐代的韩愈就写过《颜子不贰过论》,可以说是最早的"经义文"了,题目也源于《论语》。

　　②《论语》进入经典

　　在汉代,特别是西汉之时,列入儒家之"经"的,都被认为是孔子的亲自手订之书,所以当时人们只称"六经"(《诗》《书》《礼》《乐》《易》《春秋》),这是本之于战国时《庄子·天下篇》的说法。可是到了汉代,《乐经》始终没有能够恢复,今文学派认为《乐》无文字,自然无书,只有乐谱随《诗》《礼》而行;古文学派认为它被秦火焚毁了。总之,经孔子手订的只有"五经"了。晚清的今文学派代表人物皮锡瑞对"经"的定义说得特别清楚:

　　　　孔子所定谓之"经";弟子所释谓之"传",或谓之"记";弟子辗转相授谓之"说"……《论语》记孔子言而非孔子所作,出于弟子撰定,故亦但名为传;汉人引《论语》多称传②。

这段话把儒家经典与非经典分得清清楚楚,《论语》不在儒家经典之中。这不只是今文学派的看法,而是汉代经师的普遍看法。皮锡瑞《经学历史》中述及"熹平石经"时,因"石经"中有《论语》,遂言汉先立"五经",后增《论语》,为"六经"。其实,"熹平石经"之刻,目的在于统一常用儒家诸书的文字,使学者有所遵守。并非是将《论语》提升为经典的标志。

　　经典流传日久,必然有文字歧义出现,汉代多次由朝廷出面订正儒家经典文字的异同。西汉宣帝甘露三年(前51)诏会诸儒在石渠阁讲论订五经文字同异,皇帝也曾出席。东汉章帝建初四年(79),皇帝在白虎观亲自主持详考"五经"文字同异,时达一个月之久,并有《白虎通德论》

---

① 见《古今图书集成·理学汇编·文学典·经义部》。
② 《经学历史·经学流传时代》。

传世,以记其事。可见,在当时没有印刷定本的条件下,每过100多年就会出现经典文字差异问题,需要朝廷主持、请经学专家勘定文字,求得统一。到了东汉末汉灵帝时期,又近百年,当时著名学者蔡邕(蔡中郎)上书皇帝,要求正定"六经"文字。经皇帝批准,熹平四年(175),蔡邕等人把朝廷认可经典定本,由蔡邕书写(蔡本身也是书法家),由工人刻在石碑上,作为国家定本,立在太学门口,供学者学习参考。这就是文化史上著名的"熹平石经"。刻在石碑上的都是当时使用频繁、在朝廷看来最具应用性的儒家书籍,并不一定都是被经师们认定的"经典"。

历经战乱,"熹平石经"多次被毁,已无完整石碑存世,然而仍有一些断碑碎石及其拓片的残字传于世。从中可知,石经包括"五经二传":《诗》(鲁本)、《书》(欧阳本)、《礼仪》(大戴本)、《易》(梁丘本)、《春秋》(公羊本),这是"五经";"二传"则是《公羊传》(严氏本)、《论语》(张侯鲁论本)。这些书是当时官方使用最多的,"五经"自不必说,为什么《公羊传》能够列入?汉武帝"独尊儒术",其思想基础就是董仲舒的"天人感应说",此后,至东汉末,汉统治者都是奉行这个学说的,正像民国时学人陈柱所说"自董仲舒、何休以下,皆说公羊之学"(《公羊家哲学》),因此《公羊传》必然是常用之书。《论语》最便于儒学入门,当然也是应用最多的。直至东汉,经典必须是先师孔子手订这一观念没有根本改变,尽管《论语》上了"熹平石经",但仍算不了经典。

东汉末,出了一些大经学家,如贾逵、马融、郑玄等都是兼通今、古文经学的,特别是郑玄遍注群经。这在当时是不得了的大事(西汉时,每个经师都是自守一经的,知识很狭隘,东汉初这种情况没有多大改变。在白虎观讨论群经,最后写总结时,得仰仗一位"学无常师"的班固)。郑玄注解了《周易》《尚书》《毛诗》《仪礼》《礼记》《论语》《孝经》《尚书大传》等,打破了今、古文的界限和经、传的界限,逐渐"经""传"混淆、两者不分了。

唐人熟称"九经",这是唐代明经和进士考试的主要内容。包括《诗》《书》《易》,"三礼""三传"。"三礼"中的《周礼》属于古文,本不被今文学派承认;《礼记》称做"记"自然不属于经,但唐代两者皆列于经。"三传"中《春秋公羊传》《春秋谷梁传》《春秋左氏传》,这三书标明是"传",但唐代也都被承认是经。这说明到了唐代"经"所涵盖的范围扩大了。晚唐敬宗宝应二年(826)主持科举考试的礼部侍郎杨绾向皇帝提出考试改革的细节问题时并提出:"《论语》《孝经》皆圣人深旨,《孟子》亦儒门之达者。其学官望兼习此三者,共为一经。"(《唐会要》卷76)要求把这三本书列为儒家经典,进入考试系统,并称为"一经",得到皇帝批准。晚唐文宗开成年间(836—840)再次在国子学刻石,向天下颁布儒家经典,这组碑刻经后代多次修造、补刊、添注,谬误颇多。这次刊刻除了"九经"之外,还增加了《论语》《尔雅》《孝经》。共为"十二经"。

五代十国期间,后蜀广政七年(944)宰相毋昭裔向国主孟昶建议以"开成石经"为范本刻经,孟昶同意,这部石经直到北宋初年才完成。后蜀刻了《周易》《尚书》《毛诗》《周礼》《礼记》《仪礼》《孝经》《尔雅》《论语》等,《左传》刻了一部分,进入宋代,由主持蜀政的地方官补足,并补刻了《春秋公羊传》《春秋谷梁传》,也是"十二经"。宋徽宗宣和年间席旦知成都,又补刻了《孟子》立于成都学馆,成为现在常说的"十三经"。最早提到"十三经"的是南宋赵希弁。他在《郡斋读书志·附志》"经类"中著录了后蜀所刻及北宋所补十三部经典后说"以上石室十三经,盖孟昶时所镌"。

北宋仁宗嘉祐六年(1061)在洛阳完成"十二经"碑刻,包括《诗》《书》《易》"三礼""三传"《论语》《孝经》《孟子》。这组石刻以篆、隶二种书体镌成,故又称"二体石经"。南宋绍兴十三年(1143)在临安刊刻经典,为皇帝赵构亲书,包括《易》《书》《诗》《左传》《礼记》《论语》《孟子》称"七经"。前五种用楷书写成,后两种用行书。可见到了宋代《论语》是坐稳了"经"的位置。《孟子》也因王安石等提倡也升格为经,南宋理学家朱熹则以"论""孟"为基础构建了宋代以来新儒学的最重要的经典——"四书"。

③"四书"中的《论语集注》

"四书"包括《大学》《论语》《孟子》《中庸》。它是南宋理学家朱熹的编纂和注释,从而使这四本书成为宣传其理学观点的基本教材。这四本书,在儒家诸多的典籍中属于文字较少、意义明确显豁、字句又较为通达明白的,并集中反映儒家中思孟学派的主要观点。朱熹的注释也简单明了,把儒学同时也把儒家经典从烦琐的注疏经学中解脱出来。"四书"是逐渐被人们认识的,特别是明代以后,"四书"的"朱熹注"被朝廷指定为科举考试的标准答案。违反"朱注",轻者被视为谬误,不能考中;重者被断为"非圣无法",受到处罚。因此朱注"四书"成为学生的必读书。宋代以来,《论语》注本中发行量最大的,大约就是朱熹的《论语集注》了。

《大学》《中庸》本来是《礼记》中的两篇。《礼记》一书中谈论礼仪仪文及其意义的篇目比较多,而这两篇很独特,一篇是谈儒家的政治纲领和政治理念的,一篇是谈儒家的哲学或说世界观的。因此,它们很早就被学者注意了。汉代以来就有单独解释《中庸》的《中庸说》《中庸传》之类。现在有的学者认为子思的著作总名就叫"中庸"(《孔子世家》中记载《中庸》为子思作);《大学》是宋代才受到重视的,司马光有《大学通义》。北宋程颢、程颐认为《大学》是人们学习儒家道理的门径;《中庸》被程颐说成是"孔门传授心法"的,他们也以此二书教人。接受了二程基本理论的朱熹便对"学""庸"加以改造,分段,注释,编为《大学章句》《中庸章句》,与他所撰写的《论语集注》《孟子集注》编纂在一起,合称为"四书"。其顺序为"学、论、孟、庸"。朱熹认为这是一个学习儒学循序渐进的门径,也是一个人做人应该走的道路。儒学的特点之一就是它的实践性。朱自清先生说:

> 朱子的意思,有了《大学》来提纲挈领,便能领会《论》《孟》里精微的分别去处;融贯了《论》《孟》的旨趣,也便能领会《中庸》里的心法①。

后代一般老师教学因为不懂得这种排序的意义,又因为"学""庸"两篇实在太短,文字太少,出版者常常把这两篇合订在一起,形成"学、庸、论、孟"的次序,这是不符合朱熹原意的。

朱熹很看重"四书"。他说读《语》、《孟》,工夫少,得效多;'六经'工夫多,得效少②。又说:"若读得此'四书',何书不可读,何理不可究,何事不可处?"为什么如此看重《论语》?其一,《论语》尽管不是孔子手订,但它也属于元典,是孔子语录,是其弟子笔录下来的。其二,孔子政治实

---

① 见《朱自清古典文学论文集》,上海古籍出版社,1981。
② 见《朱子语类》。

践,多见于史书记载;理想主义的东西,大多存于《论语》之中。其三,朱熹把"四书"看做教士子做人、做官、做学问的教科书,可以经世致用。但这个"做"和"用"不是汉代"以《春秋》决狱""以《三百篇》(诗经)当谏书"那样机械的"做"和"用",那是歪曲和比附,是笨伯行为;而朱熹高明多了,他是通过学习这些典籍来"正心诚意","改造世界观",清除人欲,从而使人们在处理问题时都能有一个正确的出发点。《儒林外史》中的马二先生不明白这个道理,他教诲匡超人"就是夫子在而今,也要念文章、做举业,断不讲那'言寡尤,行寡悔'的话。何也?就日日讲究'言寡尤、行寡悔',那个给你官做?孔子的道也就不行了"。而朱熹把"行寡尤,言寡悔"当做做人的基本原则,他说"圣贤千言万语,只是叫人做人而已"。只有做好了"人",才能当官。朱熹从这个角度来看待儒学的实践性的,的确比一般俗儒机械的"用"要高明了许多。

朱熹注解经典的一个最大的特点就是把原始儒家所倡导的观念理学化,对原始儒家观念作了新的阐释,其中不免有许多歪曲。例如,"礼者,天理之节文""义者,天理之所宜""当理无私心则仁"等。然而,这些在孔子心目中不是这样理解的。比如,他认为"礼"不过是周初社会规范和道德规范,"仁"不过是同类意识的展现,"义"不过是按照"礼"与"仁"去行事。朱熹用"天理"来增加它们的权威性,增强它们改造人的力量,把"正心诚意"看做天理的要求,但就本义来说是不符合孔子原意的。自宋代理学(也称道学)形成后,儒学的实践品格与儒者个人修养日益合一,这一点鲜明体现在"四书"的编纂上。

《论语》在"四书"之中有了位置之后,也就产生了特殊意义。朱熹说:

> 先读《大学》,以立其规模;次读《论语》,以立其根本;次读《孟子》,以观其发越;次读《中庸》以求古人微妙处①。

朱熹是把《论语》看成"四书"的根本的,儒学的根本。《论语》在他的宣扬鼓吹下,地位空前提高。朱熹知道"《论语》不说心,只说事实",如何用孔

---

① 见《朱子语类》。商务印书馆《四部丛刊》本。

子说的"事实"来附会自己经常讲的"理""心性""天道"这些缺少实证、带有点玄虚色彩的概念呢？朱熹确实是下了一番工夫的。他比喻说《论语》像一片广大的田地要费尽大力去开垦，朱熹以孔家田地开垦者自喻。孔子不像孟子那样论"心"，朱熹辩解说"孔门学者自知理会心，故不待圣人苦口"。这真是"代圣人立言了"。从这些地方都可以看到朱熹为了把《论语》纳入他利用"四书"讲"天理""人欲"的体系，就不免要歪曲《论语》。

孔子一生最痛心的是社会秩序失控和既有秩序解体。他一生的恓恓惶惶，就是要恢复原有秩序，克己复礼，回到西周初年以血缘为纽带的上下有等，君臣有义、父子有亲的宗法小国中去。因此，他关注的是各个阶层人们关系的问题，他说的"天下有道"，也就是说"天下有序"，各安其位；他所说的"天下无道"，也就是"天下失序"，君不君，臣不臣。孔子感慨的"道之不行"也就是社会秩序不能恢复。至于道学家们喜爱谈论的自有天地以来就有的"原道"，是孔子不关心的，所以"夫子之言性与天道，不可得而闻"①。而朱熹同意《论语》"极天理之实而无一毫之妄"②，认为《论语》把"天理之实"说得十分透彻，甚至认为《论语》表达了孔子对本体的追求。这些应该说是不符合事实的。这样看待和解释《论语》，那么这只是朱熹"四书"中的《论语》，而非《论语》本身。

朱熹是宋代理学的集大成者，"四书"是具体而微的朱熹的思想体系。在朱熹生前，他的学说并未受到南宋统治者最终的认同，有人说朱熹就是被孔子诛杀的"少正卯"，甚至说他暗地里吸收"食菜事魔"的"魔教"的理论(攻击朱熹学说是邪教)，这是想把朱熹置于死地，乃至朱熹去世时，一些朋友都不敢去吊唁。宋宁宗庆元元年(1195)有"伪学之禁"。后来宋理宗上台，因为皇帝来源不正，为了获取大批理学拥护者的支持，才恢复了朱熹的名誉，任命真德秀为参知政事(副相)，为朱子学的传播提供了方便。

③元代以后科举考试中的《论语》

朱子学产生于南宋，其北传如同禅宗六祖慧能衣钵传承一样，也有

---

① 见《论语》。

② 上所引皆见《朱子语类》。

许多传奇故事。南宋时期,南北分裂,学术上北方(包括金与蒙元初期)基本上是北宋的继续。金灭亡(1234)以后朱子学才得以北传。

蒙古太宗七年(1235)皇子阔出军攻打江汉,破德安(今湖北安陆)。儒者赵复九族殒灭,自己被俘,遇到随军为蒙军鉴别人才的读书人姚枢。姚枢与赵复一谈知道他是有学问的人,留置在自己的军帐之中,并劝他北上。是夜,姚枢起来一看赵复没了,追出去,看到赵复披发跣足,意欲投江而死。姚枢对他说,"你要活下来,说不定你的子孙可传之百世。如果你死了,家里的香火也就断了"。赵复随他来到燕京(今北京),协助负责燕京行政的杨惟中创办了"太极学院",赵复做老师,师从者百人。他把程朱等人注解的儒家经典,选取8000余卷,又写了《传道图》《伊洛发挥》等。赵复是第一位到北方传播理学书目、宗旨及学术传承的学者。

姚枢从赵复那里了解了朱子学。后来,窝阔台时期,姚枢隐居辉州苏门(今河南辉县),赵复也隐于此,儒者窦默、许衡也与姚过从甚密,切磋学问,弘扬理学传统。特别是许衡,学者尊称其为"鲁斋",他是认识姚枢之后才得以读到《四书集注》,非常欣赏,曾对他的孩子说,自己对"四书""敬信如神明,能明此书,虽他书不治可也"[①]。许衡的影响更大一些,虞集说许衡"使国人(蒙人)知有圣贤之学,而朱子之书得行于斯世"[②](《道园学古录·送李扩序》)。到了南北统一(1279)之后,浙东学者如金履祥、许谦等对南北儒学皆有影响,直到元武宗至大元年(1308)尊孔子为"大成至圣文宣王",仁宗皇庆二年(1313)以周敦颐、程颢、程颐、张载、邵雍、司马光、朱熹、张栻、吕祖谦以及许衡等一批理学家从祀孔庙。本年十月决定次年开科取士,于延祐二年(1315)二月在京师(大都)会试,"以经义取士",无论是蒙古人、色目人、汉人、南人都考"四书",而且理解一定要遵从朱熹的"集注"本。宋代很有势力的"新学"(王安石之学),一度兴隆的"蜀学"(苏轼兄弟之学)陈亮,叶适讲求的"功利之学"到元朝基本上都消失了。

明代在经学家看来是极衰的时代,但又是理学最得意时期。朱元璋

---

① 见《宋元学案·鲁斋学案》。
② (《道园学古录·送李扩序》)《四部丛刊》本。

立国把程朱理学定为正统儒学,规定"四书""五经"为国子监的必修课。府州县学乃至民间私塾一概照此办理。《四书集注》受到空前未有的重视。明代科举考试,继承元代仍是以"经义"为主,但是对文章程式作了严格的规定,如要以"古人语气为之",要从"四书"、"五经"出题,要分为八段,字数也有限制,人称为"八股文"。其中最重要的考试,题目还是来自"四书",因此,"八股文"又称"四书文"。"四书文"中对孔孟圣经贤传的解读要以程朱的解释为准。从此,《四书集注》成为读书人必读书。500多年的无数的科举考试,促使士人对《论语集注》要烂熟于胸,熟到不仅要会背,而且要熟悉到每一个句子、每一个字,而且要能从中生发出一篇文章来。例如科举试题,特别是"小考",例如秀才考试之类,可能会出非常怪的"小题"或"截搭题"就可能是"子曰",是"公冶长",甚至可能是个句读。考生看到如此简单或荒谬的题目,很快就要生发出一篇符合《论语》精神和程朱注释思想的文章来。

《论语》而且是经过程朱学派注释的,《论语》成为每个读书人的圣经,成为判断是非的标准,成为考虑问题的出发点,成为士人不可须臾离开的东西。因此,当清朝末年问题丛生、国家衰弱、社会腐败、列强入侵,于是人们查找问题的根源时首先进入人们视野的必然是儒学及其典籍。这样在清末民初,一些先进人士否定儒学、蔑视儒家经典就不奇怪了。

4. 学术研究中的《论语》

上面拉拉杂杂所谈的《论语》编纂过程及其在不同时期和不同的文化环境中的地位,自然也就涉及《论语》的研究状况,这里总结一下,并做些补充。

①《论语》传本与注本

前面说过,《论语》的编纂是有个过程的,最初的材料收集及编纂始于孔子逝世之后,因为它是一个众弟子甚至包括再传弟子共同的撰本,孔子弟子众多,散在各处,当时流传的应当不止一个本子,随着使用者不同自行增减。比如郭店楚简的《语丛》无论内容还是文字风格都很像《论语》(如 66 简的"上下皆得其所,谓之信"),其中大部分可能就是孔子或其弟子讲的话,不知是谁记录了下来,在师徒中传承,也有可能传至社会,墓主(研究者认为是楚国的王子的老师——东宫之师)用作课本教他的弟子,死后还用来随葬,可见对它的喜爱。墓主到底是楚国儒者陈良①的后学,有所传承,还是社会上私淑儒家的学者?现在已不可知。大约到了秦汉之间,《论语》的本子才粗定,但仍有三个本子流传,即"齐论""鲁论"和"古文论语",前两个本子为今文本,后一个是古文本。从西汉末到东汉末流传最广的《张侯论》(张禹),它以"鲁论"为底本,调和齐鲁,一时很有影响,熹平石经所刊《论语》就是《张侯论》。

东汉末郑玄折中古、今两派,作《论语注》。待此书问世后,《论语》才算有了定本。后世传写"郑注本"是标明"孔氏本,郑氏注"的(如"敦煌唐写本","吐鲁番出土的唐写本"都这样写)。郑注本以《张侯论》为底本,校以"古"本,异文——注明,给研究者带来方便。何晏的《论语集解》的经文底本,也是或从"鲁",或从"古",择善而从,但不加注释,不列异文。五代以后《论语郑氏注》逐渐亡逸,"齐""鲁""古"三本面目虽模糊不清,还劳清代学者辑逸。马国翰辑有《齐论语》《古论语》各一卷。这是历代学者在《论语》经文编订方面所做的工作。

对《论语》的研究大多体现在名目繁多的各种注本之中。《论语》行世 2000 余年,古往今来注解者极多,到底有多少注本,大概很难统计。就孙殿起《贩书偶记》记载其所过目的《论语》(包括《四书》)注本就有230 多种之多;日本学者林泰辅刊行在 1916 年的《〈论语〉年谱》中著录了《论语》注本 3000 余种。这些也大多还是民国以前的著作。人民国之后,西学东渐,不管对儒学肯定还是否定,但更刺激了对儒学的研究则是不言而喻的。无论新学还是旧学,都有重新研究和注释《论语》之举,又出现了不少新的注本。直到今天,海峡两岸都不断有《论语》新注本出现。或从某个特定学科的研究和注释《论语》。如大陆出版的从文学角度研究的《论语赏析》②(董连详),此书完全把《论语》作为文学作品鉴赏其语言文字及人物情景的描写,并评价了《论语》在文学史上的地位。又如

---

① 《孟子·滕文公上》:"陈良,楚产也,悦周公、仲尼之道,北学于中国,北方之学者,未能或之先也,彼所谓豪杰之士也。"

② 《论语赏析》中央广播电视大学出版社1990年排印本。

台湾的许世瑛《论语二十篇句法研究》①则是对《论语》的全部句子作深入的语法分析,每句的句式,其中字词的作用,每个字词的词性等都作了深入细致的解析。本书是作者双目失明后的作品,完成不久即去世。许世瑛是鲁迅好友许寿裳的长子,1930年考入清华大学中文系读书,鲁迅曾为他推荐过应读书籍,写了《开给许世瑛的书单》。

历来的《论语》注本可分两大类,一是文字训诂、考订名物、阐释经义,辅导阅读。一是借注释和分析《论语》以发挥自己的思想观点。这就是常说的"六经注我",或"六经责我开生面"。皇权专制社会对思想控制很严,稍有离经叛道,就会招来灾祸,因此注经成为表达思想的一种方式,当然也是深入研究《论语》与儒学的一个重要途径。

②《论语》研究的初始阶段

《论语》的第一个注本是孔子十二世孙孔安国注,名为《论语孔氏训解》。古人出于对孔壁古文的怀疑,也认为"孔注"十分浅陋不可能是孔安国所为。孔氏原书虽逸,但何晏《论语集解》中大量征引,还散见于裴骃《史记集解》、李善《文选注》、李贤《后汉书注》等,清人马国翰据以辑得《论语孔氏训解》十一卷。书中以文字训诂为主,保留了汉人对《论语》的理解。汉代注释《论语》除了上述诸人外,还有包咸、马融等,都是有名的经师。郑玄的《论语注》、何晏的《论语集解》都吸收两汉学者研究《论语》的成果,带有总结性质。他们注解中所辑录的汉人注文都被后人视为汉学。从两汉到隋唐这1000多年中,学界对儒家经典、对《论语》的态度虽然有所变迁,但他们使用和奉为正统的儒家经典大多是汉人注的,这1000年笼罩在汉学之中。

魏晋南北朝期间,玄学一直占上风,先是老庄畅行,继之佛学衍盛,对《论语》的研究都不免有援道入儒和援释入儒的倾向。上面已经谈到,这个时期许多玄学家、佛学家或喜欢谈空说有的士人注过《论语》,如王弼(《论语释疑》)、郭象(《论语体略》)、释智略(《论语解》)、梁武帝(《论语训释》)等,这个时期《论语》注本竟有84种之多,但大多失传,它既说明了这个时期"论语学"的兴盛,也反映了《论语》成为士人把玩的对象。

---

① 《论语二十篇句法研究》台湾开明书店1973年排印本。

汤用彤先生说"魏晋所尚者曰'通'"。所谓"通",就是说其学不局限于对某部经典的名物训诂、章句解释上,而是建立一些范畴以通解各经,贯通知识。不过魏晋六朝一些学人使用的范畴多取之于老庄与佛学,如名教、自然;贵无、崇有;真谛、俗谛等,取之儒学者不多,可见《论语》在士人们心灵中占的位置不是很重要。

唐初,太宗命国子祭酒孔颖达与诸儒撰订《五经正义》,永徽二年(651)颁行天下,科举考试以之为准,从而实现了经学一统。由于在科举考试中《论语》的地位不重要,从而对它的研究相对衰落。既然实现了"一统",自然再难出现新的经学著作。然而到了中唐出现了承继儒家道统自居的韩愈。他为了"排斥佛老",振兴儒学,从儒家经典(很多取自《论语》)中抽绎概念,建立范畴,弘扬自己的主张。他写作了"五原"——《原道》《原性》《原人》《原毁》《原鬼》等,提出了仁、义,道、德,性、情,今之君子、古之君子等范畴。不过韩愈思辨能力不强,只是文章写得好,善于以文做气势,压倒对方,深入一想,似是而非。他还与李翱共同写作了《论语笔解》①,以纠汉儒之误。这本书的特点是不仅批评汉魏古注的失误,而且擅自修改经文14处。改动之后并作说明。如对《论语·为政》中的"六十而耳顺"的"耳"字改为"尔"字。"韩曰:耳当作尔,犹言如此也。既知天命,又如此顺天也。"②其实这种在没有版本根据的情况下,改易经文,以顺己意的做法,不足为训。然而韩愈这种疑注、疑经的疑古精神和他根据儒家典籍所建立的论说范畴的做法都对宋代理学的产生和发展有重要影响。正像陈寅恪先生在《论韩愈》中所说韩愈是位"承前启后,转旧为新关掠点之人物"。宋学的精神本质是中唐建立起来的。

③《论语》研究的宋学时期

宋代经学有自己的特点和传统,形成所谓"宋学"。宋学受韩愈启迪,鼓吹重光道统,确立学统,提出由经穷理,把经学从阐释性的学问,提高到哲学层面,这是韩愈想做而没有做到的。皮锡瑞说,宋代经学属于变古时期,这个"变"主要指的就是从章句的阐释到格物致知,穷理尽性。经学"变古",《论语》学当然也不能在其外。

---

① 其真伪有争议。

② 转引自唐明贵《〈论语〉学的形成、发展与中衰》,中国社会科学出版社,2005。

　　宋学与自两汉以来经学显著的不同，其根本在于汉学注重理解经典，这样就要通过文字训诂，事实考证进入经典；宋学注重用经典解释世界、说教，因而在解经时关注义理，而这个"义理"往往又是他们心中先入为主的观念，注经只是用圣贤之言证明心中早已经有的观念。这样为了"义理"就不免要歪曲经典。宋学与汉学不同处有：

　　一是疑古精神，汉学特别是今文学派谨守师法、家法，不敢移动跬步。宋人往往不囿于前人旧说，敢于标新立异，甚至敢于删削增补经文。用当今的话说，最猛的莫过于南宋的王柏竟敢对《诗经》下手，自撰《诗疑》，删去了他认为的"淫诗"32首，对此，"四库"馆臣十分气愤地说："柏何人斯，敢奋笔以进退孔子哉！"朱熹撰写《大学章句》，对《礼记》中的《大学》原文也作了很多篡改，以致后世熟读"四书五经"者竟不知《大学》真面貌，因为"四书"太流行了，《礼记》中的《大学》《中庸》都从略了。不过朱熹在作《论语集注》还是慎重的，他"不删重出之章"。例如，"子曰：'不在其位，不谋其政。'"就首出《泰伯》，再见于《宪问》，朱熹未删。《论语》虽未遭增删的命运，但不顾《论语》古注者不少。北宋刘敞的《七经小传》中的评《论语》部分讲到"礼之用，和为贵"时，说"君所谓可而有否焉，君所谓否而有可焉，此谓之和"。这是用晏婴对齐景公分析什么是"和"（献可替否，敢于向君主提出异议）来注《论语》，前人没有这样讲过。其实有子说的"和为贵"是讲"礼容"的；而晏婴那段话用来注孔子说的"君子和而不同，小人同而不和"更合适。

　　二是建立范畴通论儒家经典，也就是上面说的，把经学提高到哲学层面和道德实践层面来考察。他们把"理"（"道"）、"性"（"心"）作为宇宙最高本体，作为思考的出发点，也作为研究经学的根本问题。这就是"理学"（"道学"），宋代许多儒者沉迷于此。但宋儒思想活跃，许多学者热衷建立自己的体系，不受理学牢笼者也不少。特别是北宋期间。学者往往把儒家经典当做话头，从中引申出自己的观点。也就是为人熟知的"我注六经"。这话头就出自南宋的大学者陆九渊。他说"学苟知本，六经皆我注脚"；"或问先生何不著书，对曰：'六经注我，我注六经。'"[①]所谓"六

---

① 《陆九渊集》卷34~35。

经注我"就是经典所讲的话,供我驱遣,借以宣传自己的观点,他把理学变成心学。并非只有陆氏如此,他的论敌、集理学之大成的朱熹也是这样。朱熹几乎是遍注群经,他编纂"四书"另有《周易本义》《易学启蒙》《诗集传》《孝经刊误》《小学》《太极图说》等。但是他把自己理解的"天理""人欲""义""利""性""仁""天地之心""太极""道"等概念引入儒家经典注释。这些概念虽然来自儒家经典,经过朱熹重新阐释之后(原来没有那么多形而上的意义的概念,一到理学家手中就有了),又用来解经,就有了全新的意义。宋学改变了两汉以来的经学,它的产生和繁荣使得经学离原始儒学越来越远了。

三是对儒家经典理解多样化。宋代儒学流派纷呈,学派意识强。北宋经学四大家就有王安石的"新学",司马光的"朔学",苏氏兄弟的"蜀学",程颢、程颐兄弟的"洛学"。南宋有朱熹、陆九渊的理学和以陈亮、叶适为代表的浙东事功学派。如从狭义的理学传承来看还有濂(周敦颐)、洛(程颢、程颐)、关(张载)、闽(朱熹)四大家。他们在注释经典时也是观点各异,在形式上也是多种多样,百花齐放的。

宋学这些特点也体现在他们对《论语》研究中。例如,有刘敞《七经小传》那样简洁的注释,也有长篇大论的发挥,如陆九渊的《白鹿洞书院论语讲义》中讲"子曰:'君子喻于义,小人喻于利'"就是一例。"讲义"中讲明专注于"义"还是"利",这是"君子""小人"的分水岭。告诫学者一定要在自己的内心里,常存自省动机("志"在何处),这是成为"君子"还是"小人"的出发点。特别有趣的是他还联系科举考试,科举就是个读书人争名逐利的地方,最高统治者还高调提倡"朝为田舍郎,暮登天子堂","书中自有黄金屋,书中自有颜如玉"。大多读书人"汩没于此而不能自拔"。本来意在选士、选君子成为天下人们的表率,以治天下(古代德治与人治一体),但这种利禄引诱刺激了人们的向往名利之心,造成了读圣贤书,反而培养出"小人","与圣贤背而驰者矣"。最后他还是强调把平日所学的圣贤之言和个人的反省结合起来,坚持"义",即使做官也"心乎国,心乎民,而不为身计",成为合格的"君子"。这种联系个人修养解经的,此前还不多见。

金元的经学是宋学的延续,不过金延续了北宋学者的观点,对南宋理学采取批评态度;元继承了南宋的程朱理学、并把它通俗化,而且成功地把它变成为官方认可和尊奉的学说,科举考试涉及的经典以程朱学派的注释为准。

金人经学著作还有北人简古朴素的特点。如比朱熹晚三四十年的王若虚著有《五经辨惑》《论语辨惑》《孟子辨惑》等。后两种是针对朱熹《四书集注》的。他感到程朱理学发挥太过,走过头了。他认为宋儒解《论语》有三过,过于深,过于高,过于厚。他认为"学者求之太过,则其论虽美,而要为失其实,亦何贵乎此哉"①!他主张理解经典要"本诸天理,质诸人情,不为孤僻崖异之论"。

元代儒学除了由赵复在北方传承的许衡等人外,后元一统后还有南方朱熹五传弟子金履祥和金履祥的弟子许谦以及吴澄等他们都在推尊"四书"方面作了贡献,使"四书"成为广大读书人认同的典籍。

理学在明代成了官学,如陈鼎在《东林列传》中所说:"我太祖皇帝即位之初,首立太学,命许存仁为祭酒,一宗朱子之书,令学者非五经孔孟之书不读,非濂洛关闽之学不讲。"②到了永乐十二年(1414),皇帝下诏命胡广、杨荣、金幼孜等人编纂《五经大全》《四书大全》《性理大全》,不到一年完成。几乎是完全抄袭前人著作。顾炎武在《日知录》一一揭发其所抄袭的对象,如黄干的《论语通释》,真德秀的《语录》,祝洙的《四书附录》,蔡模的《四书集疏》,赵顺孙的《四书纂疏》,吴真子的《四书集成》,陈栎的《四书发明》,胡炳文的《四书通》,抄得特别多的是倪士毅的《四书辑释》。而且还常常抄错,因此顾炎武讽刺说:"当日儒臣奉旨修四书五经大全,颁餐钱,给笔札。书成之日,赐金迁秩,所费于国家者不知凡几。将谓此书既成,可以彰一代教学之功,启百世儒林之绪,而仅取已成之书,抄誊一过,上欺朝廷,下诳士子。唐宋之时,有是事乎?岂非骨鲠之臣已空于建文之代,而制义初行一时人士尽弃宋元以来所传之实学。上下相蒙以饕禄利,而莫之问也?呜呼!经学之废实自此始!"这些"儒臣"做这个"国家项目"捞足了便宜。给文具、发饭钱,"项目"做完了,升官发奖,结果是废纸一堆。所谓国家奖励的项目大体如此,古今

---

① 《论语辨惑》序及总论。转引自吴雁南等著《中国经学史》。
② 转引自《国史旧闻》三。

一概。

明代的经学不行,不等于明代儒学的衰落,因为儒学不能与经学画等号。儒学还有其实践性的一面,明代诸朝倡导理学还是得到了应有的回报。明代历朝都不乏骨鲠敢言之士,在对奸宦和权臣斗争中,前赴后继,能够实践"忠于君,孝于亲者"、能够在生死去就之际作出正确选择者不在少数。另外,阳明学派承继了陆九渊的心学,而且他在人格修养上所达到的高度使他的学说更富魅力。

④经学的复兴、《论语》学的繁荣

清代的学者积累知识是明人不可企及的,许多传统的学问、文化(如经学、史学、文字学甚至诗词创作)在清代复兴了、发展了,甚至形成繁荣的局面,但这种文化的繁荣恰恰是以文化限制、压迫和文字狱严酷为前提的。清代是文字狱最频繁的时代,只言片语就有可能招致大狱,使许多人人头落地。清代历朝禁焚之书达数千种之多。少数民族对多数人的统治压迫总是不自信的,因此就更加大暴力压迫的力度,制造恐怖氛围,弄得文人士大夫人人自危,动辄得咎。他们只好躲进离现实最远的文字训诂和考据当中去,而这些只是工具性的知识,如何应用这个工具? 他们的第一个选择就是经学。

清代经学的繁荣是历代不能企及的,对《论语》的研究也远胜于历代。用皮锡瑞的说法,清代对经学研究的贡献,大体可分为三项:

一是辑逸书。经书自秦汉有不同传本传世,后许多本子失传,对全面准确理解经典是不利的。但已逸之书,可能散见于各种传世书籍之中(如类书),这样就有辑逸的可能。清学者做了许多这样的工作,上面说过马国翰辑有《齐论语》《古论语》各一卷。不仅辑不同的传本,还辑古注,特别是汉代流行的,但后来几乎完全消失的今文学派对论语的注释。如惠栋著有《论语古义》,对其中有疑部分他搜罗古人的注文和记载,加以重新审订。惠栋奉行孔子的"述而不作"的方针,他的治经只是述古人的意见,自己不下断语。

二是精校勘。儒家经典的流传已经有 2000 多年,很长时间内是在没有纸、没有印刷术条件下流传的。而且书出多门,传承之间的差异也很大。要搞一个较好的定本,一定要经过仔细、精湛的校勘。这不仅仅是求真,而且也更能深入理解经典。《论语》也经历了清代学者多次校勘,如阮元有《论语校勘记》十一卷传世,非常精细。稍后的刘宝楠在《论语正义》中也很注重校勘。

三是通小学。所谓小学就是文字音韵训诂之学,这是清人长项。宋人好疑古,敢于冲击汉学,然而他们小学的功夫不行,常常闹笑话。世传东坡问荆公:"何以谓之波?"曰:"波者,水之皮。"坡曰:"然则滑者,水之骨也?"①王安石对多部经典作了新的诠释,自觉异于古人,号称"新学"。其诠释的基础在于它对许多文字有独特的认识,并作《字说》自以为其地位可比"六经"。实际上王安石对文字学并不在行。清人研究经学强调必从识字始。他们在这个方面贡献最大。这表现在清人许多《论语》注释本中。比较典型的是俞樾对《论语》的注释与研究。他在《群经平议》的序中说:"治经之道,大要有三,正句读,审字义,通古文假借,得此三者以治经,思过半矣。"这些几乎都仰赖于小学的娴熟。俞樾的《群经平议》中《论语》部分正体现了他在这方面的功力。如关于"乡原德之贼也",《论语集解》把"原"解释为"迎合",较牵强。朱熹认为"原"与"愿"通,解释为"厚",乡愿就是一乡人都认为厚道的人。俞认为"原"是"傆"的假借字。《说文》:"傆,黠也。"俞说:"乡傆者,一乡中傆黠之人也。《孟子》说乡原曰:'非之无举也,刺之无刺也,同乎流俗,合乎污世,居之似忠信,行之似廉洁。'则其人之巧黠可知。孔子恐其乱德,盖即巧言乱德。"②朱熹释"乡愿"为好好先生;俞樾认为好好先生哪能做到像孟子形容的那样八面玲珑?如解释作"傆",狡黠就很容易理解了。现在读《论语》大都还是准之于朱熹的《论语集注》,如把清人精彩解释集为一编将是功德无量的事。

⑤清人《论语》学研究举例

清人在《论语》研究上主要分四大类,一是承继宋学的;二是恢复和发挥汉学的;三是汇合诸家集大成式的;四是受近代思潮影响的。

一、坚持宋学的路子解经儒者,大多活跃在清初。这是因为学术发展有其惯性,宋元明的理学不会一入清就戛然而止;更何况做了六十多

---

① 《鹤林玉露》卷3。
② 转引自柳宏《清代〈论语〉诠释史论》。

43

年皇帝的康熙对程朱理学情有独钟呢、公开提倡程朱之学呢？李光地官至文渊阁大学士跟随康熙数十年，所谓御定《朱子大全》《日讲四书讲义》《群经性理》等著作，他都有不同程度的参与。李光地自己著有《读〈论语〉札记》，用于记载读《论语》的心得体会。该书注重以《论语》解《论语》，打通各个篇章之间的关系，互相发明。他的《榕村语录》中也有四卷讲《论语》，其中也有好的见解。如讲"子为父隐，直在其中"，说"惟'隐'字最妙，盖不敢护其恶以伤理，又不敢列其过以害情"。总的说来，李光地关于《论语》著作还是谨守程朱体系的。

向程朱理学提出挑战的是窜身山林的王夫之和当时的学界怪人毛奇龄。王船山的《读〈四书大全〉》虽然认同宋学提出的基本范畴和论述方式，但对宋儒和朱熹的基本观念却持否定态度。针对朱熹的"天理""人欲"的关系，他说"人欲之各得，即天理之大同"，"随处见人欲，即随处见天理"，对程朱可以压制人欲十分反感。他是借注经伸张自己观点的。他说"六经责我开生面，七尺从天乞活埋"。从中可见他的反主流精神和借注释儒家经典宣传自己观念的自觉性。

毛奇龄是怪人，学问大，著作多，脾气怪僻，好与人论争。有记载说，晚年贫困，茅屋三间，堂屋接待客人。有时一边与老妻骂架，一边回答客人提问，一边笔不停挥，所谓一心三用。毛氏做学问非常细致，这在他的《论语稽求篇》中也有表现。如"桓公杀公子纠"章，奇龄考订齐桓公小白与公子纠到底谁是兄长，朱注为了强调宗法伦理断定齐桓公是兄，公子纠是弟；除了观念上原因外还误在汉文帝时薄昭给"淮南王"的一封信上，毛氏细加剖析，不仅指出朱的错误，连其由来也讲得清清楚楚。很有说服力。关于孔子之子孔鲤、颜回去世时间的考订也很缜密。

二、恢复和发挥汉学务实作风始自顾炎武，但到了乾隆时期才有了长足的发展，因而学者们称他们为乾嘉学派。这个学派的学者认为宋元以来学者空疏，只爱谈空洞的大道理，忽视对经文本身的研究，比起汉儒差得很远。一来汉儒近古，离孔子较近，圣贤所讲对他们来说还不太陌生；二来汉人所依据的本子也比较可靠。所以他们都致力恢复汉学。这种精神渗透在雍正以后大多经学家中。前面提到的惠栋的《论语古义》，又如江声的《论语俟质》主要根据《说文》批评何晏《论语集解》的谬误。其内容主要是勘正文字,也有一些考证人物、地名、历法、礼仪、官制、史实的条目。

三、在传世的《论语》注本中带有集大成性质的有何晏的《论语集解》,皇侃的《论语集解义疏》,邢昺的《论语注疏》,朱熹的《论语集注》。清代带有集大成性质的《论语》注释本则是刘宝楠的《论语正义》①。宝楠(1791—1855)字楚桢,号念楼,江苏宝应人。道光二十年(1840)进士历任文安、元氏、三河等县知县,为官清正。清代学者,多有家学,各有传承。宝楠自幼从乾嘉时著名学者经学家刘台拱学,台拱即其叔父,刘家也有治经和研究《论语》的传统,刘台拱就著有《论语骈枝》,兄长刘宝树著有《经义说略》。宝楠早年与仪征刘文淇齐名,相约治经书一部,加以疏证。宝楠分得《论语》,后遂以注解研究《论语》为事,仿照焦循作《孟子正义》之法,先作《论语》长编(收集有关论著编在一起),在此基础上再加抉择、折中评析,成《论语正义》,全书二十四卷,十七卷之后是其子刘恭冕执笔完成。

宝楠对何晏《论语集解》及"皇侃疏""邢昺疏"均不满意。言"集解"收了伪孔安国、王肃的注文,反而对最佳的郑玄注"多所删逸";言"皇侃疏""多涉清玄,于宫室、衣服诸礼缺而不言";"邢昺疏"则只是"依文言义",缺少发明②。对朱熹的《论语集注》,虽然没有直接批评,但从行文中"我朝崇尚实学,经术昌明"的话来看,也是不屑的。认为"朱注"中的虚比浮词当不在少数。宝楠还认为清朝研究《论语》的成绩"彬彬可观",因而应该有"义疏之作",加以总结。

《论语正义》的经文、注文以"邢昺疏"为底本,有异同者,写在疏文之中。著者特别看重郑玄注,关于"郑注",清人惠栋、陈鳣、臧镛堂、宋翔凤等各有辑文,宝楠详载于义疏之中。书中对汉人注尽量"详载";对魏晋以后的注文则择精而载;对清儒的意见则是"舍短从长"。所取清人关于《论语》的著作有毛奇龄《论语稽求篇》《四书剩言》,方观旭《论语偶记》,江永《乡党图考》,钱坫《论语后录》,包慎言《论语温故录》,焦循《论语补疏》,刘逢禄《论语述何》,宋翔凤《论语发微》,戴望《论语注》,凌曙

---

① 有世界书局《诸子集成》本。
② 皆见《论语正义·后叙》。

《四书典故覈》,周炳中《四书典故辨正》,陈鳣《论语古训》,胡培翚《四书抬义》,翟灏《四书考异》,黄式三《论语后案》等。虽然《论语正义》仍有乾嘉学派的重汉轻宋倾向,但《后叙》中也说"不为专己之学,亦不预分汉宋门户之见。凡以发挥圣道,证明典礼,期于实事求是而已"。应该说全书是实践这个主张的。

书中的"注"是"邢昺疏"本的,注下的"正义曰"才是刘氏的进一步的详解。分别解释经中文字的意义,句子的意义和通篇文义。这是对经文的疏解。之后有〇隔开,再列"注"文;再用〇隔开的"正义曰"则是解释"注"文的。此书在考证上下工夫最多,例如,讲"千乘之国"用了三千多字,"千乘之国"到底是多大的国家?有人从人数上分析,有人从封地的面积上分析,有人从封地中纳税的田亩上分析。最后以包咸的意见为准,"千乘之国"就是"百里之国"。此书兼及义理,吸收宋学中平和、近于人情的部分,不作矫激之论。如注"子见南子"。著者虽然认为孔子去见不愿见的人肯定是有损自己尊严的,子路不高兴,是因为他为人亢直,但态度不免矫激。孔子告诉他说"若固执不见,必触南子之怒而厌我矣。天即指南子。夫子言人而不仁,疾之已甚为乱"。这里的分析是本乎人情的。孔子认为对小人也不要把他们逼到墙角,使他们铤而走险。明末东林、复社对"阉党余孽"阮大铖态度就缺少宽容,逼人太甚,导致两败俱伤。孔子心目中南子这个名誉不好的女人与小人一样,"近之则不逊,远之则怨"。《论语正义》的缺点是太过烦琐,连"第一"两字都要详加解释,说什么"一,数之始也"。

四、受近代思潮影响的康有为的《论语注》[①]最为典型。清末康有为在学术上是个怪人,他持今文学派的主张,把孔子打扮成通天教主,树立对孔子的绝对崇拜,凡是妨碍他立说的一概斥为是汉代古文学派的"作伪"。他又受到西学的影响,力主变法,这两种思想倾向在他的经学著作中都有表现,《论语注》也不例外。

他认为《论语》是曾子弟子所辑。曾氏之学"专主守约",学识狭隘,谨守约束性的"礼",不足以知孔子之大道。只知道礼通小康,不懂乐和

---

① 《论语注》有中华书局1984年排印本。

大同。曾氏弟子所辑的《论语》之学只能是"曾学"的表现,如果是子游一系的子思、孟子辑《论语》则当另有一番气象。当然这些都是推度之词,无从查证考索。康氏还是认为《论语》所记的孔子的话是"实有微言"的,这些"微言"像曾子之徒这样的区区小儒是不了解的,后世学者更无从知晓,只有康有为自己发此 2000 余年之覆,彰明于世。康氏如此大言欺人,意在阐释"微言"之时,把自己对儒学的理解和关于大同的观念注入到注解中去,以发"大同神明之道",推销给读者。实际上"大同"只是孔子等儒者理想社会的标的,并非是力求实现的目标,他们追求的目标是小康。孔子讲大同只是告诉人们过去曾经有过这样的时代。康氏在注文中强调《论语》有力主大同的话语,只是比较隐微罢了。如在讲"为政以德,比如北辰,居其所而众星拱之"中说"端拱而致太平",这个"太平"只能是"人人共之,以成大同"。这离原文之意太远,属于过度引申。

《论语注》写于戊戌变法失败之后流亡欧美、返回亚洲住在印度之时,欧美的思想和欧美社会影子还在他的大脑中旋转,拂之不去,这些不能不写在《论语注》中。如他解释《为政》中说:"自据乱进为升平,升平而进为太平,进化为渐,因革有由。"仿佛公羊学的"张三世、通三统"之说就是当代的进化论。在注《卫灵公》章的"无为而治者,其舜也与"时康氏说:"盖民主之治,有宪法之定章,有议院之公议。行政之官,悉由师锡,公举得人。故但恭己无为而可治。若不恭己,则恣用君权,挠犯宪法,亦不能治也。君无责任而要在恭己矣!此明君主立宪及民主责任政府之法。今欧人行之,为孔子预言之大义也。"传说中大舜的"无为而治"只是先秦思想家对上古政治简单、民心淳朴的向往,康把它解释为"虚君共和",行政的最高官员要由民众选出,因此有行政官对民众负责,君主无责,可以垂拱而治。由此康氏认为近世的欧洲君主立宪制是孔子早就预言过的。这正是后来鲁迅常常讽刺的,当西方那些令人羡慕的东西传来的时候,国人往往以这是古已有之、现在不过失传自慰。又如《八佾》章,讲到君子如果要争的话,应该是"射礼"上,而且孔子肯定"其争也君子"。康注认为,这是孔子肯定议院的党人之争"两党迭进,人道之大义","故议院以立两党而成法治,真孔子意哉"。不知道康氏真是如此深信孔子必能预知 2500 年以后事,还是自己不相信,但为了神化孔子,非要如此说。

对《论语》中有明显负面意义的语句，康氏不是以己意改经并作歪曲的解释，就是认为是汉代刘歆所伪造。因为刘歆主古文学说，是康有为竭力打击的靶子。如注《泰伯》章的"民可使由之，不可使知之"。这历来被视为"道"不必使民知，对老百姓只要支使他们去干就是了，所谓"终身由之而不知其道"。到了近代，愚民说已为进步人士所不取，于是康有为也反对愚民，但"民可使由之"两句成为孔子愚民的证据。康氏为了维护孔子的高大形象。在注文中说："愚民之术，乃老子之法，孔学所深恶者。"老子才搞愚民政策，孔子是持反对态度的。于是康认为"民可"二句，或是古文《论语》所窜入，"或为刘歆倾孔子伪窜之言"。这种说法毫无版本根据。

又如《季氏》章的"天下有道，则政不在大夫；天下有道，则庶民不议"。这是倡导君主专权的。康氏则把两个"不"字去掉，认为这是后世不明孔子真意妄增的文字。经文应该是"天下有道，政在大夫；天下有道，则庶民议"①。康氏注云："政在大夫，盖君主立宪。有道，谓升平也。君主不负责任，故大夫任其政。大同天下为公，则政由国民公议。盖太平制，有道之至也。此章盖明三世之义，与《春秋》合。"乾嘉以来，经师最忌讳改字说经，像康有为这样毫无版本根据地改动经文，是被视为"妄人"的。《论语注》更多的是康有为借以宣扬自己的观点，而非解释《论语》。

清代经学以及《论语》学取得了很高的成就，特别是乾嘉以来，张扬汉学实事求是精神的经学家对恢复经典原貌和深入理解经典起了很好的作用。

进入民国之后，学术已经进入一个新阶段，但仍有旧式学者按传统方式做研究。于 1942 年完成的程树德《论语集释》也是一本集大成式集注本，全书引书 680 种，古今著名的论语注本囊括殆尽为研究论语学者提供了自汉到清的详尽资料。

---

① 20世纪70年代定州汉墓出土刘脩本，与"古论"无关，其《季氏》章，也是"庶人不议"。可见康氏纯属猜度，毫无根据。

⑥推荐一个好注本

民国间注本我以为杨树达的《论语疏证》①最有价值。

杨树达是民国时期重要的语言文字学家,《论语译注》作者杨伯峻的叔叔。此注称"疏证"用陈寅恪先生话说就是"汇集古籍中事实语言之与《论语》有关者,并间下己意,考订是非,解释疑滞"(陈《序》)。陈先生还说:"夫圣人之言必有为而发,若不取事实以证之,则成无的之矢矣。圣言简奥,若不采意旨相同之语以著之,则为不解之谜矣。"这种注释的方法,在《论语》的研究中,还未曾有过。杨树达先生开创了一种新体例。作者在疏解每条文句时,都能把两汉以前相关的文字搜罗殆尽,读者可以据此互相比对,探索原文产生的思想环境。如作者所云"本书宗旨在疏通孔子学说,首取《论语》本书之文前后互证,次取群经诸子及四史为证。无证者则缺之"。以"民可使由之"两句为例。"疏证"罗列了八条。如引《易传·系辞》和《孟子》说明百姓"终身由之而不知其道"。引《吕氏春秋》中的两个故事说明老百姓可与"乐成"(享受建设成果),难以"虑始"(开始时不愿投入)。引《说苑》言"愚夫愚妇",弄不懂"圣人"本意,不可能说服,只要管理(牧)好他们就成了。最后引《淮南子》意在说明只有"神道设教",愚弄百姓,才能使其有所规范。从这些议论中可以看出,当时认为只有圣人才能认识到长远的利益,老百姓不可能理解,只能驱使,不必讲理。这样一罗列"民可"两句的真实含义即使不解释也清楚了。从这些条款中读者还可以感受到孔子当时为什么那样说、那样想。这有助于还原孔子的本来面目。我们现在读《论语》既不要神化孔子、更不要妖魔化,对《论语》更要作实事求是的解释,《论语疏证》给我们提供方便。只是对初学者它尚有些艰深。

陈先生《序》中说的"间下己意"是指杨先生常在罗列古人意见后往往以"树达案"的形式,缀以三言两语,颇能判定是非,"解释疑滞"。如《公西华侍坐》章,"各言尔志"之后,孔子表示赞成曾点的意见。"树达案":"孔子所以与点者,以点之所言为太平社会之缩影也。"这比用"孔颜乐处"去解释更合理一些。

---

① 《论语二十篇句法研究》台湾开明书店 1973 年排印本。

当今的"读经"热与《论语》

1. 新文化运动中的儒学与《论语》

近来人们批评传统的中断往往归咎于新文化运动。认为自"五四"以来到"文革",中国思想界主流是被彻底否定传统的激进主义操控的,因此导致传统文化的中断乃至流落殆尽。这是不符合历史事实的。新文化运动中的确喊出了"打倒孔家店"的口号,但是就整个运动来看,人们不是完全否定孔子、儒家学派及其经典的,而是要打破其一统地位,重新评价它。新文化运动中最激进的、后来共产党领导人李大钊也只是说"余之掊击孔子,非掊击孔子本身,乃掊击孔子为历代君主所雕塑之偶像的权威也……乃掊击专制政治之灵魂也"①。这不仅是李大钊一人的看法而是当时激进派的共识。被誉为"只手打倒孔家店的老英雄"吴虞也说:"孔子自是当时之伟人,然欲坚执其学以笼罩天下后世,阻碍文化之发展,以扬专制之余焰,则不得不攻之者,势也。"②这些都说明了当时学人主要还是针对统治者利用已经非常腐朽的儒学 (与原始儒学已经有很大不同)实行文化专制。另外,当时文化呈多元状态,政治基本上不以强制手段干预文化,激进的主张也只是思潮的一端,远非全部。

新文化运动以来,是以科学态度整理国故,而且在这方面取得很大成绩。即使以承接"五四"新文化运动自命的中国共产党,在"文革"以前也没有完全否定儒家、孔子,强调从"孔夫子到孙中山"要加以总结,应该"汲取其精华""弃其糟粕"。对《论语》的研究也从未中断,程树德的《论语集释》、杨树达的《论语疏证》、杨伯峻的《论语译注》等都是这个时期的著作,它们都是有所突破的。

至于"文革"中的"批林批孔"则是一场政治运动,其中根本不存在学术是非、更非"激进""保守"的问题。像"北大哲学系的工农兵学员"居然能把"有朋自远方来,不亦乐乎"解释成孔丘要其门徒"拉拢来自远方的反革命党羽,扩大反革命组织"(《〈论语〉批注》中华书局),真可以令

---

① 《自然的伦理观与孔子》,载《李大钊文集》上。
② 《吴虞文录·序》。

古往今来的人们瞠目结舌。更有人根据刘向《列女传》"秋胡洁妇"的故事"考证"出孔老二是"好色之徒"、是"流氓"(理由是秋胡子是鲁国大夫,他回家误将妻子认作民女调戏。而这个鲁秋胡就是"鲁丘乎",丘就是孔丘),这不是活画出批判者的嘴脸吗!这类文章不仅好笑,而且令人齿冷。除了能够听到运动操作者谩骂的回声外,哪里有什么思想,有什么学术?又如党校写作班子写的《从〈乡党篇〉看孔老二》文章在描写孔老二拜见国君时,竟用"端起胳膊"四个字解释"翼如",用于映射周恩来总理①。这些与"激进主义"有什么关系?这时所发表的文章,竞相极度丑化孔子,除了表现出写作者极力奉迎的心态外,哪里有什么学术呢?这怎么能与"新文化运动"相提并论呢?

当然,这种极端主义的、肆意歪曲历史的短浅的功利主义态度,除了蒙蔽一些愚民外,必然在正直的人群中激起强烈的逆反心理。梁漱溟先生表现出来了,大多平民百姓似乎没有反应,但并不等于他们内心不会产生反激机制。所谓公道自在人心就是这个意思。

①"厚古薄今"思潮的一个"反动"

这个"反动"是指相反的作用。数十年来,当局强调的社会科学和历史的研究"厚今薄古"倒是一种"左"倾的激进主义思潮的反映,"批孔"则是这种思潮的畸形、恶性的发展。在这种思潮的影响下,传统文化大多被贴上剥削阶级的标签,加以扬弃,并用流行的政治文化取代。新社会成长起来的人们关于传统文化的知识越来越少,甚至是一无所知,那时"政治正确"几乎成为一切。传统学问中注重对人与人关系的研究,凝结为对依照"礼"建立的秩序的尊崇和对道德的强调,国人也常以"礼仪之邦"自诩。可是经过"文革",传统文化被砸烂,人们连鞠躬都不会了,倡导"五讲四美"要从说"您好""对不起"学起。这是多么令人可悲的事情。人们又看到当时经济迅速发展的"亚洲四小龙"和日本都是重视儒教的,这些都大大刺激了人们对儒学的认同。

②对儒家认同的群体基础——白领人员

从人群需求上来说,应该注意到近十来年,白领人员及预备白领人

---

① 李零的《我读〈论语〉》把"翼如"的"翼"解释为"趨"即小心翼翼之"翼"的借字,解释为"敬慎之貌"比较合理。

员形成一个不可忽视的群体。据 2003 年的统计数字,当时在校大学生就有 1900 万人,现在估计得有 2000 万人。这些人只是白领队伍的预备军。白领应有预备军的三四倍吧?两者加起来将近 1 亿人。这是一个不可忽视的存在。受过西式教育(现代教育基本上都是西式的)的人们,认同西方文化的不少,也应该看到由于白领人员虽然在物质生活上相对优越一些,但他们的生活节奏快、竞争激烈,缺少精神抚慰,自然会有一部分人向具有农业文明背景的传统文化皈依。中国的农业文明是世界上所有的农业文明中发展得最完善、最详密、最优美的。当今我们向现代社会转型实际上是向现代的工商文明转型,而这个工商文明只有欧美发展得最完善。农业文明所产生的文化虽然从总体上说难以适应工商社会,但农业毕竟是人类的第一产业,以这种文明为背景的文化有其更接近生活、更为人性化的一面。这种文明更强调顺应和融入自然、强调生活享受的精致、强调生活节奏的徐缓、强调各种关系的和谐。对白领人员这些是具有吸引力的,因为它们不仅能调节生活,而且更可以平衡心态。因此,有相当一部分白领人员热衷传统文化是不奇怪的。20 世纪六七十年代的日本也走的是这样一条道路。在经济高速增长的同时,一些人向传统回归,茶道、坐禅进入许多生活优裕的人的日常生活。使许多传统的文化形式得以保存。日本人做得较为理性。

而我们只要群体发"热",便缺少理性,甚至走火入魔。当代宣讲《论语》强调诉诸"心灵",从宣讲内容到方式都有些像前几年宣讲气功。这样做虽然具有群体召唤力,但离执著现实人生的《论语》却远了。

③热衷向传统回归的思潮

当市场经济确立以后,人们自然会考虑相应的文化以匹配。人借呼唤传统文化的复兴呼吁向传统回归、向儒家回归。于是有人主张"读经",甚至主张把圣人思想注入到我们俗人头脑里,这些人与一些时髦学者结合起来汇成一股"儒道救国"的小小思潮;有的研究哲学的学者突破了历来以"进步""革新"为正面价值的樊篱,宣称自己是文化保守主义者;还有一些非主流的学者也有感于近百年的"心灵漂泊,精神虚无",呼吁"再文明化",重新建构"中国精神"。而"再文明化"获得和重构的"中国精神"要素自然也离不开古老传统。甚至连一些占主流地位的作家、艺术家与学者也在发表"文化宣言",向"海内外同胞、向国际社会表达我们的文化主张"时,也津津乐道传统文化的"东方品格";并期待它能消解"当今世界个人至上、物欲至上、恶性竞争、掠夺性开发以及种种令人忧虑的现象"。应该看到知识界有了不同的声音,说明了思想界、文化界的活跃和日趋多元,这是一件好事情。在法律允许的界限内,人们主张什么、提倡什么只要不辅以强制都是正常现象。然而,这些保卫传统的呼声在学理和实践上都是有值得商榷之处的。

这些思想背景正是儒学热、《论语》热的基础。

2. 为什么热在《论语》上

在所有的儒家的元典里《论语》是最通俗、最温馨的一部。由于2000多年儒家一直占统治地位,因此儒家的思想及其倡导的概念、儒家特有的话语弥漫在我们生活空间,无往而不遇,即使在"批孔"运动中,连最常用的一个大批判语——"是可忍,孰不可忍"也是来自《论语》,可见这部书对我们的生活的渗透的程度。至于工作、学习中,《论语》中出现的话语太频繁了。如"知之为知之,不知为不知""逝者如斯夫,不舍昼夜""文质彬彬,然后君子""发愤忘食,乐以忘忧""三人行,必有我师焉"等,这类句子可以举出许多,它们平时就流行在我们之间,当一接触到《论语》时,人们突然发现似曾相识的东西太多了,人们好像拥抱多年不见的老友一样来欢迎它。

《论语》与儒家其他经典相比是通俗的,没有多少文化的人也可以读。宋代的开国元勋赵普史书说他"寡学术",太祖赵匡胤"常劝以读书"。他常读的书也就是《论语》,人称赵普是"半部《论语》治天下",虽有些大言欺人,但《论语》对赵普处理政事还是有点用处的。现在人们关于传统文化的认知度大大降低了,儒家用于教人的"五经"肯定是看不懂的,就是《大学》《中庸》这些带着点"理论"色彩的儒家读物在大多数人看来也不是那么容易掌握的,《孟子》也多是长篇大论,《告子》《尽心》等篇对心性的探讨,也很难引起初学者的兴趣。唯有《论语》则是由短小精悍的格言式的句子组成的,既通俗,又引人入胜。像"己所不欲,勿施于人""仁者爱人""夫子之道,一以贯之,忠恕而已矣""君子疾夫舍曰欲之而必为之词""四海之内皆兄弟也"等,明白易懂,读者便于掌握,含义丰富,许多是现实生活中稀缺的。社会现实是关于传统文化的知识越来越少,《论语》的通俗性正适合当前的接受水平,特别是大量白领人员的接受水平,因而,有关《论语》的著作一面世,再加上媒体(从事媒体的人员大多也是白领)的追捧,骤然火暴,是不奇怪的。

儒家是讲中庸的,可就是儒家思想家能够做到中庸的也不多,就是号称"亚圣"的孟子也不免偏激(如对"杨墨"的批判)。而《论语》中的孔子的形象,就比较中庸。特别是他的人生态度、处世方针尤其能让经历了几十年反反复复的斗争,并对此感到厌倦的人们着迷。中庸的生活态度实际上是审美的,所谓"审美的"就是在某种程度上是超脱功利的,他真诚又尊重礼数,本色而又不缺少文饰,严肃认真而又富于情趣,执著又有豁达的一面,总之他是能够做到"允厥其中"的。孔子在政治上的追求是"知其不可为而为之";在育人与学术上,他是"疾没世而名不称焉"。这种生活态度是具有感染力的。汉族是缺少宗教意识的民族,审美的人生态度恰恰能够填补这个空白。1993年我去台湾住在圆山饭店,在饭店的每个房间里都有两本精装书,任客人取阅。一是《圣经》,一是《四书》。听说圆山饭店是宋美龄女士一手操办的,她是信仰基督教的,希望人们能读《圣经》,对不信基督教的,她用《四书》替代,其中深意,可以理解。

《论语》的文学性也是它能被广泛接受的重要原因。《论语》风格冲淡,但文字之中还是流动着对孔子的怀念和尊敬的情感的,这种感情平实而质朴,很有感染力。弟子们笔下的老师亲切和蔼,有教无类,因材施教,在日常教学中尊重弟子,在批评他们时考虑到弟子的个性和接受能力,自己有错误,公开在学生面前认错,作自我批评。因此,孔子批评最厉害的学生往往对他感情最深。这些令每一个做过学生的读者感动,谁不希望有这样一位老师呢?确立孔子万世师表地位的不仅仅是他传播了知识和文化,更重要的是他对学生的态度,有了这样的老师,人们对"天地君亲师"的"师"的崇高地位才能在感情上接受。《论语》的召唤力是与孔子形象的感召力紧紧结合在一起的。

黑暗王国的一线光明

——再说游侠

1. 由"侠"的定义说起

在过去写的《话说游侠》里对"侠"作了新的阐释,指出在先秦"侠"与"夹"是一个字,而"夹"的本义是指有人追随。《尚书·梓材》有句"先王既勤用明德、怀为夹、庶邦享"。"夹"《一切经音义》云:"夹,辅也。"在金文中,"夹"的字形很像中间有一个大人,两侧皆有一个小人夹辅。

过去许多学者解释"侠"往往受到战国末年《韩非子·五蠹》篇中的"侠以武犯禁""废敬上畏法之民,养游侠私剑之属"①等话头的局限。实际上,论者只看见了"武"和"剑",而忽略这些话的主旨所在。韩非意在指出一些贵族豪门窝藏"私剑"(属于个人的武装力量),不怕法律,敢于"犯禁",目的在于揭露这些"侠"是"以匹夫之细,窃杀生之权"②,而这个"杀生之权"在法家看来只能专属于君主,任何"匹夫"(包括君主的亲贵),不可据而私有。而韩非认为一些人要做侠,招揽"私剑",其目的在于"肆意陈欲"(使自己的欲望不被约束);而且成为"侠",还要"弃官宠

---

① 皆见《韩非子·五蠹》。
② 《汉书·游侠传》。

交"①(官员放弃职责去结交朋友),这样才能使自己的武装力量壮大起来。可见韩非子尽管强调"游侠"的暴力作用,但他对游侠的理解还是在于"侠"有一帮子人(私剑)追随和作为后盾,并非说"侠"本身就是暴力。

司马迁在《游侠列传》中进一步阐释"侠":

> 古布衣之侠,靡得而闻已。近世延陵、孟尝、春申、平原、信陵之徒,皆因王者亲属,借于有土卿相之富厚,招天下贤者,显名诸侯,不可谓不贤者矣。比如顺风而呼,声非加疾,其势激也。至如闾巷之侠,修行砥名,声施于天下,莫不称贤,是为难耳。

这段话说得很清楚,太史公所标举的"侠"是春秋时的延陵季子、战国时四公子,都不是"以武犯禁"的人物。他们的共同点在于"招天下贤者,显名诸侯"。换句话说他们是因为有一帮追随者(不管这些追随者抱有什么目的)力量强大而彰显于社会的。我们所熟悉"武"并未在司马迁的考虑之列,虽然先秦贵族都接受过"武"的训练,战国四公子也都为自己的发展利用过武力。

2. 侠——贵族社会解体的产物

"侠"是春秋战国社会激变中产生的一个新的社会集团。先秦的"侠"多出身于贵族,因为只有贵族才有经济实力和精神实力把人聚拢起来。司马迁说"古布衣之侠,靡得而闻已"②。其实不是没有听说过,而是没有,因为布衣不具备把游士聚拢在一起的经济条件。

中国古代是垂直组织类型的社会,依靠自然与人为的手段把人们组织在特定的社会网络之中,每人各有特定的位置,上下有等,很少流动。统治阶级是周天子、诸侯、大夫、士,被统治者包括庶人和奴隶等。贵族社会有几个特征与后来侠的产生有关。一是世禄世卿制度,阶层、阶级之间基本没有流动。二是统治阶级负责公共事务,庶人不能染指,甚至连议论的权利也没有。所谓"天下有道,庶人不议"。三是人们之间交

---

① 《韩非子·八说》。
② 《史记·游侠列传》。下面凡出于《游侠列传》者皆不注。

往自然很少,或说人们之间除了垂直的统治与被统治以外,很少有横向联系。春秋以前"大夫无境外之交"①,大夫以下更不用说了。春秋以前的文献资料,连"友"字都很少见,即用也多指"友邦国"(国家的朋友),或指兄长爱护弟弟,曰"友"。很少用于描述个人之间的关系,可见那时人们横向往来很少,特别是与远方异国(春秋时国很小,大国也就相当于现在一二十个县地盘,小的也就两三个县)人的交往。这三个特点构成了贵族社会人际关系的简单与恒定。

这种情况到了春秋时代发生了很大的变化。西周末年的诗歌就以"高岸为谷,深谷为陵"形容当时的社会变迁。先秦史家许倬云在《中国古代社会史论》中指出,春秋时期,统治阶级各阶层流动显著增加,总的说来"士"群体开始活跃,而且其地位呈上升趋势,"卿"正相反②。战国时期这种变化更加剧烈,一些古代的贵族逐渐被消灭或被取代。也就是说,前面说的那些贵族社会特征——世禄世卿、贵族独揽公共事务和少交流交往——日益消减或消失,贵族社会由松动到逐渐解体。

这个变迁使得许多大夫、士从原有的垂直统治的系统中游离了出来,原有的饭碗打破了,他们要找寻新的饭碗和谋求个人发展自然要到各地、各国奔走,要广拉关系,多交朋友,这是一种新产生的社会需求③。《论语》一开篇就说"有朋自远方来,不亦乐乎"。士人有朋友了,而且是从"远方"来的,大约是"外国"。孔子对远方朋友的期待和热忱都是过去没有的,在孔子时代这种交往肯定是新生事物。这种横向交往是产生"侠"的社会基础。

谁才能招拢这些远方士人,把他们聚拢在自己的身边呢?孔子一类穷士人不行,聚到孔子身边不仅挣不到钱,还要交学费(束脩),而且孔子只能教给他们知识,不能为他们提供"就业机会"。

谁才能招拢那些从原有秩序中游离出的游士呢?一是各国君主,追随君主被纳入主流社会,生存不成问题,发展也有可能。然而君主的容纳量有限,有些就追随了贵族豪门,司马迁所说的"战国四公子"就是典

---

① 见《后汉书·第五伦传》第五伦上疏引《尚书》注文言"大夫无境外之交,束脩之馈"。
② 《中国古代社会史论》P43。
③ 《论语》有"父母在,不远游,游必有方"之语,劝告有父母健在的士人出游要谨慎。

型。太史公认为他们是典型的贵族之侠。他们养了成千上万的宾客,还包括"私剑",成为有实力的集团,甚至掌握着"生杀之权"。这不仅影响着国内政治运作,而且波及国际,如魏国的信陵君窃符救赵,孟尝君带着他的门客流动于诸国之间,都是例证。这可以说是最早的侠。

至于那些有武力、有勇气、有信义、守承诺的刺客,如《史记》中写到的曹沫、专诸、豫让、聂政、荆轲 5 人行刺报恩的事件。司马迁虽然对他们的献身、勇武、守信、执著、一往无前的精神深致赞美,甚至说"此其义或成或不成,然其立意较然,不欺其志,名垂后世,岂妄也哉"! 然而,他们只是有贵族派头的"杀手",还没有侠的资格。因为他们还没有追随者,而且他们也非主动去干预世事,他们打杀只是报恩罢了。

3. 侠——贵族精神的遗子

中国历史上有两个时代游侠最多,人们也最爱谈论侠,这就是汉、唐。读汉、唐历史或诗文都会感受到有侠的影子在游荡。为什么会集中在这两个朝代呢? 因为汉、唐皆属于后贵族社会。它们的前代先秦和南北朝①是贵族社会,到了汉、唐虽然大一统的皇权专制已经形成,但贵族风习、意识并没有完全消失。

周代是货真价实的封邦建国的"封建社会",这个社会中天子、诸侯是位居"南面"的为君者,"大夫士"则是中下层施政者,用现代的话说他们是社会的管理者(官吏)和保卫者(各阶层军官和车战的军士)。他们不仅是各有专职,而且是世袭的。我们说的贵族主要指大夫、士这两个阶层。他们思想行为有什么特点呢? 20 世纪 40 年代的"战国策派"的代表人物林同济认为,由于他们长期负责公共事务,而且世禄世卿,养成"世业"和"守职"的观念,并造就他们的荣誉感和自尊心,形成了独特的人格。林同济描绘这种人格说:

> 以义为基本感觉而发挥为忠、敬、勇、死的四位一体的中
> 心人生观,来贯彻他们事业的抱负,守职的恒心。他是一副"刚

---

① 西周以来是贵族社会(包括解体过程)史学界没有太大争议;南北朝大约就有争议。这里取日本史学家谷川道雄说法。他说:"如果说贵族社会是南北朝时代之基础,那么隋唐时代是在这一社会发生变化的形式之上而诞生的。"(《隋唐帝国形成史论》)

道的人格型"。

——《大夫士与士大夫》①

这就是一种"贵族精神",为什么会形成这种贵族精神呢?因为那是长久固定分工的社会。"大夫士"世代作为社会管理者和国家的保卫者,养成了负责公共事务和为国作战的习惯而长期从事于此,必然养成"忠敬勇死"的精神,必然习惯性地爱管一些与他关系不大的公共性的事务。我们翻阅一下《左传》《国语》常常可以看到具有这种精神状态的人物,直到《战国策》中还不乏这类人物。

先秦,那种以天下为己任各种学派的开山人物都是秉承了这种贵族精神的,包括现代研究者称之"代表手工业者和小生产者利益",但能摩顶放踵以利天下的墨子。他们以天下为己任、鞠躬尽瘁,死而后已,正是这种习惯于管理公共事务精神的发扬和"忠敬勇死"人生观的体现。就是为大儒们所不齿的游士,其中杰出者亦非一些后世区区小儒能望其项背。如鲁仲连、唐且、颜阗等人自尊自爱的态度也是不乏贵族色彩的。

秦一统之后,以吏为师,铲除一切民间思想。各个学派除了服务官府的,全部消失,游士更受到取缔。然而"贵族精神"却不是一时半会儿可以完全消灭的。民间秘密活动的游侠就是承继了这种精神的(如项羽、张良等),秦朝末年,他们也投入了抗暴和复国的斗争。最引人瞩目的"田横五百士"所体现的就是先秦的贵族精神。也就是后来游侠所推崇精神的先声。

那么,什么是游侠独特的生活方式和思想品格呢?司马迁在《史记·游侠列传》中有很具体的描述:

> 今游侠,其行虽不轨于正义,然其言必信,其行必果,已诺必诚,不爱其躯,赴士之厄困,既已存亡死生矣,而不矜其能,羞伐其德,盖亦有足多者焉。

---

① 见《时代之波——战国策派文化论著辑要》。

这包括了：

①勇于帮助他人解决困难，主动去拯救在生死边缘的人们，不怕死，而且不求回报。也就是非为己，而是为他的。

②为了拯救困厄中的人们，不怕触犯法律和世俗的道德观念，也就是敢于反抗现存的主流社会中的一切。

③说话算话，言而有信，一诺千金，救人要救彻底。

④不逞强，不自我炫耀，作默默无闻的奉献，为人低调。也就是司马迁在另一处所说的"其私义廉洁退让"。

这四条也是后世公认的游侠和侠客们所应必备的道德品质，直至近代如金庸、梁羽生等人的武侠小说在塑造大侠的人物性格时仍然基本遵循这个套路。这些品质的来源就是古之贵族，侠客们爱管与自己不相干事情，为解救他人的困厄而奔走，这正是古代贵族因为管理公共事务而形成习惯的延长，也就是林同济所说的"忠"和"敬"。然而，此时已经不是贵族社会，处理公共事务大权完全集中到皇帝手中，具体的部门和地方权力也是君主临时授予的。那些有贵族余习的人干预公共事务就是对皇权专制的挑战，是与主流社会对抗。这种对抗本身就体现了"勇"和"死"。

《史记》中的游侠鲁国人朱家与汉高祖刘邦同时，在战乱中他救过许多人性命，仅名声卓著的"豪士"就有上百人，普通人更不用说了。他帮助穷人是从最穷的人开始，花钱无数，而自己家中却没有余财，并过着极为简朴的生活；助人不望回报，而且有回报也不接受。经过他的救助的人有位至高官的，朱家终身不去见他。朱家的高风亮节，传遍天下，函谷关以东的士人没有不愿意与他密切交往的，但朱家却很低调，很少交游。另一大侠郭解少年时，盗墓铸钱，杀人报仇，无所不为，近于无赖，中年以后，改变以前的作风，以德报怨，他也像朱家等帮助处于困厄中的人们，而郭解为人更谦逊，以德服人，并尊重各级官吏权威，不敢乘车进入本县衙门的庭院，其威望反而更高。

这些侠有个共同的特点就是朋友遍天下，并受到普通人的爱戴，极具号召力量。汉初吴楚反抗朝廷，周亚夫奉旨讨伐，到洛阳后，先拜访大侠剧孟，把剧孟拉到朝廷一边。周亚夫对人说"吴楚举大事而不求孟，吾知其无能为已矣"。他把得到剧孟,比作除掉一个敌国,或得到一个友邦。可见侠的力量,他们背后都有民间力量支持,在某种程度上侠客已经是与国家政府相对抗的民间领袖。在皇权专制的统治下,不允许有另外的集团性质的力量存在。汉代最有侠的品格的郭解最后也被灭族,可见统治者对游侠憎恨之深;然而郭解却获得了民间极高的评价——"天下无贤不肖,知与不知,皆慕其声,言侠者皆引以为名",成为司马迁为之着墨最多侠客。

为什么司马迁如此讴歌游侠?他说"且缓急,人之所时有也"。人都有可能遇到急难。他还列举自"虞舜"以来历代圣贤遇到的种种困厄,圣贤尚且如此,何况我们这些"以中材而涉乱世之末流乎?其遇害何可胜道哉"!此时真是叫天天不应,叫地地不灵,如果有朱家、郭解式的人物伸一把手,使之脱离苦海,当事者会有什么样的感受?对此,司马迁是有切身体验的,他因"李陵案"被囚于诏狱,命如悬丝,他企盼有侠来帮一把,司马迁落空了,但他把这个殷切的企盼留给了后世,成为国人的三大企盼之一①。实际上汉唐之后,贵族的流风余韵,早已烟消云散,土壤没有了,不会有更多侠出现,游侠的影响只存在于文字和传说之中了。

秦代以前,中国的社会形态有些类似16世纪以前的欧洲,16世纪以后欧洲封建制解体向工商社会发展,由于生产力不够发展等诸多因素,中国封建制的解体走向了大一统皇权专制社会。中国的皇权社会,组织严密,思想控制与行政统治合一,有强大的操控力量,一些侠客以个人之力或为了他人或为了伸张正义与稳居主流地位的势力和制度相抗衡,甚至不惜牺牲自己性命、家族。他们像划破沉沉黑夜、转瞬即逝的彗星,也是黑暗王国中一线光明。

4."侠"是人们对生活的一种选择

我们对《史记》《汉书》中的关于汉代游侠的记载加以分析,可以看出游侠的确是脱离了主流社会秩序的人群。他们在士、农、工、商之外,不治产业,不属于民;他们有力量,可以拯危救难,又常常破坏法律,阻挠统治阶级意志的贯彻执行,这说明他们不依附统治者。

---

① 三大企盼:明君、清官、侠客。

　　游侠不是来源于某个特定的社会阶层,任何人只要他向往游侠,并按照传统对游侠的规定去做,他就有可能成为游侠。有贵族之侠,如战国间四公子,是公认的侠;东汉末年"四世三公"的袁绍、袁术也都"好游侠",有侠风;东汉河内太守王匡"轻财好施,以任侠闻";陈留太守张邈就以侠气闻名天下,赈穷救急,倾家无爱,由此,士多归之;另外,"布衣之侠"也不在少数,东汉末的许多出身下层名人,喜欢交游,与侠客往来,如刘备(家庭贫困,与母贩履织席为业)、甘宁(出身小吏)、姜维(出身小吏)等;至于一些家中富有的少年,倾心游侠,竭力模仿的更是数不胜数。

　　最初的游侠是存在于后贵族社会和皇权专制还没有高度发展的时期,也就是说统治者对游侠的取缔还不太严厉的时候。后世的游侠则多出于对游侠生活的企慕,是人们对生活的一种选择。游侠与游士、游民不同,他们不是由于社会地位和生活状况变迁所决定的,也就是说不是被迫的。这些人不去做游侠,也不是生活不下去了,甚至可能生活得更好。他们去做游侠为的是满足精神上的追求,就像堂·吉诃德一样(当然不像堂·吉诃德那样荒唐),是一些受了古代游侠传统的影响,自动脱离主流社会秩序的人们。他们被理想化的游侠生活迷住了①。这往往与人性中尚武之风和对超凡力量的崇拜有关。

　　为什么人们会自愿选择做侠客? 有些人,特别是血气方刚的年轻人,或有一定叛逆精神的人们,他们对平庸的生活不满,追求不平凡的人生,或向往更有意义的生活。华夏民族是少有强烈宗教信仰的民族,儒家教养又是教人循规蹈矩的。那些追求不平凡生活的人的眼光便集中到侠上。如果这些青年采取的生活方式与古代的游侠品格有某种程度的契合的话,人们便称他们为"侠"或说他们"有侠风"。如果他们再喜欢邀游天下,便是游侠了②。如果一旦厌倦了这种生活还可以改弦更张。只要你没有加入有约束力的秘密地下组织③,就不必像武侠小说写的那

———————————

①　读《史记·游侠列传》确实令人向往,对热血的青年尤其是这样。

②　汉代的侠流动性增大了,特别是出身平民社会的侠。

③　东汉就有了秘密组织《前汉纪》卷26记"长安中群辈杀吏,受命报仇。相与探丸为号。赤丸杀武吏,黑丸杀文吏,白丸主治丧。城中暮烟起,剽劫行者,死伤扑道"。

样还需要"金盆洗手",才能回到主流社会来。

自从司马迁热情讴歌了游侠之后,对后世诗文作家有所启示,这些"为他""反主流"的精神也激励着具有浪漫激情的诗人,然而现实生活中像司马迁笔下的游侠少了,他们便把目光投向历史,一些被司马迁写过的刺客,由于他们的反暴政意义,被后人看做了游侠,其中最典型的是荆轲。陶渊明《咏荆轲》说得最明确,左思的《咏史》写得最好:

> 荆轲饮燕市,酒酣气益震。哀歌和渐离,谓若旁无人。虽无壮士节,与世亦殊伦。高盼邈四海,豪贵何足陈。贵者虽自贵,视之若埃尘。贱者虽自贱,重之若千钧。

自汉灭秦,特别是贾谊的《过秦论》问世后,秦便是暴政的象征,抗秦便是救民众于水火。荆轲在司马迁眼中只是个刺客(他只是报燕太子的知遇之恩),在后世诗人们想象中荆轲的意义有所提升。在左思眼中,荆轲故事不仅敢于锄强抗暴。而且他还是个蔑视权贵、以布衣自重的平民游侠。这些带有浪漫气息的作品更易在青年读者心中发酵,鼓动人们去追求游侠生活。

5. 假游侠

凡事有真必有假,游侠也如此。游侠主要是奉献,不是那么好当的。于是有人借游侠之名以牟利。司马迁说"至如朋党宗强,比周设财役贫,豪暴侵凌孤弱,恣欲自快,游侠亦丑之"。意思说有些人依仗宗族、朋党和财力欺侮、奴役、盘剥无权无势的穷人和孤弱。从有一帮人支持来看,很像游侠,可是他们干的事情,是与游侠相反的,读《史记·魏其武安侯列传》读者一般很同情看来性情亢直的灌夫,其实他正是横行于家乡颍川的土豪恶霸,乃至家乡的儿歌这样诅咒他:"颍水清,灌氏宁;颍水浊,灌氏族。"在政治斗争中窦婴、灌夫失败,被灭族。灌夫就是司马迁所说的假游侠。近世的各种帮派黑社会也属于这一类。20世纪30年代上海杜月笙正当红时,他盖家庙宗祠,遍请大江南北的艺人为他祝贺,杨度为他写的《杜氏家祠记》美化杜说,他是司马迁《游侠列传》中的人物——"其行谊如古之游侠者流,慷慨好义,重然诺,能与人共患难,轻财货而重交游,宾客甚盛,车骑日集。其门人有请求,无不立应,因是其名重大江南北,识与不识,咸慕其风"。这些赞美只是言辞,我们只须用"为他"和"反主流"这两条衡量一下杜月笙便可以知道这位游侠的真伪了。

另外还有一些假游侠不像上面所说,以游侠为名欺负弱者以牟利,而是一些年轻人想学游侠,但由于自身的条件达不到游侠的标准,只是学了游侠的皮毛,如穿装打扮,滥用武力等。按照《游侠列传》中所写的游侠来看,作为侠客,他们为别人做了很多,但从不期盼回报,不逞强、不炫耀,言必信,行必果,为人低调,这是何等成熟的人格!想学游侠的大多是青年人。因为青年人有热血、有追求,期待不平凡,热望实现自己从教育中获得正义理念。然而青年性格又是最不成熟的,他们的向往和能力发生了冲突。因而出现了许多名实不符的游侠。《乐府诗集》张华《游侠篇》序中说曹魏时,有杨阿若"少游侠,常以报仇解怨为事,故时人为之号曰:'东市相斫杨阿若,西市相斫杨阿若。'后世遂有《游侠曲》"。这是把聚众恶斗,滥杀人当做行侠仗义。还有等而下之者,把吃喝玩乐,旗亭听歌,青楼买笑当做游侠。南朝王褒有《古曲》云:

> 青楼临大道,游侠尽淹留。陈王金被马,秦女桂为钩。驰轮
> 洛阳巷,斗鸡南陌头。薄暮风尘起,聊为清夜游。

这类作品在唐代更多。唐诗中写游侠的不少,但其中以假游侠为多。

江湖侠骨已无多

——中国的游侠精神到西汉为什么没落

　　前辈文学家严文井先生说过一句意味深长的话："中国这块土壤，产生不了堂·吉诃德。我们的国情只允许产生阿Q！"严先生不是社会学学者，这句话是他以文学家眼光长期观察社会生活的结果。堂·吉诃德是什么人？他是个破落的绅士，甚至心智都有点问题。他沉溺于骑士小说之中，迷不知返，颠倒了迷幻与真相、理想与现实，立志要做一个行侠仗义的骑士。他骑着一匹瘦马，到处奋不顾身地"锄强扶弱、打抱不平"，"维护真理，追求正义"。为此堂·吉诃德不怕挫折、碰壁，勇于牺牲，只是为人间制造了许多笑料，给爱他的人留下许多悲哀。堂·吉诃德认为在这个荒谬的世界上他有责任纠正它、改变它，使它变得美好起来。他关注的是公共事务、是他人的利益。这就是人们近来热衷谈论的"贵族精神"。

一、侠风兴起

　　贵族社会是身份社会，贵族的身份注定他们生下来就是要管公共事务的。管"他人事"是伴随着他的身份而来的。而广大的农民手工业者、商人则没有这种权力，自然就不会有这种习惯。梁启超说中国人缺少公德心,平民百姓没有参与公共事务的机会,哪能培养公德心?严文井所说的"我们的国情只允许产生阿Q",正是广大民众没有机会参与公共事务的结果。不要过多地责备阿Q。明白了这个道理再谈汉代的游侠就可以理解了,这些舍命拯危救难的侠不过是贵族精神的遗子而已。

中国西周可算是贵族社会,到春秋时代礼崩乐坏,贵族社会逐渐解体。强凌弱、众暴寡、兼弱攻昧,在你死我活的暴力竞争中,权力日益一元化,在诸侯国里权力向君主集中,诸侯国之间权力则向强者集中,最后秦灭六国,权力集中在秦始皇一人手中,实现了从贵族社会到皇权社会的转型。侠就是在这个数百年的社会转型中产生和兴盛的。

如果说贵族社会是在"周礼"约束下的制度化的分权的话,那么,侠的产生则是在贵族社会解体的过程中一种非制度化的分权,而且是对日益发展的集权的一种抵制。贵族行使权力,因为它是那个垂直等级制度的一部分;而侠的权力来自通过横向联合积聚起来的力量。他们都是出身贵族的侠,如魏国的信陵君,赵国的平原君,齐国的孟尝君,楚国的春申君。他们都有权、有土、有势、有钱,登高一呼,从者云集,扇起了一股游侠之风,扬名千载,成为向慕游侠者的偶像。特别是信陵君,他对侯嬴的谦恭与侯嬴最后"临风刎颈送公子,七十老翁何所求"成为礼贤下士和士人以死报知己的经典。信陵君是侠中之侠。

二、从贵族的侠到平民的侠

秦灭六国,一统皇权,本来就很苛酷的秦国政风(所谓"虎狼之国")与法家理论结合形成了极端的皇权专制制度。此时,以吏为师,权出一孔,都来自天子,对社会实施了严控制。六国贵族都变成了平民,彻底无权。侠风被打压,再想像战国时期那样搞横向结合,积累和发展个人权力去做侠是不可能了。然而,六国残余还在,"四公子"扇起的侠风也不会完全泯灭。如楚人项梁与"吴中贤士大夫"的交游,张耳、陈余"变姓名"处于流亡地下状态,黄石公桥下传授张良兵法,乃至张良花钱雇人暗杀秦始皇……这些都是不能被当局发觉的。这是一股民间的暗流,其中最活跃的就是六国的贵族和向慕游侠风尚的人们。汉高祖刘邦就是其中的一位。秦王朝正是被这些有侠气的人颠覆的。

刘邦生于楚考烈王七年(前 256),正值战国之末,可以说是与"四公子"同时(刘邦 6 岁平原君卒,14 岁信陵君卒,19 岁春申君卒),家乡在沛(苏北),与信陵君所在大梁(今开封),孟尝君根据地薛都很近(刘邦做亭长时还到过薛),游侠之风波及沛。从他的不治家人产业、好交际、朋友众多来看,也是侠的做派。好侠,自然崇拜侠中之侠的信陵君。刘邦做皇帝后,数次出关,如过大梁,必去祭祀信陵君。高祖十一年十二月刘邦最后一次路过大梁,除了祭拜之外,又为信陵君安排了 5 家守陵人,他们的责任就是"世世岁以四时奉祠公子"。刘邦为战国时的贵族侠画上了句号。

汉代秦之后,虽然仍是"汉承秦制",但权力非集中皇帝一人。特别是文景时期,政尚宽松,陆续废除了一些苛法,统治者倡导黄老,社会上弥漫着无为而治的氛围。在这种社会管制比较宽松情况下侠再度兴起是一点也不奇怪的。然而,这次兴起不是贵族侠,而是具有贵族精神的平民。

什么是贵族精神?体现在任侠上就是"忠敬勇死",或者如司马迁在《游侠列传》中说:

> 今游侠,其行虽不轨于正义,然其言必信,其行必果,已诺必诚,不爱其躯,赴士之厄困,既已存亡死生矣,而不矜其能,羞伐其德,盖亦有足多者焉。

这段话可以概括为四点:为他,反主流,敬事,谦逊。汉初的侠与战国时不同,其出身可能是士人,但身份就是布衣平民,其做游侠的目的也与战国时期的侠有区别。

战国时的侠利用其地位及社会资源,发展个人权力,目的还是实现个人的政治目的。而汉初的侠在形式与过去一样,如有人追随,为人谦卑敬业和干些最高统治者不喜欢的事等方面类似。可是其目的却在于干预公共事务,其效果是"为他"。在司马迁看来游侠的本质即在于"为他"。"为他"是注重公义,也就是后世俗语所说的"路不平,有人铲;事不平,有人管"。然而这时侠的"为他"与后世的一般人的"为他"是有区别的,后者是由于道德感的激发,打抱不平;而前者是出于职守的习惯。先秦的侠大多来自"大夫""士"两个阶层。用今天的话说大夫多是执政者,士多是行政人员。自西周以来他们世代相承,几百年来逐渐养成了处理公共事务的责任感与荣誉感。虽然经过了世事的变动,公共事务早归各级官僚管了,但由责任和荣誉形成的习惯不可能一下子被皇权专制扫荡得干干净净(其实秦始皇极端主义的绝对统治也就十几年),必然还会残留在一些早已没落的贵族的身上,只要机会合适就不免要表现出来。

《游侠列传》记载的第一位大侠朱家就是秦末汉初人,与刘邦同时。身处社会动乱时代,他勇于救人,光是士人就有百十人,平民百姓不可胜数。为什么他以救助别人为自己的义务,仅用同情心是不能解释通的。其中必有一种责任意识起作用,或是宗教信仰或是职务规范。看来不是前者,只能是后者。但不是现在的,而是过去的职务观念的遗留。

司马迁说,那些贵族的侠,有权、有势、有土、有钱,得名也易。至于那些身处闾巷的布衣之侠,他们都是靠自己的修行,名扬天下,知者无不称贤,才是最难的。《游侠列传》较为细致地描写了郭解。其实郭解的性格素质并不好,少时为人阴贼,所杀甚众。中年以后,改弦更张,以德报怨,施与而不望回报。列传记了他三件事。一是郭解的外甥仗着舅舅的名声势力欺侮人,被人杀死,杀人者跑了。郭解的姐姐怨弟弟不为她复仇,便把儿子的尸体扔在道路上,不埋葬,丢郭解的脸。杀人者怕郭解追杀,自动找到郭解说明情况,郭解说,错在我的外甥,把他放走了。自己埋葬了外甥。二是有人故意在郭解出行时挡他的路,而且特别倨傲,郭的门客要杀掉此人。郭制止了他还说:"是吾德不修也,彼何罪!"后来,郭解还在暗地帮了他许多忙,得到谅解。三是洛阳有对仇人,洛阳当地"贤豪"劝解多次,无效。郭解到洛阳把这对仇家化解了。然而郭解感到自己夺了洛阳"贤豪"权力,于是连夜离开洛阳,使外人感到仇家的和解乃是洛阳"贤豪"劝解的结果。这三件事在今人看来郭解活得多累啊!郭解就是靠这种"累","修行砥名",让社会认识自己。司马迁说,这些侠都是"名不虚立,士不虚附"啊。人们认识了侠,也给侠带来无穷的麻烦,甚至是灭亡的厄运。

三、捧杀与打杀——"民间领袖"的命运

汉人关于游侠的记载突出他们的共同的特点是交游遍天下，有众多的朋友。如朱家无钱无势，但"自关以东，莫不延颈愿交""关（函谷关）东"的人们都愿意与他交成过命的朋友。文景时期，大将军周亚夫率军讨伐吴楚之乱，途经洛阳，见到大侠剧孟，认为吴楚造反没有把剧孟拉入其中是一大失策，因为剧孟背后的力量可敌一国。其实，剧孟"家无十金之财"，他的力量来之于交游遍天下。剧孟的母亲去世时"自远方送丧盖千乘"，可见其影响力之大。

司马迁见到过郭解，他眼中的这位大侠是"状貌不及中人，言语不足采者。然天下无贤与不肖，知与不知，皆慕其声，言侠者皆引以为名"，受到人们的拥护。汉武帝时，为了把关外"豪富"全部控制起来，把他们迁徙到首都长安附近的茂陵，被迁徙的名单中也有郭解。可是郭解家贫，不够"豪富"（应有三百万的家资才够格）的标准，于是卫大将军在汉武帝面前说："郭解家贫不中徙。"汉武帝说："一个平民百姓，竟有将军替他说话，他家不穷。"于是郭解必须迁徙，但把郭解列入迁徙名单的县吏也被郭解的"粉丝"杀了，对此，郭解毫不知情。到了郭解搬迁那天"诸公送者出千余万"，朋友送给他的钱超过千万，郭解只是在上路之前才真正符合了被迁居茂陵的资格。郭解名满天下，真是"莫愁前路无知己，天下谁人不识君"，到了茂陵，无论认识不认识的，纷纷以能与他交往为荣。后来，汉武帝终于借故"族诛"了郭解。郭解罪在哪里？一介平民，居然有那么多"粉丝"！有了支持者就有了权力，有了权就能决定他人的死生，这在皇权专制社会中是统治者最不愿意看到的。因此不管郭解中年以后如何自律、如何守法、如何谦卑都是不管用的。《左传》中说"匹夫无罪。怀璧其罪"；大一统时期是小人无罪，有势力则有罪。郭解被族诛的"判决书"中说：

> 解布衣为任侠，行权，以睚眦杀人，解不知，此罪甚于解知。杀之，当大逆无道。

署名是当时的御史大夫公孙弘。在公孙弘看来,一些人不用郭解支使就替他去杀人,可见郭解在民间的势力之大,就凭这一点还不该杀吗?

为什么有那么多的人以交游郭解为荣、愿意为他出力,甚至为他杀人?除了郭解本人的名望和魅力外,还有社会因素。此时刚刚从贵族社会转入皇权社会,人们对权力高度统一还是不习惯的,特别是日渐平民化的士人。因此蛰居地方的士人以及原来的贵族,总爱捧出一些杰出人物或特异人物作为领袖,有意无意地削弱或抵制朝廷的权力。郭解本身固然就有影响力,但一些地方豪强也在有意无意地捧他,希望他能成为民间领袖。郭解大约也感到这一点,人们越捧,他越谦卑,越退缩,但最终还是被捧杀。所谓"杀君马者道旁儿"就是此意。是不是这些士人就怀有捧杀的恶意呢?我以为不是这样。这也与社会转型期间士人特殊心理有关。

我们读西汉人的作品可以感受到许多士人还是怀念战国那个"权出多门"时代的。那时权力的分立,社会有较大的生活缝隙,有才能的人才会有更多的机会脱颖而出。汉武帝时的东方朔,在《答客难》中说,战国时期,诸侯争天下,才是"得士者强,失士者亡"的时代,士人可以充分表现自己;现在"圣帝流德,天下震慑,诸侯宾服","贤不肖何以异哉"?没有了竞争,"贤"与"不肖"就没有差别。如果皇帝抬举你,你就会"在青云之上",贬抑你,你就会被打压到"深泉之下","用之则为虎,不用则为鼠",一切以皇权为依归。西汉末扬雄对先秦一些君王礼贤下士的行为万分向往。他在《解嘲》一文中列举了宁戚、管仲、侯嬴、邹衍等有才干的士人所受到的礼遇。用此以对比当时的"县令不请士,郡守不迎师,群卿不揖客,将相不俯眉"。这个时期,出身平民的士人如想有个较好的出路,只有走门子,攀龙附凤,低三下四,摧辱自己。

侠有的也是士人,但他们与普通的士人不同,靠自己的努力,充分实现自己,当然不能说毫无个人的考虑,毕竟还是传统对他们起的作用为多。这样,还不习惯大一统的士人,特别是那些受到伤害的司马迁之类的士人,对游侠是充满了敬意和企慕的。蛰伏民间的士人、豪强等都希望侠能有更大声望,领袖群伦,这在社会上形成了一种心理期待,司马迁的《游侠列传》对游侠热情赞美歌颂正反映了这种心理期待。

正统人士如班固等不仅对游侠是持批评和否定态度的，而且对司马迁关于游侠的观点是"退处士而进奸雄""贱守节而贵俗功"，其理由就是游侠破坏秩序，这是大恶，怎么能仅据其一点小善而赞美他们呢？如果秩序是像他们想象的"百官有司奉法承令，以修所职，失职有诛，侵官有罚。夫然，故上下相顺，而庶事理焉"那样井井有条，社会矛盾大多能得到合理的解决，人们也许能够安于既定的秩序，平安地度日。可是现实不是那样，生活在备受古今人赞美汉武帝时期的司马迁也不感到幸福。所以他感慨自己是"况以中材而涉乱世之末流乎？其遇害何可胜道哉"。因此，那些拯人危难，不居功，不望报的游侠自然就受到人们的尊敬和爱戴。这是统治者最感恐惧和愤怒的。

四、遵守秩序就是一切——侠风泯灭

汉武帝是个雄才大略的皇帝，他对外开疆拓土，对内加强皇帝专权，当然不能容忍游侠这一类民间领袖存在。他对游侠毫不手软，严厉打击。在意识形态上，汉武帝实施"罢黜百家，独尊儒术"的政策，既不搞法家极端主义，也不像汉初的"无为而治"，休养生息。士人追捧游侠的风气渐渐平息，皇权专制制度日渐完善，武帝以后，平民游侠干预公共事务的情状基本消失。士大夫终于弄明白，在"权出一孔"时，荣辱升沉，皆是皇权之赐。因此大多进入犬儒状态，最多也就是发点牢骚而已。连牢骚满腹的扬雄也攻击游侠是："窃国灵也（国家权柄）。"（《法言》）因为扬雄虽不得志，但毕竟还是在朝堂啊。

东汉初，当班固写《汉书·游侠传》已经完全没有了司马迁讴歌游侠的兴味。在他看来游侠人品再高也是破坏社会秩序，就冲这一点就该讨伐。因此他不仅批评《游侠列传》所写的游侠，而且批评司马迁背离大道，宣扬、歌颂游侠。不过班固在郭解之后还是补写了一些"侠"，然而这时的侠与汉初朱家、剧孟、郭解迥然不同了。他们都做过吏或官，有的还被封侯。他们有点权了，但拯人危难不见了，抗上与反主流不见了，平和谦卑不见了。只有一点还类似原来的游侠，那就是长于交际，有人追随，仿佛游侠只有这一个特征了。只有这一点还能把他们从谨小慎微的官僚群中识别出来。

《汉书·游侠传》前部分照抄《史记·游侠列传》，后一部分又增加了萬章、楼护、陈遵、原涉四人。这四位侠都生活在汉武帝打压游侠之后，充分展示西汉中后期侠者特点。如萬章本是京兆尹(首都长安市长)下管门房的，可是他随从京兆尹上朝时"侍中诸侯贵人争欲揖章，莫与京兆尹言者"。朝中贵人看重萬章忽略了他的主人，可见萬章在长安交游的广泛及声望之高。后来"王尊为京兆尹，捕击豪侠"，杀了萬章。楼护出身医者之门，与父亲以医术游长安，因能说会道，受贵人喜爱，改行，"学经传，为京兆吏数年，甚得名誉"。楼护是个八面玲珑的人，这与司马迁笔下的性格坚韧、口齿木讷的游侠根本不同。王莽家五人封侯，互争名望高低，长安宾客填满了五侯之门，但他们各有厚薄，唯有楼护能言善辩，谁也不得罪，五家通吃(这多么像韦小宝)，几乎得到王家五侯一致喜爱。楼护母亲去世时，送葬的贵人专车就有两三千辆之多。以至街坊邻居编了歌："楼君卿出丧，五侯贵人来帮忙。"可见其派头。说好听点，这是乡愿；难听点，就是戏子。楼护唯一让后世津津乐道的就是一道名肴——五侯鲭。这是他的创造。楼护并非名厨，他发明这道菜也是沾了五侯的光。他与五家都有交情，五侯常给他送些本家独创的肴馔，楼护把它们合在一起，味道变得更美，惊倒世人，人们称为五侯鲭。

王莽专政时，其子王宇与其妻兄吕宽要劝谏王莽不要太过，在家门上涂血，后来被王莽发现，怒极，杀其子，吕宽逃走。楼护此时为广汉太守。因为与吕宽父亲是朋友，吕宽逃到他那里避难，楼护把他逮捕交给王莽，莽很高兴，封楼护为"封息乡侯，列于九卿"。这还是侠吗？楼护一生是一帆风顺的。

陈遵是中国诗史上的名人，他的两件事经常被用来做典故，一是好酒，酒肉相属，昼夜呼号；二是好客，"每大饮，宾客满堂，辄关门，取客车辖投井中"。弄得有急事的客人狼狈不堪。其一生并没有扶危救困的行为，他与侠类似的地方就是好客，而且逮住客人就不让走，车骑满门。

原涉处在汉末乱世，皇权专制衰微。他不像陈遵，只是让客人陪他喝酒，他的宾客往往是他报仇杀人的打手，原涉睚眦必报，杀人很多。此时王莽已经穷途末路，没有能力打压他了。不过最终原涉还是被更始帝部下申屠建送上了刑场。

班固笔下的这些侠者多是精于牟取利益之辈，在太史公看来无非就是"朋党宗强比周，设财役贫，豪暴侵凌孤弱，恣欲自快"，让真正的游侠感到丑陋的人。把这些人与朱家、剧孟、郭解等量齐观，正是司马迁所悲哀的："余悲世俗不察其意，而猥以朱家、郭解等令与暴豪之徒同类而共笑之也。"这倒不是班固之"不察"，因为在班固看来，他处在"故上下相顺，而庶事理焉"的时期，强调秩序是十分必要的，侠与秩序为敌，自然是罪不容诛的。

科举制度的本质

废除科举 100 年了。如果从隋朝算起，它已经实行了 1300 年，有许多经验教训。近些年来文化保守主义颇有市场，在纪念科举制废除 100 年时，对科举制赞美有加的较多，因此写此小文讨论一下科举制的本质。

谈到科举制，研究者一般都会引唐太宗李世民看到新考中的进士从端门鱼贯而出所发的感慨——"天下英雄入吾彀中"（《唐摭言》），认为这是笼络士人、驱策英才的手段。这是不错的。但这只是最高统治者的意图。作为一种制度设计，科举制有更深远的意义。

1. 科举制把遴选小臣制度化，进一步强化皇权专制

科举制度的思想背景是"选贤任能"和选拔人才于寒俊之中。这种思想意识产生于西周和春秋时期，被儒家纳入自己的思想体系。当时礼崩乐坏，原有的世袭制、等级制逐渐瓦解，一些沉沦于社会下层的士人和通过学习掌握知识的其他阶层的人士希望能够升入统治集团的行列，于是"选贤任能"成为上下都能接受的观念。他们编造了一些历史故事。如伊尹说汤，成为商的开国元勋，而伊尹只是个媵臣（陪嫁的奴隶）；殷高宗(武丁)从筑城的奴工中发现了贤人傅说;周文王师事姜太公，齐桓公相管仲，秦穆公以五羊皮换取奴隶百里奚而任命为相等，宣传这种

观念。这些有的是传说,起于春秋间,有的是把历史改造了,如太公望乃是姜姓部族,进攻殷商时姬周与许多部族联盟,姜氏是其中的重要的一姓。儒家把它改造为一个落魄的隐士成为帝王师的故事。科举考场的大门的匾额上往往书写着"为国求贤"。

这种拔擢下层人士进入最高统治层,其作用是多方面的,但其中最重要的一点是增大最高统治者的权力。中国改朝换代的频繁,最高统治者打天下时都要联合能够联合的力量,但坐天下后,以前的联合者必然要分享权力,成为最高权力的威胁者;太平时期也是如此,掌握权力过久的大臣也是最高统治者权力的威胁。解决的办法就是不断地拔擢小臣以取代权力日增的大臣。小臣被拔擢感激涕零,一定会兢兢业业做好工作。"小臣"怎么来?西方一些统治者是提拔自己身边的亲信(包括一些侍从、奴隶),宋徽宗提拔高俅也与此类似。这不仅缺少规范,而且被选拔者的道德品行(不逢迎拍马很难被在上位者赏识)也受到怀疑,从而为人们所鄙视。而科举制本质上是一种制度化的选拔小臣的方式,它相对公正,凭才能学问考,因此被选中者不仅不会被人们鄙视,反而为人们尊敬、推崇。出身于社会下层的小臣进入了统治高层确实带来新的气息,是官僚层的新鲜血液(钱穆先生无限夸大这一点)。然而要记住,"小臣"不是下层民众推举的代表,他们只是了解下情,可作为施政的参考。他们是小臣,与最高统治者距离悬绝,是匍匐在统治者面前的。如果他们的思想意志与决策者差距太大,他们并没有改变决策者的能力,甚至不会有这个愿望。小臣只能改变自己以适应朝廷。科举制的产生不是抑制皇权专制的,而是调节它不使之畸形发展的。

科举制度是为最高统治者遴选小臣的,它不仅使得皇权专制统治活跃起来,更可以进一步强化皇权专制统治。

2. 科举制制造着平等的幻想

科举制出现后不久,就成为王朝官吏的主要来源,特别是宋代和宋代以后其制度设计就是把入仕之途尽量向社会下层开放,"朝为田舍郎,暮登天子堂"不是一句空话,许多历史学家作过这方面的统计,例如,北宋能入《宋史》的官员 46.1% 来自寒门,南宋从两个年份进士题名录来看,非官员家庭出身的进士一个占 56.3%;一个占 57.9%(转引自何怀宏《选举社会及其终结》)。

就拿明清一直坚持以八股取士来说,也可证明这是为贫寒人士开放考试之门。"八股"题目都来自"四书",学作八股只要熟读"四书"就得之大半。如果考试以策论为主,就非要博览群书不可,那时没有图书馆,寒士到哪里去找书?《儒林外史》中写了一个匡超人。他没有发达时还是农村劳动青年,是一边干活,一边读书的,他读的无非也就是"四书"以及八股选本之类常见书,也能考中。范进是中了进士的人,但连苏轼都不知道是何许人,大家笑他无知,这正说明他的极贫困的家世,没有可能去涉猎广博的知识,但同样他也能中举、中进士、做官。而且其概率往往比博览群书的士人还要大,因为他只懂圣贤书,只会作八股,不会被其他学问干扰。科举考试制度是面对全社会(除了少数吏人和操贱业的人士)的,虽然能够通过科举进入统治阶级圈子的是少之又少,但它的社会动员面却是非常广阔的。凡是有志进取都可以投入其中。因为在人们心目中它是平等地对待每一社会成员的。这是一场小投入、高回报的骗局。

3. 科举制拉动着奴化教育

科举制虽然考的是出身,但其目的是选官。统治者用此拉动教育。孟子表述儒家社会理想时,常常提到"庠序之教"。古时统治者是很重视教育的。自科举制完善以后,这种情况变了。京师以及各地还有学校,但作用越来越小。因为科举遴选的标准成为士人们努力奋斗力争实现的目标,其读书作文朝着这个方向努力就可以了。这个目标的实现不一定非要经过学校的正规教育,自学完全可以达到。这对统治者说来也是很合算、很省钱的事。他们只管选拔,不管培养。州府县名义上的学校,在明清中后期只是管理秀才的衙门,对他们很少负有培养的责任。科举使得许多读书人一登龙门,身价百倍。这一点在《儒林外史》中有着生动描写。范进在中举的当天连饭辙都没有,抱着一只鸡跑到集市上去卖。可是随着中举报单的到来,银子有了,土地有了,房子有了,奴仆有了,真是一步登天,这怎么不激起人们艳羡?

科举选官,对皇帝来说是选奴才。统治者把教育纳入科举考试的轨道。它不仅把读书人固定在这个轨道上,而且它成为整个社会认可的价值尺度。直至今日，老百姓还是佩服"考出来"的人（传统上有三个认可：血统，打天下，考出来的）。

特别是到了明、清两代，以八股文作为取士的主要依据，离学问之道越来越远，越来越可以看出科举培养奴才的实质。

据说中国科举制度对欧洲文官制度的建立有所影响。西方中世纪是贵族世袭制，其官员都是世袭的，祖辈流传。17—18 世纪正是这种制度崩溃时期，此时汉学在欧洲兴起，他们在建立新制度时受到中国的科举制的启发也很自然。欧洲的贵族世袭制度看似僵化，但它也有长处，这种制度把权力分割成若干块，被大大小小贵族所掌握。贵族之间虽有等级差别，权力也有大小，但都有实权，这是确定无疑的。这种分权制对他们走进民主制度显然是有正面作用的。

古代中国的科举制，促进了社会的垂直流动，使得社会活跃起来。然而其结果却是使权力完全集中在皇帝一人手中，人才的流动恰恰为这种集权提供了保证。中国的"中世纪"延续了 2000 多年，是多种因素促成的，科举制也是其中的一个因素。

吏胥之害

1. 两个认识误区

①古代的官吏不像我们想象的那么少

《剑桥中国晚清史》一开始就说在人口已经达到四亿的晚清，而"全国的官僚大约只有两万名文官和七千名武官"。有人根据这个数据渲染清代官民比例是如何之低。其实这种统计是不足据的，因正史上往往只记录官员数量，而不统计未吏胥。因为吏胥薪俸很低，或根本没有薪俸，并且"吏"原来也就是负责抄抄写写的文秘，"胥"则是如捕快等跑腿的办事人员。最初这些多是老百姓应该服的一种"役"。可是后来吏胥逐渐独立出来，到了明、清两代几乎成为衙门的主体，人数日增。清末翰林游百川说"州县为亲民之官。所用吏胥本有定额。乃或贴写。或挂名。大邑每至二三千人。次者六七百人。至少亦不下三四百人"（《皇朝经世文编续集》）。其人数是正式官员编制的数十倍，甚至百倍。不仅地方，宫廷内外各机关也是如此。

②官是官，吏是吏，两者不能画等号

分析《水浒传》中的宋江，论者常说他是小官吏。这是不对的。宋江是吏，不是官。官、吏之间从来源、职守、地位以及外界的看法与评价历来就有不同。过去有句俗话说"铁打的衙门流水的官"。官员都是三年一

任(清代平均不到两年),而衙门里的吏胥则是历久而不换,甚至兄终弟及,父死子继的也大有人在。道光时进士方浚颐说,他在庶常馆做庶吉士(考中进士后再进修的学校)时,庶常馆的吏胥,视新科进士如生徒,教他们礼仪。这些吏人还是明代世家,二三百年了,代代相传。因而人们说"官无封建,吏有封建"。到了宋代官和吏的差别被朝廷的政策拉大了,"吏"不能参加科举考试、转官也日益困难、逐渐边缘化,明代和明以后吏则成为社会边缘人。

2. 吏是"庶人之在官者"

古代社会能够担任官员的都是士大夫。先秦是贵族社会,天子、诸侯、大夫、士从身份上说是贵族;从职务上说,他们都是不同层级社会管理人员,或说是官。他们世代相承,血缘是决定因素。《管子·小匡》讲到士、农、工、商四民,分别居住,世代相传,各操其业,唯有讲到农之子时,除了"常为农"之外,又提到"其秀才之能为士者,则足赖也。故以耕则多粟,以仕则多贤,是以圣王敬畏戚农"。也就是说农民中的材质杰出的子弟,可以出仕,并且"仕则多贤",这是先王都很信赖的。这是在僵硬的血缘制度上开了小口,增强了制度的弹性。

士人进入国家机构叫做官;而庶人进入了国家机构的叫做吏,或称做"庶人之在官者"。孟子在回答北宫锜周朝爵禄时说:"下士与庶人在官者同禄,禄足以代其耕也。"朱熹注云:"庶人在官,府史胥徒也。"所谓"府史胥徒"就是后世说的吏胥。"吏"是有文化的庶人,在官府中负责些文字工作。官是在国家机构中的主体,是主事的,而吏胥则是被官支使的。

唐宋以前,底层士人也有做吏的,从没有品级的吏做起,积累年资劳绩,通过"入流",有了品秩,正式为官,甚至也有由此发达的。汉代的能臣干吏赵广汉、张敞、王尊等都是出之可以为将,回朝可以为相的人物,但都是吏人出身。

3. 官、吏分流是由宋代开始的

宋代开始官、吏分流。宋代以前,称吏人为小官吏,还大体不错。宋代以后,特别是明、清两代,吏人与官员是决然不同的两类人了。

端拱二年(989),宋太宗赵光义亲自主持科举考试:

上亲试举人,有中书守当官陈贻庆举《周易》学究及第。上知之,令追夺所受敕牒,释其罪,勒归本局。因谓侍臣曰:"科举之设,待士流也,岂容走吏冒进,窃取科名!"乃诏自今中书、枢密、宣徽、学士院,京百司,诸州系职人吏,不得离局应举①。

其实,宋太宗这段话有问题。他说"科举之设,待士流也"。参加考试并非都是"士"!唐代应科举要有人推荐,绝大部分都是士人,但也有没有背景的庶人。经过唐末五代六七十年的战乱,中原地区豪门大姓消灭殆尽,宋代立朝以来,谱牒凌乱,应科举的绝大部分成了没有背景的庶人。然而宋太宗这段话也不能说错,庶人一旦考中,也就变成了士人。中国自古以来,还是把士人看做是道艺(道统与政事)的承担者。科举考试从理论上说就是测试"道艺"的,通过了考试,庶人成了士人,就可以名正言顺地出仕做官了。因此,严格说科举考试不是考官,而是考出身。通过这个考试,庶人的身份就发生了改变,成为能做官的"士"。唐代的考生通过科举之后,要想做官还要到吏部参加"关试"。宋代中叶以后,关试省了,只要中了进士,就能做官,许多人便误认为科举就是考官。

过去从庶人中选拔吏是在僵硬血缘传承中开了一个小口,使得个别庶人能进入统治阶层;现在科举考试日益规范化、公平化和日益面对整个社会,有了科举这个大口子,于是小口存在的必要性就不大了。吏人不能参与改变身份、进入士人圈子的科举考试的政策,大大降低了吏人的社会地位。

吏胥本来就有庶人服差役的性质。王安石变法之前"衙前、散从、承符、弓手、手力、耆长、户长"等吏胥都是差役,服这些役是庶人的义务。而且这些役,大多都要二三等以上的户,甚至一等户充当(如衙前)。这些代替官员催征赋税,摊粮派款,保管运输官物等都是"好人干不了,干的没好人"的差事,老百姓摊上此役,弄不好就会倾家荡产。王安石新法中有"免役法"一条,改为雇役,百姓出钱,可以免了此役。公家拿钱雇人

① 《文献通考·选举考》卷35。

(其实大多不花钱)从事这些役,于是,州县衙门增加了一批以此为业的吏胥,取代了原来的徭役。这类吏胥是"好人干不了"的,只有社会上的奸猾狡黠之徒才能胜任。

4.官、吏分流与吏胥素质的下降

科举考试的设置为庶人开辟了进入仕途的路径;那么吏人也是庶人,而且是比一般庶人更为接近仕途,为什么他们反而不能参加呢?除了上面说的制度上的原因外,社会观感就是吏胥人品太差,心术已坏,其中最大的问题就是贪污腐败。

刚刚引入中土制度金国世宗皇帝都发现"以吏出身者,自幼为吏,习其贪墨。至于为官,习性不能迁改"(《金史》卷7),从而反对重用吏人。文人士大夫言及吏胥几乎没有正面意见。《水浒传》中的吏人差役除了上梁山的外也多是负面的。江州的监狱长戴宗,向新来的犯人宋江索贿,宋江不与,和他讲理。戴宗怒叱道:"你这贼配军是我手里行货,轻咳嗽便是罪过!"并说他可以像打苍蝇一样,把宋江打死。这个故事在小说中是个喜剧,可是它所反映的生活足以见证宋代吏胥贪婪凶恶。出身底层的明太祖朱元璋也说:"科举初设,凡文字词理平顺者,皆预选列,以示激劝。惟吏胥心术已坏,不许应试。"①因为他本人对这样吏胥有直感。然而说到底,吏胥的丑恶不过是皇权专制的蛮横残忍、腐败污秽的集中反映罢了。最高统治者不会由此检讨皇权专制本身,而是诿过于基层的执行者。因此他们宁肯让没有行政经验的平民通过考试进入官场,也不愿意让干过脏活的吏胥进入正式官僚体系。

这样吏的性质发生了根本的变化。吏胥越来越被士人看不起,社会声誉也在直线下降,由吏转官越来越难。最令人不解的是士大夫在同声斥骂吏胥的时候,很少有人说他们没有正式的俸禄,只是在王安石变法之中,才议定给朝内各部的吏人发薪,各路州县衙门的还没有。像戴宗那样的差人也没有。这样吏胥要生存只得盘剥百姓,造成老百姓"破产坏家"。正如司马光在《论财利疏》中说:

---

① 《太祖实录》卷67。

又府史胥徒之属，居无廪禄，进无荣望，皆以啖民为生者也。上自公府省寺、诸路监司、州县、乡村、仓场、库务之吏，词讼追呼、租税繇役、出纳会计，凡有毫厘之事关其手者，非赂遗则不行。是以百姓破家坏产者，非县官赋役独能使之然也，大半尽于吏家矣①。

司马光说了句公道话。吏胥一无收入，二无前途，偏偏他们又有管人、管物的权力，想不腐败都难。《苏三起解》中苏三责备衙役吃赃，崇公道不高兴了："你也不打听打听，大堂不种高粱，二堂不种黑豆。吃什么呀？还不是吃你们打官司的。"崇公道还是个好人，可他作为衙役也要吃赃。吏胥，特别是州县地方衙门的吏胥，他们平时与江湖人少不了打交道，因为江湖人脱离了主流，为了生存，作奸犯科之事是少不了的。这些大多也要经吏胥之手来处理，吏胥绝了升官的希望，也就缺少了操守，脚踩黑白两道，既能弄钱，也更易处理案子，共同糊弄上官。后世的兵匪不分、警匪一家从宋代就开始了。宋代统治者对待吏胥的政策把他们推向社会边缘状态。

5. 官与吏

吏胥是为官服务的，可是士人出身的官却越来越贱视他们。苏洵在《广士》中说：

> 长吏一怒，不问罪否，袒而笞之；喜而接之，乃反与交手为市。其人常曰："长吏待我以犬彘，我何望而不为犬彘哉？"是以平民不能自弃为犬彘之行，不肯为吏矣，况士君子而肯俯首为之乎！

吏胥在士人的眼中十分不堪，但又绝不可少。从正面说，吏胥熟悉本衙门的规章制度乃至本衙门的业务，而官如流水，上任时是两眼一抹黑，走时也不会知道多少。自秦始皇以来中国是皇权专制社会，天下只有皇

---

① 《温国文正公文集》卷23。

帝一人有权,各种层级官员的权力是皇帝授予的。被授予权力的官员是不是会一心一意为了皇帝掌权,还是在掌权过程中携带自己的私货,这是皇帝最关心的。另外,天高皇帝远,官员会不会滥用权力和忽略朝廷长远利益?这些都需要皇权掌控。皇帝用什么掌控?就是用各种规章制度和法律法令。自唐代以后都是靠文章取士,即使像苏轼那样饱学的士大夫都说"读书万卷不读律,致君尧舜知无术"。当然这是发牢骚的话,但从中可知,苏轼不仅不读法律法令,而且大有不屑一读的意思。而且不同的衙门,各有条例都是积年而成,动辄上百卷、千卷,官员流转于不同的衙门之间,哪有精力一一熟悉,只好听任熟悉这些的吏胥。

可是吏胥就不同了,他们本质上是"役",是为国家服役,没有年限。他们熟悉自己这一摊儿了,便兄传之弟,父传之子,各种条例法律成为他们世代做吏胥的业务,官员没有他们等于没有规矩方圆,没法处理公务。南宋功利派学者叶适曾说,宋朝南渡之后,档案散逸,"旧法往例"往往就根据吏人的记忆,他们说什么就是什么。人们又没法反驳他们,因为没有依据。因此当时人们说:"今世号为'公人世界',又以为'官无封建,而吏有封建者',皆指实而言也。"[①]

从负面上说,官员们要捞钱,也需依靠吏胥。明、清两代笑话中有不少这类故事。如清人方浚颐所说"且有不肖守令,恃鹰犬为爪牙,倚虎狼为心膂,以遂其蚕食鲸吞之计,而济其婪赃黩货之贪"[②]。这种官与吏结合起来的贪腐行为对百姓的危害最大。

6. 与吏胥共天下的清代

清代吏胥的地位更低,前代只是禁止吏胥参加科举,而清则严及子弟。《清稗类钞·考试》中有则故事,说江西铅山某富翁,因为"起家胥吏",其子参加县试,"格于向例",被人反对,后来花了许多钱,用了计谋,才勉强进入考场。可见"向例"(以往的条款规定)是不允许胥吏子弟参加科举的,这就把吏胥等同于倡优贱民。然而,与历代相比,清代的吏胥对政事的干扰最大,近代郭嵩焘说"本朝则与胥吏共天下",亦非虚语。

---

① 《水心先生文集·吏胥》卷3。
② 《皇朝经世文编·汰改役班》。

嘉庆皇帝的"上谕"也说：

> 诸臣全身保位者多。为国除弊者少。苟且塞责者多。直言陈事者少。甚至问一事则推诿于属员。自言堂官不如司官。司官不如书吏……自大学士尚书侍郎以及百司庶尹。唯诺成风。皆听命于书吏。举一例牢不可破。出一言惟令是从①。

这话是实情，清咸丰以前的清廷大臣与清以前诸朝相比是最缺少主动精神的。这与清代的民族压迫和皇权专制的强化有关，再加上"康雍乾"三代皇帝都是人精，许多大臣都是本着"少说话，多磕头"方针做官，遇事推诿，大官推给小官，小官推给胥吏。胥吏则有无数法令条例作为依靠。自宋代以后，法令律条越来越细密，左宗棠的幕友宗稷臣说："朝行一事，夕增一例。积数百年，遂汗牛充栋而不胜计。"这根本不是"流水官"能够掌握的，于是就要靠专长此事的吏胥，堂官司员，省心省事，因此就出现了嘉庆所说的"听命于书吏"政治怪事。朝廷各部如此，地方也是这样。

清代的吏胥畸形膨胀，大邑衙门吏胥达两三千人，还有许多编外的白役。有史料说，一个差役的背后往往有六七个白役共谋。如储方庆所言："今夫聚百十奸人，日夜讲究行事，而又假之以得为之势，且无所畏忌于中，则其谋事也日工，而其为毒也日甚。宜邑向有吏胥之患，然为毒未至如今日之烈者。"一帮奸猾之徒，聚在一起，有权有势，又没有人能监督，日夜谋划如何使得"政烦刑苛"，如何在百姓身上榨取更多的钱财。《儒林外史》中写了一个浙江布政司衙门恶吏潘三。他几乎无所不能，把持官府，包揽讼词，广放私债，私和人命，拐卖人口，买嘱枪手代考等。他从中大发其财。潘三的生活比起当地贵官、贵官后代、名医、名士、商人生活水准高多了。

朝廷吏胥更是这样。清末的罗瘿公在《宾退随笔》中也说：

---

① 《大清会典事例》卷95。

清世曹司不习吏事,案牍书吏主之,每检一案,必以属书吏。朝以习常为治,事必援例,必检成案,自开国以来二百余年,各部例案,高与屋齐,非窟其中者,末从得一纸。书吏皆世其业,一额出,争以重金谋得之,蟠踞窟穴,牢不可拔。书吏执例以制司官,司官末如之何。吏遂藉例以售其奸欺,故以吏起家者恒富。都中有"东富西贵"之谚,盖吏多居正阳门东与崇文门外,恒多华宅;京曹则多居宣武门外也。

罗把"东富西贵"与清代的弊政联系起来。清代胥吏地位很低、做不了官,但他们世代相传,把持了衙门的具体工作,很能用权力捞钱,发了大财。与此相对的,是京官之穷,在清代也是尽人皆知的。

从一本书看满洲统治者汉化政策的成功与失败

一

从一本书看一个朝代的兴衰似乎有大题小做之嫌,但这本清代中叶出版的专门收录旗人诗歌的《钦定熙朝雅颂集》,确有标志意义,因为它关系着清朝统治的一个最重要的政策——有控制的汉化政策的失控。

满洲入主中国,建立了以旗人①统治为主体的清朝,统治长达267年(从入关算起)之久,为什么清室能以百十万人口的少数民族长期统治拥有数亿人口的汉族?其赖以成功的原因很多,但关键一点,在于它推行了有控制的汉化政策。当这个控制失灵的时候,清统治由盛而衰就是不可避免的必然趋势。

努尔哈赤建立的八旗制度是一种军民合一的社会组织,它是由氏族部落制度发展来的。平时组织生产,战时全部壮丁都是兵。统一中国之后,清统治者面对广袤的土地和众多的民众,必然要承认汉族原有的统治方式,要用汉族原有的统治方法治理国家,那么必然也要接受原有那套意识形态及相应的一套操作科目,例如把孔孟之道、程朱理学视为

---

① 旗人的主体是满洲人,但旗人不等于满洲人。包括蒙古人、汉人、达斡尔人、锡伯人、鄂伦春人、赫哲人、俄罗斯人等。

立国之本,就要笼络汉族文人士大夫,搞礼贤下士,征召隐逸,开科取士等一套。谈论满洲的汉化不能忽视清廷统治的需要,这是自觉的,是在统治者实施的统治计划之中。汉化能够顺利发展(特别在前期),是以统治阶级需求为前提的。

另外一种汉化是追随统治者入关的广大满洲民众。满洲民众的汉化不是由其入关开始的,关外期间,在满汉的交往中,满洲人的汉化就开始了,因为文化走向与流水相反,它总是由低处向高处进展的。这是不自觉的,也不一定是统治者所首肯的。满洲民众的汉化包括语言、衣食、习俗,乃至学习汉文,读汉文著作,写作诗文等。

努尔哈赤对汉文化是敌视的,对明儒生尤为憎恨,捉到即杀,曾说"种种可恶,皆在此辈"。切齿之声可闻!皇太极虽有所缓和,但对满洲人汉化趋向也是十分警惕的。皇太极即位不久就说"我皇考太祖(努尔哈赤)以昔日辽金元不居其国,入处汉地,易世以后,皆成汉俗"(《太宗实录》卷3),从而导致衰亡。崇德元年(1636)清廷力量扩展了,要与明朝争天下了, 皇太极再次以金朝统治者汉化后变得软弱的例子教训统治集团的核心人物,说"先是儒臣巴克什达海库尔缠屡劝朕改满洲衣冠、效汉人服饰制度。朕不从、辄以为朕不纳谏"。其实怕的就是丢掉以"骑射"立国的传统,从而使国家衰弱不振,丧失战斗力,还争什么天下(《太宗实录》卷32)?

然而,文化是个整体,清统治者在学习汉语、学习孔孟之道、程朱理学的时候,汉文化的其他内容也随之而至。例如,顺治就喜欢汉文化中的佛学,甚至达到要放弃至尊之位,剃度出家的程度;康熙则声称自己"素嗜文学,诸臣有以诗文献者,朕当浏览焉"。这还属于高档的,满洲贵族一旦读书识字、有了文化之后,对这些也会产生兴趣。至于广大满洲民众,当没有战事,他们从战争的阴影走出来,而又衣食不愁的时候。流行于坊间市井的各种通俗文艺作品, 城镇中有闲阶级的物质和精神享乐的种种花样,都会对八旗子弟有强烈的吸引力。什么当接受什么不当接受呢?这就是个问题!另外,文化虽然要借助一定载体才得以体现,但究其实质来看,文化更像是一种氛围、一个场,处在这个"场"中,很难做到只取有用之物,屏除有害之物。"取其精华,弃其糟粕",如果只停留在粗略的层面,还有一定道理;如果涉及精微,就很难一相情愿。

入关后,八旗变为单纯的军事组织,八旗军成为职业军队。这个职业军队又来到了汉文化的"场"中,虽然八旗进入大城市后都建筑满城(北京则是八旗独居内城,汉人被驱逐到外城居住),把他们与汉人隔离开来。然而,彻底的隔离是不可能的。交往频繁的城市生活又岂是区区坊墙所能隔离开的?何况八旗子弟作为职业军人整个被朝廷包养起来,没有谋生压力,不事生产,又没有战争,整日游手好闲,彻底成为城市中的顶尖有闲的阶级,于是,他们有了比汉人更多的机会接受汉文化中奢靡的消费文化,变得日益软化。

二

清朝最高统治者接受汉族传统的意识形态之后,马上就得到好处。例如,源于氏族部落的八旗制度保留了军事民主因素,各旗旗主在国家的大政方针都有一定的发言权,而且,努尔哈赤晚年特别强调"八固山王共理国政"的原则,能持此原则者才能继承他的帝位(见《满洲实录》卷7)。这样军事力量大的旗主必然对皇权构成威胁。皇太极主政时一直想要抑制、削弱各旗主的权力,很困难。顺治初,正白旗主多尔衮以摄政王和皇叔父的身份独断专行,俨然太上皇。在他死后两个月顺治就能"籍其家,诛杀其党羽","削其尊号及其母妻追封,撤庙享",甚至掘墓鞭尸,用的"阴谋篡弑"的罪名,凸显了皇权至上的意识。其后顺治将多尔衮统领的正白旗收归皇帝,加上原有的正黄旗、镶黄旗,是为"上三旗",从此原来大致平等的"八旗",逐渐产生了上下之分,旗人有功,从"下五旗"转到"上三旗",这就是"抬旗",并成为一种制度。这汉化的第一个成果,也就是"尊君",或说是加强皇帝极权。这是一个很长而且有起伏的过程,直到雍正期间才最后完成。清史学家孟森说:

> 太宗(皇太极)以来,苦心变革,渐抑制旗主之权,且逐次
> 变革各旗之主,使不能据一旗以有主之名,使各旗属人,不能
> 于皇帝之外,复认本人之有主。盖至世宗(雍正)朝而法禁大
> 备,纯以汉族传统之治体为治体,而尤以儒家五伦之说压倒祖

训，非戴孔孟以为道有常尊，不能折服各旗主之秉承于太祖（努尔哈赤）也。世宗制《朋党论》其时所谓"朋党"，实是各旗主属之名份。太祖所制为纲常，世宗乃破之为朋党，而卒无异言者，得力于尊孔为多也。

——《清史讲义》第四章

所以有人认为清代统治者的"汉化"就是"儒化"，如果仅就意识形态说也不是没有道理的。

三

顺治皇帝是喜欢汉文化的，为了统治新到手的江山也必须学习汉文化，可是在他临终之时，在遗诏中反思执政教训时还说，自己"渐习汉俗，于淳朴旧制，日有更张，以致国治未臻，民生未遂，此罪之一也"（《清史稿·世祖本纪》）。虽然"遗诏"中可能有周围满洲亲贵的意见，但应该说这是得到顺治皇帝的最后许可的。从汉化的进展中取得好处的同时，其负面效应一直是清统治者的梦魇，是他们内心深处的一个情结。为什么这样？因为江山来得太容易，太依靠人数不多八旗子弟的奋斗，生怕汉化溶蚀了他们取天下的资本，即满洲人的"尊君亲上，朴诚忠敬"的优良传统。另外，从轻易取得大明天下的经验来看，清统治者也认为汉文化习俗，只能使人软化，使满洲人丧失尚武功能。

康熙践位年龄很小，由满洲亲贵辅政，这些辅政大臣还是强调要坚持"祖宗成法"，要"率循祖制、咸复旧章"（《圣祖实录》），因此改次汉制方面有所反复。康熙亲政后，情况大变，除了恢复了顺治期间的变革外，实施"以汉治汉"的政策，倡导"以文教治天下"，崇尚理学。甚至康熙自己穿上了"儒服"以儒学领袖和天下师自居，并宣称："朕惟天生圣贤，作君作师。万世道统之传，即万世治统之所系也。"（《四书解义·序》）这种把"治统""道统"合一在自己的身上的皇帝，历代还不多见。康熙内心对"汉俗"是十分卑视的，他常常批评汉人习俗鄙陋面，并认为"汉人难治"，甚至连吃饭这类小事上都认为汉人就是不行，一天吃四五顿饭，不知节俭。但他从现实统治需要，也要与汉人及其文化习俗，虚与委蛇，不过分地在习俗的小问题上挑剔,吹毛求疵。他说:"文臣中愿朕习汉俗者颇多,汉俗有何难学?一入汉俗,即大背祖父明训,朕誓不为此。"(《康熙起居注》)可见,康熙在统治上急速推行孔孟、程朱之道、加强皇权专制同时拒绝与此无关的东西。因此从康熙开始是比较自觉地控制着汉化的进程及其内容的。

然而,有一利必有一弊,世间从来没有只有利、没有弊的好事。前面说了随着汉化速度加快,统治者担心的负面效应也产生了,清初诗人方文《都下竹枝词》咏及八旗云:"自昔旃裘与酪浆,而今啜茗又焚香。雄心渐向蛾眉老,争肯捐躯入战场。"惯于战场厮杀的八旗健儿进了城,灯红酒绿,一下子钻到温柔乡里,自然战斗力迅速下降。于是,"三藩之乱"时,清廷不得不借助张通、赵良栋来敉平叛乱。

统治者欢迎的"汉化",即通过对儒道的尊崇,消除"满洲旧俗"中的各个旗主的权力,把权力集中到皇帝一人手中。到了雍正时期,这个过程基本完成。现在凸显在最高统治者面前的就是统治基础的稳固问题了。

雍正为人猜忌,他总是有点惴惴不安。虽然立国80余年,但他总是觉得汉人喜欢闹事,其"意中每似不愿太平安静者",仍然不少,时时都有可能出点乱子。而"我满洲人等,因居汉地,不得已与本习日以相远",没办法,住在汉人圈里就不能不受其影响。雍正觉得现在满洲人都以"读书""崇尚文艺"为荣,向汉俗靠拢。从而丢掉了看家的本领——弓马骑射,放松了武备,从而失去了八旗本来的优势。雍正告诫那些热衷学习汉文化的八旗子弟,让他们"学习满洲之武略骑射,勿但崇尚文艺、以致二者俱无成就,而以满洲之武略为可鄙也"(《世宗实录》)。他说崇尚汉文化,可能最后弄得"文不成,武不就",还是守住"武略骑射"和"淳朴世风"好。

雍正不仅苦口婆心,谆谆教诲,而且还开始整饬旗务,通过行政手段对满洲人的汉化加紧控制。这种政策在声言不涉国家大政的小说《红楼梦》里都有反映。贾宝玉的书法、诗词都有点功力,清客都赞美,但受到其父贾政的呵斥。他要求老师"只是先把'四书'一气讲明背熟,是最要紧的","什么《诗经》古文,一概不用虚应故事"。对"满洲世仆"的人家,先要明了忠君大节,"四书"就是关乎于此的,而熟读《诗经》古文",则是"崇尚文艺"了。由此可见雍正控制汉化的措施是在当时旗人中有影响的。

四

如果说顺治时期朝廷对汉化无论是襄赞还是抵制都是缺少自觉的政策意识的;把汉化作为一种自觉的政策意识是从康熙开始的。雍正皇帝对汉化的控制意识加强了,开始了防堵;而到了乾隆时期,他继其父继续整顿旗务,把控制八旗汉化当做其中最重要的举措。他隐隐感到汉化的实质是"文人化"和"汉人化",前者削弱了满洲的战斗力,没有"八旗健儿"的"骑射",清朝不是要处在风雨飘摇中吗?后者更可怕了,如果旗人成了"汉人",满洲皇室的基础又在哪儿呢?因此乾隆对控制汉化政策,抓得最紧,力度更大,甚至不惜兴起大狱。

在整饬旗务过程中,乾隆要旗人重温皇太极昔日对满洲人的教导,强调旗人是旗人,要旗人特别是其中的满洲人自觉地有别于汉人;决不能混同为一般老百姓,特别是汉族百姓。他认为满洲人有天生的好品质:"朴实忠诚、其尊君亲上、守法奉公。皆出乎天性。无一毫勉强。"(《高宗实录》卷4)守住这些不变就很好了,不要像寿陵余子一样,既没有学到邯郸人美妙的步履,又忘其故步。要保持原有习俗,就要坚持皇太极所强调的"学习骑射,娴熟国语(满语),敦崇淳朴,屏去浮华"四条。

四条中的"骑射"(武功)、"国语"(满洲话)好懂。乾隆就是从这两条简单的抓起。在接见满洲臣工时,他常常用"清语""清字",测验臣子们忘没有忘本。不能用清语、清字回答的,轻则"申饬",重则撤职。另外,在满洲人、旗人如参与科举考试必先考弓马骑射。

"敦崇淳朴"需要解释一下。其实说透了就是忠于满洲皇帝,如果说汉族士大夫真的忠于满洲皇帝的话(在雍正、乾隆眼中,许多汉人是假忠),那还是通过儒家经典的教诲,懂得了"忠君"的意义,从而转换成忠于满洲皇帝行动的。而满洲人不是这样,他们忠于自己则是他们的本性,淳朴就是不假外力、不需要学习,自然形成的。显然,这是欺骗,是为了拉拢住八旗子弟的饰词。

什么叫"浮华"？这包括更为广泛，凡是满洲人接受了为皇帝看着不顺眼的汉人习俗，都可以称之为"浮华"。比如写诗作文在汉族文人士大夫看来是件雅事，它又有怡情悦性的功能，遂成为文人的时尚。康熙、雍正、乾隆等几代皇帝也读历代文人士大夫的书，自然也羡慕汉族文人士大夫的生活。康熙、乾隆二人合起来 12 次江南之巡，内在的动机就有对汉族文士所肯定山水之美的追求。雍正、乾隆都有穿戴汉族文人服饰的造像，有的还做"抚孤松而盘桓"状。但皇帝是皇帝，可以率性而为，他怎么"汉化"也没人敢有异议，谁也不敢说这是"浮华"，至于这些满洲世仆，穿汉人的衣服，改汉姓，不会说清语、写清字都是问题。这些都可以称做"浮华"。

乾隆特别厌恶身为满洲人而以文人自居，像钟音那样久任督抚大员的满洲官员，因为不关心武备，"自号文人"，也严加"申饬"。至于旗人写诗作文更被视为脱离满洲本业。乾隆二十五年，乾隆巡猎木兰，有被罢官的满洲翰林蕭郎阿，"亦效汉人献诗。考试又甚平庸，看来伊从前会试中试，必系夹带舞弊。而革职后自应悔过自责，果能熟习骑射、充补护军披甲后，仍不废其所学，朕闻之，或予以原官，或补授侍卫，俱未可定。今蕭郎阿弃舍满洲本业，效尤汉人侥幸献诗，谅其诗亦必系假手代作。朕断不肯复加录用，使旗人效尤而行，满洲本业，益至废弛。将此通行传谕八旗，嗣后旗人务守满洲淳朴旧习，勤学骑射清语，断不可熏染汉人习气，流入浮华，致忘根本"（《高宗实录》卷 620）。乾隆两个推论很可笑（"夹带舞弊""假手代作"），但可见他对满洲人"文人化"的轻蔑，认为这是不可能的。

中国古代史上文字狱最厉害的就是乾隆时期，此间仅经由皇帝处理的文字大狱就有六七十起之多，其中也涉及满洲大臣。最典型的是处理胡中藻诗案中对广西巡抚满洲人鄂昌的惩罚。胡中藻曾是内阁学士，乾隆十五年向皇帝献其所著《坚磨生诗集》，二十年三月突然下了一道上谕，指责胡诗集中多有"悖逆"之词，胡中藻下狱。诗集中有与鄂昌唱和之作，遂株连鄂，抄了鄂昌的家，在鄂家发现了鄂昌自己写的诗和其他满洲人的诗集，乾隆觉得有典型意义，发了一道上谕：

谕满洲风俗，素以尊君亲上、朴诚忠敬为根本。自骑射之外，一切玩物丧志之事，皆无所渐染。乃近来多效汉人习气，往往稍解章句，即妄为诗歌。动以浮夸相尚，遂致古风日远。语言诞漫，渐成恶习。即如鄂昌身系满洲，世受国恩，乃任广西巡抚时，见胡中藻悖逆诗词，不但不知愤恨，且与之往复唱和，实为丧心之尤。今检其所作《塞上吟》，词句粗陋鄙率，难以言诗。而其悖谬之甚者，且至称蒙古为"胡儿"。夫蒙古自我朝先世，即倾心归附，与满洲本属一体。乃目以"胡儿"，此与自加诋毁者何异？非忘本而何？又如鄂昌家查出塞尔赫《晓亭诗钞》内，有作明泰妾杜贞姬诗一首。初以明泰身遭不幸，本非其罪者，及查阅原案，始知明泰身为协领，侵蚀兵丁钱粮，其罪本即应正法，我皇考世宗宪皇帝，如天之仁，将伊解送宁夏，永远枷号，实属格外宽典。而塞尔赫所作《诗序》，但知赞其妾为贞姬，遂饰为仇家行刺等语。此直变乱黑白，不自知其矫诬矣。究之明泰今竟以占田谋杀二命正法，夫以如此恶人，而有贞姬为妾之理乎？夫满洲未经读书，素知尊君亲上之大义。即孔门以诗书垂教，亦必先以事君事父为重。若读书徒剽窃浮华，而不知敦本务实之道，岂孔门垂教之本意。况借以诋呵讽刺，居心日就险薄，不更为名教罪人耶？此等弊俗，断不可长。着将此通行传谕八旗，令其务崇淳朴旧规，毋失先民矩矱。倘有托名读书，无知妄作，哆口吟咏，自蹈嚣凌恶习者朕必重治其罪。

——《高宗实录》卷 485

在乾隆看来，读书、写诗不仅不能使满洲人长进，反而堕落了，失去了原本有的"尊君亲上之大义"。从这道上谕中我们可以感受到他对"托名读书，无知妄作，哆口吟咏"的痛恨。最后鄂昌也被处死。为什么处理如此严重？他感到鄂昌的汉化滑到了"汉人化"的边缘了，竟称满洲人"二弟"①——蒙古为"胡儿"，这已经不仅仅是文人化削弱战斗力的问题了。

---

① 满洲未入关时为了与蒙古团结一起与明朝征战，自命为刘先主(刘备)，视蒙古为关公。

这道上谕在当时很有威力，必然加深旗人，特别是满洲人对写诗作文危险性的认识。从这个案例可见乾隆在控制满洲汉化过程中手段的严酷。

五

古代汉族文人写诗不是情感生活的需要，许多社会交往中也需要诗。旗人汉化过程中写诗也成为很重要的一项。入关之前，汉化程度较深的满洲人就开始写诗，如小有名气的鄂貌图等。定鼎之后，满洲贵族有了优越的条件学习，除了声色犬马之外，也不少喜欢高雅情调、热衷于写诗作画的，出了不少有名的诗人。像胤禧（慎郡王）、揆叙、纳兰性德、岳瑞、文昭、博尔都、塞尔赫、永忠、永恩、弘晓、敦敏、敦诚等。许多人都有诗集传世，他们的诗作也被收入一些诗话（如《随园诗话》），或被汉族文士所编选的诗歌总集收录（如沈德潜编选的《国朝诗别裁》）。从入关到了乾隆末年已经有了150年，出于各种动机，到此时汉人编选的清人诗歌选本，就我个人所寓目的就有二三十种之多，然而独独没有专门以满洲人、八旗人诗歌创作为收录对象的选本问世。这是为什么？其根本原因就是皇帝厌恶满洲人搞这些虚浮的东西。旗人自己写点诗文，自己刊刻一下，就周围的小圈子的人知道，一编成选本就显得格外招摇，害怕因此得罪。

然而，乾隆一死，情况很快就发生了变化。嘉庆九年（1804），内务府就刊刻了第一部旗人诗歌创作总集——《熙朝雅颂集》。此书共138卷，编辑者最初为满洲正黄旗的铁保，乾隆三十七年进士，也是屡任广东巡抚、浙江巡抚、两江总督的地方大员，乾隆在世说他"有大臣风"，是老练的官僚。他也好文，留心八旗文献，先辑成《白山诗介》50卷，一直不肯拿出，他懂得那会有危险，直到乾隆去世五年后，摸准了气候，才把编成的"八旗诗"献给嘉庆，不仅未受责备，还受到表彰，并赐名《熙朝雅颂集》。嘉庆皇帝为此书作序说：

> 夫言为心声，流露于篇章，散见于字句者，奚可不存？非存其诗，存其人也。非爱其诗律深沉，对偶亲切；爱其品端心正，

勇敢之忱洋溢于楮墨间也。是崇文而未忘习武，若逐末舍本，流为纤靡曼声，非予命名"雅颂"之本意。知干城御侮之意者，可与之言诗。图但与此函，侈言吟咏太平，不知开创之艰难，则予之命集，得不偿失，为耽逸恶劳之作俑，观其集者应谅予之苦心矣。

虽然为了与祖宗的说法"接轨"，也讲些"爱其品端心正""崇文而未忘武"这些空洞的"政治正确"的话，但方向变了。乾隆间的旗人诗何尝没有"品端心正""崇文而未忘武"的作品！皇帝之所以鸡蛋里挑骨头就是要刹住满洲"文人化"进而"汉人化"的这股风潮。牢牢地控制住汉化的进程。而到了嘉庆时这股力量控制不住了，嘉庆在这方面的自觉意识也差。其实乾隆时严厉恰恰也就显露了控制不住的架势，嘉庆则干脆承认了这一点，似乎是要两者兼顾，汉化、文人化没关系，只要保持原来的底色就可以了。当然这也是一相情愿。

这个集子里收录了一些乾隆时期犯忌人的作品，如前面说到过"塞尔赫"，他是努尔哈赤之弟穆尔哈齐的曾孙，《晓亭诗钞》乾隆说他的诗"变乱黑白"，而此集中收他的诗 98 首，对他十分推重。另外一个是鄂尔泰，在查抄胡中藻案时，因为鄂尔泰与胡关系密切，而当时鄂尔泰已死。乾隆切齿地说"使鄂尔泰此时尚在，必将伊革职，重治其罪，为大官植党者诫"。而此书选鄂尔泰诗 75 首。这些都是为乾隆所不容的。不过此时对乾隆已经是"身后是非谁管得"了。

《熙朝雅颂集》标明"钦定"，黄缎子封面，绵白纸作衬，墨色鲜亮，刊刻精美，看起来真是赏心悦目。用现代的话来说，如此高调出版，那时谁知它是清统治者一项重要政策失控的标志呢？

说大赦

看电视新闻，突然听到记者问起台湾行政负责人吴敦义明年是辛亥革命100周年，马英九是否考虑了大赦、特赦问题。吴敦义回答，尚未议及这个问题。他又说"如果要减刑，实施对象也不会包括死刑，以及强奸、贪污等'人神共愤'的犯罪者"。这是近些年来第一次听到关于这个问题的议论。大陆最近的一次赦免犯罪人员也有35年了。那是在1975年3月17日特赦释放全部在押战争犯罪人共293名。这是接近两代人的时间，四五十岁以下的人们基本上没有听过"大赦""特赦""赦免"这类词汇了。

可是古代不是这样，"大赦天下"是个经常会出现的事情，中国自秦以来的2000多年的历史中竟大赦1200多次，如果再加上曲赦（对特定地区放赦）、别赦（个别赦免）、减等、赎罪、德音（与减等相似，死刑改流刑，流刑该徒刑，徒、杖、笞则全部赦免）等减宽措施，绝不下于2000次[1]，平均每年一次，极其频繁。因此通俗文艺作品中频频出现这类词汇，一般民众也是耳熟能详。鲁迅小说《风波》，背景是宣统在辫子兵大帅张勋支持下所演出的一场复辟闹剧。小说中写道，当"皇帝坐了龙廷

---

[1] 闫凤娟硕士论文《赦免制度的法理分析》，见于豆丁网（www.docin.com/69684094.html）。

了"的消息传到绍兴临近小村时，七斤嫂的第一个反应就是："这可好了，这不是又要皇恩大赦了么！""皇恩大赦"这个本属皇帝和朝廷的政治行为，可是连一个不识字的普通农妇也都理解，而且非常熟练地脱口而出。

1. 为什么要有赦免

犯了罪、被发现而判刑，照道理说这是公义彰显、大快人心之事，为什么还要赦免那些罪有应得之人呢？这与惩罚是不是构成了悖论了呢？不是，因为法律是文明社会的产物，在文明社会里对犯罪惩治的目的已经不是原始社会中简单的报复，它是具有多种功能的实现社会有效控制的一种惩戒机制。统治者逐渐懂得惩治罪犯不是为惩治而惩治，因此就有了与惩治相反的赦免。当然，不是一进入文明社会、一有法律，统治者马上就认识到这一点的，赦免制度并非是伴随着法律产生的。赦免的思想萌芽于西周，实施于春秋战国，真正的、带有标志性的一次面向全国的大赦却是实行严刑峻法的秦朝发布的。在秦"二世元年（前209）十月戊寅，大赦罪人"，这是秦政权在摇摇欲坠中不得已的选择。此后赦免就成为历代王朝统治的定制，有喜庆之事或灾难变异等必有赦。例如开国、皇帝登基、立皇后、太子、发布新的年号、有重要的祭祀活动，乃至天灾人祸，只要够了级别都会用赦免表示庆祝或借以趋吉避害。

2. 赦免的深层原因

①济法律之穷

迄今为止，在历史上实行过的管理和控制社会的诸多手段中还是以"法治"较为省力、较为公正、弊病也较少，然而这不是说"法治"没有它的局限、盲点，甚至它的优长之处，有时也会产生弊害。例如，古今法律虽然千差万别，但如果它是良法，就有个共同点，那就是普适性原则，或说是法律的整齐划一性，而且不论什么人和在什么情况下都用这一把尺子衡量，实现"王子犯法，庶民同罪"（完全做到只是幻想，但法治搞得越好，可以越趋向这一点）。然而生活现实是多种多样的，法律再细，也细不过生活现实。这样往往同样的罪行由于犯罪主体不同、社会条件不同，对社会的危害与其可恶的程度可能会有天地之别。孔子反对铸刑鼎，在儒家看来，是孔子看到了生活的复杂性，例如"共犯一法，情有浅深,或轻而难原,或重而可恕"。"于小罪之间,或情有大恶""于大罪之间,或情有可恕"。犯的法一样,其情节有轻重,有的很轻,如果动机极恶,也不可原谅;有的情节虽重,但无犯罪的主观动机,也可哀矜。没铸刑鼎,这些都可以由法官心裁,把成文法公布出去,法官裁量的自主权没了。孔子反对法律公开化虽然有悖于历史的进步,但他的担心不是毫无道理。世间既有不少善于钻法律空子的人,也会有被人诱入法律彀中憨直的人(林冲误闯白虎节堂就是诱人犯罪)。按律执法,固然应该,但也应该承认法律也有死角,必要时就应予赦宥以"济法律之穷"。

另外,从社会学角度来看,没有一个社会的法律是完全公正无瑕的。法律的制定与执行也很难做到完全公正,统治者总会把维护自己利益的条款塞进法律之中,恶法也常常会因之出现。这样,所谓犯罪之后受到法律惩处不一定是社会公义的实现,反而可能是对社会公义的践踏。因此,赦免、特别是对特定犯罪的"特赦"(如政治犯),有益于社会的整合和避免司法和执法过程中的非公正现象给社会和个人带来更多伤害。这也是法律难以解决问题、用政治手段(赦免)来解决一例。

②启发社会的善性

恩赦虽然是最高统治者发出的,但它体现了社会的慈悲意识。宽恕犯错误的人、饶恕罪人是世界上各大宗教都包含有的内容,虽然宽恕的出发点有所不同。现代伦理学也多认为,慈悲、怜悯、宽恕等美德都是凝聚社会的力量,有助于实现社会的和谐。当然,慈悲、宽恕不是无条件的,也不是无度的,如果一味的宽恕不仅伤害了被罪犯侵权的主体,而且对守法公民也是不公正的。因此,恩赦也要有度,对一些惯犯和犯有人神共愤罪行的人在宽赦中就要慎重。

儒家的慈悲意识和仁爱意识都是站在宗法立场从推己及人出发的。著名的"盗弄潢池"的典故就是一例。汉宣帝派龚遂为"盗贼并起"渤海的太守,皇帝问龚如何打击这些罪犯,"息其盗贼"?龚遂回答说,渤海边远,得不到朝廷好处与教化,老百姓处于饥寒,官吏又只知道打压,所以皇帝的赤子才盗用了皇帝的兵器舞弄起来。他又要求宰相暂时不要按照现行的法律条文处理渤海郡事情,许可龚遂暂时可以便宜行事。实际上这就是赦免过去渤海郡民众一切犯法行为,从新开始。龚遂到了渤海郡也是过去一概不问,"悉罢逐捕盗贼吏。诸持锄钩田器者皆为良民,吏毋得问"。在一郡内,实行大赦政策,开仓放粮,资助贫困,果然,老百姓积极响应,放下武器,卖剑买牛。从此渤海郡安定下来,老百姓过上安定生活,龚遂也成为历史上循吏的典型。这是儒家思想的体现。儒家对待犯罪及刑狱政策的基础是把天下视为一体,大家血脉相连,人民都是皇帝的子民,子民犯了罪,皇帝及其派出的官吏也有责任,因而在惩处罪犯上就要慎重,仿佛对待家中犯了错误的子弟一样。因此,龚遂对待渤海郡造反者和盗贼政策的宽恕和赦免,既充满了人情味,也表现出他对现实法律和执法的反思。

③协调上下的关系

社会中统治者与被统治者之间总是存在张力的,人们认识统治者总是从限制他们、管制他们这个角度来看的。宋代有本讲命相学的书,名为《滴天髓》其"六亲论"中,清代任铁樵为之作注说:"夫官者,管也。朝廷设官,官治万民,则不敢妄为,循守规矩。家庭必酋长为管,出入动作。皆遵祖父训是也。不服官府之治者,则为逆子。"这是民间对官民关系的理解。当然,统治者认为保持这种张力有必要,但不能太过,所以有"一张一弛,文武之道"之说。"弛"包括面很广,恩赦就是其中之一。古代皇帝放赦,往往还会伴随有赏赐给官人爵位、加阶、减免百姓赋税、徭役,甚至蠲免民间公私债务等。在实现恩赦时,往往还要举行仪式,使得官民上下皆知,造成一种万善皆出于皇帝的喜庆氛围。七斤嫂一听皇帝登基,脱口而出就是"这可好了",就与这种喜庆氛围的熏陶有关。

当然在中国古代皇权专制制度统治下,恩赦只是体现了皇权专制的另一面。

3. 赦免中最高级——皇恩大赦

赦免种类很多,其中最高级的是皇恩大赦。它往往是与开国、新皇帝继位、换年号、立太子、立皇后、平定叛乱等重大的喜庆活动联系在一起的。大赦表示朝廷要与民更始和举国欢庆之意。大赦的第一步是皇帝下大赦诏,颁布诏书有个特别火暴的仪式,其目的大约就是让全国人民都知道吧。肉不能埋在饭锅里。

宋朝大赦虽多,每一次都郑重其事,要举行盛大的仪式,并夹杂有杂技表演,以吸引观看,仿佛在过狂欢节。这些在《宋朝事实》《武林旧事》《宋史》《齐东野语》等书中都有详尽的记载,这里用参照诸书记载,描述一下南宋大赦仪式的实况。

大赦那一天,皇帝要亲临皇宫正门丽正门(北宋时首都在汴京则为宣德门)的御楼,教坊奏乐引导,艺人们朗诵表达欢庆的韵语。御驾至,进入御幄,作行礼的准备,礼官进"中严外辨"牌子,礼仪正式开始。御药高唱"卷帘",鸣鞭,钟磬齐鸣,皇帝出幄,帘卷扇开,诸臣罗拜,分班站立。中书令宣布:"有圣旨下,树立金鸡。"象征着皇恩大赦、高达数丈金鸡竿子在御楼东南角竖立起来。金鸡竿子一竖起来,杂技艺人从竿子四面悬垂下四根绳子上争相攀缘而上,夺取金鸡口中衔着书写有"皇帝万岁"红幡子。先到竿顶、抢夺到金鸡嘴红幡子者高呼"万岁",全场欢声雷动。此时装扮成为仙人童子的官员再乘木鹤捧着圣旨从城楼上缘绳滑下,把圣旨放在香案之上。太常寺的官员擂起大鼓,在鼓声中,他们把香案捧到御楼前的广场中心。主持仪式的知阁朗声高呼:"把圣旨宣付给三省。"副宰相参知政事代表"三省"下跪接旨,再交给阁门提点将圣旨拆开,然后由起居舍人接过圣旨,站在宣旨台上,高声诵读。当读到"咸赦除之"之时,早已经集合在广场上的待赦的犯人,穿戴光鲜、帽簪鲜花的狱吏马上给犯人解脱枷锁,罪囚获释,他们"山呼万岁,歌呼而出"。圣旨宣读完毕,舍人捧大赦诏书授给宰相,宰相转授予刑部尚书,尚书授刑房录事(以备抄写转发),又传皇帝有圣旨,宰相领众官跪拜,知阁传皇帝答语云:"这是普天同庆的大事,我与诸位爱卿共同庆祝。"大家又跪拜如前。此时中书令奏"礼毕",扇合帘降,乐止。皇帝回宫,礼部郎中宣布戒严。全部礼仪结束。

仪式之后,各地驻首都办事处的官员都在等候取旨。办事处"各有递铺(驿站)腰铃黄旗者数人,俟宣赦讫,即先发太平州、万州、寿春府,取'太平万寿'之语。以次俱发铃声,满道都人竞观"。这样大赦信息很快传遍全国。

参加皇恩大赦仪式的人人披彩簪花,姜夔有诗云:"六军文武浩如云,花簇头冠样样新,惟有至尊浑不戴,尽将春色赐群臣。"这种仪式不仅有官员、胥吏及各方面有关人员参加,老百姓也可以随意观看。所以皇恩大赦就成为带有狂欢节性质,如当时诗人所写"凤书乍脱金鸡口,一派欢声下九天""不知后面花多少,但见红云冉冉来"。民众的参与放大了皇恩大赦的效应,使得许多触犯刑律的人们对它充满了期待。

4.皇恩大赦的内容

宋代既是专制制度发展得比较完备的时代,也是在历代王朝中统治相对宽松的一朝。说它宽松主要是讲在统治手段上,善于运用专制统治中比较柔软的一面。例如,在严刑峻法中宋代统治者还很关注对赦免的运用。美国汉学家马伯良在他的《宋代的法律与秩序》一书中说:"特赦在宋代施行之广泛,远过于中国的任何朝代。它被认为是一种能够有效地感召罪犯,使其改过自新以回馈帝国之仁政的手段。"两宋享国300余年,各种赦免活动近千次,而且常常有"常赦所不原者,咸赦除之"的大赦。这等于向所有的犯罪人员放赦。

历代皇恩大赦多达千次以上,每朝根据当时形势特点会有许多差别,这里以宋朝最宽大的恩赦为例:例如宋太祖赵匡胤登基诏书中关于大赦实行的时限和范围说"应正月五日昧爽以前,天下罪人所犯罪已结正、未结正、已发觉、未发觉、罪无轻重、常赦所不原者,咸赦除"。时限是正月初五,天刚刚亮的时候。赦免对象是:"已结正"指已经审结完毕、定案判刑的;"未结正"指已经被抓起来,正在狱中关着,尚未审理完毕者。"已发觉、未发觉"指已经犯了罪,被发现了,但犯人在逃,未能归案。赦免程度是"罪无轻重、常赦所不原者,咸赦除之"。这一条最重要,这也就是无论罪大小,包括那些平常赦免所不能原谅的罪行,这些一律赦免。换句话说,此时牢门大开把所有在押犯统统释放,使得囹圄一空。当时监狱关押的主要是"未结正"的犯人。此诏书一下,他们就可回家了。

上面都是对老百姓的。对官员,大赦更要考虑,要降职左迁的也一律停止,遭贬而远离京城的也逐渐向中原转移。对犯罪官员虽然也会像一般罪犯得到赦免,但被"除名"(褫夺官员的身份)这一处分是不能免的,也就是犯罪官员遇赦也不会官复原职。

大赦天下的诏书中当然还少不了施恩泽的许愿。特别是对官员与军队。主要还是三项,提升官级、多发补贴和封赠(封赠官员已死和活着的亲属),这最后一条是精神性的,不过也很管用。对老百姓最实惠的也就是蠲免租税,有的甚至连私债也一并放停(宋以前很多,宋代以后渐少,也偶见)。这种免私债的做法是世界上赦免历史上很独特的。

5. 对赦免制度的质疑

从一有赦免制度,人们就不断提出质疑。其理由都是我们现在一听有大赦就能想到的。比如,宽待犯罪分子就是对受害者再度伤害,对守法者的不公正;使得一些坏人有机可乘,鼓励他们犯罪;使得犯罪分子扬眉吐气,受害者窝囊受气。特别是像宋朝那样三年一大赦,几乎成为定期,使得边远的州县死刑很难执行(宋代死刑最后决定权在朝廷,往返太费时间,其间一有大赦,就有可能被释放或减刑等)。王安石甚至批评说这是"为政不节"(没有章法)。

《容斋三笔》曾举了两例,批评频繁大赦的荒唐:"婺州富人卢助教,以刻核起家,因至田仆之居,为仆父子四人所执,投置杵臼内,捣碎其躯为肉泥,既鞫治成狱,而遇已酉赦恩获免。至复登卢氏之门,笑侮之曰:'助教何不下庄收谷?'兹事可为冤愤,而州郡失于奏论。绍熙甲寅岁至四赦,凶盗杀人,一切不死,惠奸长恶,何补于治哉?"又曰:"淳熙十六年二月《登极赦》:'凡民间所欠债负,不以久近多少,一切除放。'遂有方出钱旬日,未得一息,而并本尽失之者,人不以为便。何澹为谏大夫,尝论其事,遂令只偿本钱,小人无义,几至喧噪。绍兴五年七月覃赦,乃只为蠲三年以前者。"一个是杀人手段极为残忍的恶性罪犯,遇赦不仅被放了出来,而且还到受害人门上挑衅,进一步伤害受害人亲属,其恶劣令人发指,但赦免是皇帝大政,谁也不敢抗命。第二例是刚刚把钱借给债务人,皇帝大赦了,利钱本金全部作废。何澹从人情之常出发,认为应该只免利钱,对债务人的起哄斥责。纵有如此大悖常理常情、令人愤慨的案例,但也不能完全否定赦免制度存在的我在上面所说到的正面作用。

凡事有一利必有一弊,没有只有正面价值没有负面影响的事情,关键在于政策制定者与执行者如何兴利除弊。像吴敦义说的即有大赦,也不会赦及"死刑,以及强奸、贪污等'人神共愤'的犯罪者"。这样的主张接近一般老百姓的理念。赦免制度在我国源远流长,如何发挥其利避免其弊,也是法治建设与政治操作中应该考虑的。

模糊千年的一条民事法

1. 从宝玉、黛玉的"姑舅婚"说起

《刘心武揭秘红楼梦》的第三部,提出一个令读者震惊的问题,宝玉和黛玉是姑表兄妹吗？作者指出"根据书里对人物关系的设计,贾宝玉和林黛玉是姑表兄妹,贾母是主张他们两个结婚的。这有点奇怪。在过去姑表兄妹结婚也是一种禁忌, 但是曹雪芹居然就这么写, 这是为什么?"并由此观点出发推衍出一些与众不同的关于《红楼梦》的评论。

"姑舅兄妹不能结婚"这个观点在《百家讲坛》一发布,马上引起新闻界的兴趣,有的记者打电话问我对此问题的看法。我觉得很奇怪,刘心武先生与我年龄差不多,新中国成立前北京姑表、姨表做亲的多了。特别是姑表亲,很被重视,有"姑表亲,辈辈亲,打断骨头连着筋"之说。有的侄女嫁给姑姑的儿子,所谓姑姑做婆,还很被人羡慕呢！自古以来也是这样。

《尔雅》中说:"妇称夫之父曰舅,称夫之母曰姑。"从这个称谓的习惯就可以看出古代姑表亲互相结亲的传统。上古之时,不同的氏族中除了同姓之外,形成一些相对固定的婚姻集团,相互为婚。例如,西周的姬姓与姜姓互相嫁娶,读《左传》就可发现齐鲁两国由于边境相连,分别又是姜姓和姬姓,互相嫁娶,习以为常;春秋时期,秦国晋国世代为婚,一

103

是嬴姓,一是姬姓,这还留下一个赞美婚姻的成语——秦晋之好。姑娘嫁到夫家(当时叫做"归",意为姑娘本来就应该是夫家的人,娘家只是寄住的地方,出嫁乃是真正回到家了)后,就会发现或者婆婆是姑,或者公公是舅,总会有点儿亲戚关系,因此才产生了称公婆为舅姑的习惯。既然世代为婚,自然会出现姑舅表兄妹结婚的情况。这是从称呼上看。

从实际上看,民间也有这种习俗。唐代白居易《朱陈村诗》中有云:"一村唯两姓,世世为婚姻。"北宋的苏轼也有《陈季常所画朱陈村嫁娶图》,其自注云:"朱陈村在徐州,古丰县,去县远而官事少。处深山中,民俗淳质,一村唯朱陈两姓,世为婚姻。民乐其土,无羁旅行役之勤,故多寿考。"从这些诗文中,可以感到白居易、苏轼等古人不仅不以这种习俗为怪,反而认为这是良风美俗,给生活带来极大的方便,又有人间温情,使他们很羡慕。直至近代,仍是如此。巴金先生的《家》《春》《秋》激流三部曲中的大族高家中就有好几对姑表或姨表兄妹结婚或恋爱的故事。

为什么形成表兄妹结婚的习俗?首先是古人没有意识到这种"近亲"结合会导致人种退化,那时只知道"同姓而婚,其殖不蕃";而不懂得表兄妹之间血缘太近也不好(这个道理直至近三四十年才懂)。其次是古代人们生活圈子极小,绝大多数人的活动范围超不过周边百里左右的范围,那时人口的密度比现在小数倍或十数倍,人们能够接触到的人有限。像"朱陈村"这样僻处深山的,与外地交往更少,只能就近婚嫁。再次,古代交通不发达,父母也不希望女儿远嫁,就近择婚对父母儿女都好。最后,古代的婚姻是氏族集团壮大自己的机会,他们往往选择固定氏族集团相互为婚,通过儿女婚姻强固彼此的关系。因此常常是亲上做亲。

刘心武先生所说的优生的道理,这是近几十年来的新《婚姻法》所主张,他所说的"在过去姑表兄妹结婚也是一种禁忌",是没有根据的。

2.《大清律》禁止姑舅兄妹结婚

我以为这个问题解决了,前两天读张晋藩先生的《中国法律的传统与近代转型》,该书谈到亲情入律时举了个《大清律例》的关于"尊卑为婚"说:

律文规定:"若娶己之姑舅、两姨姊妹者,杖八十,并离异。"但民间此类婚姻普遍流行,法律禁而不止,已成习俗。因此雍正八年再定例如下:"外姻亲属为婚,除尊卑相犯者,仍照例临时斟酌拟奏外,其姑舅两姨姊妹,听从民便。"雍正八年定例,体现了法顺民情,因此乾隆五年修律时,馆修入律。

张先生的意思很清楚,说《大清律》原有姑舅姐妹不能通婚的条款,但民间禁而不止,雍正间加上"条例"予以通融,乾隆间遂直接写入"律"。我想刘心武先生依据的可能就是《大清律》,而忽视了雍正、乾隆间的变化。后来我查了一下刘先生的书,他讲宝黛非姑表兄妹时并未涉及《大清律》。

《大清律》最初对表兄妹结婚有禁,后发现不符合现实风俗民情,在修律时加以改正。我感到很奇怪的是姑舅亲戚为婚的情况在传统上和民间既然非常普遍,为什么在法律条文中要禁止呢? 其根源在哪里呢? 难道是懂得了优生原理或像《大清律》注文中所说的"虽无尊卑之分,尚有缌麻之服(指互相有服孝的义务)"吗?前者不可能。关于"缌麻"①之礼与姑舅、两姨姐妹婚姻的关系,清代的《皇朝经世文编·礼政八·昏礼》中引刘榛的设问与回答:

> 客问:"娶妻不娶同姓,何谓也? "曰:"先儒云为其近于禽兽也,禽兽不知嫌微之别,人乌可无别也?"客曰:"异姓其皆无嫌乎? "曰:"外姻为婚,有以奸论者矣。"客曰:"虽然,中表之行,近世士大夫皆用之,或犹可许也。"曰:"在律,婚姑舅两姨姊妹者杖八十,离异。安在其可哉? 先王制礼,远嫌而养耻,又立之科条,以防不然。盖所扶进斯民于人道者,至严而不可犯矣。夫所谓同姓者,犹无亲之称耳。若吾父姊妹之子,不犹夫兄弟之子乎? 吾母兄弟姊妹之子,不犹之吾父兄弟姊妹之子乎?

---

① 古代丧服名。五服中之最轻者孝服,是用细麻布制成,服孝期仅三月,用于比较疏远的亲戚,如姑舅、两姨中的兄弟姐妹。

人知同姓兄弟之子不可昏，而不知异姓兄弟姊妹之子不可昏。何耶？"客曰："彼世昏者皆非欤？"曰："疏而无服者可也。姑舅两姨兄弟姊妹相为服缌麻，乃乱之以婚姻，而期且斩焉！如礼何！"客曰："吾党有女，养于他人，谓可解中表之迹而婚之。然欤？"曰："买妾不知其姓则卜之。不知者犹卜，知而假人以免，夫谁欺？"客曰："举世行之，未闻有用离异之律者。或居今而亦可从俗也。"曰："俗之可从，事之无害于义尔。敦伦败礼，相率而畔于人群，可乎？盗徼幸而未发，曰：未见有律盗者。盗顾可为乎哉？"

刘榛设客答问这段话很有代表性，可见当时一些文人士大夫对法律规范社会行为的态度。"客"的态度是无所谓，从俗。他认为士大夫之家重视世世为婚，而且大多也这样实践，人多了，政府也管不了，还是尊重社会风习为好，不必管法律，而且法不责众；另外一种态度是"答"者。他认为法律的规定体现了礼制，又是辅佐礼制的。他认为圣人制礼的本意就是"远嫌而养耻"，所谓"嫌"就是与禽兽无别的嫌疑，而"制礼"就是要远离这种状态，使人们懂得"耻与无耻"的界限。设立法条，只是用强制手段禁止那些不懂耻的人，使大家共同进入文明状态。因此他主张人们应该自觉守法，因为法是辅礼的，而礼则是文明标志。这是一套儒家理想的讲法，具体《大清律》中设立姑舅、两姨兄妹不许通婚条，肯定不是为了"远嫌而养耻"的，因为学清史的知道《大清律》是照抄《大明律》的，这个条款《大明律》可能就有了，一查果然。《大明律·户律·婚姻·尊卑为婚》条写明：

> 凡外姻有服，尊属卑幼，共为婚姻，及娶同母异父姊妹，若妻前夫之女，各以奸论。
>
> 其父母之姑舅、两姨姊妹及姨若堂姨；母之姑、堂姑；己之堂姨及再从姨、堂外甥女、若女婿及子孙妇之姊妹并不得为婚姻。违者，各杖一百。
>
> 若娶己之姑舅、两姨姊妹者。杖八十，并离异。

与《大清律》的字句都大体相同，当时清人入关，顺治间仓促立法，谈迁的《北游录》中明确说："大清律即大明律改名也。虽刚林奏定，实出胥吏手。"许多能够显示明代特征的地方都没有删去，不用说对这种与满清统治无太大关系的民事条款了。然而《大明律》是怎么来的呢？

3. 始作俑者是《唐律》

《四库总目提要》说考察法律"上稽历代之制，其节目具备，足以沿波而讨源者，要惟《唐律》为最善"。唐代以后，各代律法无不取法于《唐律》，有的就是照抄。明律、清律，概莫能外，以下录《唐律疏议·户婚·同姓为婚》中的相关条款：

> 若外姻有服属而尊卑共为婚姻，及娶同母异父姊妹，若妻前夫之女者，亦各以奸论。
>
> 其父母之姑舅、两姨姊妹及姨若堂姨；母之姑、堂姑；己之堂姨及再从姨、堂外甥女、女婿姊妹，并不得为婚姻。违者，各杖一百，并离之。

可见这条与《大明律》"尊卑为婚"两段基本相同。话说得很绕嘴，但其宗旨还在于禁止"尊卑为婚"，也就是禁止不同辈分的人结婚。唐高宗时御史大夫李乾祐上奏说郑州人郑道宣聘少府李元义之妹为妻，而元义之妹却又是郑道宣之堂姨，请罢婚。郑道宣到尚书省申诉，尚书省认为于法无禁，判决许可郑道宣成婚。李乾祐直接上奏到皇帝那里，得到皇帝的支持，认为这是有乱尊卑，破坏礼法，下旨责令郑道宣退婚，并在律法中写下了上面征引的那段条款。

唐代文化虽然融合南北，但北魏以来胡人及鲜卑传统也不容忽视，唐朝又对外来文化采取开放态度，因此，唐人对汉人的礼法的遵守不是那么严谨，婚姻辈分混乱的情况常见，写入法律也不一定能禁止。中唐大诗人白居易父亲白季庚娶的陈夫人就是自己的外甥女（见陈寅恪《元白诗笺证稿》），无怪陈寅恪先生说"唐有胡风"。

《唐律疏议》对后世影响很大，《宋刑统》关于户婚这一类完全抄录

《唐律》一字不改。应该说唐、宋两代律法都没有涉及"姑舅兄妹"婚姻问题。而且《唐律疏义·同姓为婚》条下注释云"其外姻虽有服(有互相服孝的义务),非尊卑为婚者。不禁"。这实际上说的就是姑表、姨表兄妹的婚姻,因为他们有互相服孝的义务(表兄弟姐妹服缌麻)。《宋刑统》也在这个位置,连注释也一并抄了下来。这个注释表明了唐、宋两代对表亲婚姻只要不涉及尊卑问题,无禁。

可是怪得很,宋代司法实践中,似乎没有注意到这个注释,又错误理解了上面所引那段很绕嘴的话,搞成姑表、姨表亲即使不涉及尊卑也不能结婚,这甚至成为当时许多人的看法。南宋朱熹曾回答学生问"姑舅之子"可不可互相为婚的问题。他说:"据律中不许。然自仁宗之女嫁李玮家,乃是姑舅之子,故欧阳公曰:'公私皆以通行'。"(《朱子语类》卷89)南宋的朱熹持这种看法,虽然他知道连皇帝——宋仁宗也不遵守这条法律,北宋大学者欧阳修谪居滁州后上仁宗的"谢表"中有言"方今公私嫁娶,皆行姑舅婚姻",可见"姑舅婚"在北宋尚很通行。到了南宋大诗人陆游著名的"钗头凤"的故事就发生在姑表兄妹之间。不仅朱熹一人认为"律"中有这样的规定,当时许多地方官也这样理解,并据此断案。南宋洪迈在《容斋续笔》中专有"姑舅为婚"一条对《宋刑统》中的关于"户婚"那条作了详尽的解释,并说明了"表兄妹"不能结婚这个错误的由来:

> 姑舅兄弟为婚,在礼法不禁而世俗不晓。案《刑统·户婚律》云:"父母之姑舅、两姨姊妹及姨若堂姨、母之姑、堂姑、己之堂姨及再从姨、堂外甥女、女婿姊妹并不得为婚姻。"议曰:"父母姑舅、两姨姊妹于身无服,乃是父母缌麻,据身是尊,故不合娶。及姨又是父母大功尊。若堂姨虽于父母无服,亦是尊属。母之姑、堂姑并是母之小功,以上尊。己之堂姨及再从姨、堂外甥女亦谓堂姊妹所生者,女婿姊妹于身虽并无服,据理不可为婚。并为尊卑混乱人伦失序之故。"然则中表兄弟姊妹正是一等,其于婚娶,了无所妨。予记政和八年,知汉阳军王大夫申明此项,敕局看详,以为如表叔取表侄女,从甥女嫁从舅之

类,甚为明白,徽州《法司编类续降》有全文。今州县官书判,至有将姑舅兄弟成婚而断离之者,皆失于不能细读律令也。

父母的姑表亲、姨表亲姐妹,"母亲"的姑姑、堂姑以及男性结婚人(古代法律文件在叙述时设定的法律主体往往是男性成年人)的堂姨、再从姨比结婚人大着一辈或两辈;而堂外甥女及女婿的姐妹,又比结婚人小着一辈,尊卑有别,所以不能结婚。然而姑舅、两姨姐妹是一辈人,互相嫁娶,了无妨碍。这种意见还由负责编订皇帝敕令的"敕局"编入《法司编类续降》,而地方官不读此书错误理解《宋刑统》的文义,作了许多错误判决。当时没有律师,也无从纠正。而且古代文人如果入仕做地方官,当时行政司法一体,必然有执法权负责审理案件,可是他们对法律却不熟悉,像苏轼那样有责任感的官员,在谈到法律时有诗云:"读书万卷不读律,致君尧舜知无术。"(《戏子由》)这不是自责,而是炫耀。认为"法律"根本不值一读。自以为清高文人士大夫对法律这种不屑一顾的态度必然导致对法律的错误理解,这种错误理解传播出去,其他文士也不读法律,人云亦云,还不去律条中认真调查一下。欧阳修、朱熹一类还算通达的文士做行政官还能迁就一下民情民俗,有些头脑冬烘的,生硬地执行这本不可行之法,给百姓带来了灾难。

4.《大明律》中正式列入律条

《宋刑统·户婚律》那段很绕嘴的话是抄自《唐律》,《大明律》编纂者一是误读了唐律和宋律,忽视了唐律的立法本意,在修改《唐律疏议》这段绕嘴的文字时明确加上了"若娶己之姑舅、两姨姊妹者,杖八十,并离异",把他们对唐律的错误理解直接以法律的形式固定了下来。如果说唐宋时期有的官员禁止由表亲关系的平辈男女结婚还是误读了法律,而《大明律》把它堂而皇之地列为法律的正文,这就是有司法权的官员必须执行的了。明律一公布,洪武十四年翰林待诏朱善就提出异议:

> 民间姑舅及两姨子女,法不得为婚。仇家诬讼,或已聘见绝,或既婚复离,甚至儿女成行,有司逼夺。按旧律:尊长卑幼相与为婚者有禁。盖谓母之姊妹,与己之身,是为姑舅两姨,不

可以卑幼上匹尊属。若姑舅两姨子女,无尊卑之嫌。成周时,王朝相与为婚者,不过齐、宋、陈、杞。故称异姓大国曰"伯舅",小国曰"叔舅"。列国齐、宋、鲁、秦、晋,亦各自为甥舅之国。后世,晋王、谢,唐崔、卢,潘、杨之睦,朱、陈之好,皆世为婚媾。温峤以舅子娶姑女,吕荣公夫人张氏即其母申国夫人姊女。古人如此甚多,愿下群臣议,驰其禁。

——《明史》卷137

朱善从民间习俗、传统和民间婚姻事实等多个角度论述了这条法律的不当和它给民间带来的困扰和灾难,谙熟民间情况的朱元璋也表示同意,但不知为什么没有写入《大明律》和《明会典》,禁婚的法条,仍赫然存在,只是执行的官员不敢贸然使用此条去禁止民间广泛存在的表亲之间的婚姻。《罪惟录·刑法志》中说:

时翰林待诏朱善以为言,上可行,未经入律,律相沿犹载犯者杖八十。终明之世,疑不敢行律。

写于明清之际的《罪惟录》指出整个明代都没有执行这条法律,民间的嫁娶并没有遵守这条法律,仍然是自行其是。

5.《大清律》再次修订

《大清律》先是照抄明律,康熙间做了文字修订,把这条写得更明确了。

若娶己之姑舅两姨姊妹者,虽无尊卑之分,尚有缌麻之服,杖八十。并离异。妇女归宗。财礼入官。

把禁止的理由说得简洁明确(礼中规定),处理上也说得很坚决 ——"杖八十,并离异。妇女归宗,财产入官"。一个平常的婚姻问题,竟带来如此祸患,它是个可以被歹人利用的条款,以此欺诈他人,由此也可见缺少操作性的法律足以造成社会混乱。

清初各朝的皇帝还是比较勤政的,因此也就注意法律的修订。从顺治期间颁布《大清律》以来,康、雍、乾三朝不断加以修订,以求完善,更便于加强对民众的控制,对其中一些背离民情太远的也在不断地进行修改和删减。关于"姑舅、两姨"间的婚姻问题,雍正八年(1730)修法时发现这条法在民间不易执行,便改定为许可与姑舅两姨姐妹为婚,但只是定为"例";乾隆五年(1740)再次修法,把它定为"条",正式成了法条。即"其姑舅两姨姊妹为婚者。听从民便"(见《大清会典·事例卷》卷756)。一条争论和不便执行的法条辗转了1000余年,总算有了个正当的结局。

6. 古代法律的执行与操作性

有人可能会问,为什么一条不能执行的法律或被错误理解(唐宋时期)或在法律上待了这么长的时间(整个明代和清初)呢?其原因在于古代社会中一些民事问题采取的是"民不举,官不究"的形式。当时没有代表公权力的检控机构,兼行司法权的政府一般不会主动挑起诉讼,因为儒家的"息讼"思想在社会公论中占主导地位,所谓"听讼,吾犹人也,必也使无讼乎",这是地方官员政绩的表现,谁会没事找事。因此,一个正常的地方官谁也不会在这个不能操作的问题上去和民俗较劲。

另外,因为决定当地政事的不仅仅是地方官,还有乡绅的力量,乡绅是地方政权的稳定力量。乡绅更尊重的是习俗而不是法条。《罪惟录》中"终明之世,疑不敢行律",为什么"疑"?就是悖于当时的常理常情;为什么"不敢"?就是地方还有一种制衡力量,不是地方官员想怎样做就怎样做的。

如果符合常理常情,即使不那么合乎法律,也可以去做。齐如山先生在《中国的科名》中提到进士做知县与捐班知县(捐钱买的)差别时说:

> 问案断案,当然要依据法律,但进士问案则不十分管他,只要于道德人情上讲的出去,他便作,所谓王道本乎人情者是也。我曾见过邹岱东问案。其情形如下:有弟兄二人极有钱,分家时有一盘磨,兄弟二人都想得,因此争斗起来,打了官司,哥哥想赢官司,乃给县官送二百吊钱,弟弟为了面子起见,也送了二百吊,哥哥又多送,弟弟亦多送,每人送了五百吊,老不过

堂,遂停顿不送,共送了一千吊。在彼时这个数目便不算小,约合大洋五百元,其实一盘磨也不过几元钱。邹公见他们不再多送了,乃预先买了两盘磨,次日过堂,一上堂便把兄弟二人大为教训,说你们不该把先人留下的钱这样胡花。不过这钱你们已经花出来了,也不必拿回去,我也不要你们的。本城的书院正在修理房屋,添置家具,正需要这笔款,就用你们父亲的名义捐入书院,这是永远留名的事情。我给你二人每人买了一盘磨,运回去自用。你家原有之旧磨捐入村中公用,也使一村之人念叨你一家的好处。书院也不白要你们的钱,使他们预备一杯酒,请绅士敬你二人每人一杯,算是给你兄弟取和,从此和和气气度日,不得再有争执。如此办法,是县官调和,绅士敬酒,兄弟二人自然有面子很高兴,后来听说很和气。村中多得了一盘磨,也很高兴。书院里添了一大笔款,不但绅士高兴,连全县读书人都很高兴……

以上这两个案子判了之后,人人称快,传说多远,赞扬多年,到目下已经六十多年了,而我还记得,足见他感人至深。但是请问这合乎法律么?然而进士就肯这样做,他也敢这样做,上司知道了,也只有赞扬,他无话可说。

齐先生这个例子说明了古代官员遇到民事纠纷主要根据儒家的思想观念,以及当地风俗人情来处理,不更多地考虑法律。官吏清廉,思想通明,又是处在宗法社会的环境里,这种半调解、半审断的方式当然会得到上下一致的好评。因此古代法律中有些民事条款没有操作性,也没关系,不执行就可以了。但在法治社会里,法律绝不可以没有操作性,否则它不仅是形同虚设,也在损耗着法律的权威性。如果硬去执行没有操作性的法律,不仅不能合理地调整社会关系,反而会扩大社会矛盾,导致社会的混乱。

当然时代不同了,现在人们有了优生学的知识,在新的婚姻法中禁止姑表、姨表之间的兄弟姐妹通婚是完全必要的,然而不能用今人的想法替代古人。

说跪拜

1. 跪拜陋习

台湾"八八水灾",灾民一方面责备当局救灾不力,可是当马英九到灾区慰问时,有些灾民不由得在他面前还是跪了下来,看了很不舒服。这种现象在大陆也很多,每当人们对在上位的人物表示感谢时,下跪被认为是最真诚的选择。虽然民间有"男儿膝下有黄金"的说法,劝七尺男儿不要轻易"推金山,倒玉柱",见人就拜,但国人仍然乐此不疲。在网上经常会发现用"跪求"表达自己"求"的至诚与谦卑;带有行帮性质职业里在师傅收徒弟的拜师礼上也常用"三跪九拜"表明传承的货真价实……民国时康有为康圣人在《以孔教为国教配天议》就说"中国人不敬天亦不敬教主,不知其留此膝以傲慢何为也"?似乎要尊敬孔子非要下跪不可。

辛亥革命之后,民国政府马上废除了跪拜礼,但人们还不习惯。《阿Q正传》写到阿Q被当做抢匪抓捕,在他过堂的时候,看到大堂上的官吏和两旁的衙役"都是一脸横肉,怒目而视的看他",于是阿Q"膝关节立刻自然而然的宽松,便跪了下去"。"'站着说,不要跪'长衫人物都吆喝说"。然而,阿Q虽然听懂了这话,"但总觉得站不住,身不由己的蹲了下去,而且终于趁势改为跪下了"。这还被那些"长衫人物"鄙夷为"奴隶

113

性"。这个故事告诉我们民国一建立，便废除了流行三四千年而且是"于清为烈"的跪拜礼节。然而当时的一般老百姓还不习惯，一见当官的，便不免膝盖发软，从内心发出下跪的冲动，还会受到自以为"维新"人的鄙夷，阿Q就是一例。见官不必下跪了，现在看来是平常，在当时却是一件了不得的大事。我们说废除跪拜是辛亥革命的一大贡献也未尝不可。

2. 席地而坐的跪拜与垂足而坐的跪拜

古代的中国人注重跪拜是与自己的生活习惯密切相关。古人居住房室类似现今日本传统住宅，室内铺筵，筵上铺席，鞋脱在室外，进屋席地而坐。所谓的"坐"乃是双膝跪在席上，臀部坐在双足的后跟上，与日本坐在榻榻米上姿势类似。所谓"跪"就是把腰一挺臀部离足，表示尊敬，这也叫做"跽"或"长跪"。跪而俯身向下，就是跪拜。受礼者如还礼，也直直腰做长跪状，再俯身向下就可以了。如不还礼，还稳稳地坐在自己双足的后跟上，受礼者、行礼者都处在同一个高度上，两者差别不大。在跪着时如果双手与头部前额碰席就是"顿首"，现在叫"磕头"。这种坐卧跪拜的姿势延续了两三千年。

到了东汉末年胡床传入，坐具发生了变化。胡床是胡人的坐具，类似现在的马扎，可以收拢折起，携带方便。胡床传入中原后马上受到士大夫的欢迎，很快普及起来。后来胡床加高，后面安上靠背就成为椅子。这种可以垂足而坐并有倚靠的高位置坐具显然比席地而坐舒服多了，很快就被中原人接受。可是跪拜与接受跪拜人的距离却因此拉大了。跪拜者一下跪就是拜在受礼者的脚下，行礼者看受礼者是仰视，受礼者看行礼者是俯视，这就形成一种心理威压。真是尊者自尊，卑者自卑。

先秦之间的君臣关系虽然也是尊卑有等，但差距不甚悬绝，所以孔孟谈到君臣关系都是从相对角度来说的。如"君使臣以礼，臣事君以忠"之类。由于中国古代国家是从氏族部落发展来的，习俗中有敬老尊贤的传统。例如，依照古礼天子接待三老五更（"三老"为乡官，要50岁以上人担任；"五更"为年老退休在乡官员）要跪拜，宴请时要割牲、执酱、执爵。因此东汉的仲长统在《昌言》中说："古者君之于臣，无不答拜也。虽王者有变，不必相因，犹宜存其大者。御史大夫，三公之列也，今不为起，非也。"在仲长统看来,到了东汉时期,君对臣子的礼数已经衰减许多,作为三公之一的御史大夫退朝,皇帝不起身相送了。

唐代皇帝的宝座已经是高脚椅了。《旧唐书》明确记载唐穆宗曾在"紫宸殿御大绳床见百官"。绳床也叫禅床,是从印度传来,因此也可叫胡床。它与交椅式胡床都是高脚的,都是供人垂足而坐的。再加上大明宫地势很高、宫殿基址更高。每当朝会自然会产生皇帝如在云端之感,诗人把它形象化为"九天阊阖开宫殿,万国衣冠拜冕旒"。虽然自隋唐以来君臣之间差距拉大,但皇帝对臣工,特别是大臣还有几分尊重,特别是修养较好的皇帝,例如唐太宗、玄宗等。此时大臣,特别是宰相一级在御前都是有座位的。开元初,像姚崇、宋璟这样老臣,"引见便殿,皆为之兴,去则临轩以送"。宋代虽然优容文人士大夫,但随着皇权的加强,相权削弱,宰相在皇帝前的座位是没了。讨论国事,皇帝坐着,宰相、大臣们站着,好像衙门里两行差役,去古之道日远。

3. 跪拜在清代成为君尊臣卑绝对化的标志

明、清两代皇权专制发展到极端,明代废除了宰相,大权由皇帝一人独揽,既是国家元首,又兼政府首脑。口头上称呼为"相爷"的首辅大学士、军机大臣之类,其实都是皇帝的秘书,只是起"拟旨""传旨"的作用,事无巨细,都是皇帝说了算。首辅、军机大臣只有参谋权,没有决定权。君臣之间,一在九天之上,一在九地之下。清统治者在关外时还保留了氏族社会的民主因素,可是入关后,专学汉族政权中的皇权专制,把它发展到极端,使得皇权专制传统在清代统治中发扬得淋漓尽致。在跪拜问题上尤其如此。

跪拜几乎是清朝仪决不能通融的问题。臣工见皇帝一定要三跪九拜(下跪三次,磕九个头),就连后宫后妃也不例外。清代皇帝在宫中一般都是单独进餐,即使召来了后妃陪膳,她们来了也要谨遵君臣大礼,来时要觐见,去时要谢恩,而且都是三跪九拜,太麻烦,毫无夫妻之趣。乾隆登基之初,还不像后来那样苛酷,似乎有意矫其父之弊。五年十一月举行御门大典(在乾清门前),这正是北京天寒地冻之时,皇帝宝座设在门槛下,一班大臣就跪在门前广场上。他下诏给大学士等铺设毡垫。并说:

向来御门听政大学士等俱不设毡垫,惟圆明园、奉皇考特旨铺设,而乾清门尚仍其旧。原定制之意,盖以君尊臣卑,豫防专擅之渐。然亦不系乎此,况古有三公坐论之礼,大学士等皆年老大臣,当此严寒,就地长跪,朕心特切轸念。嗣后著铺毡垫、以昭优礼至意①。

这是为了显示仁慈的特别照顾,至于平常仍是一如旧贯。在平定准格尔叛乱立有大功的吏部尚书刘于义已经 70 余岁,在养心殿奏事时跪的时间太久,站起来时踩了自己的袍服角,跌倒,猝死在御座之前。有毫无心肝者还说"刘相公真是死得其所"。

能跪和磕好头是清代大官必须练好的基本功。《清代之竹头木屑》中说:"凡大臣被召见,恩命尤笃,或纶音及其祖父,则须碰响头,须声彻御前,乃为至敬。然必须重赂内监,指示向来碰头之处,叩头声篷篷然,若击鼓矣,且不至大痛。否则叩至头肿如瓠,亦不响也。凡大臣跪久则膝痛,故膝间必以厚棉裹之。前合肥以太后万寿在迩,乃在北洋大臣署中,日拜跪三次以肄习之,盖国朝大臣恭谨类如此。"觐见时,如果皇帝或太后问及父亲或祖父,这是无比恩宠,要磕响头,为此还要贿赂太监,找个音响好的地方,否则磕肿了脑袋也发不出声音来。

有现代意识的人都会觉得下跪、磕头是最丧失个人尊严的。欧洲人不能接受这个礼节,英国第一次出使中国的马尔嘎尼觐见乾隆则成为最棘手的国际问题。英国人不愿意三跪九叩,乾隆要求陪同的大臣反复开导,但马尔嘎尼就是水火不进,顽固得很,结果其外交任务也没有完成,中英正式交往拖了四五十年。回国后,马尔嘎尼著书详记此事,不过清人也有阿 Q 式的自解,李慈铭的《桃花圣解盦日记》言英使马尔嘎尼见乾隆好像秦舞阳见到秦始皇一样"皆震栗失次,不能致辞,瞡叩而出,自此不敢复觐天颜。此辈犬羊,君臣脱略,虽跳梁日久,目未睹汉官威仪,故其初挟制万端,必欲瞻觐。既许之矣,又要求礼节,不肯拜跪。文相

---

① 《清实录·高宗实录》卷131。

国再三开喻,始允行三鞠躬,继加为五鞠躬。文公固争,不可复得。今一仰天威,便伏地恐后,神灵震慑,有以致之云。"在作者看来不懂得或不会三跪九叩的简直就是"犬羊之辈",正常的人都是娴熟三跪九叩的。这时清还强大,可以拒"犬羊"于千里之外;道光以后,国门被大炮轰开,这些"犬羊之辈"竟要求有驻京使节,于是如何见皇帝问题又成了举世第一难题。其实据《清史稿》记载,康熙初,西洋使节或宾客"凡内廷召见,并许侍立,不行拜跪礼"。雍正还与罗马教廷使节握过手。只是到了乾隆末,这个问题才敏感起来。同治间在朝臣一片反对声中总算制定了西洋使臣以鞠躬礼见皇帝。光绪间的伺候在皇帝身边的"起居注"官恽毓鼎看到引荐使臣的"总理各国事务衙门"(相当于现在的外交部)官员却跪在一旁,比外国人矮了一截,十分尴尬。不过恽毓鼎还是觉得"跪着"才过瘾。当光绪和慈禧前后脚去世后,他在自己的日记中记录了文武百官为"两宫"送葬的情景。跪在他前面的是曾做过军机大臣的孙家鼐,孙当时已经 70 多岁了,几小时一直直挺挺地跪在寒风之中,一动不动,恽毓鼎十分感动,记下了"老辈风范,真不可及"的感慨。

几千年了,国人习惯了跪拜,但垂足而坐已经普及、伦理文明日以彰显的当代,下跪磕头肯定是摧辱人格的一种礼节,希望它早点进入博物馆、成为历史的记忆。

说 粥

孔子的祖先，在宋国辅佐过三代国君的正考父官做得越大为人越低调，他在自己铸造的鼎上写下了一篇著名的铭文：

> 一命而偻，再命而伛，三命而俯。循墙而走，亦莫余敢侮。
> 饘于是，鬻于是，以糊余口。

这段铭文中不仅表明他为人谦卑，更反映了其生活的节俭，铸了鼎，不是用于烹牛宰羊，也就是用来熬点稠粥（饘）稀粥，养家糊口。当然，所谓"饘于是，鬻于是"只是个节俭的象征，不是真的用鼎来熬粥。

最早的粥

鼎刚刚被发明的时候（那是在七八千年以前了），煮粥是它重要的功能之一。那时的鼎还是陶土制作的，当今河南以东、以南地区多用鼎（考古学称"鼎文化区"），以西以北多用鬲。鼎、鬲相同之处：都是用来煮食物的，都是三足的，不同点是鬲的三足稍胖，中间是空的，人称"袋形足"，鼎则实足。可用来煮食物还有没有腿的釜（要靠三足支架加热），鼎后来升格为礼器、重器，成为权力的象征，而鬲和釜则担当了更多的使用功能,为人类煮粥蒸饭。这远比《初学记》所载的《逸周书》中所云"黄帝始烹谷为粥",要早了好几千年。

相对两河流域"面食"来说,中国自古是以粒食为主的。磨面的工具,古代称为硙,而最早出土的石硙,乃在汉代,因此面食起源于汉代。先秦以前我们祖先的主食是以粥饭为主的。光有煮这一步,在只有陶器做炊具的时代是做不成饭的,蒸饭还有赖于甑的发明,因此可以说粥是古人最早的主食(这是后人的说法,其实上古时代没有主、副食之分)。

五谷之实皆为颗粒,都可以做粥。北方粮食以粟为主,所做的粥就是今天喝的小米粥;南方以稻米为主,也就是大米粥。直到春秋时代,稻米对北方人还是奢侈品。孔子曾责备自己的学生:"食夫稻,衣夫锦,于女安乎?"把吃大米与穿锦缎相提并论,可见其价值不菲。当然对生活富裕的人们来说,光喝粥也很单调,不是好生活。古人服丧、表达对亲人的思慕就要从生理和精神上折磨自己,睡觉要垫草垫子、枕土块,吃饭要光喝粥。一个标准的孝子,在父母去世后要坚持三年。

虽然说周秦两汉时期的主食基本上还是粥和饭,但生活奢侈的贵族在粥饭上还是有许多讲究的,人们已经懂得选择品质优良的谷物(包括稻、粟、黍、粱、菰等)烹制粥饭。《吕氏春秋·本味》说:"饭之美者:玄山之禾,不周(山名)之粟,阳山之穄(音计,饭之不黏者),南海之秬(音巨,黑黍)。"这些都是追求美味者津津乐道的。其次是追求米的精凿,上古穷人和奴隶吃的都是"脱粟"(只去皮壳的糙米),甚至只是部分稍稍去皮粮食(从出土当时人臼齿来看,有很年轻的死者就磨损得很厉害了)。只有有钱人或贵族才能"食不厌精"把米舂得特别精凿。这个时期开始出现了花式粥饭。如汉代火德,颜色尚赤,故流行赤豆粥,系用纯豆制成,味甘,又称为甘豆羹,大约就是今日的小豆粥。《礼记·内则》记"酏(音移)"的做法,"用稻米糗(音朽)搜之,小切狼臅膏,与稻米为酏"。可见酏是一种掺了狼胸下脂膏的粥,近于后世的肉粥。

穷人的粥

从有记载起,食粥就是穷人生活的选择。《韩诗外传》卷 9 记载楚庄王派使者携带着聘礼,聘请贤人北郭先生到朝廷做宰相。北郭先生说,我要与老婆商量商量。老婆教训他说："现在你靠打草鞋为生，吃的是粥，穿的是兔皮鞋，过着无忧无虑的生活，为什么？因为你不管别人的事，别人也不管你。"于是北郭先生谢绝了邀请，继续过他的食粥而安逸的生活。实际上，这里的"食粥"只是贫困生活的象征，如果全家每天都吃粥也是常人难以忍受的。唐代大书法家颜真卿著名的《乞米帖》就是他在永泰元年(765)写给朋友的一封信，向朋友借米。他在这封《与李太保》的信中说：

> 拙于生事，举家食粥，来已数月，今又罄竭，祗益忧煎。辄恃深情，故令投告，惠及少米，实济时艰，仍恕干预也。真卿状。

这里的"举家食粥"恐怕是实情，否则这位很古板的老人不会开口向同事借米。此时，颜真卿已经官拜刑部尚书，封鲁郡公了。虽然时值天灾，但作为部长级高官却弄得"举家食粥"的地步，恐怕古今不多。高官如此，不会经营生活的文士会更糟。北宋才子秦观在京城在秘书省正字时，家境清寒，他与汴京富翁、又在户部做官的钱勰住得很近。他赠钱勰诗云：

> 三年京国鬓如丝，又见新花发故枝。日典春衣非为酒，家贫食粥已多时。

因为诗圣杜甫有"朝回日日典春衣，每日江头尽醉归"的名句，他才特意说明我"典春衣"并非为了取醉，而是为了一家吃饭。一代才人曹雪芹在写《红楼梦》时过的也是"满径蓬蒿老不华，举家食粥酒常赊"的日子，周汝昌先生推度这个"粥"也恐非"白米粥"或旗人钱粮的"老米粥"，而是豆汁。周先生的推想有可能，老北京也称豆汁为"豆汁粥"。它更是老北京穷人果腹的"美食"。

为什么诉说自己贫困的文人老说"食粥"？我想这不单纯是为了用典、把俗事说得雅一些，而是煮粥省粮食，穷到没办法的时候，只能靠勒紧裤腰带来节省。清人笔记《檐曝杂记》记载两首《白粥》诗，其一云：

　　　　煮饭何如煮粥强,好同儿女熟商量。一升可作二升用,两
　　日堪为六日粮。有客只须添水火,无钱不必问羹汤。莫言淡泊
　　少滋味,淡泊之中滋味长。

现在年轻人不以粮食为意,学校食堂里馒头烙饼随地扔,我们这些经历
过困难时期的老人就比较懂得粮食的金贵,我特别感受到吃米饭与喝
粥的巨大差别,吃饭能坚持三四个小时,喝粥对年轻人来说,半小时、去
两次洗手间就腹内空空了。"一升可作二升用"只是自己骗自己。《檐曝
杂记》中另一首是描写粥之稀的:

　　　　水旱年来稻不收,至今煮粥未曾稠。人言箸插东西倒,我
　　道匙挑两岸流。捧出堂前风起浪,将来庭下月沉钩。早间不用
　　青铜照,眉目分明在里头。

粥稀得像面镜子,这是古人的形容。60年代我们的街坊回家用筷子敲着
碗边骂老婆:"你看,这是粥啊? 米在哪呐,得骑着自行车追米粒!"看似
笑话,实际上是很辛酸的。

　　养生保健的花式粥
　　粥对老人具有健身保健功能,这在先秦就已被发现。东汉的医学名
著《伤寒论》和《金匮要略》中对某些病症要求服药之外,还要"歠热稀粥
一升余,以助药力",认为喝热粥有助于药力的发散。人们很早就懂得粥
有温胃舒肝、利于消化功能,北宋诗人张耒特别重视食粥,他的《粥记赠
邠老》中说:

　　　　张安定每晨起,食粥一大碗,空腹胃虚,谷气便作,所补不
　　细,又极柔腻,肠腑相得,最为饮食之良。妙齐和尚说山中僧,
　　每将旦一粥,其系利害,如或不食,则终日觉脏腑燥渴,盖能畅
　　胃气,生津液也。今劝人每日食粥,以为养生之要,必大笑。大

121

抵养性命,求安乐,亦无深远难知之事,正在寝食之间耳。

对粥的养胃作用作了充分的肯定,南宋长寿诗人陆游以诗阐明张耒所讲的道理,"世人个个学长年,不悟长年在目前。我得宛丘平易法,只将食粥致神仙"。张耒晚年居陈,陈古称宛丘。

中国传统医学中药食同源,特别注重在日常饮食中来实现治疗的目的,孙思邈在《千金方·序例》中说"以治病用药力,唯在食治将息得力,太半于药有益"。而煮粥的主要原料——五谷,大多性甘温,无臭无味,最宜与有药性的食物配伍,因而在众多的药膳中以药性花式粥最多、疗效也最佳,各种各样的粥成为食疗中的主要形式。历代许多有关饮食的著作记载了一系列食疗粥方,如唐王焘《外台秘要》薤豉粥、粟米粥;宋林洪《山家清供》梅粥、荼蘼粥;元忽思慧《饮膳正要》中的桃仁粥、生地黄粥;明高谦《遵生八笺·饮馔服食笺》粥糜部分收集芡实粥、莲子粥、竹叶粥、蔓菁粥等40余种,大多具有食疗功能。

清明节的变异

"水至美则曰清","日月双悬则曰明",清、明二字叠加在一起,给人的感觉是天地之间,纤云四卷,清风吹空,光影四射,温暖晴和。这真是一个很美的形容词。二十四节气的名称大多记物候,如芒种、小暑、霜降、大寒等,用形容词来定义节气,"清明"是二十四节气中唯一的一个。

清明这个节气,按照时序,已属季春,江南已经是"拆桐开尽莺声老"了,为什么还用如此光鲜亮丽的词形容它呢?我想这与二十四节气是生活在北方的周人定下来的有关。《逸周书·周月》已经标明"清明",《逸周书·时训解》也说"清明之日,萍始生",春天带来了一片生机。清明在阳历的四月初(二十四节气现在虽属"阴历"一部分,但它的设立、推算是按照地球围绕太阳节律的),在北方,此时尚属春初,万物复苏,生机盎然,"木欣欣以向荣,泉涓涓而始流",气候开始稳定,天空一派澄明,上古先民逐渐把生活重心从室内搬到室外。

《诗经·绵》写周族祖先"古公亶父,陶复陶穴,未有家室"。这诗是写周人如何艰辛地建造家园的。顾炎武《日知录》中解释"陶复陶穴"引《易传》"古人穴居而野处",并指出"陶复陶穴"是周人建造穴居或打窑洞。那时人们或住窑洞或住半地下室,没有采光,室内即使白昼,也是迷蒙一片,虽有窗户,但还没有发明纸糊窗户,更遑论玻璃。平常用木板或瓦

123

牖挡着窗户,只有天暖和时,才能打开,放些阳光进来。入秋转冬之后,人要"冬藏"了(简直像熊在树洞中冬眠),把朝北的窗户用木板挡住,再用泥巴糊严,不使漏风("塞向墐户"),尽量防风保暖,可是光亮也没有了。整个一冬天,人们就生活在黑暗之中。春天来了,当它稳定下来之时,人们便从室内移居于室外,恢复"野处",其心情可以想见,这一声"清明"道出他们对大自然、对春天由衷的赞美,也抒发出百十天里"冬藏"的郁闷。后世医家倡导的,春天早晨起来,"披发跣足,缓步广庭",也是学习先民对"清明"的享受。因此,"清明"来了,也象征着新生活的开始。此后的二百多天里,除了下雨、刮风和睡觉,大多时间都是过露天生活了,先民与大自然关系的密切和对大自然的依赖,是把大多时间放在室内生活的"文明人"不能理解的。

后世,清明节成为一年中重要的节日,它的习俗都与先民从"穴居"到"野处"有关,如钻燧取火,淘井插柳,踏青,挑荠菜等。新春来了,三羊开泰,万象更新。冬天用于取暖、照明和烹饪的火种,不再使了换新的,于是有重新钻燧取火。唐宋两代,宫廷还以新取出来火,分赠与贵官豪门,唐诗名句"日暮汉宫传蜡烛,轻烟散入五侯家"就描写此事;淘井,也是除旧布新,掏出旧水,取用新水。插柳、挑荠菜其意也在于迎接新春,让生活在城市中的人们也带上一点绿色,沾一点野味。

唯独自宋代以来特别看重的扫墓,这倒不是上古所遗的习俗。孔子说"古也墓而不坟",墓地没有隆起的标志,当然就不可能有扫墓祭祀之事。清初博学的毛奇龄在《辨定祭礼通俗谱》卷2《清明日、霜降日行墓祭礼》中指出,到墓上祭祀亡灵的习俗形成于春秋战国时期,六朝、初唐期间形成了寒食节扫墓祭祀的习俗,唐玄宗开元二十二年(735)把寒食祭扫的习俗"著为令",公务人员还给假,以便出城上坟。寒食节与清明节相差一天,寒食后一日为清明(或说三日)。两节相近,逐渐混淆,到了晚唐五代也有在清明祭扫的了。宋代清明祭扫遂成风俗,流传至今,清明与扫墓简直是密不可分了。

宋代中叶以后,经济文化,逐渐南移。形诸诗文的清明祭扫活动以写在南方者为多,而南方此时,桃李花期已过,苦多风雨,再加上祭扫活动就会给人以凄凉之感。晚唐杜牧那首"清明时节雨纷纷"本来只是写春雨之中路人的感受，与祭扫无关，但后人读此诗，那凄迷的境界，淡淡的哀愁总会把它与清明时节对逝者的怀念联系起来。杜牧这首小诗影响极大（通俗诗歌选本如《千家诗》《唐诗三百首》等大多选此诗，明清时调还把它写入歌词），几乎为以后诗人歌咏清明节定了格。特别经典的一首是南宋吴文英怀念离去姬人的《风入松》："听风听雨过清明，愁草瘗花铭。楼前绿暗分携路，一丝柳一寸柔情。料峭春寒中酒，交加晓梦啼莺。"（上阕）不仅怀念离人，更哀叹转瞬即逝的春华，词人把残花落蕊收集起来埋掉，还写篇墓铭，以志悼念。大约《红楼梦》写林黛玉葬花就受到吴文英启发吧！很少再有人问一下这个节气为什么叫清明了。

清中叶的畅销书《随园诗话》

清代中叶以后,书籍市场上有四大畅销书:《三国志演义》《红楼梦》《聊斋志异》和《随园诗话》。读者也许奇怪,人人都熟悉的《水浒传》呢?《水浒传》《金瓶梅》等通俗小说常常被列为禁书,即有偷印,也不敢大肆张扬。对《随园诗话》的畅销,可能有的读者会感到意外。一本诗文评,怎么会成为畅销书? 但它的确是畅销书,据同事蒋寅先生统计《随园诗话》自乾隆庚戌(1790)至今一共刊印 62 次,这个指标除了《四书》(这是明清的课本)外,很少有能达到的。据王清原等人所著《小说书坊录》统计从明中叶到民国初年这 400 年中白话小说刊刻次数有个排行榜,其中《三国志演义》列为第一,62 次;《红楼梦》(包括《石头记》)第二,47 次;第三的是《水浒传》,42 次;第四是《西游记》,34 次;第五是《今古奇观》,33 次。其他都在 30 次以下。《随园诗话》仅清代乾隆中叶到民初这 150 年的刊刻本就有 50 种以上。这个数字是当时最流行的白话小说都很难企及的。刻本多就说明读者多,那时买书都是自费的,不存在现在的公费购书,也没有现在的"团购""组织购买"等花样,买书就是为了读。

还可以从许多方面证明《随园诗话》读者众多。此书一出,批评它的,咒骂它的,赞美它的都有,可以说是绵绵不绝,直到民国时期仍是文人的重要话题,这说明在很长时期内,它是人们阅读和关注的重点。清末遣责小说《二十年目睹之怪现状》二十五回中也提到《随园诗话》并说那是"人人都看的"。作者袁枚(子才)受吹捧也好,被攻击也好,大多不因他的诗文,更非其笔记小说《子不语》,而是由于这部诗话。

为什么一部诗话有如此众多的读者呢?大约是现在读者很难理解的了。我以为它适应当时社会风气与需要。全书是谈诗的,但立意不高,写得通俗有趣,以短小精悍的随笔方式,点评当世诗歌作品,记录诗坛士林趣事,而且不避男女之大防,大量登载各个阶层女性诗人的诗事,生动活泼。那时阅读物不多,这样轻松,大体上又不失其雅小品,受到了上中下不同阶层的读者群的一致追捧。

袁子才23岁中进士,点翰林,33岁致仕退休,在热衷官场的士林是个异数。从此以写作和打秋风为生。诗话写作即始于此,一直写到嘉庆初(1798)作者逝世前为止。

诗歌在古代文人生活中有极重要的地位,在社会生活、往来应酬中离不开诗歌。会写诗是士人获得社会尊重的第一才能,比现在会英语、会电脑还重要。许多重要的场合,都不能无诗。可是自清初以来,诗坛活跃的诗学理论先是虚无缥缈的"神韵说",后来是立意太高的"格调说"和炫耀学问的"肌理说"。这些诗学,曲高和寡,使读书不多的普通人望而生畏。乾隆中叶出现了通俗易懂的"性灵说",其中最重要的代表者就是袁枚。他主张诗歌主要是抒写性情的,只要写出真性情便是好诗,不在俗与雅。《随园诗话》中讲了一个故事:"吾乡有贩鬻者,不甚识字,而强学词曲,哭母云:'叫一声,哭一声,儿的声音娘惯听,如何娘不应。'语虽俚,闻之动色。"通过表彰这类语言通俗、感情真挚的诗词,袁枚告诉人们作诗并不难,关键是有真性情、真情感。袁枚等人的提倡使得诗风一变,重振人们对写诗填词的兴趣和勇气。

钱泳在《履园丛话·谭诗》中说:"沈归愚宗伯(德潜)与袁简斋太史(枚)论诗,判若水火。宗伯专讲格律,太史专取性灵。自宗伯三种别裁集出(《唐诗别裁》《明诗别裁》《清诗别裁》等),诗人日渐日少;自太史《随园诗话》出,诗人日渐日多。然格律太严固不可,性灵太露亦是病也。"沈德潜过分强调"格调"(说格律不准确),出现了许多拿腔作调,缺少性情的浮泛肤廓之作,使人生厌;袁子才《随园诗话》的问世则大大激励了普通人的作诗热情。许多认识与不认识的,都给袁枚寄诗,希望能入《随园诗话》(当时是随写随刻),取得社会的认同。当然袁枚也借此为自己谋利益,为人诟病。

袁子才对妇女的态度颇不同于伪道学家和头脑冬烘的腐儒。他赞美有才有色的女性,当中未免有风流诗人轻薄的恶习,但其中也有对女性的同情和欣赏。他在江宁做知县时,处理张氏女逃夫案。此女献诗云:"五湖深处素馨花,误入淮西沽客家。得遇江州白司马,敢将幽怨诉琵琶。"这有点像《儒林外史》中写的沈琼枝故事。张氏女讨厌作为商人的丈夫,袁枚同情这位才女,并请来追讨的县令从轻发落。

《诗话》中的趣事也不少。"郭频伽秀才寄小照求诗,怜余衰老,代作二首来。教余书之。余欣然从命,并札谢云:'使老人握管,必不能如此之佳。'渠又以此例求姚姬传先生。姚怒其无礼,掷还其图,移书嗔责。余道:此事与岳武穆破杨么归,送礼与韩、张,二王一喜一嗔。人心不同,亦正相似。刘霞裳曰:'二先生皆是也:无姚公,人不知前辈之尊;无随园,人不知前辈之大。'"郭频伽就是郭麐,也是个性灵派诗人,终生未仕,擅长书画、金石篆刻,但只是这些换不了饭吃,所以还要奔走豪门。要得到豪门的接纳,还要名士的吹捧,所以才把自己画像寄给袁枚、姚鼐,请他们题诗,又怕太麻烦他们,还自己作了诗,一并寄去,只是屈尊他们动一下笔就可以了。袁枚脾气好,有点"广大教化主"的派头,不仅抄好了,寄回去,而且谦卑地说,要让老夫作,也写不了这么好;而憨直的姚鼐则受不了这种侮辱,不仅掷还其图,还把郭麐骂了一顿。《随园诗话》也是一面镜子,烛照出许多人情世相,好看,好玩。

《闲话藏书》的闲话

　　陆昕兄以其新作《闲话藏书》见赠,读之未竟,也引起我"闲话""藏书"的兴趣,不过我虽有些书,但不敢言"藏",一是数量少;二是居室逼仄,无插架之地,有了书乱堆乱放,没个章法。因此我只能算是个旧书破书的爱好者和搜罗者。

　　我爱好旧书,却很有些时日了。从1954年考上北京师大附中算起快50年了。那时每天路过琉璃厂,有事没事都爱到旧书铺转一转。当时松筠阁、来薰阁、富晋书社还都在,老板、伙计对待来客不论长幼也都和气。像我这样的半大小子,在那里靠着书架子看上半天书,也不会有被轰之虞。富晋书社以卖解放前平装书和解放前后旧杂志为主,我去得最多。在那里我买过5角钱一本的30年代龙榆生编的《词学季刊》和5分钱一本北大学生1957年上半年编的杂志《红楼》(1~7期,右派学生的作品,大多发在这个刊物上)。有一次我和张炯同志说起(该刊有他那时写的小说《千树万树梨花开》),他问我还保留与否?我说送了同学。他很遗憾地说:"留到现在成了文物了。"

　　另一段值得回忆的,是尼克松访华之后,琉璃厂开了"内部书店",设在海王村的西廊(现在已把西壁打穿,店门临街,改为公开书店了)和北楼(现在卖碑帖和港台书)。1972到1974年两年多我几乎是日日光顾淘书。那时的旧书还是 1965 年定的价,与现在的书价比较起来不啻天壤。记得我只用了 2 角钱就买了一本何其芳先生的布面精装《汉园集》。后其芳先生说,抄家抄得连自己写的书都没有了,我就送给了他。北楼的一些明末刻的书是 1 元钱一本。一部残的欧阳永叔集 25 本,价 25 元。可惜那时只挣 54 元钱,吃饭养家外没有多少余裕,否则不知搬回多少被家人视为的"破烂儿"。那是文化荒漠中的一片绿洲,至今思之犹感温馨。

《闲话藏书》不仅说"藏书",而且用很大的篇幅说买旧书,而旧书的事大多发生在琉璃厂,读起来非常亲切,使我有再度重游之感。

语云:三辈子做官,才懂得吃穿。任何文化积累都不是一蹴而就的。"藏书"就更是如此。作者谦虚地说,他不是世代书香,而是"世代书箱"。实际上从陆昕的祖父(著名的语言文字学家陆宗达)一代开始藏书,其父继之。这在当世已经不是很多了(我的记忆中,开始识字之时,我家只有两本半书,一本《名贤集》、一本皇历、半本《三侠剑》)。尤其经过"史无前例"的"文革"后没有多大损失的,更是凤毛麟角。陆宗达先生专攻训诂学自然专买线装古籍,陆昕的尊翁陆敬先生曾服务于公安系统(后到北京师院教书)喜欢侦探小说、林琴南等以流畅的浅显文言翻译的外国文学(有独特风味,与用白话翻译的迥然不同)以及旧画报、外文杂志等,收了不少。到了陆昕,在新文学方面再加以补充,可见他的"藏书"不仅数量丰富,而且涉及面极广,所以尽管陆昕先生不以版本目录为专业,但从其家学、家中所藏书籍及购书经历,是完全有资格写这本《闲话藏书》的。书中涉及版本学目录学的一般知识,更令人感兴趣的是作者买书的经历、体会和趣事。

《闲话藏书》有两个很鲜明的特点,一是行文通俗,一是叙述亲切。

讲版本目录的书多是老辈人写的,行文多是文言或半文言,并大量征引过去版本目录学家文字,自己只是加上些言简意赅的按语,所谓"编新不如述旧,刻古终胜雕今",保持孔夫子"述而不作"的学风。在认定版本年代上,老辈人多爱讲个人感受,仿佛向陌生人介绍在万里之外的朋友。介绍者熟稔于心,滔滔不绝;而听者懵懵懂懂,如堕五里雾中。所以一些爱好文史的年轻人视版本目录的著作如天书,不敢问津。而本书把既往的版本目录学家的研究都化作自己的理解，用很通俗的语言表达出来，并分成两人对谈，有问有答，化解了初学者的许多疑问。这种写作方式是便于初学的。

在线装书流行于坊间，还是许多人的阅读对象的时候，有些概念并不是版本学家要解释的问题。现在线装书几乎都成了"文物"，连读文史的研究生都很少接触线装书的情况下，一些通常的词汇也成问题了。如"版心""象鼻""鱼尾""黑口""白口""白麻纸""黄麻纸""写刻本""软体字"等，过去讲版本的书一般不会解释，因为凡是读书者都懂。现在年轻的读者遇到这些会似懂非懂的，因此作者或借助图板，或借助文字加以解说。既通俗，又细致。

叙述亲切是指书中多结合自己的购书故事来叙述，使人有临场之感。我已经近20年不像过去那样去旧书店淘书了，读了《闲话藏书》使我回到30年前。他在写到淘到管庭芬手校手抄本的心情我是完全理解的。那种初得怕假，确定是真以后，又因为没有交钱而怕失去的情景我也完全经历过（1974年一部《景德传灯录》我已经交了钱，被某老店员看到还要收回呢）。这类亲切有趣的故事充斥于书中，不仅增加了阅读的趣味，而且增长了许多与书有关的知识。

书中专辟一节讨论"市场经济中的古旧书收藏"，我以为很有见解。我之所以放弃了古旧书的收集，原因很多，其中一点就是不能适应市场经济下的古旧书市场。现在书价的不断膨胀，而我淘书总是有进无出的。这样工薪阶层就很难长期地徜徉其中，原因至简，那就是钱有尽，而书无穷。过去像傅增湘先生那样居高位又有家产的藏书家都是有进有出，以书养书。在这方面陆昕兄许多体会值得喜欢收藏但又钱财有限的人们借鉴。

《闲话藏书》中涉及的当今的故事，有以讹传讹之处，如书中谈及"书的命运"，引孙楷第先生事，有些与事实不太相符。孙先生是文学所古代室的研究员，专攻通俗小说。"文革"当中，文学所没有抄他的书。执行林彪一号命令时必须下干校，孙先生有书1万余册，所里答应给他一间小房储存书。不料家人把这1万多册书卖给了中国书店，书店给她数百元，但并未对孙先生说。1974年孙先生返城，所里研究工作有所松动，孙先生这时知道书被卖了,很着急,因为他的一些想法写在书上。向中国书店商量把书赎回。中国书店要价巨大。孙先生没有钱,就给周总理写了一封信。总理办公厅有所批示,表示关注,希望能从中国书店把孙先生的书赎还。书店得知此事,赶紧把孙先生的书拆散卖了。解放军政治部的某位爱书的领导买到一些,看有孙先生的藏书印,找到孙先生请他题签。孙先生得知书已散,从此一病不起。80年代中去世时,当时的所长刘再复去看他,他已经不能言,唯在手心写"书"字,抱恨而逝。这件事情,所内老人尽知。杨镰兄后来帮助整理孙楷第先生遗稿,知之尤详。随笔附记于此,以正外界听闻。此事之误对本书来说是瑕不掩瑜的。

从"不怕鬼"到"不怕兔"

收拾房间时发现了 1999 年中国社科院文学研究所重新编定的《不怕鬼的故事》。这本书是文学所的骄傲,系奉毛主席、党中央之命而编选。1959 年春季,中央下达任务,主编为当时的所长何其芳先生,许多老先生参与指导如钱锺书、俞平伯、余冠英、孙楷第先生等(这些老一代名流都已归道山),负责具体编写的是当时被称为"中青年同志"的乔象钟、胡念贻、曹道衡、邓绍基等先生(现在有的谢世,有的早已退休)等。从这些列名人士来看,用当下流行的广告语来说是"阵容极其豪华"了。1959 年夏天,《不怕鬼的故事》编写基本完成,毛在中央会议上印发了其中的一些篇章,供与会人员参考。嗣后,又指示在初编的稿子的基础上,加以精选和补充,由何其芳撰写序文,公开出版。序文写好后,毛两度召见何其芳,当面指导,亲自修改序文(何曾满怀激情著文记其事),修改原件一度收藏在文学所,这是文学所的珍藏。

《不怕鬼的故事》于 1961 年 1 月 24 日完成,毛主席又作批示,要求 2 月份出书,"何序"要在《人民日报》《红旗》上发表,序文的英文稿要在《北京周报》上发表。这种出版速度在当时是大跃进的速度;其推出方式,也极富声势,这是非常符合现代的商业出版原则的,不同的是,现在出版商是为了钱,那时主持者是为了政治。

有趣的是,当年那么重要,经由伟大领袖修改的"何序",在 1999 年重版《不怕鬼的故事》时被删去了,为什么?我想原序太政治化了,过度强调编选的政治目的了(当时不强调可不行),现在有些不合时宜了。序文有一半以上的文字是谈如何"在战略上藐视敌人,在战术上重视敌人"和号召读者与"国际帝国主义及其在各国的走狗,现代修正主义,严重的天灾,一部分没有改造好的地主阶级分子资产阶级分子"作斗争的。语言枯燥,质木无文,真不能想象这是一度被视为"唯美主义"的何其芳写的。文中所说的道理现今肯定也是不适宜了,可是在 20 世纪 60 年代初,这本书是跨政治、历史、文学诸多领域的最重要的出版物之一。凡是与此书宗旨不合,或径唱对台戏者,绝对不会有好下场的。最可悲的是那些并无意与其违拗,竟被认为是违拗,甚至被视为挑战或进攻的,酿成泼天大祸,造成千古奇冤的,也不乏其例,孟超的《李慧娘》就是最突出、最冤枉的一个。

从传统来看,谈鬼说狐,本是文人雅事。苏东坡贬到黄州,成了"犯官",靠边站了,没事干,一肚皮的牢骚,他就请人谈鬼,主客各得其乐。清代诗人王士禛为蒲松龄题《聊斋志异》也有"姑妄言之姑听之,豆棚瓜架雨如丝。料应厌作人间语,爱听秋坟鬼唱诗"的诗句。这里不仅表彰蒲松龄爱说"鬼话",也有"夫子自道"之意。其中不能说没有牢骚,但大都无关宏旨,无非是文人困境的一种自我纾解罢了,自古统治者一般不管这等闲事。

然而,自《不怕鬼的故事》出来不久,宣传部门的管理范围扩大到"鬼"。例如《李慧娘》是写南宋末年奸臣贾似道私生活淫乱,在西湖残害了想争取爱情自由的宠姬李慧娘,结果李慧娘化作厉鬼向贾复了仇。按说这套程式非常符合建国以来所倡导的压迫、反抗、复仇一套斗争理论的。不知道为什么它首先受到怀疑和打压。最初孟超的老朋友廖沫沙还化名"繁星"写了一篇杂文《有鬼无害论》,发在《北京晚报》上,为《李慧娘》辩护,并对鬼戏表示支持。于是,廖就成了孟超的共犯,"文革"哄起后,廖沫沙青出于蓝,又名列"三家村""黑店"之中,几乎人人皆知,孟超则瞠乎其后了。

现在仍然记得,初读这篇文章时的情景。当时我正读中文系大二,尚属不知斗争内幕的大学生,心想"戏中有鬼,不是很经常的事情吗?怎么也要做个问题来辩解呢?"北京京剧团演的包公戏《探阴山》,中国京剧院演的《筱子都》,北昆演的关汉卿的《窦娥冤》《钟馗嫁妹》,正在热播的洋鬼戏《王子复仇记》《鬼魂西行》不都受到广大观众欢迎吗?不都是非"鬼"不成戏吗?我觉得戏中有鬼神出场不仅是个正常现象,而且是个不可或缺的戏剧程式。过去梨园行中就有"戏不够,神来凑"的谚语。其中的"神"是包括"鬼"的。有鬼算什么问题?还要写篇文章为之辩护!这只是熟悉戏剧的一般观众的看法,当然不会有政治家们的深谋远虑。

真是没想到,当时也不知道 1963 年中共中央批转文化部党组《关于停演"鬼戏"的请示报告》,使鬼戏"永远"告别了舞台。这个文件痛心疾首地说"'鬼戏'的演出,加深了人们的迷信观念,助长了迷信活动,戕害了少年儿童的心灵,妨碍了群众社会主义觉悟的提高。而反革命分子和反动会道门也就利用群众的迷信进行活动。这种情况已经引起不少干部和群众的不满,提出了责难和批评"。既然"鬼魂"如此可怕,甚至,事关江山大计,当然不能让它再现于世。那么如何看待《不怕鬼的故事》呢?按说,它不能怀疑,是伟大领袖亲自手定的。然而其中也有"鬼"啊。而且"不怕鬼的故事"这个命题本身,就确定了人间是有鬼的,如果"鬼"不存在,或者被扫荡殆尽了,还有什么怕不怕的问题?还要用这本书教育群众吗?这个道理至为简单,当时就是没有人敢讲,也许就是有人讲了也没有人知道,一切都消弭于无声之中。

中国的行政力量特别强,果然,自 1963 年以后,中国舞台上、银幕上,凡是与"鬼"沾亲带故的东西统统不见了,一切为"鬼"说理辩护的文字也都在批判和清除之列。弄得"三家村"主人灰头土脸,只得偃旗息鼓,悄然收兵。因为这不是讲道说理的时代,对一切"异端"不仅有"批判的武器",更多还有赖于"武器的批判"。这种讨伐只是"文化大革命"的前奏,到了"文革"准备期,凡是沾到"鬼"的文艺作品、文化遗存,包括各类庙庵寺观都在彻底扫荡之列,甚至殃及古人、名人的坟墓。胡乔木1964 年写的《沁园春·杭州感事》其中有"土偶欺山,妖骸祸水,西子羞污半面妆。谁共我,舞倚天长剑,扫此荒唐"的句子。胡将此词呈毛泽东修改,毛加了旁批:"杭州及别处,行近郊原,处处与鬼为邻,几百年犹难扫尽。今日仅仅挖了几堆朽骨，便以为问题解决，太轻敌了，且与事实不合，故不宜加上那个说明。至于庙，连一个也未动。"胡乔木在致《人民日报》编辑部的信中更进一步阐释说："但国内至今庙坟如此之多，毒害群众，亦觉须加挞伐……杭州一呼，全国响应的日子，想亦不远。"可以说这是"文革"第一爆，其所针对的，不仅有"鬼"，还涉及"神"。由此开始了对一切有关"鬼神"的大扫荡，真有犁庭扫穴的力度。其结果，50岁以上的人们都亲眼见过。最后只剩下了人间的"牛鬼"。"文革"中，有一次看我的老师廖仲安先生，问他怎么不到朋友家走走。他自嘲地说："不能访友啊！'访旧半为鬼（牛鬼），沉痛迫中肠'。"这些都可以看做《不怕鬼的故事》的延伸。

由于高层的推动，《不怕鬼的故事》一书也受到社会的重视。从1961年起直到八九十年代，中学语文课本中也从该书撷取一些篇章做教材，而且还是指定的课外阅读材料，因此，说起这本书来，大多上过中学的人们都是熟悉的。我是1960年考大学的，语文卷子的一篇文言文翻译就是《艾子杂说》中的"鬼怕恶人"（那时《不怕鬼的故事》虽未出版，但已经编成，在内部流传）。听说1961年高考的作文题是"不怕鬼的故事"（或许是1962年），这是个论说文，那时的高中生还不善于写论说文（我们那届作文考题就是"大跃进中二三事"），因之，这届作文考试就有许多笑话流传。

要以"不怕鬼的故事"为题论述一个在当时认可的正确观点，对那时的高中生太难了。不知道是真事，还是学生对这个难题的反感而编造的，那时北京流传了一个故事：师大女附中有个优秀的考生，由于紧张把题目的"鬼"字看成了"兔"。对象一下子由很可怕的，变成很可爱的了。题目上"兔"和"怕"对不上号了。照我们这些凡夫俗子看来，这样的题目怎么做呢？这位考生不愧是"女附中"的学生。她这篇作文从自问自答开始，把"考题疑问"（其实，这只是她一个人的疑问）写入正文了。"兔子在童话和民间故事中都是善良软弱的象征，它那通红的眼睛，仿佛受了委屈或被人欺侮才哭过一样。兔子怎么能与'怕'联系在一起呢？"这个破题多好，有点像以前考"八股"时的"截搭题"。不仅把本来不合逻辑的事情解释清楚了，也为下面的发挥造势。"然而，事情总是有两重性的,好事坏事之间总是可以转换的"这也是当时流行的"辩证法"语言,运用辩证法分析问题被认为是有思想觉悟的表现。但光是"辩证法"还不够,还要有证据:"本来澳洲没有兔子,当一百多年前一个英国殖民者把一对兔子带上了澳洲岛,由于没有天敌,这对兔子繁殖了数以亿计后代,破坏了澳洲的牧场、田园,成为澳洲农民、牧民的大敌。兔群过后庄稼、牧草顷刻而尽,不用说以'怕'形容,就是说谈兔色变也不为过。"这样"怕"也就立起来了。但仅仅形容"怕"还不行,因为这容易使读者丧失信心,这位女高中生深谙此道。她接着笔锋一转:"然而澳大利亚不是正是以出口兔肉罐头闻名于世吗?"于是由"怕"变为"不怕",不仅不怕了,甚至应该欢迎了。应该说这篇文章从内容(如果例子是中国或社会主义国家的更好)到逻辑都是合格的,但看错了题,也是一分没有,愿它只是一个笑话。

聂绀弩诗与旧体诗的命运

今年《聂绀弩旧体诗全编》出版了，皇皇三巨册，装帧朴素、精美、大方。出版者跟我谈起："有朋友说，印 2000 套，就当做件好事吧。我大胆印了 5000 套，没想到很快就发完了。而且在深圳还被评为'2009 年度十大好书'。真是很意外。"聂老的集子能卖五千一万，我倒不奇怪，我觉得聂诗起码有几十万的读者。让我惊讶的是作为旧体诗集，在 30 年中竟能印了七八版之多，一位非亲非故的研究者，自己出钱出力为注释聂诗辛勤工作二十余年。这在商业大潮覆盖一切的时代真是极其罕有的事件。

一、旧体诗还算文学作品吗

60 年前，社会转型，许多旧时代的东西都面临着检验，特别是在意识形态领域。一些旧文学形式被否定了，旧体诗也是这样。就我所见过的 1957 年以前的文学刊物上没有发表旧体诗的，知识界绝大多数人认为旧体诗已经寿终正寝，从而把它排除出文学作品之外。当然，老人写旧体诗的还有，最近我的一位老学长，为他的祖父编订诗集，名为《劫余堂诗集》，请我帮助校订一下，然后自费印刷几百部，以赠亲友，可以算作一例。老人写旧体诗，因为其自幼所受的旧式教育中就有对对子和写

138

诗这一课。旧时代社会生活中写诗又是有教养阶层里必不可少一种社交活动方式。到了新社会,有些老人借此摅胸臆,除烦闷,按说也是一种文学表达。但就当时主流舆论来看,这不过是一种文字游戏罢了。

1957 年,毛泽东在《诗刊》上发表了他的旧体诗词和给《诗刊》主编臧克家的信,上述的情况才有所改变。然而许多人还是认为只有毛主席的旧体诗是诗,是了不起的文学作品,但这也只是个特例。因此旧体诗在文学领域一直是"妾身未分明"的。比如,在我工作的中国社科院文学研究所,在诗歌史研究中从古代到近代不要说一流大家的作品,就是三四流的诗人也有人关注;而现当代诗歌史的旧体诗的研究几乎是零,没有什么人关心。1957 年以后,报刊上虽然偶尔也有旧体诗词了,但作者多是高官,或民主党派中的上层人士,即使偶有知识分子的作品(如苏步青、夏承焘、高亨等)出现,那是一种很高的政治待遇。不是什么人都能发旧体诗的。我没有见过一般作者的旧体诗出现在报刊上。编订出版旧体诗集更是一种极特殊的事情。最初只有毛主席出版了《毛主席诗词》,后来朱老总出版了《朱德诗集》。这件事到了"文革"当中几乎成了朱老总的一条"罪状",1966 年年底文化界造反派批判说:毛主席出了诗集,你也出版诗集,简直是与毛主席分庭抗礼,平起平坐。当时我看了这种荒谬批评就想,连贺敬之、郭小川都能出版自己的诗集,为什么朱老总不行呢?后来我才明白了,新诗只是文学创作,旧体诗则是政治待遇。旧体诗集不是谁都能出的。

70 年代末聂诗出现了,先是以手抄本的形式在少数喜欢旧体诗的人们中流传,只读过几首,经 30 年而不忘的就是"文章信口雌黄易,运动椎心坦白难"(现在的印本是"思想椎心坦白难")。后来,《散宜生诗》由人民文学出版社公开出版,而且胡乔木作序,这似乎是有点标志性的,旧体诗终于被主流社会承认是文学作品,聂老以诗人的身份登上文坛了。

什么是文学?50 年代文艺理论受苏联影响,特别强调文学的特质是"形象性",特别是人物形象(这个理论与俄国文学以叙事性作品为多有关),没有形象便被赶出文学大门之外。这样古代许多优美的诗文比如贾谊的《过秦论》、李密的《陈情表》、诸葛亮的《出师表》,有什么人物形象？"生年不满百,常怀千岁忧。昼短苦夜长,何不秉烛游。""服食求神仙,多为药所误。不如饮美酒,被服纨与素",有什么形象?这些都面临着又被赶出文学之虞。为了解决这个问题,有些文论家曲为之说。他们认为古代一些抒情诗、写情散文、议论文虽然其中没有写到形象,但通过抒情、写情、议论,塑造作者本人的形象。我觉得中国传统文学有自己的特点,不能用苏俄理论的帽子,来套中国传统文学的脑袋。传统文学特别重视文词,好的文学作品就在于如何用巧妙的文词写出犁然有当于读者之心的情、景、事。宋代诗人梅尧臣说:"诗家虽率意,而造语亦难。若意新语工,得前人所未道者,斯为善也。必能状难写之景,如在目前,含不尽之意,见于言外,然后为至矣。"(欧阳修《六一诗话》)清初学者毛奇龄曾说:"文无古今,只在情事切当,善入人意而不涉凡近,便是能事。"(金埴《不下带编》卷2)这两段话把情、景、事全说到了,关键在于能够"切当"。能够把所写之情、景、事写得曲尽其妙,人们读了,觉得于我心有戚戚焉,这就是成功的文学作品。再高级的就是能做到"不涉凡近"与"前人所未道",立意高远,又有一定的创新性。有了这几点,文学之事毕矣,无论古还是今,无论是什么体裁都是好作品。

二、聂绀弩诗的文学性

聂老的诗算不算文学,这在喜欢旧体诗的人看来是不成问题的。可是在一些研究者看来,你们是嗜痂成癖,把一些文字游戏称做文学,所以还要一辩。

先从写"情、景、事"说起。聂集有《萧军枉过》,前四句"剥啄惊回午梦魂,开门猛讶尔萧军。老朋友喜今朝见,大跃进来何处存?"没有经过"大跃进"和不了解萧军,难知此诗之妙。大跃进是全民动员、无远弗届的群众运动,那是个群众都发动起来的时代;而萧军又是极有个性,很难从众的、特立独行的人物。他很少能跟着别人的指挥棒转。聂翁与萧老很长时间不见了,虽然不见得天天想念,但每一念及,就不免会为老朋友担心。他能挺过这样声势浩大的"群众运动"吗?可是突然老朋友就站在自己面前了,于是,"大跃进来何处存"便脱口而出。两位历经沧桑、个性独立的老朋友亦喜亦悲的场景定格在读者面前。这种场面过去没有人写过,我想即使是新诗也未必能描绘得如此生动。

聂翁在六七十年代两度坐监狱,但他的作品没有着意刻画监狱生活,但他写了许多监狱中人,展示监狱的众生相。聂翁第二次入监已是七十老翁,被判的是无期徒刑,然而他的诗中却对那些由于各种原因入狱的犯人充满了悲悯和同情。

> 武斗文争事已非,又挑蟋蟀斗蛛蜇。晨风凛凛铅丝网,暮雨萧疏铁板扉。二十岁人天不管,两三里路梦难归。班房不是红梅阁,哪有莺声唱放裴。
>
> ——《赠织工小裴》

这个小裴是个纺织工人,因为武斗被抓了起来。诗人把文斗武斗看成是蟋蟀与蜘蛛相斗(用"蛛蜇"以切"织工"),可笑复可悲。虽然挑动有人,但还是一个小工人被当做替罪羊。"晨风"二句写监狱的凄凉。"二十"两句写年轻人,不管不顾,感情冲动,被人利用,进了监狱,家在咫尺,有梦难归,看到这种情景,真是情何以堪。我也见过这一类的青年,还不知为了什么,只是被一些"誓死捍卫"的口号冲昏了头,刀枪棍棒,相互往来,死了一人,被判死缓,虽然毙不了,要出来,也得二三十年。这个小青年以头抢地,痛哭流涕,后悔无及。我见这种情景,也为他悲哀,但写不出聂老这样体物入微的诗句。最末两句有调侃意,作者年长于小裴,用点开心的话安慰他。这些作品写景、写人、叙事都很成功。我读时感到,真是"犁然有当于人心"的文学佳作。

"状难写之景,如在目前"。传统诗歌虽然注重写景,但多是借写景致以摅写士大夫的情怀。文人士大夫,即使生活贫苦,也与老百姓隔着一层。聂老几十年生活在平民之间,反右又把他打入被迫改造的社会底层,沦为社会贱民。他笔下的景致是个劳改人员眼中的,古代文人即使再贫困,也没有这样经历。如老人捧残雪用柴锅烧水,"搜来残雪和泥捧,碰到湿柴用口吹。风里敞锅冰未化,烟中老眼泪先垂"。我想这纵横老脸上的眼泪不都是灶烟呛的;劳改时二位老人淘厕所,"君自舀来仆自挑,燕昭台畔雨潇潇。高低深浅两双手,香臭稠稀一把瓢"。在礼贤下士的燕昭王高筑的黄金台畔,这一双"天下士",掏大粪,劳动改造,而且诗人不避讳这些劳动的细节,甚至有点穷形极相把它再现出来。这是古人无论如何也不敢去写的。此类事情,在古人那里是根本不能入诗的。北宋梅尧臣写诗提到如厕、打喷嚏都被人讥笑(见钱锺书《宋史选注·梅尧臣》)。沉沦于社会底层的聂老却极其真实地写掏大粪,他既不以此为耻,更难以此为荣(如有些评论者说的,这是他的改造成绩,似有隔膜)。他坦然写出这些,并不讳言自己的尴尬,解之以自我嘲讽。读者对此既能理解,也能接受,特别是从那个时代过来的人。我们读诗时的神经早已经告别了林黛玉式的纤弱。

聂诗中最好作品写于北大荒劳改和"文革"的监狱生活中。从他的生活经历和个人情感来看,其遭遇是十分荒谬的,聂诗中的感情也是极其复杂的。聂老是个性情高傲之人,很难低眉俯首的,然而"多难方知狱吏尊",所谓"人心似铁,官法如炉",用管监人员口头禅就是"到了这里,是龙你得给我盘着,是虎你得给我卧着"。这样环境里,聂老的心境也是恐惧与张扬杂陈的。"一切景语,皆情语也",聂翁笔下景致都是他的复杂心境的投射。

收割后的向日葵地什么样?古人肯定没有写过。因为它传入中国也就二三百年的光景。南方和城市里种它,只是做观赏之用,只有西北、内蒙古、东北一带才有大规模的种植。东北收割向日葵只是把其头割掉,秆子留在地里,一望无际,兀兀挺立,摄人心魄:

> 曾见黄花插满头,孤高傲岸逞风流。田横五百人何在?曼倩三千牍似留。赤日中天朝恳挚,秋风落叶立清道。齐桓不喜葵花子,肯会诸侯到尔丘(按:《左传》齐桓公会诸侯葵丘,葵乃葵菜之葵,非葵花子之葵)。

向日葵开花时,像一个人头上插满黄花,可是,收割以后向日葵"头"没了,身子却僵直地立在大地之上,这还是为田横壮行的五百士吗?徐悲鸿油画《田横五百士》是何等的坚毅悲壮,然而这五百士没有头了,在这里我们仿佛听到了"还我头来"的悲愤呼声。可是诗人没有沿着这条思路想下去,下联忽然转到游戏人间的东方朔,这长长短短的向日葵秆大约是东方曼倩遗留下的简牍吧?"赤日"以下沿着游戏的思路,用嘲戏语句冲淡或掩饰自己内心的悲愤,其言似正似反,似嘲似颂,有无限丰富的内涵。这就是评论界所说的"聂体"。作者常用奇思异想的诙谐幽默冲淡悲愤和恐惧。

律体诗,字数少,格律细,对韵律声调要求更严,写律体诗,简直就是戴着镣铐的跳舞。对今人来说戴这副"镣铐"要比古人更沉重一些,因为文言中单音词很多,而今语中多音词比比皆是,因而律诗表现今人、今事、今情则更难。"文革"当中,聂老进了监狱,当时他的许多老朋友和相识者也因为一两句话陆陆续续进去了,在监狱里老朋友见面了,他有一首七律写此事。《赠老梅》:"你也来来我也来,一番风雨几帆歪……天下祸多从口出,号间门偶向人开。"注者没有注意到聂老是以戏谑的态度来写给一个号里偶逢的老友。"你也来来我也来"不是无典的叙述句,而是用了一个俗典。侯宝林有个相声《猜谜语》,其中一个谜语谜面是"你来我也来,你不来,我也不来",谜底是"揣手"。北方人冬天冷的时候,左右手互相揣到对方的袖口里。侯氏还解释说,"揣手就是这样,你来了,我也得来,没有左手要揣,右手躲着不让揣的"。这句诗也有此意:"你来了,我也得来;没有你来了,我不来。"沉重的监狱生活,在聂翁笔下就此化解了。聂诗常用笑话为典故的例子很多,如《无题》的"寡酒圣贤愁"讽刺占小便宜者(明代笑话);《反省时作》的"十姨爱嫁伍髭须"用杜拾遗(杜甫)和伍子胥的笑话(宋代笑话)。这种流畅的诗句大多诙谐幽默,使人发出苦涩的笑。

聂老更善于以剜刻幽深诗句赤裸裸地表达自己的悲愤之情。1962年他摘了右派帽子之后,写了一首诗赠给文艺界领导,也是老友的夏衍:"手提肝胆验阴晴,坐到三更又四更。天狗吞吐唯日月,鲲鱼去住总沧溟。"(《某事既竟投夏公》)一位老人手提肝胆,胸怀光明磊落,志向依旧高远,可在现实中却是十分无奈,长夜枯坐以等待。

旧体诗重视佳句,杜甫诗云:"为人性僻耽佳句,语不惊人死不休。"我最初喜欢和欣赏聂老的诗,也是从佳句开始的。宋人学杜都注重炼句,留下许多奇警之句。聂老也是如此,如《六十》四首之一的"诗挣乱梦破墙出,老踢中年排闷来"。这两句一写诗思,一写年龄。聂翁早就感到自己的诗思犯忌("文革"被捕就是由诗案引出),百般压抑,但诗还是挣扎着从乱梦中破"墙"而出;年龄不饶人,转眼花甲,"老"一脚踢走了"中年",排闷而入,登堂入室。这样的句子一读而不忘,这就是传统诗文魅力所在。

聂诗的出现,使得许多读者感叹:原来旧体诗还有如此强的表现力!还能抒发那样深沉复杂细腻的感情,还能有声有色地、生动地描绘各种文学形象,充分发挥文学反映现实生活的社会功能。聂老的旧体诗不是功成名就的闲人,于风晨雨夕,面对阶柳庭花,寻章琢句,斗韵联诗的产物;而是年近花甲的老人被发配到北大荒劳改生活和年届古稀的老翁监狱生活的记录,充满着艰辛与血泪。聂老的旧体诗是他的心灵史,深刻地反映了一个正直的、关心祖国人民命运的知识人在特定时代的遭遇。

三、以杂文入诗

聂诗是传统的旧体诗,不像现在有些不知旧体诗词为何物的"作家"也借旧体诗词名义发表令人作呕的东西,玷污了祖宗留下的瑰宝。我们说聂翁旧体诗是旧体诗,不仅指它合格律,注重对偶、巧妙用典等外在规范,更重要的是它的内在风韵,让人一读,绝对是旧体诗,不是七个字或五个字齐整的排列组合。但聂诗也不是古人的旧体诗,而是当代人的旧体诗,不仅有当代人的生活、观念和情感,在艺术上也有很大的突破,这就是以杂文入诗。

以杂文入诗几乎成为许多新式文人写旧体诗普遍采用的方式,旧式辞章家则反是(如夏承焘、沈祖棻、程千帆)。这种风气始于鲁迅,鲁迅称此为"打油"。大家熟悉"横眉冷对千夫指,俯首甘为孺子牛"就注明"达夫赏饭,闲人打油,偷得半联,凑成一律"。此体源于唐人张打油,其特征在于率意和逗笑。鲁迅把杂文笔法,如讽刺、反语、幽默等引入旧体诗,自谦为"打油",其实与打油诗有根本的区别。鲁迅的"打油",立意严肃,用笔深刻,不为逗笑而逗笑。后来许多新派作家写旧体诗都继承了鲁迅这个传统(当然也有不用此法的,如鲁迅的朋友郁达夫、后来的田汉),以杂文笔法入诗成为一种趋势。比如李荒芜、邵燕祥、启功、杨宪益、黄苗子、聂绀弩,台湾的柏杨等,都有这方面的杰作。当然最精彩的还是聂翁。

绀弩就是位优秀杂文家。有人认为在杂文领域中,他的成就仅次于鲁迅。早年我读他的杂文也留下深刻印象,如《兔先生的发言》除了引人发笑的诙谐外,读罢引人深思,让人感到弱小者在丛林规则面前的无力与悲哀。

旧体诗创作中,聂老也把有深度诙谐称为"打油"。在《散宜生诗·后记》他说"诙谐、滑稽就是打油,秦似教授当面说我打油"。他在 1961 年给朋友高旅的信中说:"诗有打油与否之分。我以为只是旧说。截然界限殊难划,且如完全不打油,作诗就是自讨苦吃;而专门打油,又苦无多油可打。……我较怕打油,恐全滑也。"实际上,这种不油滑、有深度的诙谐就是鲁迅常常使用的杂文笔法。使用这种笔法,不仅给读者带来愉悦,而且也使创作成为一件快乐的事。

严格来说,聂老所说的"诙谐、幽默"是一种喜剧元素,而喜剧出发点就是作者要站得比受众低。作者是用自我嘲笑实现的。这一点在他的早期创作中就表现出来。1955 年因胡风问题被隔离审查,他写了《反省时作》,其中第五首,写自己在反省时企盼贵人搭救,"望美人兮长颈鹿,思君子也细腰蜂";1958 年在北大荒劳动,老婆前去探视,他致歉自责,"请看天上九头鸟,化作田间三脚猫";写马跑了,放马者的尴尬,"脱缰赢马也难追,赛跑浑如兔与龟。无谔无嘉无话喊,越追越远越心灰";写被逮捕后《解晋途中与包于轨同铐,戏赠》,"相依相靠相狼狈,掣肘偕行一笑'哈'"。诗人真是不避讳写自己卑微的一面,而且用笑冲淡悲情,但人们笑过之后留下更多的是辛酸。

在遣词造句和用典对仗上,更重诙谐幽默。聂老特别爱用反差极大的对偶。激起阅读时的意外,引起发笑。他的《钟三四清归》中"青眼高歌望吾子,红心大干管他妈"。上句是用杜甫《短歌行赠王郎司直》中成句,表达对对方重视和期待。紧接着这句却是:一颗红心,努力大干,还管他妈的什么!表面上看这是一庄一谐,制造笑果,实际上这正是当时粗鄙风气的写照。这样的句式很多,如《雪峰以诗见勖依韵奉答》中的"在山凭定三分鼎,出水才看两腿泥";《挽毕高士》中的"丈夫百死花岗石,天下苍生

145

风马牛";《怀张惟》中的"开会百回批掉了,发言一句可听么";《九日戏柬迩冬》中的"嵩衡泰华皆0等,庭户轩窗且Q豪"。不避粗语、俚语、语气词、洋字码,这些与旧体诗的风韵融合在一起,增加了诗歌表现力。

杂文的特点就是不受约束,打破常规,突破读者的思维定式,引起发笑。从上面举的例子都可以看出这点。新文人的旧体诗杂文笔法在这方面是有共同性的,但由于个人的气质不同,又有差别。如新故去的杨宪益先生旧体诗则偏于俊逸流畅,启功先生则偏于浅白诙谐。各举一例。

周郎霸业已成灰,沈老萧翁去不回。好汉最长窝里斗,老夫怕吃眼前亏。十年风雨摧乔木,一统江山剩党魁,告别文联少开会,闲来无事且干杯。

——杨宪益《全国第五次文代会》

眩晕多年真可怕,千般苦况难描画。动脉老年多硬化。瓶高挂。扩张血管功能大。

七日疗程点滴罢,毫升加倍齐输纳。瞎子点灯白费蜡。刚说话。眼球震颤头朝下。

——启功《渔家傲·就医》

* * * * * * *

自聂翁的《散宜生诗》出版后,旧体诗又悄悄回到文学的殿堂。不断地有旧体诗的结集和出版。我阅读范围不算太广,我读到的就有一二十种之多。除了上面说到的诸位诗人的集子外,还有《半叶诗选》(江婴)、《紫玉箫集》(李汝伦)、《路边吟草》(熊鉴)等。特别是熊先生《路边吟草》。10年前一位朋友送我一本,我一个上午读完,读得泪流满面。他以元白体写大跃进、"文革"以来遭遇,文字非常浅白,但一读的确又是旧体诗。听说《路边吟草》卖到2万册,这真是个奇迹。不过大陆旧体诗还没有走向世界,台湾柏杨1991以狱中写的旧体诗获得了国际桂冠诗人奖,其中最精彩的一首,是《邻室有女》(五古),写与他监室相邻女犯人的。诗写女犯人背影,通篇尽是猜度之词,低回婉转,一唱三叹,可与汉乐府中的佳作媲美。

三十年来知识分子的心灵史

　　眼前摆放的是三大本《聂绀弩旧体诗全编》(注解集评)，装帧朴素大方，令人赏心悦目。大陆自人民文学出版社 20 世纪 80 年代出版的《散宜生诗》到学林出版社的《聂绀弩诗全编》，到"全编"的"增补本"，再到这"旧体诗全编"，从戋戋一小册到多达百万字巨编，聂绀弩先生的旧体诗在 30 年里出版了七八次之多。这对写作旧体诗的今人来说是个异数。除了鲁迅先生之外，似乎再无第二位。然而这不令我感到意外，70 年代末读传抄的聂绀弩诗给我的震撼至今仍然记得，第一次感到旧体诗还可以这样写，这是一种新境界的旧体诗，被许多热爱旧体诗的读者追捧是必然的。后来《散宜生诗》出版，作者却因此集被誉为是"思想改造可得一百分"，倒让我大跌眼镜。

一

　　聂绀弩诗有许多佳句既令人一读难忘，又值得反复咀嚼："文章信口雌黄易，思想椎心坦白难"；"老头能有年轻脚，天下当无不种田"；"请看天上九头鸟，化作田间三脚猫"；"奇文一篇阿 Q 传，广厦千间 K 字楼"；"青眼高歌望吾子，红心大干管他妈"；"好梦千场犹恨少，相思一寸也该灰"……可是读聂诗有两个困难，一是作者对自己的旧诗最初不甚珍爱,没有有意识地编辑保留,遂作遂弃;再加上政治环境恶劣,因文字致罪者比比皆是,亲朋好友都劝其焚毁丢弃,《散宜生诗》失载太多,需要辑逸;另一难点是聂诗用典多,特别是用今典多,这其中还包括诗中所涉及的今人,这些都是没有现成的工具书可查的。因此,作为喜爱聂诗的读者应该特别感谢侯井天先生倾20年之心力完成的《聂绀弩旧体诗全编》。

《南方周末》的刘小磊先生对我说:"侯井天先生真是一位义士,是位有古人之风的山东义士。"我赞成这个说法。什么是义士? 就是认准了合乎"义"的事情,不计功利得失,不计臧否毁誉,一往直前地去干。北京广渠门内袁崇焕墓守墓人佘家,为衔冤负屈而死的民族英雄守墓380年,历经17代。这一代守墓人佘幼芝说:"不为别的,就为忠义两字。"这就是义士。侯先生与聂绀弩非亲非故,只是在20年前的1959年1月25日夜晚借住《北大荒文艺》编辑部时,与聂绀弩先生有过一面之雅,也仅仅是彼此通了姓名,此后再无交谊。1986年,聂先生去世之后三个月,侯先生读了他的遗著《散宜生诗》,突然感到自己"在心灵上和他熟识起来,想更深地了解他,并且发愿让更多的人了解他"(见侯的《注聂心路》)。"发愿"是个佛教词汇,比发誓更重一些,侯先生这样说正是表明他要生死以之的决心。侯先生退休后家居济南,为了收集和注解聂诗,这位年届古稀的老翁奔走于京济之间。他访问聂先生的亲朋好友,也打探与聂先生有过各种关系的人物,如同"文化大革命"中的内查外调,如同侦探破案对聂绀弩其人、其诗做了全面的考察。因为聂翁的价值不仅在于他的旧体诗,绀弩的一生,特别是自50年代以来的遭遇及其思想情感的变迁有着极其丰富的内涵,能够引发人们多方面的思考,这些不是能用自古以来直而遭谮,忠而获咎的陈腐老套能解释通的。侯先生的努力为研究者提供了丰富的资料。

聂先生生前出版的最后一版《散宜生诗注》只收录聂诗262首,而到了这个"全编"增加一倍以上——640首。发掘出许多超过《北荒草》(诗词界一般认为聂集中以北大荒诗写得最好)的佳作。他为聂诗重新编年、考证其中涉及的人物和事件。在"寻人"和"查事"上侯先生用力犹勤,打电话,写信,亲自跑上门调查,向有关单位求证,向街道办事处、居民委员会找线索,向邻居街坊打听,有时还请一些老朋友协助调查,总之他调动了一切能够用的手段。这样一些本来已经被历史的飓风扫荡得无影无踪往事前尘因为偶与聂翁发生了点关系,就会被侯先生千方百计追踪到,并细细考察一番。许多人,许多事我们以为过去了,不值一提了,不值得回忆了,可是当侯先生把他们翻腾出来,展现在我们面前时,我们惊呆了。时间洪流冲走的不仅仅是泥沙,还有许许多多闪光的东西。"全编"《注聂心路·后记》简述注者"编集""寻人"和"查事"的过程,其中所展现的世相正像有的学者所说真如社会风情史,使我们看到许多聂诗以外的东西(例如1957年反右后,都有什么人被送到北大荒劳改,以及"文革"中监狱情景等)。这可能也非侯先生原意,然而,寻求的过程常常大于寻求的目的。

聂老交际广泛(这是上一代知识人的一个重要特征),朋友也是各种各样,不拘一格。因此,聂诗中所涉及人物也极复杂,上起国家要员,下至平民百姓,以至"五类分子",监牢罪犯都有。有位名叫包于轨的,聂有两诗涉及他。一是《解晋途中与包于轨同铐,戏赠》;一是《挽包于轨》。读者从诗题中就会感受到他与聂老的关系是不寻常的,为此,他创造了一个词汇以表达与众不同的社会关系——"同铐"。这两位七十老翁被人家用一副手铐铐着,从北京解送山西。"上有天知公道否,下无人溺死灰耶? 相倚相靠相狼狈,掣肘偕行一笑'哈'"他们控诉天道憭憭,担心小人的特权侮辱,又用搞笑互相安慰。这个被社会、被世人看做"残渣余孽"的包于轨,在聂老的心目中却是能够谈得来的共同患难者。那时社会上都不能倾心相谈,方成先生有幅《谈心》的漫画,画的是两个戴口罩者互相谈心,他们互相防备,只能说些"形势大好""全面专政"一类套话,这就是那时的世态。不意囹圄之中却能与不说人话(世间所说的"形势大好""全面专政"一类)、爱说"鬼话"(牛鬼蛇神话)的邂逅,因此,在《挽包于轨》中有"人生七十号间逢",大有相见恨晚之意。就凭这些描写,我们就想知道包于轨是什么人,到底是怎样一个老者?

侯先生查此人,从1987年5月,询问绀弩夫人,到1989年10月,包于轨之子包玫给他复信,详述其父生平,用了两年多的时间,发了数十封信,涉及北京文史馆、鞍钢、安徽泾县地方志编纂委员会。后来从北京文化人康殷先生处得知包于轨是位书法家，曾教过李苦禅之子李燕和范曾。侯又给范和李燕写信，范未复，李燕复信说，包于轨有外孙女包华在京，有子在石家庄。最后通过包华知道了包玫的具体地址，与包玫联系上，这才得知包于轨为绍兴人，民国间毕业于天津水产学校，在鞍钢当过管理师，曾被工艺美术学院聘为书法教师。"文革"前，他在王府井举办过个人的书法展览，有较深的书法、诗词造诣，尤长于对联。经过如此多的曲折，对包于轨才有个初步了解。古往今来，有才有识而被淹没者，不知凡几，包于轨有幸被写入聂诗之中，更庆幸有侯先生的努力追寻，使读聂诗者知道聂翁还有这样一位患难知己。昔日苏东坡读杜甫诗"黄四娘家花满蹊"，曾感慨地说："昔者齐鲁有大臣，史失其名，黄四娘独何人哉！乃托于诗以不朽，可使览者一笑。"读聂诗而知包于轨事，足以使读者一哭。

二

聂翁的作品经常使用诙谐的口吻，经常写到"笑"，与包于轨"同铐"，两个老头，步伐不协调，跌来撞去，也是"掣肘偕行一笑'哈'"，然而，读到这里很难笑得起来。聂诗中的许多"笑"都属于这类。

聂诗的价值在哪里呢？难道就因为《北荒草》中的一些作品反映了聂老积极思想改造的成果，并被打了100分就有价值吗？记得50年代初，知识界许多人认为旧体诗已经寿终正寝，从而把它排除出文学作品之外，文学杂志也没有发表旧体诗的地方。

70年代末聂诗出现了，震撼了文坛，噢，原来旧诗还有如此强的表现力！还能抒发那样深沉复杂细腻的感情，还能有声有色地、生动地描绘各种文学形象。这是大多数文学研究者所没有想象到的。例如《周婆来探后回京》：

行李一肩强自挑，日光如水水如刀。请看天上九头鸟，化作田间三脚猫。此后定难窗再铁，何时重以鹊为桥。携将冰雪回京去，老了十年为探牢。

短短 56 个字,其内容之丰富,恐怕是千字散文也难以做到的。聂翁划右派到北大荒劳改之后,又因不慎将居住的茅草房点燃,被公安局当做纵火犯抓了起了。这件事闹到北京,当时文艺界领导,也是绀弩的老相识夏衍对周总理说:"绀弩这人,不听话,胡说些话,都有可能,但放火是绝对不可能的。"远在千里之外的绀弩,烧了一间价值不到 30 元的草房,这等细事竟然上达到总理那里,老伴周颖经过了多少艰难的周旋,可以想见。周肯定在北京已经知道绀弩会被释放的结局,所以才在北大荒最冷时候,千里跋涉,去看望老头。周颖也是五六十岁的老人了,冬日之阳,冰冷如水,而水割肌肤,锋利如刀,在一片凄凉惨淡之中,老妻又肩挑行李离去了,真如孟姜女一样……这是一幕多么辛酸的场景,然而聂翁好像没心没肺一样,还在开玩笑。你看,我这精明到家、号称九头鸟的湖北佬,一到北大荒的土地上,居然成了什么也不会的三脚猫了。这一联写得好,既搞笑,又痛楚,但它不单是想逗老妻一乐,也是一种解释,向她说明我为什么如此不幸。"此后定难窗再铁",这已经近于发誓了,保证不会有类似的事情发生,不会"二进宫"了(参照后来所发生之事,也是"一语成谶",不过是"反谶")。她走了,带走的不是安慰,更非欢乐,甚至也不是希望,而是"冰雪",难怪"老了十年为探牢"。一首规则严格的律体诗,聂翁不仅写得中规中矩,而且把诗人的感激和内心痛楚、歉疚、心疼,而又无奈复杂的感情用表面诙谐的诗句表达得淋漓尽致,就是用约束少的新诗也未必能传达得如此细腻。

我们从聂诗中能够读出许多东西,不仅那些名言隽语使我们齿颊留香,而且使我们看到建国前 30 年的知识分子的命运史和心灵史,这些是需要专文来谈的。

听"老盖仙"说为人处世

问："老盖仙"这个名字又怪又陌生？

答："老盖仙"是台湾散文作家夏元瑜先生的外号。他是位公众人物，台湾三四十岁以上的人几乎是无人不晓。十多年前，他曾是颇受观众欢迎的电视主持人，数度主持"金鼎奖"（台湾每年一度颁发给优秀图书杂志的奖项），还得过一次奖。"盖"字在台湾俗语中有点类似北京人说的"侃"，称呼别人为"盖仙"，如同北京说某人是"侃大山"界的高人。老盖仙原是生物学家，一辈子与动物打交道，特别善于制作标本，台湾第一。小到蚊子，大到大象都做过（《老盖仙话动物·熏风十里》就是写他如何解剖大象和制作大象标本的）。60岁退休以后，搬到台北居住，"发挥余热"给报刊写文章，一炮走红；编成集子出版后，马上成为畅销书，一年能再版五六次。后来主持电视节目，名声甚至盖过演艺界的明星，六七十岁的人，能在电视荧屏上大显身手，真是令人称奇。我读老盖仙的书，品味着他那以北京话为基础的神韵飞扬的文字，再看他那清癯、带有点仙气的面庞，总使我想起常在大陆电视上露面的著名相声演员常宝华先生，甚至想象老盖仙主持节目的声音也像常先生一样清脆。不知道看过夏先生主持节目的台湾朋友们是否有此感受？

其实说起几位与夏元瑜密切相关的人也许能消除一些大家的陌生

感。头十多年,在青年男女中拥有众多读者的台湾散文家三毛是老盖仙的徒弟,而且见诸报端,有文为证。另外,两年前在大陆走红的、在华人圈中以最能描写吃著称的唐鲁孙先生是老盖仙晚年密友。唐先生说:

> 元瑜兄自称是盖仙,纵然他不是苏秦张仪舌辩之徒,可是摆起龙门阵来,不管是京油子、卫嘴子,大概全不是他的对手。逢到三五知己,促膝倾谈,或者高朋满座、笑语喧天的场合,只要他三言两语,准保让大家捧腹解颐。

再说一条,老盖仙原籍北京,这会让老北京感到很亲切,20世纪的二三十年代毕业于北京师大附中、北京师范大学生物系,曾经担任过北京动物园的管理员,当时还叫万牲园。

问:真是越说越近。我也在北京师大附中上过学,论起来夏老前辈还是我的老学长呢。万牲园那时又叫三贝子花园,门口有两个大高个子收门票,以招徕游客。那时交通落后,北京城里人出西直门到万牲园一游还算出趟远门儿呢!

答:夏先生的写动物和回忆经历的文章里多次提到万牲园和那两位高人,还提到过关于万牲园的许多细节,可作动物园历史读。夏先生学做动物标本也始于万牲园。书中写到过一个谦卑的、学历不高的善做标本的技术员旗人刘树芳:

> 有天他做了一对纯白的长尾练雀(古称绶带),站在曲折的松枝上,下有小石,宛然是一幅国画装的《祝寿图》。因"绶""寿"同音,松柏常青,灵芝仙草都是延年的象征,国画大师溥心畬先生见了称赞备至,不愿释手。刘先生立刻送了他,也不知向溥先生要张画儿作为补偿。他不是想不到,而是不好意思,说不出口。他有一双灵巧的手,却默默地穷困至终。

这就是老北京,懂得那个时代北京人生活的,会有同感。

既然你也是师大附中的,夏先生关于"附中"的回忆也一定会使你感到亲切。他说那时虽然没有"爱的教育"四个字,但"附中"的教育却充满这种精神。这种精神体现在许多老师身上。语文教师张少元"旧学很好,笑话连篇,学生唯恐少听他说一个字,在笑语中传授了真学问"。高中语文教师董鲁庵(应作"安")催学生交作文,竟说:"诸位仁兄的大作怎么尚未脱稿?小弟等着拜读哦!"他们尽管学问很大,却又诙谐幽默,能与学生打成一片。夏先生可能不知道董先生在抗日战争中到了晋察冀,更名于力,是个充满传奇经历的老一代知识分子,做过晋察冀边区议会副议长。社科院文学所的董毅先生,群众出版社的于浩成先生都是他的哲嗣哩。

问:看了您所引的文字,真感到他做到了"我手写我口",写文章像聊大天一样,是不是有点像老舍、启功等老先生的文字。

答:的确,读他的文章就像与一位博古通今、诙谐幽默的老人促膝闲谈一样。现今奔竞于商场或官场以及许许多多为生计奔波忙碌的人,可能没有机会去感受听阅历丰富、学富五车而又诙谐幽默的人聊天是多么惬意的事。曹雪芹的朋友敦诚在《寄怀曹雪芹》中用"高谈雄辩虱手扪"描写《红楼梦》作者的健谈。周汝昌先生在《曹雪芹小传》写至此,十分感慨地说:"敦诚他们的耳福太大了。可惜他不曾给我们做下记录,以致颊唾珠玉,随风尽散!"周先生是有学问又善聊的人,所以他才为没有机会读到曹雪芹聊天记录而遗憾。常说"风格即人",夏先生文章也像其为人一样。他是老北京,老北京人的"温良恭俭让"像一股暖流流动在他那幽默酣畅的文字之中。因此读老盖仙有点像读老舍或启功。

问:是不是夏先生的文字都是怀念北京故土风情的文字啊?

答:夏先生文章中有些回忆北京的文字,写20世纪前50年的风情,很感人,但这只是20世纪六七十年代台湾文坛的一时风气。不止夏先生一人,台湾文学批评家王德威说"北京叙事"是台湾及海外文学的一个小传统。

    20世纪70年代,唐鲁孙以一系列追怀古都饮食风情的文字引起广大回响。一时之间号称老盖仙的夏元瑜、名报人陈纪滢、学界耆宿梁实秋,以及后来以《喜乐画北平》见知的喜乐、小民夫妇等,都曾与唐相互唱和。透过他们的文字,旧京的风华仿佛又熠熠生辉起来。

台湾文学批评家王德威把这些文字比作南宋人写的《东京梦华录》和元初的《梦粱录》《武林旧事》等作品,称之为"旧京梦华录"。然而,夏元瑜的散文内容远不止此。他是动物学家,与动物朝夕相处三四十年,熟悉动物犹如家人子弟,特别是哺乳动物和鸟类。因此他写动物的文字真实,有科学性,又富于感情,告诉我们许多不知道的事情。另外他博学多闻,熟悉历史掌故和各地习俗,这些文字也都楚楚可观。夏先生擅长的不仅是叙事,更会议论,善于说理,他关注台湾发生的各种社会新闻,常常把它们形诸文字,并加以评论分析,这些评论文字,不穿靴戴帽,不一本正经,往往用半开玩笑的口吻,但却能鞭辟入里,一针见血,从一些日常小事中看出大是非来。

问:北京人擅长"说",那是名播中外的,听老头说起古来没完没了;老太太议论起是非婆婆妈妈。有时话说了几箩筐,但言不及义,急死人。

答:夏元瑜谈为人处世,名曰"现代人的接触",注意"现代人"三个字,也就是他讲的是受过现代文明洗礼人的道理,他不是缺少现代知识的封闭人,更非自古就有的市井细民。因此尽管谈的问题是"婆媳之间""望子成龙""祖孙代沟""财产的转移""有借有还,再借不难""请、谢谢、对不起""话出无心伤自身"等芝麻绿豆式的小问题,却能谈出引人深思的道理,还能够举出许多有趣的故事借以说理。

您别忘了,夏先生不仅是大学毕业生,受过严格的科学训练,而且还到日本留过学,见过世面。他很好学,到老手不释卷,还常常到图书馆查资料,这些在文中有许多记载,可见他时时关注前沿知识,可以用个大陆的词儿来说是"与时俱进"的。再说其家学渊源很深,其父夏曾佑是清末进士,当时"诗界革命"三个代表人物之一(另外二人是黄遵宪、蒋智由),被称为"诗界三杰",又是中国第一部历史教科书作者,建国前一些高等院校用它做教科书。辛亥革命后,他又任教育部社会教育司的司长,与鲁迅同事,还是鲁迅的上司。夏元瑜有位比他年长很多的哥哥,名叫夏元瑮。这位大夏先生是学物理的,蔡元培办北京大学,其文科长是陈独秀,鼎鼎大名;其理科长则是夏元瑮,知道的就很少了。大夏先生也是第一位爱因斯坦相对论引进者。正是在这样的文化背景下,夏先生思想开放,不守旧,具有平等观念。

在谈为人处世之前,作者往往先用幽默的笔调写个小故事,这故事写得有点像现今大陆流行的小品。举一例,以见一斑:

> (张):老王!您早。(王):早!您用过早点了吗?(张):偏过了。洋人见面问好,中国人问吃。(王):其实"好"的意义非常空泛,不如"吃"来得现实。(张):问吃的含义很广,身体好才吃得下,经济情形好才吃得起。二者皆备等于福寿双全,可有多好。(王):所以不论熟朋友、生朋友在饭馆一块儿吃完之后,大家都要抢着埋单,洋人瞧着跟打架一样。(张):这是中国人千古以来的风俗。不过自从我装了一排假牙之后,一吃完先得去洗牙。洗个十来分钟,再出来时,那场埋单风波已过。(王):我虽没装假牙,可是"幼秉庭训",凡事以忍让为先。您若去洗牙,我可以慢慢等您出来。

引文中的"偏过了",是句老北京自谦的话,意思为"我先您吃了"("偏了"这句话北京人懂得不多了,前两天百岁老岳父发烧住院,我同太太一起去看他,老岳父吃饭时说了句"我先偏了",50多岁的太太很奇怪,不知他说的是什么)。像这一类的充满趣味和幽默的对话很多,可供研究喜剧者参考。老盖仙用生动的事例来说明道理,告诉人们怎样做一个有趣味、有品位、有教养的人。

问:夏先生这样随意的文字在大陆文坛也比较少见,有些像他老人家聊天的记录稿。这样的文字能算文学作品吗?

答:我们看惯了"做"出来的散文,在文章中不仅要大量使用各种修辞手法,还要有一定篇章结构。因此读台湾的齐如山、夏元瑜、唐鲁孙的文字,给人以不是读文学作品的感觉,总会有听老人聊天的错觉,因为他们作品是口语化的。这种文字别具一格,比读所谓文学散文要省力得多。

老北京的幽默

说起来大约有 20 年了,20 世纪 80 年代中，做古典文学的编辑，每天沉浸在大量来稿中，昏头昏脑看了一天稿子后往往想读点儿文学作品轻松一下。我所在的文学所图书馆有个"港台部"，收有几万册港台书，以台湾文学著作居多。台湾文学的各种体裁中,我以为散文为最优,其中柏杨、李敖和几位老北平作家,如齐如山、唐鲁孙、夏元瑜等各有特色。齐、唐二先生的散文,大陆近年都有出版,他们的作品都以写大陆旧事为主,从内容到写法都与大陆作家不同,有点"北平梦华录"的味道,使人耳目一新，受到读者的欢迎。夏元瑜先生虽与唐鲁孙先生是好朋友,他的散文虽有怀旧成分,但大多篇章还是以写台湾情事为主,其特点是以老北平人教养、心态来写,别有风味,大陆人,特别是北京人读来备感亲切。

夏元瑜文章的特点是"一读就懂"，一懂就笑，很宜于人们放松时读,可惜当时我们文学所图书馆的港台书库仅有他的《弘扬饭统》《生花笔》等少量几本,不过其中也有许多令人喷饭的文章。例如《大兴水利》就是如此。侯宝林先生的名作《戏剧与方言》中有"论戏剧与水利的关系"的噱头,而夏先生这篇可以说是"论水利与食品业的关系",文中更是笑料迭出。开头还是一本正经地讲中国古代水利,从大禹讲到都江堰的李冰及其子李二郎,由此扯到二郎神杨戬,再一转说到当今"水利工程"的发扬,"注水牛肉""注水鸡肉"大行其道。连制造罐头都要"以水为本",除了少量的"猪骨头、老牛肉、退休的老来亨鸡、不幸幼年夭折的水果"外,都是水。

> 我常想干干此业(罐头业)。商标已经想好了。以"永"字为记。因为永字的字形正是水,只有一小点东西。正合乎罐头的原则。美国人就笨多了,一个哈姆——洋火腿——罐头竟紧紧地塞了一大块肉,滴水皆无。可见洋人对"水利"的利用不如我们远甚了。
>
> 中国人真聪明,对于水利之道,除了便利交通、水力发电、灌溉农田、培养鱼类等古老用途之外,又发明出灌牛、灌鸡等的主意来,所以水利之道在中国也特别兴盛。这叫"以水变肉"的不二法门。……

这个"永"字商标的奇想,真堪令读者绝倒。即使现在想起来也不免发笑。可做个好的相声"包袱"用。这是我与夏元瑜先生著作结缘之始。后来与研究港台文学的同道和从事出版的同仁多次谈到这位老先生。这次在大陆出版《夏元瑜幽默作品精选》,搜罗了夏元瑜先生 70%以上的作品,我想会给读者带来许多快乐和教益。

一、从"老盖仙"说起

夏元瑜这个名字在大陆还是陌生的,而在台湾几乎是家喻户晓。2003 年社科院组织与台湾一些学者对谈"关公"作为文化和文学形象的意义,会下我曾向一位台湾老人问起"夏元瑜先生",他带有些惋惜口吻说"老盖仙走了"。

老盖仙是夏先生自称,无论作文还是主持节目都自称"盖仙"。"盖"是台湾俗语,夏先生自己曾解释说:

> "盖",这字大概起源于本省,以前在大陆上没听说过。盖

字的意义是能言善道,多少也有一点宣传不实在之事的成分。与"吹牛"的"吹"不同,吹者从无说成有,假的成分很多。为人在世,盖则可以,吹则不可。

——《谈话的技术》

看来"盖"有点类似大陆常语"侃"。"盖仙"应是善盖而带有仙气者也。

"老盖仙"也有出处,本是台湾 20 世纪 60 年代以来武侠小说所塑造的人物形象。例如古龙的《那一剑的风情》其中有怪侠"老盖仙"。他自称"老夫本来就已名列仙班,已经一甲子不食人间烟火,专以百草为生"。在别人眼中,他老人家则是"一位身材本来应该很高,但经过岁月的折磨,现在已经像虾米一样萎缩伛偻,头发已经开始泛白,脸上已充满了岁月无情的痕迹的人",手里拿着一把三弦。

夏元瑜先生以"老盖仙"戏称自己,有自嘲,也有自负。因为这个绰号通俗好懂,很快被大家接受和喜爱。因此,夏先生虽是退休后才开始写作和偶尔游戏于荧屏,但在很短时间内便声名鹊起,大红大紫,为广大民众所知、所热爱。

夏元瑜出生于北京(1909—1995),毕业于北平(1927 年后,国民党定都南京,北京遂称北平)师大附中、北平师范大学生物系(北师大生物系,建系早,设备完善,是全国最好的)。毕业后赴日本九州大学和东京帝国大学深造,归国后则在北平西郊"万牲园"(今北京动物园)任园长。1947 年在台湾新竹任检验局分局长一年,后遂以制造动物标本和有关生物教学的教具为业。其所制作的标本,从昆虫到大象,无不栩栩如生,享誉台湾。60 岁(1969)退休后移家台北,在台北"中国文化大学"影剧系教授舞台语言,并在美术系指导有关动物的绘画。时在电视台做主持人,受到观众的欢迎,曾获参与金鼎奖有功人员奖。从 1975 年起在《中国时报·人间副刊》上主持"古往今来"专栏,撰写了大量传播知识和弘扬文明的幽默散文,引起广大读者的关注,陆续出版散文集十余本,十分畅销。1995 年 8 月 1 日,遽归道山,享寿 86 岁。

夏先生前 40 年基本上生活在北京,后 40 多年生活在台湾,赴台时他的思想人格和知识体系已经形成,他在台湾的成功可以说是老北京文化在异地的成就。夏先生曾自嘲地说：

> 不过，我倒有个心愿，我一辈子善盖，盖不可令人讨厌，要让人欢迎，于是没钱时借得到钱，该还债时躲得了债，利莫大焉。

这里用的台湾俗词——"盖"字，也带有老北京的风格，夏元瑜的能"盖"就是北京的"能说""能侃"。老北京的"说"和"侃"都带有帝京的特有的风趣和幽默。老盖仙的"盖"也是这样。因此可以说夏元瑜的作品是老北京文化在台湾的延伸。

二、老盖仙的作品

夏先生的主要作品就是散文随笔，最初读夏元瑜是抱着了解老北京的态度去读的。台湾这类作品不少，大多是大陆迁台人士写的。这些人随着年华老去，思乡情绪越来越炽，特别是从老北平迁台的，700 年旧京帝都所积累昔日风华常常萦绕于怀，写作和阅读这类作品成为一种排遣，后来渐成风气。台湾文学批评家王德威先生说：

> 1949 年前后，上百万的军民曾随国民党政府搬迁来台。他们背井离乡，常怀故园之思。到了 70 年代，当令的政治论述已由彼岸过渡到此岸，怀乡者的热情也似乎因为时移事往，而渐渐由浓转淡。唐鲁孙和他的北平知交却在此时异军突起，就不能不令人另眼看待。离开北平二十多年了，这些作家渐渐老去，他们立意要记下所思所怀，自是人情之常。而相对的，他们心中的北平印象非但不曾褪色，反而益发鲜明活泼起来。

早在 20 世纪 50 年代就有旧派学者和文人齐如山先生就写过大量的这类作品，说北平旧事，到了 20 世纪 70 年代更盛。

> 北京(或北平)叙事是台湾及海外文学的一个小传统。20

世纪 70 年代,唐鲁孙以一系列追怀古都饮食风情的文字引起广大回响。一时之间,像是号称"老盖仙"的夏元瑜、名报人及小说家陈纪滢、学界耆宿梁实秋以及后来以《喜乐画北平》见知的喜乐、小民夫妇等,都曾与唐相互唱和。透过他们的文字,旧京的风华仿佛又熠熠生辉起来。

这些作者所烘托的北平知情守礼,韵味悠远醇厚。在他们笔下,同仁堂、瑞蚨祥这些老字号总让客人宾至如归;杨小楼、梅兰芳、程砚秋、小翠花、马连良、金少山……多少角儿,名噪一时。城里的节庆喜丧永远有规有矩,从出生的洗三抓周到大去的送殡出殃,都有讲究。尤其饮食,热豆汁、涮羊肉、茯苓饼、奶酪、灌肠、炒肝儿,冬天夜半叫卖的冻梨、心里美……求之他处,何可复得? 当然,遍布城内外的古迹名刹,宫殿园林,千万的胡同人家,还有那一大圈城墙,更是老北京安身立命的所在。这里曾是六百年的帝都,一景一物,都有它的来头。

——《梦回北京——读张北海的〈侠隐〉》

虽然,夏元瑜也有与两宋的《东京梦华录》《梦粱录》《武林旧事》等一类内容的作品,也就是追怀旧京之作,但他自己也说:"我从前也写点回忆故乡的小文,自从一看了他(指唐鲁孙)的文章后,立刻改行,绝不再提往事,因为自愧不如,趁早藏拙。"由于唐鲁孙是世家子弟,数代富贵,阅历极丰富,足迹遍中国,这些非一般人所能及。他记性又好,退休之后才开始写作,厚积薄发,笔下北平旧事、宫中习俗都可以当做史料用。夏先生有自知之明,他的笔触伸向更为广阔的领域。

1. 动物的千姿百态

现代意义的生物学是从西方传入的。夏先生是属于中国的第一、二代的动物学家。他不仅有丰富的动物学的知识,而且他如同熟练的手工工人,会操作,还能制作第一流标本。他自幼热爱动物,自称,生下来时,第一眼看的是收生婆,第二眼是妈妈,第三眼就是家中的小狗——小黄了。

那时家里还有匹马,我一会走路就惦着拿胡萝卜上马号(厩)去喂马。不知为什么,见了各种动物全爱得不得了,如按佛教轮回之说,上辈子一定是山中走兽转世来的。也许是真的,否则怎么会活到现在年纪一把,老妻还常说我不懂人事呢!

——《我爱动物,动物也爱我》

对动物有如此的爱心,再加上丰富的动物学知识和实践,可以说描写动物是夏先生的长项。他笔下的动物世界是千姿百态的,是极其可爱的,不仅温良驯顺、欢蹦乱跳的小猫、小狗,趣味盎然的猴子,就是老虎、狮子、豹等凶猛的食肉类动物也是平和温婉,是能与人沟通与和善相处的。文中有篇《鸦友》文笔明畅,感染力强,富于人文精神,真可以入中小学课本。它写老北平人与乌鸦之间的故事,文中的乌鸦也顾念友情,也懂得念旧,分离之后还记得回来看望作者,非常温情。人们一般不喜欢乌鸦的呱呱叫声,认为不吉利,但夏先生笔下的乌鸦是通人性的,可与人做平等的交流。这些篇章不仅传播了有关动物的知识,更重要的是告诉读者如何正确地对待动物。作者介绍了古人是怎样看待动物的,更多还是从现代动物学角度将动物学知识普及给读者。在电视上我们常常看到动物园饲养员把手指塞入老虎口中,由它任意啃咬,非常悬心,生怕虎狮一发威,把饲养员的手指咬下来,其实不然。《豹友》一文中说:"猛兽的上下二列门齿,全很细小,而且不能密接,狮、虎全是如此,所以如用门牙根本咬不断手指头,而且它跟你无仇无怨,凭什么会咬你?"猛兽的臼齿却很厉害,咬合力度很大,如果咬到手立断。人接触猛兽时,不能把手放在臼齿之上。这些科学知识随处皆是,读来很有趣。

又如,人们养宠物为什么多喜欢养狗,原因很多,夏先生在《幽默的感受》中谈到的一点也很重要,就是狗会笑:

世界上会笑的动物不多,只有人类和狗科的兽类,左右口角旁有笑肌。猩猩虽颇多似人的地方,可是不会笑,既无笑肌,想必心中也绝不会觉着有什么事情值得可笑的。狗和狼虽有笑肌,也不是用来欣赏幽默的,而是用于彼此游戏,或是欢迎主人回来。我家的狗禄禄和妞妞一见我回家就轻启黑唇,莞尔欢迎。表示它们的愉快,口虽不能言,脸上却充分表示:"你这老小子怎么混到这会儿才回来!"

这是我们经常接触到或看到的现象,却不明白其中的道理,读到这些真有豁然开朗之感。这类文章在传播知识的同时,还宣传博爱精神。作者在《鸦友》最后郑重地说:

> 笔者——老盖仙夏氏——平常为文虽不免有点盖性,可是言及动物决不乱盖,实话实说,以广爱物之意。

夏先生批评传统文化中对动物漠然的态度,人们对动物的第一反应往往是"能不能吃"?对身体能不能"补"?是"温补"还是"清补"?总之是围绕着口腹转。把所有的动物都视为入口之物,这种态度在其他文化中是不常见的。

2. 谈文论史说风俗

元瑜先生的父亲是清末民初著名历史学家和诗人夏曾佑,家学渊源十分深厚,自幼爱读文史书籍,涉猎十分广泛。40 岁以前,他生活在传统氛围特别浓郁的北京,对北京生活习俗了如指掌。阅历及读书生活,为他的写作提供了丰富的资料。其友杨乃藩说夏所写的文章中所涉及的"人也好,事也好,地也好,物也好,几十年前的掌故,稀奇古怪的逸闻,牛溲马渤之贱之微,他是什么都记得,乃能惟妙惟肖地以笔墨形容出来。所谓博闻强记,这真是绝顶的本领"。其实还有许多是书籍所不载的。例如《童发十五式》《数不清的三千烦恼丝——清末民初女人发式》都是讲特定时期和特定人群头发式样的。每种发式都附有示意图加以解释。我生在北京,对旧京习俗也略知一二。他所介绍的发式我就有不知道的。如童发中的"歪抓髻""狗拉车",女人发式中的"苏州撅""达拉苏"等。这些有的知而不得其详,有的闻所未闻,颇令人长见识。夏先生把经历过的事情记载下来,也就是历史的第一手资料。如清末公派学生到外国留学,为此还拟定了鼓励出国留学的章程。章程中制定了留学生回国后可授以相应功名的规定,如"在大学堂专学某一科或数科毕业后,得有选科及变通选科毕业文凭者,给以进士出身,分别录用"。把洋学堂专科毕业生给予"进士",这使得一些八股出身的正宗进士颇为不满。湖南的王闿运写诗讽刺说"愧无齿录称前辈,喜有牙科步后尘"。讽刺西洋医学院牙科毕业生被授予进士的。但哪位被授予"牙科进士"了,大多记载语焉不详。在《夏文端公访问记》中说"北平城里最早的一位牙医徐景文就是牙科进士"。

夏先生更喜欢谈人们常见而很少了解的话题,如假钞从什么时候开始的,古代怎么做假钞,如刽子手的职业生涯及其家传秘诀,县大老爷升堂问案的规矩,红白喜事的礼券,老北京扶乩的趣闻等,都足以令人读而忘倦。

3. 处世之道的现代性与传统风范

夏先生的作品之中最能反映他的个性、思想和最给读者以教益的是如何处理人际关系的文章。夏先生虽然工于描述,但更善于议论,善于说服人,或是以嬉笑怒骂的态度来度化人。他关注人生在世的各个方面,我们看他的一些文章的题目便可知一二:《初次见面的朋友》《和朋友一块去吃饭》《家中日常生活的礼貌》《享受宁静的自由》《酒席上的风云际会》《看重自己·关心别人》《探望病人》《面对洋人的丑态》《千骗万骗不如不骗》《合理的谦恭》《海不辞水·山不辞土石》《话出无心伤自身》《开不得的玩笑》《经得住开玩笑的是圣人》《礼多人不怪》《管闲事落不是》《坐计程车的风度》《乡愿作风使不得》《车轱辘话》《"损人"和"利己"的选择》《解气之道》《三家两代·效法谁家?》。这还不是全部,还有许多告诉读者如何处理好与父母兄弟姐妹以及朋友邻居关系的文章。

作者认为,现在地小人稠(台湾尤甚),竞争十分激烈,人们忙于"挤",脚步一慢,怕赶不上竞争的脚步,于是对旧有的文化固然不屑一顾,新文化也没有工夫接受。这样大有告别文明、返回野蛮之势(返回丛林法则)。夏先生所讲的处世为人之道,既有传统的老北京所固有的"温良恭俭让",也包括西方传来的博爱原则。他认为每个人"心中原有燃料,你要有点着它的方法",这样才会引来对方的温暖。作者还强调与人交往，最重要的就是平等待人，要尊重对方，没有这一条，仅仅虚与委蛇、讲讲礼貌是远远不够的。

儒家的伦理学的原则大多是指导熟人社会的，而我们面临的更多的是生人社会的问题。例如，人们乘计程车，与司机仅一遇，如何相处？夏先生认为关键是"一定要和他站在同一条水平线上，才构成互相为友的基本条件"。他举了好几个例子，很有趣。夏先生认为在此基础上和蔼待人，就不会被人们讨厌，甚至得到人们的喜爱。即使偶遇小愤，也要分清和权衡利害，学会短暂地忍耐，在日常生活中保持快乐。他不仅这样写，也在这样做，所以受到人们的喜爱。记者描写他受到民众欢迎的情景：

> 走在路上的老盖仙真拉风，一会儿计程车司机停车下来大叫："夏教授！"一会儿迎面来个人和他握手；一个小贩试探着问："您，您是老盖仙吧！"后面气喘喘地跑来个初中生怯生生地叫道："夏爷爷！我是您的读者，请给我签个名。"去拿相片，小姐的第一句话是"夏爷爷！您好"。这些人都是盖仙迷，虽然老盖仙一个也不认得，但他仍然和他们高兴地握手、挥手，口中说："您好！一半天儿，再到您那儿坐坐。"您瞧！像不像北平胡同里啊！
>
> ——秦台英《多才多艺的夏元瑜》

真是"但问耕耘，莫问收获"，然而有耕耘，必有收获。

三、老盖仙的幽默特征

1. 屈己下人的态度

老北京人的一个重要的特征就是"温良恭俭让"，其核心就是谦和，能够屈己下人。夏先生开始写作已经年届六十，又是留学生、大学教授，很容易居高临下拍老腔，教训眼下的黄口孺子。可是作为老北京的夏先生不会如此。旧时，即使是七八十岁的老太太，跟十七八岁的小姑娘说话也是一口一个"您"。夏先生的文章许多是以社会批评和文化批评为内容的,不能"口不臧否人物",更不能不"论列是非"。于是先生多以自己取比,调侃自己,首先说自己写作都是混饭吃的,卑之无甚高论,甚至是掺水的文章:

> 我在1968(1978)年3月出了一本《生花笔》,其中有篇《大兴水利》。看了题目好像是篇讨论国家经济的发展的宏文巨制。但是爱护老夫的读者心里有数,知道我绝说不出什么经国济民的大道理来。一定是些街头巷尾的芝麻绿豆的小事。不过用扩大镜头把颗绿豆照出一张放大几百倍的相来,圆圆、光光,闪烁着黄绿的光芒,也许挺好看,能蒙蒙人,使人一时不察,误认为是什么绿珍珠、绿宝石。等您定一定神,仔细一看,原来是用了一颗绿豆在那儿骗人;目的无非博人一笑而已——盖仙之技不过如此。既没有文艺上的价值,也扯不上响应国策。仅是把欢乐带到人间,也算不得心怀巨测。
>
> ——《掺水的行业》

这是老北京的风范,也符合喜剧表演的规则,就是自觉把自己放在低于观众的位置上,让观众有一种优越感,这是构成笑的基础。正像17世纪的英国哲学家霍布斯所说的笑的根源之一"就是突然发现自己的优越"。作者要是高高在上,以教训人口吻说话,人们自然而然会产生斥拒感,怎么能发笑?

2. 正言若反叙述风格

夏先生写到负面的事物时,他不以批评的口吻出之,且看他如何叙述制造假币:

> 今天有些人也有一番爱国的热忱,想帮助台湾银行做点事。也不要他们任何补助,完全自掏腰包,白白地义务劳动。费尽心机代他们印出钞票来,既给银行节省了印刷费,而且事成之后也不居功,连报告台银一声都没有,也算"为善不欲人知"的了。正跟帮助国家的武器生产一般,在家里做手枪一样的义

行可嘉。

这些善行虽不愿人知,可是纸里包不住火。一旦被警方发觉之后,国家也少不得要报答他们一番,请他们到"国立""别墅"里去休息几年,天天免费招待,三餐不缺。四季衣服虽不太考究,可也还过得去。每天也有段活动时间,比古代铸私钱的待遇强多了。

——《印伪钞——为银行白效劳》

叙述中处处是讽刺,但不以带刺的语言出之,好像说平常话,因而越读越觉得可笑。即使是批评,他也以幽默的形式表达,不给人难堪:

人若有名,会的事情也就多了。其实不是他自己会,而是别人认为他会。我也参加过才艺小姐选拔、烹饪比赛,还有一位朋友开"曾德自助火锅城"要我题匾。这倒令我异常得意,因为我的字从小学就得"丙",终生未曾退步。

行文带点自嘲,实际上是批评社会滥捧名人和名人不知自重。

3. 奇异的联想

从思维上来说,要想使人发笑,就要打破思维定式,因为作为审美主体的读者在欣赏文艺作品时,不仅希望有求同性的愉悦,更欢迎那些意外的惊喜。这种联想有如其友杨乃藩所说:"夏先生的第二个本领便是丰富的想象力。这种想象力使他能千变万化,无中生有,化腐朽为神奇,把死的说成活的。这种想象力在他的文章中也处处充斥。由于这种想象力,使他的文章活泼、夸张、奇幻、有趣。一般人写一件事,平铺直叙,搜索枯肠,一二千字已经词穷理拙,到了他手里,就像吹棉花糖一样,摇啊摇的,立刻膨胀起来。而且晶莹剔透,澄澈无瑕,没有一点勉强的痕迹。"(《盖仙之盖》)这样的例子,俯拾皆是,夏先生自称为"盖"就是指由无穷无尽的奇异联想化为滔滔不绝的言说。

《夏文端公访问记》是介绍古代谥法的。古代贵族去世之后有"易名之典",死者为尊,人死后不能再称他本名了,根据死者的生平贡献起个更好的名字称呼他,这就叫"谥"。文中介绍清朝大员死后朝廷赐予谥号的规矩,例如,什么人在谥号中能有"文"字(必须中过进士的)。什么人谥号的第二字有"烈""节""愍"(必须死于国事)等。这上面的文字,从分析幽默角度来看就是制造"思维定式",使读者沿着这个思路思考。此时文章突然一转,说北平某街一所房子上"从天上射下一道红光,于是全巷野狗齐吠,乌鸦齐噪",据王道士说"天上文曲星下降",降到夏善人家为子。当这位"文曲星"年暮之时"谥法之制早随清室而亡。他怕百年之后,到了天上和古圣先贤相见之时,名片上少条谥法的官衔,不大光彩,所以只好自己取了个谥法,叫做夏文端公"。这个"夏文端公"如果说的是作者自己的话,也够奇特的了;但这个"夏文端公"还另有其人,作者要去访问他,这里夏先生把自己一分为二了。什么是"文端公"谥号的本义?"文"字好解释,大学毕业,与过去的"进士出身"相去无几;妙的是关于"端"的释义。古人也有谥"文端"的,但那个"端"是指端直、正直。而"夏文端公"解释他这个"端"第一是"端书",求学时的"端英文"书,"端中文"书,"端五线谱";第二端是到动物园工作,为狮子虎豹"端肉";第三端是结了婚为老婆"端饭""端菜",生了孩子,为孩子"端便盆";第四端是晚年自己的写作。他称这也是"一端而已"。古人说天下文章一大抄,现在连抄都不必,因为有了影印机"印出一叠,端起就走。端回了家,该剪的剪,该添的添,该译的译,拼拼凑凑,洋洋数千字"。最后总结说,有了这个"端",一家人"总算一日三餐碗碗不空,端得起来而已"。这种信马由缰的写法摆脱了散文做法所要求的起承转合等规则,似乎是想到哪里就写到哪里,酷似和老朋友漫无目的的聊天,没有中心主题,七岔八岔,不定说到哪里,从绘画来说是"散点透视"。读者读这样的文章十分轻松,并能领略聊天的快乐。

4. 活泼快乐的叙事风格

联想能力使夏先生的作品洋溢着活泼的、快乐的趣味。他的《鱼乐轩记》是写台风所造成灾害的。房子上面漏水,下面管道出水,屋中主人狼狈可想,可是在作者笔下却充满了童趣。他还很会制造快乐。例如有一次,在京剧演讲会上与名旦顾正秋打对台,顾、夏同时分别在两个场地讲京剧。如果平铺直叙,不会有什么出奇的。而夏先生突加一笔,说自

已很不自信,怕自己的演讲没有人听:

　　她(顾正秋)的号召力当然远过于我,到时她的听众挤满了,而我这儿只来了一个人。我讲好呢,还是不讲好呢?讲吧,万一他去厕所时,我是跟着他讲呢,还是独自在台上傻等着呢?

——《闲居·闲话·闲书》

夏先生凸显自己的尴尬,逗得大家一笑,但这种场景也不是完全不可能的。最近飙红的相声演员郭德纲也说过早时演出也碰到过只有一个观众的尴尬,这个观众的手机响了,他们的演出还得停下来让他接听电话。

从上面所述可见夏元瑜的幽默是平和的、谦逊的,又是冷静的、机智的。老盖仙笔下的光怪陆离是智者眼中的大千世界。作者洞明世事,练达人情,读老盖仙的作品,不仅会笑,更能在笑中引发几许思考。

附:

夏元瑜先生的父亲夏曾佑。他是中国人自著的第一部历史教科书——《中国古代史》的作者。

曾佑(1863—1924)字穗卿,号碎佛,笔名别士,浙江杭县(今杭州)人。光绪十六年(1900)进士,曾官礼部主事,安徽祁门知县。夏曾佑与现代人所共知的名人如梁启超、鲁迅、陈寅恪都有过亲密的交往。夏长于梁启超十余岁,但观念很接近,常常相互争论,交流思想。清末在北京时,有段时间内,夏、梁二人,几乎天天见面,见面就争论。梁启超说"十次有九次我被穗卿屈服,我们大概总得到意见一致"。梁还说"穗卿是我少年做学问最有力的一位导师"。他倡导新学,还与梁启超在上海创办了《时务报》。夏曾佑还是"诗界革命"的倡导者之一。梁启超曾说:"吾尝推公度(黄遵宪)、穗卿(夏曾佑)、观云为近世诗家三杰,此言其理想之深邃阂远也。"然而,此时的"新诗"的"新",虽然大多还只是"颇喜挦撦新名词以自表异",然而,所谓新思想之来,最初就是借了"新名词""新概念"的,只要这些"名词""概念"不填入传统的腐朽思想,早晚会播散

老北京的幽默

169

开的。

进入民国后，夏曾佑在教育部任社会教育司司长，鲁迅是这个司的金事，夏是鲁迅的顶头上司，平常交往很多，《鲁迅日记》中 1913 年 4 月 1 日记载："午后同夏司长、齐寿山、戴芦舲赴前青厂观图书分馆新赁房。"鲁迅不善于与官打交道，但与夏曾佑的关系似乎不错，能够互相交流。夏曾佑是位健谈者（夏元瑜继承了其父的特点），其友黄遵宪有诗赠给夏曾佑说："兼综九流能说佛，旁通四邻善谈天；红灯夜雨围炉话，累我明朝似失眠。"能把学问说得娓娓动听，使听者忘倦，乃至失眠，可见其功力。夏曾佑与鲁迅也很谈得来，曾告诉鲁迅说"宋以前女人尚是奴隶，宋以后男子全为奴隶，而女人乃成物件矣"。显然这个观点是得到鲁迅认同的，此后他也发表过类似的意见。

相对陈寅恪来说夏曾佑属于父执，陈要出国留学时去见夏，夏说，"出国读书是件好事，可以多懂一种语言，多读很多书。不像我自己只懂中文，只能看中文书。中文书都读完了，做学问实在没什么长进"。夏曾佑以读遍中国书自许，其实中国古籍有一二十万种之多，穷毕生致力，也难读遍，这只是说古籍中辗转相抄者多，有新发明者少。

夏曾佑的长子名夏元瑮，中国第一代物理学家。民初蔡元培先生掌教北大时，文科长请的是人所共知的陈独秀，理科长则是很少有人知道夏元瑮。他是最早向人们传授爱因斯坦相对论的学者。

夏曾佑的博学、健谈，追逐新潮，常发惊世骇俗言论的作风在夏元瑜的身上都有反映，我们读他的作品会感到其父对他影响。

知识分子曾经达到的高度

1. 两个"闭门 20 年"

读陈远的描写以往知识分子风貌的《逝者如斯未尝往》,其中有《家学的消亡》一文,文中说到梁启超家族中诸贤的学术成就,提到梁启雄,这让我想到 45 年前读大学时的一件往事。当时正值困难时期,政策比较宽松,不仅 1958 年、1959 年批判过的老专家可以讲课了,而且还常常从外面聘请著名学者专家来校作专题演讲或学术座谈。这使得高校的思想学术活跃起来。一天, 通知说梁启超的弟弟梁启雄来校与同学座谈,这使我们惊异非常。因为那时对我们这些大学生来说维新派代表人物梁启超已经是很遥远的存在了(其间隔着民主革命、新民主主义、社会主义三个历史阶段, 其实梁启超逝世于 1929 年, 距 60 年代不过 30余年),怎么还有弟弟在世呢? 有的老师告诉我们,梁启雄先生是著名的先秦诸子专家,他是我们教务长的岳父,我们才能请到他的。座谈时,我们见到的是一位干瘦的老者,一开始他就说,他自从懂事后,先是跟先兄(指梁启超)闭门读书 20 年,先兄去世后他闭门研究 20 年。后来关于研究心得他也讲了很多,但我只记住了这两个"闭门"的"20 年"("文革"中听说我们那位教务长因为他的岳父向同学宣传"闭门不闻窗外事,一心只读圣贤书"受到批判)。我想知识分子无论是读书、做学问,还是做

171

事情,都离不开专心致志,不能一边念书、研究,一边想着世上的浮华,或者为外界杂音所干扰。这样不仅要"闭门",还要耐得住寂寞,虽不一定非 20 年不可,但确实需要一些较长的时日。20 世纪前 50 年中,虽然社会动乱频仍,乃至"以华北之大,容不下一张书桌"的情况也持续了多年,而且还产生世界少有的"流亡大学"(如西南联大一类),然而许多知识分子仍能在自己的研究领域开宗立派,独领风骚,甚至为世界的学术发展作出贡献,其原因之一就在于他们有"闭门"的定力,而且社会也允许他们"闭门"。

2. 比之世界而无愧的大学与报馆

谈到定力,不由得想到过去有许多杰出的人物,他们一生仿佛就为干一件事来的。如朱生豪就是为翻译莎士比亚剧作而生的,翻译完莎翁全集便身归道山;张季鸾、王芸生好像生来就是为编《大公报》的,他们的人生都因《大公报》而达到顶点。张在抗日战争时去世,受到举国一致哀悼;王芸生除了像张季鸾一样为《大公报》的辉煌而尽力外,50 年代后还为编《大公报》做了 20 多年的检讨。梅贻琦在历史上出现就是为清华服务,直到做校长。从 1931 年临危受命(当时清华已经 11 个月没有校长了)到 1948 年年底去美国做寓公,梅一直做清华校长,而且一心一意,决不分心旁骛。尽管在教育界他久享大名,但他决不会"今天干教育,明天弄政治;干着校长,想着部长"。梅贻琦在美国住了 5 年后,他飞往台湾,用清华基金会的利息办"清华原子科学研究所",后办新竹的清华大学,任校长,直到去世。尽毕生之力他办好了一座大学。

现代社会中,大学与报馆大约是最能测试知识分子水准的标尺了。《逝者如斯未尝往》中谈到了许多大学如清华、北大、燕京等。这些大学为世界、为中国贡献了多少世界级水平的人才,我想关心中国学术史发展的学者心里都有数。谈及大学的成就,人们往往从教授方面考虑得较多,而陈远则比较关注大学的组织者和管理者。如本书着重评介了掌教清华多年的梅贻琦,担任过北大校长的胡适,燕京大学校长、半个中国人半个美国人的司徒雷登等。《大师之道与大学之道》是作者与清华校史专家黄延复的对话。黄延复用"专、大、公、爱"四个字概括梅校长的人格和风范。这"四点"中最重要的是他对学生的爱,把学生看做自己的子弟。清华大学的成功根于他对学生与事业的爱。另外梅的办学理念则是成功的基础。梅贻琦掌管清华，一贯奉行校政公开和教授治校的方针。而他本人始终采取"无为而治""吾从众"的谦逊态度。梅贻琦特别注重教授的聘任，虽然这也是当时办大学者的共识，但唯有梅明确提出了"所谓大学者，非谓有大楼之谓也，有大师之谓也"。清华在聘任教授上是很严格的，兼顾德、学、才。黄延复认为梅所说的"大师"就是古人所说"多才，有善行"的贤者，他说"老一代的清华学人中，大多数属于这样的人"。在这种学术环境下，梅在《大学一解》中对教师与学生传道、授业、解惑形式作了新的解释：

> 古治学子从师受业，谓之"从游"……学校犹水也，师生犹鱼也。大鱼在前，小鱼尾随，是从游也。从游既久，其濡染观摩之效，自不求而至，不为而成。反观今日之师生关系，直一奏技者与看客之关系耳。去从游之意不远哉！……

正是由于梅贻琦有这样胸怀、见识和品格才把清华办成当时一流大学，就是比之于世界，也不遑多让。当时燕京大学也是大学中的佼佼者，只是因为燕京是教会学校，又由于校长司徒雷登在国民党政府即将倒台时做过一任美国驻中国大使，多为人所诟病，近50多年来很少被提及，也掩盖了司徒雷登主持燕京大学时所作出的成绩。这一点在《司徒雷登，燕京大学的灵魂》中有对他有较深入的描写。

民间办报在那个时代更为突出，在那个风雷激荡社会巨变的时代，每个社会运动的发生与发展都有报刊舆论作先导和支持。我国报人在这方面表现与其他国家新闻界比较起来毫不逊色。《申报》《京报》《晨报》等都在相应的历史时期起到了重要作用，《大公报》在八年抗日战争中对推动抗战健康发展，功不可没。1941年5月15日被美国密苏里大学新闻学院评选为外国最佳报纸，并赠与荣誉奖章（这是新闻界重要奖项，此前获得这个奖的只有日本的《朝日新闻》、印度的《泰晤士报》），引起极大的轰动。从这些地方都可以看到过去知识分子曾经达到的高度。

写在历史的边上

——读《中国好人》

本来正襟危坐地读侯家驹先生的《中国经济史》，觉得颇受教益。可是突然感冒了，清鼻涕不停地流，全身酸痛，四肢无力，读书移到床上，可是书却捧不动了。这上下两本的近1000页书是精装的，虽然比不得鲁迅先生70年前所埋怨的重如砖头的"洋装"的《四部备要》，但也端得手软臂酸，只好挑本拿着轻快、内容轻松的书看。于是，选中了这本戋戋一薄册的《中国好人》。

这是一本读史杂文，作者刀尔登。全书由60多篇杂文随笔组成，每篇长也不过2000字，写得轻松，读来惬意，起了很好的休闲作用。更重要的还是见识，谈史如果没有见识，仿佛翻腾旧书库，只是暴土扬尘，白白吃了许多灰土，得不到一点启发心智的文字。而有见识的文字，则能使我们从纷纷扰扰的世相中看出些道道来，活得明白些。本书每每将有见识文字，写得斐然有趣，令读者辗然一笑，颇有早年读钱锺书先生《写在人生边上》的感受。为了说明"余言之不谬"，顺手拈来几段书中的文字：

历史爱好者喜欢的一个题目，是"你最愿意生活在哪个时代"。对这个问题的回答,取决于自己在想象中的身份。要是想当皇帝,清朝最适合你;要是做农民,哪个朝代都差不多。文人喜欢宋朝,士兵怀念晚唐或五代。如果想当宦官呢?这不太像个好志愿,不过,万一有人心怀这样的抱负,我建议他回到明朝。对女性来说呢? 不知道。

——《放纵的权利》

这是作者在评论春秋奇女人夏姬时一开头写下的文字。他在评汉代酷吏严延年时说:

> 假如一个国家,或一个地区,一个盗贼也没有,岂不是政治清明,社会完美,大同盛世、大大同盛世?假如这么想,你就错了。没有罪恶的社会一旦出现,只能有一个原因,那就是作恶能力被统治者独占了。幸运的是,人类的政治还未曾达到过这种极致,尽管有许多次都向当地接近。

——《勿语中尉正承恩》

说到近千年的清官偶像——包拯:

> 读包拯事,总有几个疑惑。一是他为什么鲜有朋友;二是弹劾张方平的上疏为什么没有流传下来;三是他为什么不笑。……最奇异的,是包拯不笑,当时流传的一句话:"包公笑,黄河清。"——包公一笑,比黄河变清还难得。

——《乌畏霜威不敢栖》

谈到党锢之争中的张俭与掌权的宦官作斗争时,因过于矫激,给许多不相干的人们带来灾难:

> 孩子们不知道,好人和坏人在道德上是共同体,彼此需要,相互寄生;也不会知道,好人通常是希望坏人变得更坏的,

最好是坏到透顶，无以复加。如果这些坏人一时未臻极境，那
就推他们一把。

——《使汝为善我为恶》

当然，这样的例子可以举出许多，从中可以看出作者用心在感受历史和
世情。因为当现实一成为历史就好像现实定格为画面，形象虽在，但真
气索然，必须设身处地，用心灵去体会，才能谛听当时人们的心跳。

本书论人论事，多是稍加点染，少有系统的议论，但从中可见作者
独特的视角和眼光。如谈及荀奉倩痴情，言唐宋以前士大夫心目中"没
有'爱情'这一范畴"，当"爱"来临时，"他们不知道自己感情的性质"，只
好归之为"好色"；评论充满了怀疑精神和好奇心的屈原，说他把自己对
天地日月，古往今来种种问题，化为一篇奇诗——《天问》。而"两千年
间的学人，则共同创作了一部'不问'"，来回答屈原；历来赞美朱元璋建
立明朝，说他是"得民心者得天下"，作者认为更合实情的一句话是"得
天下者得民心"……这类行走历史边缘的随意评语很多，很能显示作者
才智。

作者论史有个出发点就是崇尚多元、崇尚人情。社会的生态与大自
然一样，多元才能生气勃勃，这种多元以自然形成的为最佳。记得某作
家描写外蒙草原大自然生物多样性的情景："脚踏上那儿的草地，就会
感到踩在厚厚的一堆活的物质上。要是仔细观察你踩下的那个脚印，在
那么小的面积上，我感觉就能聚集着上百种植物和昆虫。那些丰富的物
种纠缠在一起，生长得又密又厚，几乎就没有重样的。有些蕨类、灌木什
么的，要上百年时间才能形成它们的根系。"这与排列成行的人工的防
护林，绿茸茸的草地，齐整的庄稼不是一回事。社会也是如此。

作者在《一编书是帝王师》中说："如只从前景来看，秦不如六国，汉
不如秦，后面的朝代，出入于五十步与百步之间，而且都不如汉。"有人
或以为这是历史退化论，其实作者是从社会越来越趋向绝对一元来立
论的。春秋以来，士出多门，"关东六国的士人，半独立于行政之外。他们
的出身五花八门，收入来源，各自不同"。他们的思想理念，区别更大，这
样才出现诸子百家之学，才有持各种理念的学者游走四方。秦始皇虽然

用暴力结束了这种局面，实行"以吏为师"，"打破了读书人干禄的常式"，这是一变。此变之后虽然不断排斥和打压除了法家以外的各个学派，但这"反倒可能促出一批自作主张者"。读书人游离于行政体系之外，也不完全是坏事。然而，它存在的时间很短暂，秦亡政息。

汉武帝实施罢黜百家，独尊儒术，实行"以师为吏"，实现了使绅士与儒生合二而一。这更是一大变，此变决定以后两千多年的思想格局。在后人看来，这是最合理不过的事，因为它符合"选贤任能"的正确理念。当这种制度，包括科举制度初传至欧洲时，许多学者大为惊讶，认为中国真了不起，很早就实行了柏拉图所幻想的哲学家治国。人们在赞美它时忽略了由于官员都出于儒生，儒生哪能与哲学家画等号。由于官员的头脑都是用一种材料制成的，社会缺少了差别，没有多元，社会只是循环，很少有异动，并使得"儒家的缺陷，成为全社会的缺陷"。

儒家缺陷最明显的是"对物理世界的知识，几乎没有兴趣，对灵魂的问题也不大关心"。世界上，有两种事物"最值得也最能促使人动脑筋，一个是广不可测的世界，一个是深不可及的内心"。而儒家关心的不出人伦世界。他们重善恶不重是非，甚至用善恶混淆是非；倡导仁，忽视智（道家甚至反智），即使谈"智"，也是去理解"善"的"智"，而非探索未知的智。

如果说，原始儒家思想还有些活络的话，"独尊"以后，越来越僵化。"独尊"实际上害了儒家，这就像没有监督的权力会走上绝对腐化一样，被树为绝对权威的儒家则走向了僵化。当"独尊"的思想权威与人间皇帝权威结合的时候，就发生了一幕充斥笑料的"悲剧"——"王莽革新"。王莽从皇亲、为辅弼，最后篡位做了皇帝，论者每每说他虚伪，所谓"周公恐惧流言后，王莽谦恭未篡时。向使当初身便死，一生真伪复谁知"，说他是个野心家。其实，我赞成刀尔登对王莽的评价，说他是儒生本色，"他当皇帝，一半是迷醉权力，一半还是因为攒了一肚子稀奇古怪的抱负，施展不开，看着刘家的政治不耐烦，忍不住赤膊上阵，先是想当周公，后来就要当尧舜了"。"当皇帝后，他一板一眼，按照儒家思想，托古改制"。王莽当了有绝对权力的皇帝，还是被儒生捧上天的"圣人皇帝"，又一心一意按照圣人遗下的经典去办事。权位、舆论、学理一把抓的王莽,其蓄积的威势,可以想见。他想通过"公田口井"(土地国有),"五均六筦"(政府操作经济),整顿天下,直奔大同,实现儒家的最高理想。结果却是身败名裂,为天下笑。用作者的话说就是"百姓不仁,亦以圣人为刍狗"。可见就是温和、中庸的儒家,坚执其中过度理想化的东西,再用强制的手段去执行,其害不可胜计。儒家创始者谈大同,只是把它作为社会的原始正义坐标来解读,用以批判社会和人性中的种种问题,并作为推行自己价值观——"仁政"(其极限也就是"小康")的思想支撑,并未打算直接去实行,孔孟都是很现实的人。

从这些经验教训来看,作者说的"读书人治理社会,对社会或许不错,对读书人自己就不太妙,长久来看,则对谁都不妙。秦朝以吏为师,自然肤浅,后来的以师为吏,遗患更大"(《以师为吏》)。其原因就在于失去自然、多元,把本来应该是充满创造性的读书人,变成死气沉沉的官僚和官僚的后备军。汉代的察举制度,隋以后的科举制度都是以制度来配合和巩固这个传统的。至今废科举已经一百年了,但历史的惯性仍在起作用。

本来知识应该成为生产力,但过度关注日常伦理,不太关心生产和经济的儒家,很难成为生产和经济的助力。前面说到《中国经济史》,其中谈到"两千年来,中国经济之所以有些微的曲线增长,主要是由于人类求生存的基本动机",实际上"中国自汉武帝以后,其大环境并不适于经济发展,尤以大一统时期为然"。所谓"不适于"包括很多,作为统治意识形态的儒家思想也是。儒家没有为经济的大发展创造条件。这不仅表现在"经济制度的建构与经济政策的制定上",儒家很少作为,更体现在深层次的对未知的探索、对科学技术儒家也少兴趣上。可见治经济史者与读史者对儒家作用得出一致的结论。

审视清代会党泛滥的新角度

——评《兄弟结拜与秘密会党》

一、人口流动带来的社会问题

如果我们暂时超脱一些,想象拔着自己的头发离开了地球,脱离了现实环境。不妨设想自己当了最高统治者,此时你认为处在什么样状态的老百姓最好统治管理? 我会想:第一,人都是单个的,而非抱团的,作为单个人比抱团儿的人好治理。人们把这概括为分而治之。第二,静止的而非流动的,静止不动的人比四处流动的人好管理。如果老百姓都像一棵棵树一样种在地上,平常站在高处检阅一下,良莠自在目下,砍伐莠树,培植良木,十分惬意。仿佛辛稼轩词中写的"老合投闲,天教多事,管领长身十万松"一样,省心省力,又赏心悦目。可惜的是到了 18 世纪,这两项都很难实现了。特别是在东南沿海地区,生存压力与环境的变迁使得一批又一批的老百姓 "抱团儿"(用当时的法律术语说是 "结会树党")向未开发地区、人少地多地区和海外流动,这样才能生存或者说生存得好一点。这种正常的流动是清统治者不愿意看到的,于是统治者与被统治者之间便发生了无穷的争斗。

满清统治者看到"结会树党"就不分青红皂白地予以打压,形诸律例,而且都是重刑,而且动辄"斩立决""绞立决"。皇帝亲自督催(乾隆特

179

别积极,多次惩办打压不力的官员),最终把"兄弟结拜""打压成"活跃的、播散性强大的秘密会党,从而波及南半个中国,并成了清代乾嘉和乾嘉以后最重要的社会问题之一,甚至是清朝灭亡的重要推力。

加拿大学者王大为的《兄弟结拜与秘密会党——一种传统的形成》就用中国东南福建和晚期起义和 18 世纪 80 年代的林爽文起义,说明推动这些武装反抗,并真正能够威胁到清王朝安全的最根本的原因不是社会流动和结会树党以及由此产生的信仰,而是他们的现实生活处境。清统治者认为给他们带来无穷麻烦,因而要竭力打压"结拜""创社树党",并非像他们想象的那样可怕,真正可怕的是统治者自己"与风车作战"式的打压。

二、清统治者恐惧不全是心理变态

作为西方学者的王大为对兄弟结拜这种充满东方人情味的人际结合方式是心存好感的。他认为这种结合只是一种互助方式,如果在一个合理的制度下不会产生暴力,不会危害社会。在书的最后一章里指出,在中国本土以外的东南亚国家的结拜组织所发挥社会政治作用大体是正面的。天地会在海外或称"义兴公司",其宗旨、规则、信仰以及入会仪式完全同于天地会。但它成了凝聚华人的组织。"通过建立寺庙、供奉特定的地方神祇(不准确,主要供奉关帝——泰按)、庆祝农历规定的节日,满足了同一地方移居而来的人们的宗教需要。公司还可以为新来者提供食宿,帮助寻医疗病,有时还免费安葬身故者,传统互助组织的活动,在公司行事中都能找到"。为什么在国内许多"结拜组织"就沦落为"寄生性盗匪"与政治上异端了呢?王大为认为这都是"晚期中华帝国特殊政策的产物"。应该说这是本书论述的精彩之处。

这有助于我们理解为什么大多秘密会党能把"反清复明"的宗旨坚持一二百年而不变(这个宗旨已经与其会众没多大的利害关系了),这就是清政府持续不断地严厉打压的结果。这种打压,等于告诉天地会等秘密组织必须"与我为敌"。是清政府本身为自己制造了一个"永久的"的反对组织,直至清王朝灭亡。

然而"兄弟结拜"也确有令统治者恐惧的因素,清统治者的打压不全是过度敏感。

　　结拜异姓兄弟始见于北朝的《颜氏家训》，但其深入人心乃源于北宋以来"说三分"（《三国志演义》前身）中刘关张"桃园三结义"的故事。江湖艺人创作的这个故事反映了在游民日增的情况下，他们对结合的向往与需求。这个故事为游民和底层民众"干大事"（造反活动）提供了范本。故事中所强调的义气和"不求同年同月同日生，但求同年同月同日死"成了冒险团体联结的纽带；歃血盟誓就是结拜的仪式。后来的底层武装造反活动和带有冒险性的违法犯罪活动都有结拜义兄义弟的问题。梁启超形容清末的形势说"绿林豪杰，遍地皆是。日日有桃园之拜，处处为梁山之盟"。《说唐》中"贾家楼结拜"的四十六友又给群体结拜提供了范式。他们的誓言是"我等四十六人，只因意气相投，于山东济南府贾家楼，歃血为盟，誓结金兰。今后，祸福相共，患难相扶，如有异心，天神共鉴"。这些通俗文学在民间极为流行。闽南一带《说唐》尤为畅行，天地会入门的"三把半香"中的"半把"就是从《说唐》来的。要会众记取秦琼等人结拜不终的教训（老五单雄信不降唐而被杀，在唐的义兄义弟没有竭力救助，或与之同归于尽）。被天地会视为人间乐土的"木杨城"也取之于《说唐》。可见"兄弟结拜"本是游民互相结合闯荡江湖，谋图生存和发展的手段，至于会不会形成一股强大的反社会，乃至反政府的力量，则要看当时形势。不像王大为想象的"兄弟结拜"只是反映了底层民众对互助需求那样简单。

　　当然"桃园三结义"的故事出现后，也影响到其他阶层的人们，效法刘关张。但在明清两代主流社会，特别是上层人士基本上没有用"桃园三结义"互相标榜的，主要还是流行于下层社会和江湖之间。辛亥革命之后，桃园之风再起，连蒋介石、冯玉祥、阎锡山也要换帖结拜为异姓兄弟，以桃园三结义相标榜，这正是他们身上有江湖气的缘故。明白了这一点，对清统治者对歃血为盟、结拜兄弟的敏感就不奇怪了。《大清律》中对歃血订盟焚表，结拜兄弟比照"谋叛未行"进行"严打"。这些律条根本模糊了事实与动机的界限，把"图谋犯罪"，当做犯罪来打击。从中可以感受到清统治者对老百姓抱团儿行为的恐惧。

凡异姓人歃血订盟焚表，结拜弟兄，不分人数多寡，照谋叛未行律、为首者拟绞监候。其无歃血盟誓焚表事情，止结拜弟兄，为首者杖一百。为从者各减一等。（谨案此条雍正三年定）。一、凡异姓人，但有歃血订盟焚表结拜兄弟者，照谋叛未行律、为首者拟绞监候，为从减一等。若聚众至二十人以上，为首者拟绞立决，为从者发云贵两广极边烟瘴充军。其无歃血盟誓焚表事情，止序齿结拜弟兄，聚众至四十人以上，为首者拟绞监候，为从减一等。若年少居首，并非依齿序列，即属匪党渠魁，首犯拟绞立决，为从发云贵两广极边烟瘴充军。如序齿结拜，数在四十人以下。二十人以上，为首者杖一百流三千里。不及二十人者，杖一百枷号两月，为从各减一等。（谨案此条乾隆三十九年改定）[①]

这样过度的打击所起的作用对结拜组织正是起了相反相成的作用。

三、结拜需求与过度敏感

此书主要是以福建省，特别是闽南地区及从这些地方迁台民众结拜为研究对象的。这些地区的人口流动不单纯是因为小农破产或宗法解体导致的，也包括许多求发展而离开故土的移民。这些应该称做经济移民，他们有的挟有家资，与两手空空、四顾茫然的游民不同。

福建是"八山一水一分田"，中唐以来，人口南移，土地日益紧张。宋朝时，福建的溺婴就成为被关注的社会问题（见葛剑雄主编的《中国人口史》第三卷）。到了 18 世纪福建人口密度就到达每平方公里 108.43 人，漳州、泉州分别达到 327.13、317.52 人，远远超过鱼米之乡的湖、广 90.795 人（见葛剑雄《中国人口发展史》）。当时的台湾尚未开发，这里的人们本来就有出洋漂海谋生的传统。台湾自康熙二十二年（1683）归入清版图以后，台湾地广人稀，大批的漳州、泉州的农民渡海谋发展。

那时人们长期生活在宗法网络之中，有家长、族长代表自己，很少

---

① 《钦定大清会典事例卷779·刑部》。

有独立面对社会的机会,因此,宗法人缺少像美国西部牛仔那样单人匹马闯天下的勇气。"在家靠父母,出门靠朋友",人们结伴而行,希图路上有个照应。为了使同行的关系更为牢固,往往就要结拜为义兄义弟。当然这种结拜不仅仅是两三个人,一出海起码是二三十人,一条船上上百人的也不罕见。到了目的地台湾,还要互相依靠,与原住民和先来者争一席之地。他们还把不同族姓的械斗之风也带到台湾。所谓"福建内地以及台湾,械斗之风尤炽",而且往往酿成巨案。当然,这些都不是针对清政府的。可是求平稳的官员对此惊慌失措,大多采取严厉态度。乾隆年间,皇帝刻意求治,特别是乾隆中叶,政尚严苛,往往苛责地方官员镇压不力。于是下面的地方官只得老尺加一,凡有创会树党,无不以"纠众结会、蛊惑乡愚"视之,比照"谋叛未行"治罪。最典型的是父母会,这本来是为年迈父母筹集葬资的组织,乾隆年间被定为"纠众结会"要"从重究惩"。嘉庆间发现欧狼创立父母会,就被"斩立决"。实际上,对台湾民情稍有了解的都不如此看。清政府的学官刘家谋在《观海集》中有诗云:"争将寸草报春晖,海上啼乌作队飞。慷慨更无人赠麦,翻凭百衲共成衣!"自注云:"家贫亲老者,或十人或数十人为一会。遇有大故,同会者酿金为丧葬之资;竞赴其家,助奔走焉:谓之'父母会'。"官修的《澎湖厅志》,"澎人有所谓父母会者,或数人,或数十人,各从其类立约。何人丁忧,则会中人助理丧事,各赙以资,视所约多寡,不得短少;犹睦姻任恤之遗意焉"。后来的连横《雅堂文集》"父母会"条亦云:"家贫亲老,集友十数人为一会。遇有大故,则酿金为丧葬之资,竞赴其家,以助奔走,谓之父母会。亦厚俗也"。从这些资料来看乾嘉时对"父母会"的处理岂不是典型的冤案! 这就是过度敏感所致。

* * * * * *

《兄弟结拜与秘密会党》一书根据当时官方档案所作,言必有据,是其所长;然而关于"兄弟结拜"、天地会的建立,以及当地底层民众与清政府的关系等问题,闽南还有一些遗留文物和口耳相传的信息,作者能到闽南做田野调查便会产生一些不同的想法。

1963—1966 年大陆高校清理"反动学生"事件

建国以来,改革开放以前"反动学生"这个词虽也常见于教育系统的内部通报,但真正作为政治帽子,作为正式处分大学生的一个案由,只实行于 1963 年到 1966 年清理反动学生运动中。到了 1966 年有些特殊,如果是年初划的,并送劳改了,也就是"反动学生"了;如果拖到"文革"起来了,到了 7 月,毛主席下令不许"整学生",说"凡是镇压学生运动的人都没有好下场",并指出北洋军阀镇压、蒋介石镇压学生运动都没有好下场。于是这批"反动学生"也就一风吹了,而此前的"反动学生"依然在劳改场劳动改造,直至 1969 年 1 月 24 日起,被各校陆续派员召回为止,嗣后,有的随 1966—1968 年三届毕业学生分配;有的延宕至 1970 年随 1969 届学生一起分配工作或劳动;有的不幸,再次被戴上帽子驱逐回原籍农村监督劳动(如人民大学的"反动学生")。

一、缘起

1957 年反右之后,掀起社会主义建设高潮,形象些说就是"三面红旗"上马。建设的目的意在推动经济增长,提升国力,"超英赶美",但推动建设的手段仍是"群众运动"和"阶级斗争"并用。群众运动中不积极者,或有怨气者(过大劳动强度①和无报酬的强迫劳动)就被视为阶级敌人的破坏行为。轻者要被群众"辩论"(批斗的另一种表达),重者也有被戴上政治帽子或法办的。通过三年"大干快上",随之而来的是"三年困难时期",全国普遍没饭吃了。饥饿是最教育人的,"假大空"、官话、套话是解决不了肚子问题的。

本来宣称要实现人类最美好的"共产主义天堂",反而滑向了死亡和饥饿的地狱。反差极大,震撼极深。此时本应出现"其咎在谁"的历史追问,由于信息封闭和舆论控制,这种追问并未形成。困居城市的人们,因为情况稍好,不知农村实际情况;困居农村者,缺少表达能力,许多也是"死者长已矣"。但封闭不可能是铁板一块,城乡沟通渠道,没有因为城乡二元的户口制度而彻底隔绝,例如,从农村进城学习的学生、城乡之间有亲戚关系者都会把真实消息传入城市,给人们以震撼。其中受冲击最大的当属没有政治经验,但良知尚未泯灭的学生,最美的理想和最糟糕的现实之间形成巨大的反差,这是为什么?

其次是"反修运动",这要求学生思想来个180度的转弯。自20世纪30年代以来,左派文化界一直宣传苏联是何等的美好,简直就是人间天堂。五六十年代的学生都是在俄苏文化哺育下成长起来的。那时提起"世界"就是苏联,提起奋斗目标就是"苏联的今天是我们的明天";提起真善美,就是俄苏文化中的文学艺术……许多中学生都有固定的苏联学生作为笔友。1959年以前,谁要是对俄苏有句负面评论,最轻也要划右派、受批判。怎么能想象突然有一天,苏联变修,成为比帝国主义还要坏的"社会帝国主义",这不是与蒋介石所说"赤色帝国主义对中国威胁更大"出于一辙吗?

这是政治和社会背景对青年学生思想的冲击。另外1960年年末至1962年下半年,因为经济困难,政治控制相对缓和,文化上也相对开放,上演了一些"大、洋、古"作品,开放了一些欧美(拉丁美洲)电影,这些作品中的人道主义对青年有所影响,特别是文科学生。

---

① 当时有个笑话说,某位老农连干了几昼夜的活不能休息,疲惫不堪。他说:"人们老说'放卫星、放卫星'(1957年苏联在世界上首放卫星,后遂把一切破纪录的行为都称做'放卫星')的,我不知道是什么意思,现在明白了,就是一连几宿不让睡觉啊!"

由于吃不饱,高校也不搞运动了,斗争也少了。校方为了安定学生的思想情绪,强调"劳逸结合""保持热量",倡导多睡觉、少读书。这样,自 1957 年以来那种人人自危的氛围淡漠了,出现了后来校方所说的"自由化倾向"(他们不懂得人本来就应该这样生活),有的高校还发生了"选举问题"(同学们不愿意选由系总支安排的人)。

1962 年下半年,经济好转,北戴河会议上毛泽东强调"千万不要忘记阶级与阶级斗争",后来农村的"四清"和城市的"五反"都是贯彻这一方针的表现,于是,也开始关注学生领域的问题。

整"反动学生"始于 1963 年暑假的北京高校毕业生毕业鉴定时。据 1963 年河北北京师院数学系毕业生朱志曾先生回忆,毕业前,学校要求每个人都写自我鉴定(政治性的),然后集体讨论通过才能毕业。在写鉴定之前,校方传达了北京市委大学工作部和北京高教局的文件。文件说在北京高教领域存在着尖锐的阶级斗争,毕业生中就有阶级敌人,并公布了一些案例。有北大的"反动小集团"案,科技大的"叛国投敌"案等,给人印象最深的是北京地质学院尚育森投书中央广播电台 "驳斥国际共产主义运动总路线"案[①]。1963 年 6 月 14 日,《关于国际共产主义运动总路线的建议》(简称"二十五条")发表,广播电台日夜广播,声势很大,北京地质学院物理勘探专业的尚育森是个山东汉子,对"二十五条"有异议,马上给中央人民广播电台写了一封据说有 7000 字的信,要求在反修防修问题上公开辩论,结果被定为北京的第一个"反动学生"。

此事被北京市委书记彭真报告给了毛泽东,1963 年 7 月下发了《中共中央、国务院关于高等学校应届毕业生中政治上反动的学生处理通知》(见国家教育委员会编:《高等学校学籍管理文件汇编:1950—1987》)。毛泽东的批示,指出这类现象所在多有,这是一批极右分子。文件说,"据北京市反映,今年高等学校应届毕业生中,有极少数政治上反动的学生……其对我的猖狂进攻的程度已经相当甚至超过反右斗争中

---

① 《关于国际共产主义运动总路线的建议》是中国共产党中央委员会对苏联共产党中央委员会1963年3月30日来信的复信(1963年6月14日)。全面阐述了中共中央对国际共产主义运动的主张,是反对"现代修正主义"的一个重要的文件,也是邓小平所率领的中共代表团到莫斯科与苏共中央谈判所依据的纲领。发表于1963年6月14日。

的极右分子"，"北京市的高等院校有这样的情况，全国高等院校，也必然同样有这种情况。对这一小撮政治反动的学生，必须抓紧时机，通过揭露与批判，对他们进行严肃认真的处理"。根据这个文件的精神，教育部经国务院文教办批准制定了《关于高等学校应届毕业生中政治上反动的学生在劳动教养或劳动考察期间的试行管理办法》。于是从 1963 年暑期前起，在全国大专院校中清理"反动学生"。第一批"反动学生"被清理出来了，计有尚育森、朱志曾、李明昌（河北北京师院）以及北大的吴启元、仇铁保，科技大的马家骅等。于 1964 年送往红星农场劳动改造。

二、铺开

处理"反动学生"的文件在 1963 年暑假就已形成，但据我所知，除北京外，其他各个省市没有马上按照这个文件清理和处理"反动学生"。大约是学生在文件下发后都已分配完毕，已经离开学校，不好追回来重作一次鉴定。

到了 1964 年，毕业前阶级斗争已经搞得轰轰烈烈了。从 1963 年 3 月 5 日为标志的"学习雷锋运动"就拉开了在学生中大搞阶级斗争的序幕，先是"学雷锋，做好事"（现在许多人认为"学雷锋"就是"做好事"，其实目的在于抓阶级斗争），跟着就是照着《雷锋日记》中的精神搞"青年学生的思想阵地，无产阶级不去占领，资产阶级就去占领"，"忆苦思甜"等一系列的阶级斗争教育，并要求学生们联系实际，人人过关。"三年困难时期"校方允许甚至倡导的东西（如保持热量，劳逸结合，展开文娱活动如跳舞等）都是资产阶级思想的泛滥，动员学生自我检查提高。北京师院化学系还揪出学生于某作为"反动学生"的样板，并被送至劳改局农场劳动改造（1999 年我碰到该同学才得知他劳动教养后又在劳改农场就业了十多年）。1964 届学生毕业之前，学校的气氛已经很紧张了，"山雨欲来风满楼"，这是政治运动之前必然要酝酿的一种氛围。

1964 年清理"反动学生"是全国性的（包括上海、广东、广西、四川、河南、河北、安徽等省、区、市）。我亲身经历过北京清理"反动学生"的运动，仅就北京各高校的清理"反动学生"运动的过程作些说明。

我所在的北京师范学院(现名首都师范大学)中文系自 1964 年的新学期伊始就提出 1962 年下半年班级"选举问题",认为那就是阶级斗争,于是,在学生中秘密搞"左、中、右"分类排队,内定打击对象,利用毕业前学生对日后命运的关注,制造人人自危的氛围,有目的地找一些学生回忆既往、制作有关同学的言论材料,定出打击重点。其中断章取义、移花接木成为普遍现象。这立即引起骚动,被列入黑名单者立即陷入无人答理和暗中有人监视的孤立窘态。

7 月中旬鉴定开始,斗争的势态已经造得很足。几乎每个同学的检查都从阶级斗争的高度来分析认识,包括回国不久的华侨(20 世纪 50 年代末印尼排华,许多华侨回国读书,我所在班有二三十名华侨)。如喜欢唱《外国名歌 200 首》、穿花衣服等都被视为资产阶级思想的表现。检查先要在小组里通过,最后由"系总支"拍板。其次序是先易后难,"思想进步"的同学(依靠对象)放在前面,很快通过,轻装上阵;问题多的放在后面,要反复地揭发批判,弄清每一个学生的思想面貌。其关键是对"三面红旗"和"反修斗争"态度。北京市委大学工作部的吴子牧在 1964 年 7 月 18 日对各高校党委等讲如何作"毕业鉴定"时,特别强调要关注学生的"政治立场"。他的讲话里透露出当时搜集了不少学生"反动思想内部掌握的材料"。这些材料有的是"采用保卫手段获得的,这种他不谈,我们也不动他。把内部得到的材料暗挂,作为认识材料转过去";另外还有一种是"有关人检举,这要拿出来,他将来要对证也不害怕。这暗挂就不对了"(见北京档案局开放的 20 世纪 50 年代至 60 年代北京市委大学工作部工作档案)。这份档案还附了一份"检举材料",即北大数学系1964 届某毕业生给东北工学院同学的一封信。东北同学的母亲在沈阳军区某少校家做保姆,东北同学到少校家去玩,不慎把这封信遗落在少校家,被少校的妻子看到了,"认为其中有些话与我们时代不相称,带有反动性"。少校看了也认为"作为党培养了十几年的大学毕业生,青年一代,还有这样严重的个人主义打算(如信中提到要报考研究生)"。于是他写了"检举信"和这位毕业生的信一块儿寄到北京市委。其实那封信只提到如果分配的工作不适合的话,可以工作两年后考研究生。考前要"千方百计做好准备,这次要来个稳当的考取"。这就是被视为有"反动性的话"，由此可见当时社会风气。

7月底，每个同学都轮流检查了一遍，大多通过，每组都有一两个通过特别困难的，这就要经过反复揭发批判，反复地认罪检查，痛哭流涕，勉强通过。我也检查了两三小时，最后是小组不予置评，不说不通过，也不说通过，令我十分惊异。考虑自己的状况，自觉不会顺利通过，我作了遇到麻烦的准备，没有想到"麻烦"没来，这就像笑话中说的那只应该落下来的靴子没有落下来一样，令人惴惴不安。更令我没想到的是两天之后，在礼堂开会，总支书记宣布，毕业鉴定胜利结束，从现在开始转入对敌斗争阶段，也就是清理"反动学生"阶段。接着宣读上面说过的"清理反动学生"的文件，还宣布了划"反动学生"的"标准"，主要是对"党的领导、党的政策和社会主义有攻击性的言论"，对"三面红旗"和"反修斗争"有不满。

这样没通过的同学自然被视为"反动学生"的候选者。中文系有十来人，其中我属于最严重的，因为我的鉴定还没有进入讨论阶段。果不其然，大会后，就勒令我单独交代，派同学监视行动，不得擅自出入校门。经过一切政治运动都必须有的程序：自己交代，群众揭发，写认罪书，自我批判，最后宣布为"反动学生"，给予劳动考察3年的处分。全系、全院公开划为"反动学生"的只有我一个。程序少了一项，就是没有让我看"定案材料"，更没有签字。这个案件始终是一笔糊涂账。中文系4个班，每个班还各有2个内定"反动学生"，这些人虽然都分配了工作，但"问题"写在档案里，"文革"中受到了更大的冲击。

定"反动学生"后，不能毕业，只发生活费(每月28元)，先是在学院参加劳动，1965年1月4日被发往北京南口农场二分场劳动改造。

此后3年，共清理3次，来南口61人，分属27个院校，年龄均在22~28岁之间，只有3人30出头。1966年各院校在"文革"初期揪出的"反动学生"被毛泽东一风吹了，高等院校党委以及后来派去的工作组都被打倒，这一清理运动才告终止。

1963—1965年北京市清理出"反动学生"的大专院校有：

北京大学、中国科学技术大学、中央戏剧学院、中央财政金融学院、中央工艺美术学院、中国人民大学、北京航空学院、北京钢铁学院、北京外国语学院、北京邮电学院、北京铁道学院、北京农业机械化学院、北京农业大学、北京矿业学院、北京铁道学院、北京地质学院、北京化工学院、北京林业学院、北京外贸学院、中央民族学院、北京建筑工业学院、北京电力学院、北京电影学院、北京师范大学、北京师范学院、河北北京师范学院、北京师范专科学校。北京石油学院清理出的"反动学生",遣送的车辆到达后,才知道已改送大庆油田"劳动考察",当时大庆油田开发急缺技术人才,没有送到南口来。

这几乎囊括了当时北京所有的有影响的高等院校,最奇怪和突出的是没有清华大学的学生。传说是兼任该校校长的高教部部长蒋南翔,事先知道了(并不赞成在高校中搞)要清理"反动学生",在中央文件下达前把学生放走分配了;另一种说法是他搞过学生运动,对异类学生有一种本能的同情,所以放学生一马。不管原因如何,"文化大革命"中这又成为了他的一条罪状——包庇"反动学生"。

三、"罪行"

清理"反动学生"的文件说这些学生"其对我的猖狂进攻的程度已经相当甚至超过反右斗争中的极右分子"是不公正的。除了个别公开上书的以外,绝大多数都是二三知己平常闲聊中揭发出来的,所谓"捡鸡毛凑掸子"。或在清理思想时,诱导学生自己主动谈出来,或互相揭发出来的,有的甚至是根据本人日记(正常的社会里这种做法本身就是犯罪),或亲朋好友的写信请求学校对该学生帮助时而发掘出来的。这与反右时鸣放会上发言,或贴大字报而被抓住的问题是有差别的。也就是说这些言论不管正确与否都呈现于个人私生活中,这与在公共空间的表达有根本的区别。大多数只是与当局想法不同,这是因思想获罪的典型。

这些"反动学生"究竟如何"反动",究竟犯了什么法,被认定的是什么罪行呢? 大概分以下几个方面:

1. 关于反修防修

1961 年 10 月苏共召开二十二大、中苏分歧公开化,经毛泽东等中央政治局领导亲自修改定稿,先是发表了《陶里亚蒂同志和我们的分歧》等七篇反修文章,举起了国际反修的大旗。后来,为了批判苏共中央1963年7月14日《给苏联全体共产党员的公开信》,由《人民日报》《红旗》编写了九篇评论,批判苏共的"修正主义"观点,简称"九评"。"九评"涉及问题极多,如对其中任何问题有不同看法,都被视为弥天大罪。其中最为敏感的是"三和两全(和平过渡、和平共处、和平竞赛;全民党、全民国家)"问题,以及知识分子改造问题和要防止在青年学生中出现"修正主义苗子"问题。

2. 关于"三面红旗"问题

A. 总路线:"鼓足干劲,力争上游,多快好省地建设社会主义"。从文字上看好像它没有什么问题,可是一实行起来,其弊不可胜言。因为其核心是"大跃进"。

B. 大跃进:不顾实际,各种行业都要求大跃进,甚至连搞创作,都限定一年内要出几个李白、杜甫层级的诗人,曹雪芹、鲁迅层级的作家。大炼钢铁,连宋庆龄女士,也在花园里搭建了一座"小土炉"(土法炼钢炉),并把她土法炼钢的照片发表在《人民画报》封面上。农村落实毛泽东提出的"水肥土种,密保管工"农业"八字宪法",村村搞水利,积肥要拆了农民的房子,挖取墙角的陈土(狗等动物,有墙角撒尿的习性),搞密植,密到学童可以睡在麦秆上,麦秆不倒。《人民日报》(1958年9月18日)竟登载广西环江县红旗公社试验田亩产中稻13.0434万斤10两3钱,深翻土地竟然要掘地三尺,要亩产小麦120万斤(见1958年9月1日《人民日报》的特约记者康濯报道:《徐水人民真伟大,亩产百万创神话》——节选自《徐水人民公社颂》)。乃至产生了粮食多了怎么办的问题……大家以正常人的心态试想一下,这不是精神病吗?"大跃进"促成大倒退。劳民伤财,破坏资源。

C. 人民公社:生产关系超越了生产力的发展。大刮浮夸风、共产风,一平二调,在农村大办食堂,导致农村饿死数千万人,饿殍遍野。有些农村来的同学谈及此问题,一般都要被批判。

3. 为1957年右派分子鸣冤叫屈

1957年把许多杰出的知识分子划作右派,其中的许多人是有著作的,他们的文化影响还在,如果对他们的处境表示同情,则被视为反动。

4. 同情彭德怀的处境,赞成其观点

彭在庐山的表现及其观点在报章上被公开批判,广为人知。人民拥护他敢说真话,为百姓着想。这种思想在青年学生中反映更为强烈。

5. 反对个人迷信呼吁民主自由

以上所谓"罪行"大多只有思想和私下言论,以言论和思想定罪,已属违宪,而许多"言论",其实什么也算不上,如有人被搜罗到"马列主义吃窝头,修正主义吃面包"的俏皮话就被"上纲"为"恶毒攻击社会主义,吹捧修正主义"。另外还有四名 1957 年右派学生(北师大萧书长、陈寿康,北京农大张慎行,北大张世林),完全是为了凑数又被打成了"反动学生"。

四、处理

"反动学生"被定性为敌我矛盾,按人民内部矛盾处理,分别被判劳动考察两年或三年(发生活费 28 元)、劳动教养两年或三年(发生活费 23 元),考察与教养除生活费的些许差别外,其他待遇完全相同。

从 1965 年元月 3 日起(1963 级 3 日,1964 级 4 日到),北京各高校的"反动学生"都被送到北京南口农场二分场集中管理。当时北京市委大学部劳动生产处(由高教局参与管理)在二分场有劳动据点,称"高校大队",是市委为了防修反修需要,率先在高教系统搞的劳改基地(与"文革""五七干校"类似),专门安排市属高校教职工下放劳动,有劳动锻炼的,也包括有各种问题的。"反动学生"在组织上属高校大队,但不归它管理,另设"反动学生"管理组管理。管理组由相关的高校派出的保卫、后勤和政工人员组成,受市委大学部和市高教局共同领导。参与管理组的前后计有北大、矿业学院、中国科技大学三校,高教局也有临时派员。一般是三人,也有一人的时候。前后共九人。

管理组管理"反动学生"的方法与通行的社会控制是一个路数。首先是认为凡有人群的地方都有"左、中、右"(所谓"左"就是与当局一致,或假装一致;所谓"右"就是与当局不一致,或不屑于表达"一致"或"不一致"),管理组把这些人分类排队,制造差别,让其内部自我消解反管理的力量。在管理组看来,虽然都是"反动学生",但为了管理就要把他

们分成"积极改造的""一般的"和"反改造的"。政治面目分理清了,第二步就是用"阶级斗争"的办法促进改造。其方法是依靠积极的,团结一般,打击反改造的。为了做到这些,还要人们互相监督,揭发举报。人性的弱点就是打击即来,谁都想承受最小的,于是都想挤入"积极改造"行列,至少也要列入"一般",不要陷入"反改造"。所谓"积极"要付出人格的代价,给自己增加许多痛苦,给管理组带来许多方便。

管理组人员都是临时的,有时要换,于是对谁是"改造好的"就有不同的认识,常常前一拨认为是"积极改造",后一拨认为是"反改造",翻云覆雨,打击面越来越大,人们逐渐觉醒。

"改造"是极残酷的,有的地方比监狱有过之无不及,特别是"文革"时期。本来"反动学生"是处理过的了,问题清楚,用当时的话说是"死老虎"一类,可是南口期间,经常有针对反动学生的批斗会。所谓"批斗"许多是手口并用,打人、打伤人的现象屡屡出现。特别是没问题的同学,问题越轻,或被冤枉的人们,在劳改场所中是最倒霉的。因为一被处理,管理人员就认为是板上钉钉的,你不承认,就是不认罪,就是搞翻案,就是向党进攻。在"坦白从宽,抗拒从严"的原则下,就要受到更严厉的打击。管理组在"文革"中几乎不受任何级组织的领导,不对任何人负责,他们凭个人好恶,想怎么干就怎么干。他们伙同农场职工以莫须有的问题殴打"反动学生"(几乎打死)的现象也出现了数次。至于批斗会上辱骂、殴打、挂牌子,会后不让睡觉,给同学身体和心灵上造成严重的摧残。

最悖论的改造目标的设定。因为政策是"给出路的",所以目标是做"新人"。什么样的新人?监狱对罪犯的要求是做"自食其力的新人";在南口时正赶上反修高潮,学习"九评"。这也是我们改造学习的重点。文章中有培养无产阶级革命事业接班人的五条标准,这本是对接掌国家大权"无产阶级政治家"的要求,包括"要是真正的马列主义者,要是全心全意为中国人民和世界上绝大多数人民服务的政治家,要能团结大多数人,要能自我批评"等。这与普通百姓都没有什么关系,却让"反动学生"要以这些标准要求自己,当时上下都不觉得荒诞,以为当时的学生许多就达到这个标准了,"反动学生"也要做到这些才算改造好。

1965年年底,建筑工程学院的解基伏因为表现好,处分也最轻(考察两年),提前解除处分。1966年5月份解除了一批两年到期和改造较好(认罪好、服罪好、劳动好)的"反动学生"的处分,计有马家骅、赵冠芳等15人(这些人在"文革"中再次受到冲击和迫害)。

"文革"开始前,又在"反动学生"中揪出曹天予(北大哲学系)和贾玉珊(北京师专物理科)二人,以"反改造"和"叛国罪"交由公安部门处理。曹、贾二人原处理方案是劳动教养三年,属于最严重的处分。当时北京市委已经面临垮台,其下面的各级机关争相表现自己的"左",因此"升级"处理曹、贾。其实曹、贾二人,并未增加处分年限,只是由"高教局"转为"公安局"了。曹天予转到公安局后,到期就解除了劳动教养,反而比高教局管的"反动学生"走得更早一些。

"文革"中,许多"反动学生"处分已经过期或到期,然而他们不仅没有被解除处分,反而又被剥夺了人身自由,断绝了与外界的一切联系,来往书信要经检查,不得外出,每日强劳最多至12小时。1966年8月18日,毛泽东在天安门第一次接见百万红卫兵,鼓励"要武嘛"后,于是8月26日反动学生被剃头、挂牌、游场、殴打,受尽了一切非人的折磨和污辱,以致酿成自杀、他杀的悲剧。

这些无辜的学生直到1969年1月,也就是说在超期一至两年以后,才由北京市革委会下令将所有学生遣送回各自院校处理,由于无章可循,各院校的处理更是随心所欲,五花八门。部分分配工作,但并未平反,属戴帽监督使用,相当一部分学生继续受到非人的迫害,有的在校作为活靶子继续批斗,有的遣返原籍按四类分子处理,有的重复判刑、拘禁,有的流离失所下落不明。

五、改正

1976年7月26日,我又因为"恶毒攻击无产阶级司令部、诬蔑无产阶级'文化大革命'和批林批孔运动",被判有期徒刑13年,1978年10月北京"中法"又认为我的问题是针对"四人帮"的,撤销原判,予以平反。出狱后,我想当初法院重判就与"反动学生"案有关,于是找师院,师院很快作出反应,1979年3月予以改正。

此年4月南口同学来找,我们酝酿找高教部,要为全体被冤枉的

"反动学生"平反。7月原北京航空学院平乃彬来京商量此事。8月我们先找了原北京高教局局长魏明（任北京体委主任）。他明确表态四点：1.此事（"反动学生"问题）已应不复存在；2.工龄应该算；3.我们来晚了，应该早来；4.写个材料给他，由他转给蒋南翔。见面时，魏明表示了对尚育森的赞许，说他有先见之明。并且提醒，不要参加北京的上访人员队伍。

1979年9月1日，平乃彬找到魏明，魏明告知：材料已经送给蒋南翔，蒋南翔表态了："应该解决。"当年他（蒋南翔）就不同意，是陆定一提出来的，陆定一现在已经后悔。魏明说："你们可以去见见蒋部长。"午后，平乃彬与王学泰、曹天予等到大木仓教育部。接待我们的蒋南翔的老秘书叫张鸿治。张很热情，说"我也才从干校回来，我们是一条沟壕里的战友"。他承诺：1.由他将材料（我们的反映材料）从蒋部长处要来，由蒋批示后去办；2.由他与学生司联系，要学生司向各学校打招呼，抓紧解决（不要等文件）。1979年9月13日，平乃彬、王学泰、曹天予三人去教育部，到学生司。接待人张均时司长，谈了一会，被介绍到学籍管理处，张德庭处长和任姓工作人员两人接待，他直接经手此事，才从安徽调查回来。那里的"反动学生"（上海遣送的）衣衫褴褛，陷入无人管理、流浪街头的境地，要赶快将他们救出来（上海没有落实，因为没有文件）。北京还算是好的，多数已经解决生活问题。他们已经将报告送了上去，他们支持解决，教育部意见一致。总的思想是先参照中央关于右派改正的文件思路给予解决，可以不必报送书记处，目的是快速救人。要直接否定中宣部和北京市委当年关于清理"反动学生"的文件，教育部就必须报书记处了（以上过程引用平乃彬当日所记的日记）。从上述可见刚粉碎"四人帮"时的社会氛围。

六、重聚

经过40多年的反思，事实证明，这些学生不但无罪，而且都是当时的热血青年，如今，他们在各个领域为国家、人民作出卓越的贡献。

2007年4月10日，他们在北京重新聚首，可惜只联系上27人，都已是白发苍苍、花甲之年，有的已经故去（那位投书中央人民广播电台的尚育森已去世,这里谨表悼念),有的已病痛致残,一人失踪,这些人依然思想锐利,锋芒不减当年,他们来到劳改过的南口农场,触景生情,或慷慨激昂,或痛哭失声……历史开了一个巨大的残忍的玩笑!

希望后人不要忘记这惨痛的一幕,应该把这一切记录下来,告知后人,曾经有这样一批青年学生,走过这样一段路。

历史不应忘记!应该时刻给人们敲响警钟!

* * * *

为什么半个世纪了重提此事?

一、事情过去这么久了,人们对它一无所知,甚至研究新中国政治运动史的人们都不知道有这次运动。当时划为"反动学生"的,现在大多已经垂垂老矣,再不形诸文字,将被人们遗忘。写此文,意在保存历史。

二、这是一次专门以青年学生为打击对象的运动,虽然,整胡风、反右都有青年学生被列为打击对象,像林昭那样的"右派学生"甚至被残酷处死,但学生毕竟只属于被打击的一部分,整个运动的目的也不在于打击学生。而"反动学生"一案,目的就是打击学生中的异类,从而恫吓那些思想活跃、有积极追求的广大青年学生。青年学生是国家的未来,这场运动是对青年的伤害,更是对国家进步的伤害,历史学家会有公允的判断的。

三、再不要搞"以言治罪"了,特别是不要对青年和学生搞"以言治罪"了。他们是民族、国家的未来。

案:此文写作咨询了郭宝昌先生(1964 年电影学院导演系)、平乃彬先生(1964 年北京航空学院发动机系)、朱志曾先生(1963 年北京师范学院数学系)、马家骅先生(1963 年中国科技大学核物理系),郭宝昌先生提出修改意见(本文吸纳了他的许多意见),平乃彬先生对此文作了修订。这里一并致谢。

王学泰 于 2008 年 6 月 9 日

续"洗澡"

一

《万象》2009 年第二期有篇《洗澡》,记录和描写作者青少年洗澡时的种种趣事,很有意思,也激起我许多回忆。该文标明的是"提前怀旧",看来作者比我年轻,我已经到了该怀旧的年龄了,所以这篇小文就是确确实实的"怀旧"了。

我原籍山西,生在北京;父亲则是生在山西,16 岁才到北京谋生的。五六十年前的北京人嘲笑山西人说,你们一辈子就洗三回澡:生下来一回,娶媳妇一回,死的时候一回。不过我父亲不是典型的山西人,他爱洗澡,没事儿的时候就泡澡堂子,我也从小就跟着父亲到过许多澡堂子,使我也养成泡澡堂子的习惯,一直泡到老式澡堂消失了为止。

记忆中保留的最早的进澡堂的经历却不是跟父亲洗澡,而是母亲带着我去洗。那时只有三四岁,母亲常带我到北平唯一纯粹女澡堂(20世纪 40 年代,北平有些男澡堂带有"女部")——润身女澡堂去洗澡。润身在大栅栏西面的李铁拐斜街,正对着石头胡同北口。那是个小巧清雅干净的澡堂,结了婚的、有些身份的妇女爱到这里来洗(很少听说未婚的姑娘到外面去洗澡的)。这个澡堂都是一小间一小间的盆堂,小房子分为里外两半,澡盆在里间,外面是休息室。母亲先给我洗完,帮我穿好衣服后,放我到外面跟茶房姑姑、姐姐玩(老北京对年长女性,没结婚的称姑或姐,结了婚的称婶婶、大妈之类;"阿姨"之类称呼是与共产党一起进京的)。那时服务业的服务员,因行业不同各有称呼,如澡堂、旅店的就叫"茶房";饭馆的叫"跑堂的"。润身的女茶房看来很清闲,常拿我开玩笑说:"你都大小伙子了,怎么还到我们女澡堂洗澡呀!"逗得大家哄堂大笑。记得4岁时要上幼儿园了,妈妈领着我在润身洗了澡,理了发,头发吹得很有型,出门就在石头胡同里的大北照相馆照了相("大北"50年代搬到前门)。回来后在润身的大堂等候妈妈洗澡的时候,因为刚照完相,衣履俨然,这些女茶房更笑我了,这是个大男人了,以后不许登门了。我也很害臊,后来坚决不再跟母亲去洗澡了。

跟父亲去得最多的是观音寺街沂园,它在我心目中很大、很宽阔。两层楼,可容一百多人。硕大房子里除了茶房外一律都是赤身裸体,披着雪白的毛巾,熟人见了面,或抱拳,或打千(旗人礼节,一腿前迈一步,一腿屈膝),显得有些滑稽。20世纪80年代初,有一次在交道口浴池洗澡,休息的时候,遇见一位"遗老"。这位"遗老"刚出池子,围着大毛巾,突然碰到他的老亲,急忙打千问好(那时还没有流行辫子戏),毛巾差点掉下。周围的人都乐,有个老服务员点着头啧啧称赞"您看,人家多边饰(好看、尺寸合适)"。

1947—1949年这两三年中,父亲常带我去沂园洗澡。为什么偏到这里呢?因为它的对面就是娱乐场所——紫竹林舞厅。虽然叫"舞厅",我的印象里就是一个小戏院,正中有座小舞台,整天演杂耍。现在北京没有"杂耍"这个名目了,其实"杂耍"就是部分杂技(如变戏法、耍叉等)加上部分曲艺(如相声、大鼓等)。常连安带领的"常家班"就在紫竹林演过相声和一些滑稽小戏,如《一碗饭》《打面缸》等。小蘑菇和他著名的讽刺日本人"强化治安运动"的节目《牙粉袋》在我很小的时候就耳熟能详。父亲很爱到这里玩,后来又在舞厅里入了点股,开了个小卖部,跑得更勤了,沂园仿佛成了他歇歇腿的地方。

到了沂园,父亲给我洗完澡,把我往澡堂子一放,托茶房替他看着。他就走了,或到紫竹林看杂耍,或看看小卖部的生意,或找朋友打麻将(沂园澡堂本身也有麻将室),一走就是半天。我在沂园里睡觉,或找本小人书看,中午饿了,茶房叫些外卖如包子、饺子之类来吃。因此很小我就熟悉了澡堂的气味、氛围、环境。

建国前,在北平经营洗澡业和煤炭行业的大多是河北定兴人。定兴人说话每句尾,多作上声,向上一挑,很有音乐感。澡堂子外面有人找洗澡的客人时,定兴茶房站在澡堂入口处,拉着长声喊道:"××爷,外面有人找——""找"音高扬,很有特色,北京小孩很爱学他们说话。澡堂的茶房只管饭,没有工资,其收入,全靠小费,有时无良资本家还要七扣八扣,损人肥己。洗澡的以熟客为多,那时好的服务员(饭馆跑堂的、澡堂的茶房)能够拢住许多熟客。客人走时如果消费了8角,往往就给1元,说一声"不用找了"。负责这位客人的茶房就要操着悦耳的定兴味的京腔说:"李三爷赏一块——洗澡三毛、搓澡三毛、捏脚两毛,小费两毛——"音一落尾,不论在哪个角落干活的茶房,都要放下手中的活,挺直了腰高唱:"谢——"

"捏脚"这个行当50年前很活跃,现在没了。那时北京人称脚癣为"脚气",患者在澡堂用热水烫完后还觉得不解气,这就要请"捏脚"师傅来"捏"。这也是一门技术,捏脚的,垫着一块白布,在顾客十个脚趾之间捏来捏去,使患脚癣者舒服无比。准确地说要捏出血筋来,又不使脚破;解痒解得到位,但又不让顾客感到疼。当然,这治不了癣,有的还会感染扩散,下次洗澡还得去捏。有的捏上了瘾,天天洗澡,天天捏脚,一天不捏脚,就痒得无法入睡,自己把脚趾捏断了,也不管用。

男澡堂大体分盆堂和池堂。盆堂中高级一些,如往澡盆中洒些香水,休息室中有插花的,有地毯的,躺着的是席梦思床,这就称之为"官堂"或"高级官堂"。价钱自然就贵。真正的老北京即使有钱也不洗"盆堂",更不洗"官堂",除非招待外地来京的朋友,借洗澡的机会聊聊天。

老北京也有不少外表中式,内装修西式的院落(东城一带尤多)。这种房子有自备锅炉,也有暖气、浴室,一年四季在家里也能洗澡,但主人如果是北京人(如京剧名角)还要去澡堂子,去泡大池子。为什么?就是追求大池子的氛围,这不是小小的"盆堂"能够提供的。其一大池子中水汽弥漫,与现在的桑拿类似,一进池堂,通体温暖,毛孔贲张,一会儿就会汗津津的了;盆堂要造成这种氛围,需要在澡盆中放满热水,并等上半小时以后。而且小小的盆堂浴室中，水汽弥漫的效果形成之后，又显得憋气了，不如大池子舒服。其二，池子水多宽大，洗浴者人池之后，可以将全身放松，腿可以不打弯儿地任意伸直，这才叫"泡"。像我这样一米八的身材，在盆堂中是伸不直腿的，腿都伸不直，哪会有"泡"的感觉？更不会有全身放松的感觉。其三，池堂里屋顶高，顶子中间往往做穹庐状，一律玻璃覆盖，显得宽绰敞亮，躺在池子里，望着池中水汽徐徐上升，从高高的玻璃天窗中溢出，感到外面清新空气不断进入，十分惬意。这些都不是盆堂能取代的。因此，说起老北京泡澡是不包括洗盆浴的。

二

去澡堂洗澡对老北京来说不仅是卫生的需要，更是一种娱乐，还是精神上的休憩、享受。池堂中按照水的温度，分三类池子，即温、热、烫。一般人特别是年轻人、小孩都在温池洗，温池是"洗"的地方，热池和烫池才是"泡"的地方，敢到热池的多属中年以上、感觉稍稍迟钝一些的人；到烫池的除了三天两头泡澡的老者外，很少有人敢问津。我上中学以后，因为学校里有淋浴，平时洗澡我用极热的水和冷水交替着冲，所以，去澡堂泡澡时，敢下热池。有一年冬天，外面极冷，进了池子，我想冒险泡一下烫池。下烫池之前，先用烫池里的水往身上撩一撩，适应一下，然后吸一口气，用脚试着慢慢下去，待到水没胸以后，双肘搭在两旁池子边沿上，腿轻轻浮起，别动，也可憋着气，尽量让体温把肢体周围的热水变凉一些，身体不动，也就是不使肢体与更多烫水接触，一分钟后就不会有烫的感觉了。数分钟后，跃出水来，全身赤红，直感是血液流速加快，皮肤稍稍有点针刺似的微痛，舒服至极。就感觉来说，泡烫池与游冬泳非常接近，人对冷热的感觉是近似的。敢洗热池、烫池的人很少，水也清亮干净，在这里泡上三五分钟，人身体上和精神上拘挛紧张都舒解了，此时人们最渴望的就是表达了。我想，表达欲大约是动物果腹之后，最重要的欲望了，人也不例外。澡堂子里的表达就是唱，就是引吭高歌。不知道现在人们在洗浴中心唱什么，在我的洗澡史中听得最多的就是唱戏，唱京剧。

清末以来，京剧在京城红火了100多年，清末民初正是高潮，北京人谁都会哼哼两句。澡堂子就是这些戏迷一展长才的地方。特别是中年以上的人士,在池子里一泡舒服了,马上就会放开喉咙:"一马离了西凉界——""青是山绿是水花花世界——""我本是卧龙冈散淡的人——""昨夜晚吃酒醉和衣而卧——"仿佛现在青年人去歌厅唱卡拉OK,谁也不怯场,而且是万籁争鸣,谁也盖不过谁,但又不显得讨厌。不唱的卧在池子里眯着眼,静静听着。有唱得好的,说不定还会发出一声由衷的赞美"好!""再来一段!"唱得好的,人称"池子红"。唱的大多是外行爱好者,京剧演员自然也是澡堂的常客,特别是下了夜戏(20世纪50年代以前,北京戏院一般是下午五点多钟开锣,唱到夜里十一二点,压轴的都是挑班的名角,他们卸了妆,吃点夜宵,天也快亮了),澡堂也开门早("金鸡未叫汤先热,红日初升客满堂"嘛),他们往往是头班客,洗第一和(音或)水。他们不唱,是听众,一是歇息,一是细细品味受众对他们从事行业的热爱。池子里的人们大多是唱老生、黑头、铜锤过瘾,很少有借唱青衣花旦来溜嗓子的,可能不太适宜吧。

洗澡除了泡之外就是"搓",也就是"搓背""搓澡"。可惜我这个人一生不习惯别人伺候,特别涉及肢体的伺候。除了与同学朋友一块出去洗澡互相搓搓背外,几乎没有享受过搓澡工的搓澡。说"几乎"是表明我很小的时候,父亲带我去洗澡,在他懒得给我洗的时候,可能请搓澡工搓过,可是因为太小,已经不记得那时的感受了。小孩子皮肤嫩,体能旺盛,对外界的揉搓不会有太多的舒服感。中年以上人,才会欣赏搓澡。因为他们筋骨日渐老化,皮肤上代谢出的细胞也多,搓澡工熟练的技艺和给你带来的快感绝不亚于一位按摩师。搓完之后,像出锅的大虾,全身通红,坐凳的下面,皮屑尘垢一片,仿佛在与肮脏告别。东坡曾坦荡地说"寄语揩背人,尽日劳君挥肘。轻手,轻手,居士本来无垢",他指的是精神上的。不论从身体上还是精神上,我们这一代没有资格这样说。

20年前同外地来的朋友一起洗澡,洗完后,他搓澡。搓完后,这位老兄双手高举,几乎要喊起了:一路的风尘,全部搓下。说请吃饭喝酒是"洗尘",那能洗什么"尘"?这才是真正的"洗尘",简直是搓掉了一个"旧我",推出了一个"新我",我整个是个"新人"了。"文革"中我们一块"劳动改造"过,我说"你真是三句话不离本行啊"。他也劝我搓一搓,我没有尝试，"我还是老老实实做我的'旧人'吧"。不过中年以后，去澡堂我很注意用搓脚石搓脚。这是一种有马蜂窝的、很坚硬的火山熔岩。在热池子里水把脚泡得软软的，用搓脚石三下两下，脚后跟的老皮皴裂，一扫而光。全脚面目一新，让我想起聂绀弩的诗句"老头能有年轻脚"，快何如哉。

在池子里出透了汗，一出池子是口干舌燥，全身酸软，最惬意的是喝上一口沏好的小叶花茶，在床上眯一小觉。进池子之前，买包茶叶或把自备的茶叶交给茶房（现在饭馆不许自备酒水，真是自古少见的章程），客人出了池子，茶早已沏好。带有余香的包茶叶纸被叠成一个纸三角，套在壶嘴上，免得尘土进入，精致而且细致。此时一杯酽茶，清吻润喉，无比畅快。喝痛快了，我常常是带本书，躺着看，倦就睡着了。

因为看书睡觉我还出过一次事。1974年的夏天，带了本钱穆的《国学概论》（20世纪30年代上海出版的）到清华池洗澡，洗完后，躺着看书，看着看着睡着了，突然听到"有人看黄书！"跟着有人将我推醒，一看是服务员，旁边还站着一个气呼呼的当兵的和几个莫名其妙的洗澡客。他们都以诧异的眼光看着我。我还没弄清怎么回事，当兵的就质问："你为什么看黄书？"我感到很奇怪："什么黄书？"那个当兵的脸都涨红了，他一只手提着《国学概论》一个犄角，用力抖动，气愤地说："你看看，你还敢赖？"书是用"白报纸"印的，三四十年了，纸张焦脆变黄，书脊开胶，一副黄脸婆模样。当兵的当做战利品抖了抖，纸屑飞舞，快散架了。"你是干吗的？那是我的书，你这样一抖搂就报销了。"当兵的气势汹汹地说："我是干什么的！学雷锋的，解放军。你看黄书还有理了？这是犯法的！"其实那时有什么"法"，不过那时社会上正在调查"手抄本"，如《第二次握手》《曼娜回忆录》《梅花档案》之类，统称黄书。这个"学雷锋"的小兵自觉地站在阶级斗争第一线，又出于对"书"本能的敌视（那时除了红宝书外，看其他任何书都有反动之嫌），好像发现阶级敌人一样。服务员是熟人赶紧解围说："老来的常客，洗累了，睡着了，没什么，没什么。"那个当兵的不依不饶："不在他睡不睡觉……"我知道今天他要找"书"的毛病，解释是不管用的。我反问他："你知道这是什么书吗？"这充满底气的一问，当兵的有些打结了。我紧接着说："现在批林批孔、评法批儒，这是评法批儒的书,以后人人要学的。"当时"法家"被捧上天,说是"评法",实际上是"赞法",为法家,特别是秦始皇大唱赞歌,大有红宝书第一,法家著作第二的趋势,连马列都没它吃香了。这个小战士有些尴尬了,那时全民搞批林批孔,一些旧书拿出做参考,大约他在什么地方也看到过,再加上他又看不懂书上的繁体字,自觉气馁。那位老服务员赶紧打圆场:"没事,没事,大家休息去。别妨碍这位师傅学习。"又向我道歉,"对不起,师傅,耽误您学习了。"本来醒来就想走了,经他这么一闹,反而不好马上走了,仿佛落荒而逃似的。我一边品着花茶,一边继续看《国学概论》,但再也没有最初的兴趣了,看不下去了,只得装模作样地捧着书呆想。觉得自己也很无聊,为什么去蒙一个小兵呢?还连累远在海外的钱穆,让他临时充当一下"评法批儒"的干将。

在澡堂子聊天也是很有趣的,老北京爱聊,泡澡堂的"澡友",还得加个"更"字。因为他们多是中老年,有阅历,又有闲。许多印象较深的接触,现在想起来仍很有趣。比如绸缎庄老店员衣履服饰的讲究,他们脱衣服时要一件一件叠好,一出池子,先要从自己带的小包包里拿出梳子对着小镜子把仅有的几根头发小心地梳光溜,这是自小学徒几十年养成的习惯;又如听打小鼓(现在没了。这一行走街串巷,或挑挑,或夹一包袱,手持牛皮小鼓,细藤棍敲打,招徕卖主)讲收旧货,讲他们如何从破落户(20 世纪 50 年代初极多)家中收"好东西",如何"买死人"(暴利收购)、"卖死人"(暴利售出)。听"典当行"的老伙计说这个行当的规则、职业操守和难处,告诉我"当"字(专门用来写当票的)的写法和规律;听京剧的底包演员讲过去跑江湖的辛苦、风波险恶和老江湖如何应付裕如,以及京剧名角的趣事……总之,只要是社会上有的事,这里都听得到。从反右到"文革"结束这 20 年,大多数人不敢多说少道了,但此前,澡堂就像个茶馆,可以听到各种怪怪奇奇的事情。"文革"之后,这种风气像要恢复,后来随着洗澡业的衰落,它便成"广陵散"了。

"文革"当中,大约是 1974 年春,有次在虎坊桥浴池洗澡,洗完之后,正在喝茶歇息,对坐的也从池子里出来了。他是一个体态微胖的老者,看样子像位工人。老人一面用服务员递过来的热毛巾揩面,一面向我打招呼、寒暄。我看他肋下有个一尺来长的刀口,仿佛做完手术没多久,伤疤经热水一烫,分外红亮。我问:"刚做完手术吧?要注意伤口啊。"老者说:"没事,没事,一年了。手术做得地道,你别看我是普通工人,这个手术可都是一级专家做的。"我觉得奇怪,觉得老人有些自吹,谁去看病,医生也不会吹嘘自己是"一级专家"。他看我面带疑惑,便打开了话匣子:"我得的是癌症,而且是肝癌,最初以为活不多久了。我有福在于,跟一位首长——"此时他身子倾斜过来, 在我耳边小声说,"是谢富治——的病一样,位置和身体状况都一样。于是,给我治病的、开刀的就是给首长治的那拨人。用药、开刀后护理、连吃饭都一样。当时领导就说了,你这病难治,但现在是一级专家给你治,让你给首长蹚蹚道儿。这不是我还真蹚过来了,好了。"他拍了拍伤口,得意地笑了。我问:"首长哪?"他有些不好意思地说:"他没蹚过来。""奇怪,你这蹚地雷的过来了,怎么后跟着走的倒没过来呢?""说的说呢? 也许我蹚时,地雷没炸,他跟着走时,炸了。这就是运气吧!"说着他狡黠地笑了。

三

20世纪50年代以后的澡堂子有个从私营到公私合营,再到国营的转变过程。从经营上说日益规范,价格便宜(长期稳定在0.26元、0.23元),也不收小费了,也没有"爷"的称呼了,日益废除了唱收唱谢的习惯,扫荡了旧社会的遗迹。新社会强调浴池的单一的清洁卫生功能,为此许多澡堂增加了洗衣和熨衣(主要是衬衣衬裤)的服务,而且很便宜,洗一身内衣也就四五毛钱,为顾客提供了方便。澡堂还日渐淡化洗澡的休闲功能和娱乐功能,与此有关的服务项目减少了许多(如代买食品、叫外卖、捏脚等)。另外一个措施就是限制洗澡的时间,平时一般是两小时,如果是节假日仅一小时。到时候就下逐客令,这在过去的服务业是绝对没有的事。有的澡堂子采取超过规定时间增加收费的办法。

改革开放前中国是个纯政治化的社会,政治中心的北京尤甚。社会运动在澡堂子里也有反映。例如"大跃进"时,各行各业都跃进,澡堂也搞超声波、蒸馏水(后来北京澡堂几乎都卖蒸馏水就是从1958年开始的),蒸馏水的纯度要勇攀世界高峰,要达到几个"9"等。大跃进高潮中

(1958年10月)出现了许多奇事,例如北京的服务单位都有跃进的数字指标,如电影院要放多少场电影(24小时连续放),要有多少观众;图书馆要有多少读者看书,借出去多少本书;澡堂子就要保证每天有多少顾客洗澡等。那时各行各业的人都在跃进,没人来怎么办?有的是走出去,如图书馆用三轮车把书拉到工厂学校去借;电影院到学校放电影;澡堂子没法走出去,就派服务员在门口拉人洗澡,路过者如说没带钱,那没关系,当时钱在人们心目中已经不起作用了,都快到共产主义了要钱干什么呀。如说"没工夫",那也没关系,把人拽进来,服务员帮他脱衣服,进池子涮一过就出来,就算增加一个。"文革"当中,革命大批判进了澡堂。批判的矛头第一个就是解放前的"旧澡堂",说那是剥削阶级、反动派的残渣余孽聚集的地方,我们要把它们扫荡干净;后来又强调"对资产阶级全面专政",即使是洗澡、睡觉也不例外(当时称无产阶级要占领"八小时以外"的阵地),服务员要提高阶级斗争的警惕性。上面说的"黄书"故事背景就是"全面专政",去洗澡一不留神被专了政,也是件倒霉事。听说有人洗着澡被拉出批斗的,我没见过,但荒谬时代无奇不有。这样的氛围下连"池子红"们也不敢唱传统戏了,而唱样板戏,如果荒腔走板那可是个政治问题,而且"板(儿)戏太直,没有传统戏一唱三叹的味道"。于是泡澡的少了,唱的更少了。

　　30年前北京的澡堂子有100多家,本来各有名号,"文革"中"扫四旧,立四新",扫去了旧的,多以所在地址命名,方便是方便了,一听名字,就知道在哪,可是原有的文化气没了。一百多澡堂子中最有名的当属"清华池""清华园""华清池""东升平""一品香"等。人们热衷以"华清""清华"命名可能与当年杨贵妃"春寒赐浴华清池"有关。"清华"因与"清华大学"同名,遂成为相声的噱头。马三立说的《文章会》其中就有这样的包袱。甲:"我大学毕业。"乙:"您哪个大学毕业的?"甲:"清华。"乙:"哪个清华?"甲:"北京的。说清华,还有哪儿的清华?北京的清华嘛。"乙:"啊。北京的清华,您先跟我说说北京的清华在哪儿?"甲:"北京的清华还在哪儿?在北京嘛。"乙:"北京的清华当然在北京。您跟我说说具体在哪条街上。"甲:"……在北京,王府井大街北边,八面槽那里。"乙:"清华园澡堂子啊——"这个"包袱"一层一层地翻,最后一抖,效果极好,特别是让老北京来听。我也听过侯宝林说的这个段子,前面相同,最后用的是"东珠市口,开明戏院对面"。这是指清华池澡堂。

　　谈到洗澡、泡澡,老北京更重视消闲、娱乐这个主题。

野驴顾惟乔

顾惟乔是我从 1957 年 9 月到 1960 年 8 月在北京 65 中上高中时的同班同学，"野驴"是他的绰号。

一、独特的 1960 届

按照通常的称呼，我们那届叫做 1960 届高中毕业生，建国 60 年，已经有了 60 届高中毕业生了，然而 1960 届仍然可以说是很独特的一届，特别是那届北京的高中毕业生。

特殊在哪？

其一，1957 年我们初中毕业，那年正逢经济紧缩（"整风反右"就与此有关），高中招生缩水（这正是"汉阳一中事件"的背景），能考上高中的是少数。

其二，在此之前，上学读书是再正常不过的事，可是从我们这届起，政治运动成了学生的主课。三年高中学习生活中，政治运动占去了一大半时间，而且在运动中不断地打压学生中读书求知的欲望。1957 年秋天，一开学就碰上教师"反右"，眼看着许多老师被划为右派，包括延安来的独臂校长和一大批饱学的、教学效果很好的教师，以此告诫学生，单纯追求知识是很危险的。

这三年，学生也没闲着，投入各种名目的运动，细数起来，有十来个。例如"社会主义教育"，"批判个人主义"，"双反，向党交心"，"拔白旗，插红旗"，"红专教育"，"教育改革"（包括教育为无产阶级政治服务和教育与生产劳动相结合），"四化"（生活集体化，组织军事化，行动战斗化，思想革命化），"大炼钢铁"（把原有钢铁烧成废渣），"搞超声波"（制造"科学"神话），"建设劳动生产基地"（盖了两个小化工厂，后全部报废），"社会主义大辩论"……如果都写出来，今人很难理解，甚至怀疑我们那一代人是不是精神上出了问题。

政治运动的核心除了劳动外，就是学习当时各种文件，联系自己的现实思想（当时上面认为青年学生的思想状况，除了一小部分外，大多是小资产阶级的或资产阶级的），向党交心，在自我批判的基础上互相"帮助"，互相揭发批判。因此学生里的一点小事都可能引发一次班会，甚至校会，对有问题的同学大批判。最可笑的是所谓"大辩论"，辩论的多是空洞的、永远说不清的问题。比如"共产主义哪天到？谁来宣布？中国还是苏联？""到共产主义是不是要什么有什么？如果大家都想听梅兰芳怎么办？""是坐小汽车的（指官员）对人民贡献大，还是开小汽车的（指工人）对人民贡献大？我们应该做'坐小汽车的'，还是应该做'开小汽车的'？"（提这个问题的同学曾被表扬，说问题提得好，但他没考上大学）"我们的人民公社是不是比苏联的集体农庄更先进？""我们一定会先进入共产主义，至少也是与苏联一块进？"而且这些问题一争起来就没完没了，老师也解决不了。

其三，三年高中，不断折腾。那时整个社会好像患了多动症，一时一刻不能停闲。学校也是这样，几乎每天都能有点新花样。不仅政治运动纳入了教育课程，超常的体力劳动，也顶替了正常的教学，学生不能读书，看点课外书就是"白专"。而且体育、跳舞、游行（那时大型的政治游行特别多）都在挤占学生的时间。"大跃进"时流行的一个词就是"比学赶帮超"，关键点是"超"，什么都"超"。例如体育上要求达到"五红"——通过一级劳卫制（"劳动卫国体育制度"的简称，每级对跑、跳、垫上、鞍马、单双杠都有要求）、二级劳卫制、三级运动员、三级裁判、普通射手等，目的是"超武汉"。

三年中唯一的一次重视学习,也与"超"有关。1959 年春末夏初的一天,北京市教育局召开 1960 届全体同学开誓师大会,要求高考成绩超福建,争第一(20 世纪 50 年代高考状元往往是福建、上海轮流,北京老是位居第三)。为了做到这一点,应届毕业生一律住校。当然住了校,也不能停止政治运动,学习课程依然没保障。只是同学之间,接触多了,班上又有两三位专爱打小报告的,互相扯皮反而增多了。用那时同学的话说给了"无产阶级与资产阶级思想正面交锋的机会",于是辩论会,帮助会自然也成了家常便饭。学校为了争取好成绩费了很大劲,可是到了高考录取的时候,考分根本不作数了,完全看政审(家庭、"政治表现")。审卷的只用四个图章——1.可录取机密专业;2.可录取一般专业;3.降格录取;4.不宜录取。图章一盖,完事大吉。1960 年,全国高中毕业生 20 万人,那年扩招("大跃进"中新建了许多大学,多是中专戴帽升级),招 23 万人,许多没考大学的(如高中留校生),社会青年、初中毕业生以同等学力考的,都有大学上,可是偏偏有许多优秀毕业生却名落孙山。

顾惟乔是我们这届同学中的佼佼者,他以青年人的热情适应着时代的颠簸,仿佛是个时代的弄潮儿,自由而优美地徜徉在波峰波谷之间。

二、好强的、积极的顾惟乔

"野驴"的绰号,尚不足以传达顾惟乔的壮实、奔放、狂野,在我的心目中似乎世间没有什么事是他不敢干、不能干的。他是一个漂亮的小伙子,1.80 米的身材,宽阔的肩膀,发达的三角肌。当时的班主席、现在我的社科院同事闵家胤曾这样描写他,"强壮的体格,发达的肌肉,黝黑的皮肤,油亮油亮的小分头,明朗的面孔发着红润,明亮的双目总射出愉快的光芒。是班上'五大激动'的第二名","他是一点就着的火炮,是喷气式飞机。这是一个典型的急性子,兼有胆汁质和多血质的特点。这是个坚强的青年。曾从游泳池 10 米高的跳台上跳下。有一次跳高,他发誓要跳过 1.4 米",为此练到掌灯时分,终于一跃而过。

闵家胤写得很真实,但没有解释顾惟乔为什么那么执著跳高。这有性格的原因,更有时代和感情的因素。前面说的"劳卫制"中的项目就有跳高,顾惟乔在班上是积极分子,一切以集体为重(这也是当时学校的口号),什么都要领先,处处严格要求自己。在滑稽的"五红"达标活动中,他不能拖班级的后腿。更重要的他暗恋着一班的女同学(我们是五班,我们那届四、五、六班是男生班),那位女生是东城区中学生运动会女子跳高第一名,大约这是最强的动力。那时,高中生的早恋是个严重的政治问题,我们班有两三个好学生都因为这个问题落马。要强的顾惟乔有了暗恋这点情愫后,尽管许多同学都看出来了,而且也看出了他对自己感情的压抑。一个急性子人,憋得不得了,便剃光了头(那时爱美的男青年没有留光头的,除非头上有皮肤病)。我们这些旁观者感受到了他内心的悲哀。

他是一个真正的青年:天性热情,有广泛的爱好。做飞机模型、练习游泳、搞盐酸厂、军训、组织大家练射击、学俄文、唱歌、吹口琴、组织接力队、练足球、参加象征性长跑、挖土方……不管干什么,他都是用整个身心去投入。虽然有时他也会忧伤,但是,他总让我们感受到他是这一群欢乐的青年人中最快乐的一个。在那轰轰烈烈又似乎热气腾腾的时代,他如鱼得水,与时代,与他接触到的一切都处得很好。那时校方已经在学生中搞秘密分类排队,我不知道顾惟乔在校方秘密档案中排在何等的位置上,但从我们的感觉中他是老师、校方倚重的对象。

而我似乎与顾惟乔正好相反。从感情上我就不喜欢那种大轰大嗡的氛围,更耐不住翻来覆去的颠簸,我会呕吐。我不喜欢耗费时间、永无休止的运动、开会,厌听"假大空"那一套,我觉得那很像表演,大家说一些谁也不相信的空话。我也不喜欢为了通过"三级运动员"或"三级裁判"去摔几场跤(等级运动员中,最少死标准的是摔跤,只要摔够了若干场就可定三级,田径就有确定的标准)或死背田径裁判规则,我觉得这很可笑。我只爱跑图书馆读书,读几本能够点燃好奇心的书。这种想法是大悖时运的,因此在校方眼中我就是落后分子。我也有自知之明,不混迹于积极分子之中。

三、博学的顾惟乔

我与顾惟乔属于两极式的人物,交往不多,甚至连说话都不多,如果现在他仍然在世,是否还能记得我都成问题。然而我很佩服他博学,

50年前他给我们讲解的知识至今不忘。1957年10月4日,苏联发射世界上第一颗人造卫星;第二年1月31日美国也发射一颗,晚了4个月。苏联的83公斤,而美国的才8.2公斤,美国显然落后苏联,而且招致一片嘲笑声,它不仅证明着"东风压倒西风","帝国主义一天一天烂下去",也使得"卫星"这个词迅速走红整个中国大地,那时一切真的或假的成绩一概谥之以"放卫星"。连到十三陵劳动的大肚汉一口气吃了12个馒头都称做"放卫星"。

但"放卫星"毕竟是陌生词,大多数不知道这是什么意思。下乡劳动时,有个老乡说:"老说'放卫星、放卫星',我不懂什么叫'放卫星',现在知道了,敢情就是连夜干活,不让睡觉。"老乡是文盲,他这样理解大家只是一笑,我们这些高中生如果这样说肯定是政治问题了,于是班上普及有关卫星和宇宙航行的知识。顾惟乔以他的博学担任主讲。

我还记得50年前,顾惟乔讲课的样子。他顾自镇定地站在玻璃黑板前,憨厚地笑着,露出缺了一小角的门牙。从太阳系、恒星、行星、卫星讲起,再讲人造卫星和人类在宇宙科学方面的进展。讲人类对日月星辰的认识,讲"盖天说""浑天说"。联系"放卫星",又讲了第一、二、三宇宙速度及其功能,讲苏联宇航为什么比美国先进。他说,苏联发射卫星的火箭燃料是易燃金属的合成物,而美国还是用固态氢和固态氧陈旧的燃料,两者热值不能同日而语(后来我与专门研究火箭的人士谈起,他们说顾惟乔的话不全对),因此苏联火箭的推进力量要比美国强大多了。他畅想着21世纪后的宇宙航行,那时一定登上月球,飞出太阳系,找到适合人类居住的星球。

顾惟乔也做航模,喜欢舰船,懂得许多航海知识。有一年暑假,海军与北京联合搞夏令营,东城区分到了几个名额,65中只有他一人参加。十多天之后,又黑又壮的顾惟乔回来了,他给我们讲军舰上的感受,讲海风、海魂衫(那时赵丹演的《海魂》中的海上情景很使青年学生向往),讲刘公岛上甲午战争北洋舰队的全军覆没和大清国海军的腐败。

四、悲惨的顾惟乔

1960年高考发榜推迟了近一个月,8月底才接到通知。一看通知,绝大部分同学傻了眼。65 中是一类学校(当时虽没有这个说法,但社会却有此看法),绝大多数同学都没能上理想的学校,有的甚至没能上大学。我们班学习不错的刘建华,四班的遇罗克都被淘汰了。这就是我上面说的,那次考试不是考卷做主,而是四颗图章当家。发榜后没见过顾惟乔,只是听说他被"师专"或传"化工学院"录取了,很不开心。我想这可能与他那段力图克制的"暗恋"有关。他报的是清华,因为朝思暮想的人在高考之前就被清华录取了。有人说因为她是特长生(跳高运动员),有人说因为她父亲是某部部长。后来又听说,顾惟乔那股倔劲儿又来了,没有去上学,准备第二年再考。1961 年进入困难时期,阶级路线松了一些("文革"批判说是"资产阶级路线回潮"),顾惟乔如愿以偿,上了清华。老同学见面聊起来都为他庆幸。

我上大学后,不如意事十常八九,慢慢地顾惟乔就从我头脑里淡出了。1976 年 7 月 26 日,我因为"恶毒攻击无产阶级司令部、诬蔑无产阶级'文化大革命'和批林批孔运动"被北京市中法判有期徒刑 13 年。8 月到北京第一监狱服刑,9 月毛主席逝世,10 月粉碎"四人帮",此时监狱的劳改工厂没原料,没活干。监狱管理人员让我帮着弄弄狱中一个小报——《劳改通讯》。没事时,我翻看小报,突然发现了顾惟乔的名字,令我大吃一惊。怎么他也进了监狱? 是不是重名了?

我向老狱友打听,他们说顾惟乔是清华大学的,原在五中队(这个中队都是技术工种)的。高高大大的个子,魁梧的身材,闷头干活不爱说话。我一想就是野驴。我试着问:"他刑满出狱了吧?""他死了。"我惊呆了。在我心中,死,这个字怎么也不能与顾惟乔联系起来的。那位在一监待了近 20 年的老犯人说:"是死了。1966 年,'文革'初期,顾惟乔爸爸在台湾(又使我一惊,当时同学中无人知道),因参加运动,被批斗,受不了了,联络了几个人想偷越国境,不料被抓,以投敌叛国罪被判 10 年。因为他会多种技术,留在五中队。后来又与同监的几个人策划逃跑,被发现,加刑 2 年。"听他这一简介,我从内心认定这就是"野驴",那股执拗劲儿,进监狱而不改。"怎么死的?""加刑 2 年后,他安定下来了,搞了几项技术革新,又减了 2 年,改回 10 年。去年他母亲病了,癌症,临终时,监狱还让他回家一趟,探视母亲。他母亲是公安医院的护士长。他妈去世后,顾惟乔很难过。不久,也发现有癌症,治疗无效就去了。"一个鲜活的生命,从此就消失了。

　　近来,因为写作,常常回忆起我那一段监狱生活,此时都不免联想到北京 65 中我那两位没走出监狱的老同学,遇罗克与顾惟乔。很奇怪,我们三个都是 1960 届的。这一届是有点怪。

我读的"第一本书"

我不是出生在读书人家,何况我们山西人在百年前也不讲究读书,这一点与江浙人大不相同。听父亲说,他小时候(清末)的山西人是有钱的学买卖(经商),没钱的学手艺,做手工业者。父亲属于没钱的一类,读了四年私塾,只读到"上论"(《论语》上半部),便被家里送到手工作坊学织地毯。民国初年,父亲16岁到北京来闯天下,算是最早的"农民工"吧。不过到我出生时,已经家道小康,懂得要培养我早点读书,所以在3岁时便请人教我认"字号"(一种识字卡片,正面是字,背面是图),4岁上幼儿园,除了父亲订的一份《新民报》外,几乎没有书。家里有字的而且装订成本的,只有每年一换的皇历。没事时,也翻过,留到现今记忆中的只有"龙治水",因为一翻开皇历赫然印在第一页的就是威猛的神龙张大口在吐水,如果画的是一条龙,那么就是一龙治水,本年非大旱不可;如是"九龙治水"则本年度非大涝不可。大约今年的台南地区就是"九龙治水"罢。

不过皇历算不上书,我读的第一本真正的书是本没书皮的《名贤集》。这是本从四字句到七字句劝人行善的格言集,现在看来其中许多是很庸俗,如"人无横财不富,马无夜草不肥"之类,体现的是小市民意识。但也有好的,如"但行好事,莫问前程;与人方便,自己方便。善与人

214

交,久而敬之"之类,属于通俗化的儒家思想,而且读起来朗朗上口,感觉十分惬意。这对大脑还处在空白状态的小孩是很有吸引力的,没事的时候读一读,仿佛有点感悟。后来上初中时,初读《论语》,便有似曾相识之感,格外亲切,可能就与这本《名贤集》有关。

我读的第一本小说是客人丢在家里的残破不堪的《三侠剑》。上三年级时发现这半本没头没尾、不知书名的"书",一读,有故事情节,有悬念,有神秘的武功:"金镖将胜英、胜子川一口鱼鳞紫金刀,三支金镖压盖绿林,甩头一子定乾坤",在"扬子江心倒鼋八百里"。这种英雄气概和盖世无双的武艺,会激起当年的男孩儿什么样的幻想? 大约是现在的男孩儿难以理解的了。记得每天下学后,第一件事就是把这本残书摊在桌子上,然后跪在凳子上(坐着不够高)一个字一个字地念,自得其乐。一旦有事中断,便用毛笔帽,蘸着红印泥,盖在中断的地方。半年下来,破书满篇尽是红圈圈。过年时,逛厂甸,非要买"鱼鳞紫金刀"不可,无奈玩具摊上没有,只好买了一把"九连环宝刀",聊以自慰。对武侠小说的爱好延续到初中,初一时读了大量的武侠小说。作者是郑证因、白羽、徐春羽、还珠楼主;书是《鹰爪王》《子母离魂圈》《十二支金钱镖》《蜀山剑侠传》之类,每种都是五六十集,一天要看两三本,没完没了。因为书是租的,在课堂上也要加班看,还要担心老师没收。这种阅读狂热就与这半本《三侠剑》有关。不过在师大附中初中三年生活中,只被老师没收过一本书,还是《鲁迅小说选》。

第一本自己买的书是世界书局的半图半文的《史可法》。1947 年年底,快过年了,父亲带我去沂园澡堂洗澡,沂园在杨梅竹斜街,洗完澡,父亲问我要什么,我说"书"。沂园东侧有个文具店,代卖书籍,多是儿童读物。《史可法》这本书类似现在的小人书,但不是小本装订,而是 32 开本,每页分若干格。至今尚能记得的是史可法还是穷书生时进京赶考,没钱住店,住在城郊的破庙里。正赶上巡城御史左光斗,巡查到这个庙里,看到和衣而睡的史可法,书本还丢在一旁。左光斗同情这个书生,便把自己的皮裘盖在史可法的身上。从这个故事里,我第一次知道,好学是一种普遍认同的好品质,受到社会的赞美和尊重。这种认识使得我对1957 年之后整个社会鄙视读书的风气特别不能理解。

上初中才懂得除了小说外,文学作品中感动人的还有诗词。师大附中图书馆在北京中学里是数一数二的,我从图书馆里借过许多诗词选注和论述诗词的书籍。但我自己买的第一本词选是1957年出版的龙榆生的《唐宋名家词选》。买书过去了50多年,当年情景还历历在目。那时我住校,校址在和平门外,书店在西河沿东口的劝业场。一个星期六的傍晚,我吃完晚饭后,就步行到劝业场,一到门口,我感到气氛有点不对,不像往常自然,但我没以为意。大约七点钟,全场封闭,一批批青年人被铐走,才知道是围剿流氓,到很晚才放顾客回家。这次买书给我留的记忆十分深刻,不过还是买了一本好书作为补偿。晚唐两宋是词创作的高峰时期,自古唐宋词选无虑数十百种,龙榆生选本是我买得最早的词选本,也是最佳选本。后来我在社会科学院文学研究所从事古典诗歌的研究,读过数十种唐宋词选,无论古人还是今人选的,都没有超过此本的。初学者读好的选本,不仅是尝一脔而知鼎味,更重要的乃在于得门径之正,懂得什么是真正的诗词。如果你从《红楼梦》的诗词开始读诗词,把它视为最佳之作(当然《红楼梦》中的诗词也自有其所长),有了先入为主的见识,此后就难以弄懂什么是真正的好诗好词了。

我读的第一部非文学的书是《论语》(当然它也有文学性,讲文学史也要讲它,但就整部书来说还不属于文学),是初二时(1955年)在琉璃厂富晋书社买的。当时我在北京师大附中上学,每天都从琉璃厂过,有空就在旧书店转一转。因为听父亲说过"'上论''下论'难死人",突然有一天看到线装铅印的民国版《论语》,很好奇,就拿起来翻一翻。一看有什么"君子喻于义,小人喻于利""君子坦荡荡,小人常戚戚""民无信不立"一类的话头,并不难懂(这些都是《名贤集》中有的),就买了一部,共六本,三角钱。那时线装书中以经部书最便宜,清中叶以来坊刻本平均二三分一本。我这六本三角还算贵的,其原因是书的品相好,纸白字大,正文相当我们常用的三号字,注文是小四,看着特别舒服。这三角钱就是我三天的早点钱。后来还买了许多部"扫叶山房的石印本"的书,如《世说新语》《姜白石诗词集》《嘉祐集》等,也贪图它们纸白、字漂亮(多是手写楷体),蓝色布套,装帧淡雅大方,又便宜(平均五分钱一本)。后来才懂得这种石印本,错字多,不仅不是好版本,连做读本都不适宜。我从初中开始自己买书，到大学毕业也买了近千本书。那时过眼的好书、便宜书太多了，就是没钱。那时每当自己想买零食或其他物品往往会把所要花的钱折合成能买什么书，这样常常就放弃了原来计划，把这些钱拿去买书了。不过，我那近千本书，"文革"当中也没有完全保住，损失了不少，"文革"一结束，真是痛心疾首，现在老了都看淡了，有人说，你过去买的线装书都成了文物了，很值钱呢！对我来说，书就是书，买它的时候要考虑到钱，买到家之后，它就与钱没关系了。

读书生活的转折点

回首自己这 60 多年的生活，除了被迫卷入政治运动，被搞成"老运动员"，从而有了种种可笑可悲离奇的遭遇之外就是读书了。如果删除了政治运动，我的一生可能就是读书，对读书之外的事情，是兴趣不大的。我一生的读书生活可分三段，转折点有二，第一个转折点在 1980年，第二个在 2002 年。

第一个转折点使我摆脱了长期的对书需求的饥渴状态，进入了温饱和小康。1980 年这一年，5 月份我进入中国社会科学院文学研究所《文学遗产》，做编辑工作，6 月 1 日，从农村调到北京。从此可以堂堂正正借书、看书、买书，拥有书籍，不会再有人指摘，不再有人说三道四。读书这个爱好与我的职业、工作结合了起来。在我实现我的读书的嗜好的同时，也是在为社会作奉献，这是我从来没有想到过的。虽然不是头脑中有念想的书，我都能看到了，但至少摆脱了既往读书生活中的恐惧心态和极度渴求。用时髦的话说就是达到了"温饱和小康"吧。不过我想读书的最佳状态就是"小康"吧，不可能有什么"大同"。"小康"说明需求和供给之间还有点差距，保留点张力；而"大同"就是想要什么就有什么，想读什么，书则不胫而至，求和供两者毫无张力，这样，人没有"寤寐思服"的追求乐趣。像皇帝一样"要啥有啥"，人生还有什

218

么乐趣？

在读书问题上自幼患有"饥渴"和"恐惧"两症。前者由于家贫，后者由于环境，因为我正赶上1957年以来读书被视为接近犯罪的时代。

先说"饥渴"。读书是我人生的唯一的嗜好和乐趣，读书习惯的养成是由于家庭贫寒造成的。儿童少年直到青年许多娱乐活动是需要钱的，而读书只要有点小钱就能解决了。比如，我上高小和初中时喜欢武侠小说，那时琉璃厂、虎坊桥、西单商场都有租借武侠小说的书铺，100元（旧币，相当于新币1分，购买力相当于现币3角）租一本，押金2000元，可以看48小时。如果读书的喜好不加节制的话，一天可以看三本，可是就我的经济能力来看，一天最多能租一本，常常有"人可以食，鲜可以饱"的感觉。上初中后，情况有缓解。我上的是北京师大附中，这所中学是老校，清光绪二十八年（1902）建校。有个很好、藏书很多的图书馆（一般高校都不能与之相比）。不过我们学生一次只能借两本书，不能不说是个遗憾。图书馆没有武侠小说，但藏书多种多样，我又天生好奇，爱读各种各样的书籍，于是开始了杂食生活。那时除了读当时一般中学生都读的《安徒生童话》《敏豪生奇游记》《高康大》《克雷洛夫寓言》、苏联侦探小说、苏俄小说外，开始喜欢唐诗宋词，先秦诸子的文章。有位高我三个年级的大同学跟我说，先秦诸子有人论述"白马非马""鸡三足""卵有毛""犬可以为羊""马有卵""火不热""龟长于蛇""飞鸟不动"等惊世骇俗的命题，令我惊讶不已，赶紧借来《庄子》看，尽管看不太懂，但内心喜悦却难以名状，因为总想猎取新知识，并满足了好奇心。上初中我每天上学都要从琉璃厂经过，琉璃厂是北京文化一条街，旧书店、文玩店，鳞次栉比，一间挨着一间。每天在这里都能看到挑动心弦的书籍，可是囊中羞涩，只好如老饕过屠门而大嚼。1972年尼克松访华之后，琉璃厂的海王村是北京第一家开放的内部古旧书店，凭介绍信购书。它吸引了许多爱书者。1973年、1974年两年，我几乎天天去。那时已经工作了，每月有四五十块工资，面对琳琅满目的古旧书籍，仍是只有望洋兴叹的份儿。在琉璃厂买书时，我院物理系老教授孙念台先生（清末军机大臣孙毓汶的曾孙）与我在海王村门口等着9点书店开门，一起冲入书店时，常常跟我念叨一些话："不见可欲，心思不乱""闭着点眼睛，碰到想要的贵书，

219

就当没看见"。可是,哪能呢?人长了眼睛不就是为了看的吗?每天从琉璃厂过,都能看到"可欲",此时,脚步慢下来,心跳快起来,头脑涨起来,心思乱起来……

另外,是读书的恐惧,这一点恐怕现在青年人很难理解。现在学校当局多么希望学生一心一意"两耳不闻窗外事,一心只读圣贤书"啊!青年人哪里知道这个口号就是 1957 年反右斗争、社会主义教育运动以后批过来、批过去的万恶之源啊。记得 20 世纪 80 年代,一次回学院办事,院里一位书记对我感慨说,现在学生不读书,真难办。我上大学时,他正是一位严厉批判"白专道路"的领导。我跟他开玩笑说:"二十多年前,我们想读书,你老批判我们。说什么'白专道路',一不留神就会滑到反党、反社会主义道路上去。"他也笑了说了声"真是报应不爽啊"。那时全社会日益藐视知识,学校对爱读书的学生采取打压政策,谁还敢老捧着书本看,特别是"封资修"的书。那时班上不断开各种类型的批判会,批得最多的就是读书。不要说读人文科学和社会科学的书(那时这些被认为是阶级性很强的领域,除了马列经典著作外,绝大多数被认为是"封资修"),就是潜心数理化的也不行。"学好数理化,走遍天下都不怕"被反复批判。可怜我们这些不爱打球、不打麻将、没事就爱看会儿书的同学,被校方视为另类。有人便趁机专门向组织汇报别人读什么书(这正像 1959 年农村反瞒产私分粮食,组织一些农民"闻香队",到村里各处闻,侦查谁在家里私自起火做饭一样)。隔三岔五,班上就要开个会,点一点乱看书同学的名,以为警告,老被点名就成了落后分子。遇罗克跟我一个年级,我在五班,他在四班,也老被点名。班主任对他印象一直不好。直到 90 年代校庆时,返校,碰到他们班的同学,听他们说,他们的班主任对遇罗克印象没变,依然是落后分子。

20 世纪 50 年代北京大型图书馆如北图、首图对高中生是开放的,这是爱书而没有能力买书人的好去处。高中我是在北京 65 中读的,学校西侧的北池子有 5 路汽车,北行向西拐经北海可到文津街的北京图书馆,约需 15 分钟。每天我 4 点钟下学,到北图约 4 点半,看书到 8 点三刻(晚上 9 点关门)。偌大二楼大厅,约有 200 个座位,每个座位上都有一盏台灯。晚上 7 点以后,一般也就亮着稀稀落落几盏灯。很长时间里只有两盏灯,一是我头前那盏,一是一位60多岁的黑瘦的老人,他往往是看线装的有关戏曲的典籍。而我是杂看,乱看,完全是心血来潮。

北图环境优美,又有个养得非常好的花圃。初秋的菊花、深秋的桂花、冬天的蜡梅,奇香沁人心脾,使我永难忘怀。然而,这里也不是世外桃源,也不是我这样好奇而无知的青年学子的思想任意跑野马的地方。记得1958年,学校里搞"拔白旗,插红旗","向党交心",批判个人主义,互相揭发。我还是抽空儿就跑北图,不料北图在楼内也开辟了一间大房子(休息室斜对面),供读者互相揭发,贴大字报。恕我孤陋寡闻,大约古今中外,很难找到类似的事情了。读者都是萍水相逢,即使来得比较勤的读者之间,也仅仅是脸熟而已。有什么可揭发的呢?真是给人以"鹭鸶腿上劈精肉,蚊子腹内剜脂油"的感觉。当然立了"大字报室",就没有"不开张的油盐店"。居然还有些积极分子贴了大字报,揭发读者中的错误言行。其中还有我一张,揭发我说,"学校很少有人看赵树理的小说"。当时赵树理小说是文学为工农兵服务的样板。"不看赵树理"就有不革命之嫌(1959年之后,赵因为对"大跃进"有看法,才逐渐成为打击对象)。乱看书也会引起关注,因为常去北图,与大厅管工具书的服务人员很熟。70年代,一度我老借阅佛学书籍,管工具书的一位大姐警告我说,"别看佛学书了,后面有'文保处'的注意你了"。此时这我才知道原来公安局也参与图书管理。

恐惧也来自自己,因为读书,就难免说到自己读到的书,或说作点口头评论,这往往是祸之始,后来我横被口祸就与评论书籍有关。可是人长了嘴,这种评论就不可避免,就跟人们吃完饭之后,都不免要说一句食后的感觉一样。记得1960年夏天,邻座一团干部买了一本《胡志明主席诗集》。胡能写汉诗,作为外国人不容易。可是那个印本与毛主席诗集的规格一样。我翻看一遍,不自觉地说了一句"没有毛主席诗词写得好"。那位团干部的脸马上晴转阴,冷不丁甩过一句"你没有资格评论这个问题!"当时我也年轻气盛,心想只要有足够的知识,本之公义,不私美,不虚誉,任何人都有权评论任何问题。然而,我还是恐惧,没有说出自己的想法。

读书，特别是我们这些把读书视为安身立命的基础的人，在 1980 年获得了解放，知识重新被人尊崇，"读书无禁区"被社会普遍认可，读书的恐怖感才与人渐行渐远。

由酷暑而想到……

北京热了十多天了,午间室外高温往往在摄氏四十度上下,室内如果没有空调可能什么也干不了,更不用说坐在电脑前为报纸写稿子了。记得小时候,如果碰上这样的热天,一定会跑到城门洞和庙宇大殿底下吹凉风(那时几乎每条街上都有庙),吹久了,路过的慈祥老人还会提醒或劝阻:"别老贪凉,当心阴风吹了膀子,到秋天就该疼了。"如果已经凉快透了,此时便会恋恋不舍而去。"青灯有味是儿时",那时的平常细事,老来想起,都难以置怀。

不过此文不是说 60 年前的旧事,而是告诉读者 28 年前的一件趣事。1981 年,8 月下旬,虽然伏天已过,但炎阳不减余威。那时我在文学所"文学遗产"编辑部工作,编辑部在日坛路六号(现在中国信托投资公司大厦之后)三间简易房里,虽然上面有大数遮阴,又加上简易天棚,室内看稿,又吹着电扇,汗水还是滴滴落在稿纸上。突然科研处来了个电话,一开口就说,有句唐诗你们给查一查。我问:"怎么不找古代室?""天这么热,早就没人了。"我让她说一下原诗。从电话中传来了两句陌生的诗句:"今世裧襫子,触热到人家。"为了"裧襫"还在电话中解释半天。我说不太像唐诗啊,我刚刚读完《全唐诗》(在编辑部我负责编古典诗歌的稿子,所以下狠心读了一遍《全唐诗》)。科研处说:"外交部说的。这是美

223

国卡特总统下飞机时,念给接待人员听的。"我说:"中国人一听外国人念中国古诗,第一反应就是念唐诗。唐诗太有名了。"

那时一切都很简陋,不用说电子数据库,连工具书缺项都很多,《全宋诗》还没有编出来,诗总集除了那部"钦定"的《全唐诗》外,就是丁福保的《全汉三国晋南北朝诗》。此书精装两大厚本,我翻开了上本,那天运气不错,一下子就翻到"晋诗",又一翻"今世"两句赫然在目。此诗是由魏入晋的程晓所作,一读全诗,深感那位为卡特提供此诗句的"中国通"了不起,也许他就是位饱学的美籍华人。

这首并非"名诗","触热"两句也非"名句",只是因为"襬襪"两字音读和意义被有的诗话讨论过。两字是联绵字,读作"耐代",意为"不晓事",意思是不通人情世故。诗云:

> 平生三伏时,道路无行车。闭门避暑卧,出入不相过。今世襬襪子,触热到人家。主人闻客来,颦蹙奈此何。谓当起行去,安坐正蹲跨。所说无一急,沓沓吟何多。疲瘁向之久,甫问君极那。摇扇臂中疼,流汗正滂沱。莫谓此小事,亦是人一瑕。传戒诸高朋,热行宜见诃。

这首诗写得很白话,除了两三个难认难读的词外,诗意平浅。除了"襬襪"外,就是"蹲跨"。音读为"办酷",意为"开膝"而坐。魏晋时期,还是席地而坐,像现在的日本人,双腿跪,坐在小腿和脚后跟上,这种坐姿,久了很累。把膝盖分开,臀部可以斜坐在席上,放松一下。弄懂这两个词,全诗就很好懂了。三伏天,人人都躲在家里避暑,此时偏偏有个不懂事颠顸人访友。主人听客人来了,也要打起精神接待。还以为客人待一会儿就走,没想到客人聊起来没完没了,主人疲惫不堪了,流汗滂沱,摇扇子的手臂也酸了。客人还在侃侃而谈,一点儿没有走的意思。最后诗人都忍不住了,朋友您什么时候起身啊! 诗人写此诗意在告诫人们,在人际交往中要注意这些小事。

当时卡特已经是"前总统"了,到北京来,已经不会有重大的国事商讨,无非是看看朋友,交流交流,但选了这样的日子,给主人添了许多麻烦，真是不好意思。卡特用此诗作为到京的开场白，其中包含了对主人的尊重和自谦也略带自嘲，立言非常得体，真是应了孔子那句话"不学诗，无以言"。至今我仍然好奇的是哪位高参给他选的这首诗呢？

鸿爪掠影（一）

　　东坡有诗云："人生到处知何似，应似飞鸿踏雪泥。泥上偶然留指爪，鸿飞那复计东西。"人生真是如光如电，还没有盘算一生何以自处，似乎生活还没有迈开脚步，便已经两鬓斑白了。仔细思量，我们这一代所经历的是"千钧霹雳开新宇，万里东风扫残云"的大时代，这样的时代，个人，特别是普通人简直如一粒尘沙，可以忽略不计的。个人的生活，或说自己生命的安排是不需要，不必要，也不可能自己盘算的，或者听从他人摆置，或者任由命运拨弄。我的前半生的沉浮都是由外部力量决定的，如同汹涌波涛中的一叶小舟，不知道方向，不知道彼岸，漂漂荡荡，一晃几十年。回忆起来，没有业绩，没有收获，甚至没有历史，没有痕迹，留下的只有一些不太清晰的模模糊糊的记忆，真似飞鸿踏雪，那计东西，这里采撷一些片段，让人们对那个时代有所了解。

1."复杂"与"故事"

　　1980年，中国社会科学院文学研究所恢复学术刊物《文学遗产》，通过考试，编辑部赞同我调入文学所。当我的人事材料在所务会议上讨论时，七位所领导都同意，人事处一位领导却有不同意见。她说，王学泰历史太复杂，到社科院来工作不合适。老所长陈荒煤先生说，他连"三青团"都没参加过，有什么复杂的？还不是我们把他弄复杂了。陈先生说得对，北京解放那年我才6岁，上二年级。连参加童子军都不够格。每天上学，看见童子军，戴着圆形帽，手执军棍，腰间皮带上系着法绳，在学校门口检查学生风纪，十分神气，还有点羡慕哩。这是那时最低龄的组织了。

其实，我的历史真不复杂，可以说7岁以后，不敢说每天，但可以说每个月都能找到证明人。活了六十多年，可以说是从学校门，到单位门，没有离开过国门。然而，那位人事处领导说得也不是没有道理，这用得着在凤凰台《世纪大讲堂》主持人曾子墨女士的一句话，她说："王学泰先生的故事很多。"这是3年前我在该讲堂作讲座时，她向观众介绍我的一句话。我说："的确，大故事，或说大事故，有3次。"

第一次是1958年10月，我读高中，下乡劳动，深翻土地，种小麦高产田，来年要亩产120万斤。当时我说，一麻袋最多能装200市斤小麦，120万斤可装6000袋。一袋平放在地上占地6平方尺，一亩地可平放1000袋小麦，6000袋要码6层，相当一房多高。我问什么样的麦秆能把这6000袋小麦挺起来呢？那时是组织军事化，这话是我在连队生活会上提出的疑问。连队汇报到指挥部，带队的是一位留校学生，刚被提拔为教导主任，颇带点"少共"意味。他勃然大怒，认为这是与党唱对台戏，竟敢不相信"大跃进"，不相信"人有多大胆，地有多大产"，是政治错误，必须严加惩处。于是下乡劳动的全体同学开大会，批判我的"反动言论"，开除回校，不要在这里给"大跃进"泼凉水了。这是我在众多人面前的第一次"亮相"。我低着头，有时也偷偷看一眼下面的同学真正的，或故作的气愤的面孔，感到很意外。那年我16岁，正是充满了奇思异想的季节，这是生活给我上的第一课。

第二次是1964年大学毕业之时。从1962年秋天，强调阶级斗争以来，形势一天紧似一天。从学校领导、教师到学生都学会用阶级斗争的眼光看待一切，扫描一切，关注周围同学的一言一行。我所在的班，因为1962年秋选举班干部时，没有完全服从系总支的安排，竟选了一两个同学拥护的干部,造成了"选举事件"。在 1963 年北京市委大学工作部研究高校的阶级斗争时,把这种"选举事件"视为资产阶级向党进攻的反映（1962 年北京有一些高校的个别班级没有按照组织的意思选举班干部,后被定义为严重的阶级斗争）。因此面临毕业时,我们这班(我所在的班级有同学近百人)一些不同意总支意见的同学都有些紧张。毕业前要做"思想鉴定",而"鉴定"前,系总支搞了一个"清理思想运动"。说是每个同学要在毕业前,把上大学几年来的资产阶级思想清理干净,轻装走向社会,投入到轰轰烈烈的社会主义建设中去。2007 年,我在北京档案馆查资料时,看到了当时北京市大学工作部领导吴子牧 1964 年 7 月 18 日的讲话原稿,他讲这次鉴定目的就是考查学生"政治思想、立场方面的根本问题",以供领导掌握。特别要注意清理有关"困难时期""三面红旗""国际反修斗争"等方面的"错误思想"和"反动思想"。要写进档案,"可供使用人单位对他了解"。对那些通过"保卫手段"获得的学生"反动思想内部掌握的材料",不必找学生谈,但要"暗挂,作为人事材料"转到任用单位去。可见当时目的是加强对学生的思想控制。

由于上面抓得紧,运动搞得轰轰烈烈,学生一个个痛哭流涕,做检查,过关。然而奇怪的是我怎么检查,也没有人理,也不说过关了,也不说不让过,有点晾起来的意思。直到清理思想运动告一段落,8 月上旬一个阴雨的下午,系总支召集中文系全体毕业生(近 400 人)宣布:运动转入解决敌我矛盾问题,从清理思想到清理"反动学生"。接着,总支书记陈某宣读中共中央转发的北京市委清理"反动学生"的文件。于是,先是全班,后来是全系,把斗争的矛头指向了我。其实,有什么大不了的问题呢? 北京有句俗语叫做"捡鸡毛凑掸子",是说把一些日常鸡零狗碎的事情凑在一些,有时也很有点规模哩。我平常又爱聊天,言多语失,凑个"掸子"还是很容易的。

这一年全校毕业生总共一千余人,公开被定为"反动学生"的只有我一个。平常在学校里默默无闻,这一次真是臭名远扬了。建国前 30 年全国的政治运动有五六十次之多(有兴趣的可参见我的《说运动》一文,连载于《社会学茶座》2007 年 1~5 期),许多运动中有时也烧到学生,特别是大学生。但专门以大学生为清理目标的只有从 1963 年到 1965 年的清理"反动学生"运动。被清理出来之后，不算合格毕业生，不能毕业，分四等处理。①劳动教养3年；②劳动教养2年；③劳动考察3年；④劳动考察2年。我是劳动考察3年，由北京市高教局组织到农场劳动。因为"文革"拖到1969年年初才又回到学校，1971年分配到房山。

第三次最为严重，1972到1973年，"文革"虽未结束，但政治环境稍显宽松。因为自1971年9月林彪出事以后，除了极少数人外，人们没有从流行的革命中得到什么好处，而是都有不同程度的损失。往常的激烈的信仰，日益流失，人们平静下来后，更加感到往日的荒唐。虽然，每个人到了单位还是粉墨登场，各自演好自己的角色，但私下里，却敢于悄悄地说些真话了，以求得心理上的平衡。我们这些普通人一天24小时，无论对谁，无论在任何场合，都说瞎话，心理上是承受不了的，真是"一个人说点假话并不难，难的是一辈子都说假话，不说真话，几十年如一日，这才是最难最难的啊"。也许只有大人物才能做到像邵燕祥先生所说的"口吐铅字"，永无真情实感，而普通人是绝对做不到的。

大约到了1972年、1973年人们的心理承受度已经到了极限，又没有正当的发泄渠道，于是以前的道路以目、腹诽变成了现实的言语，有流言，有非议，有小道消息，也有谩骂诽谤。即使最胆小的人，有时忍不住也要骂一下社会上的极端表现（当时视为革命行动），只不过最后还要加上一句"这些极'左'的都是林彪那些人搞的"。好像这就安全了。当然，我也不免俗例外，因为都是普通人，就难免会做一些面上毫无表情、私下里唧唧喳喳——不合君子规范的俗事。我最反感的是批林批孔，连震撼千古的"风萧萧兮易水寒，壮士一去兮不复还"都能改成"小丑一去兮不复还"夫复何言！更可笑的是，当时批判什么都能挂在孔子的账上。如批"走后门"就联系"子见南子"；批"男尊女卑"联系"惟女子与小人为难养也"；批"英雄史观"联系"天生德于予，桓魋其如予何"；批"复辟倒退"联系"觚不觚，觚哉觚哉"，可笑之至，可耻之至！

1974年《人民日报》元旦社论中指出"批林，批判林彪路线的极右实质，就是批判修正主义"。然后就是批林批孔，评法批儒。只是没有群众土壤了，从上面的极端主义的言语作风看（例如要搞"全面专政"等），好像有点像要重新点燃群众的革命激情，回到1966年去。然而1972年以来,民间的不满、各种议论和传播小道消息却渐渐形成一种惯性,不能停止。上面视为这是资产阶级全面进攻,不断地增加打击力度,并时时以"要注意阶级斗争新动向、路线斗争新动向"告诫下层领导。而且各部门、各地区也在不断地以各种方式打击各式各样的阶级敌人,当然北京也不例外。一个纯属偶然机会,我被牵连出来了。这次事故最大,被列为打击对象,没有经过群众运动,一步便到了专政机关。先是被房山县公安局传讯,再是被北京市公安局拘留。1976年"四五事件"之后,所谓"批邓、反击右倾翻案风"的运动覆盖中国大地。5月10日再次升级,被逮捕,由北京市"中法"提审。于7月26日,被判有期徒刑13年。平反后,听我弟弟说,你的案子拿出来交群众讨论了,他的一个在友谊宾馆工作的朋友看到过。那时凡是"交给群众讨论"的案子,都有几分凶多吉少。我的案子经过这样的讨论,应该是众所周知的。不过除了原先就认识我的人,光凭"讨论材料"中的所著录的"恶毒攻击无产阶级司令部,诬蔑无产阶级'文化大革命'运动和批林批孔运动",谁也不会因为这些空洞的罪行记住王某的。因为人们在大批判中,在"清队"中,在"一打三反"中,乃至在一般的日常生活中,人们听惯了这种指责,没有什么人会认真对待的。我工作所在的房山也惊讶出了一个判处13年的现行反革命,从我判刑的7月26日起就准备召开全县批斗大会,不过这个会,命运多舛。先是7月28日大地震,大家抗震,顺序后延。后定在9月10日召开,不料,9月9日毛主席逝世,紧跟着"四人帮"倒台,于是,批斗我的全县大会也就不了了之了。

记得汪曾祺先生说过一句话:"幸亏划了右派,要不,我本来就平淡的一生就更加平淡啦。"汪先生生在高邮,经过抗日,辗转大西南,跑过日本空袭警报,进入了"西南联大",受过一些前辈大师的亲炙,跟着沈从文先生学写小说,后来又写样板戏《沙家浜》,至今传唱不衰。他尚如此说,至于像我这类20世纪60年代成长起来的大学生,受的是驯服工具论的教育,又欣逢不许读书的年代,用李泽厚先生1979年在《鲁迅思想分期》一文中的话说是属于"长期在外力和内心压力下,知识少而忏悔多"的一代,与汪曾祺等前辈相比只能更加平庸,更没有谈谈过往的资本。"幸亏"有了这三次挨整,见过了许多世面,听到了许多闻所未闻之事,也见到了一些难得一见之人,也就是"怪人"①。这还是同辈人中经历中不多见的,有时说起来,如同"进了几回城"的阿Q可以夸示于未庄的小D、王胡一样,也不免堕入"津津乐道的恶趣"。然而,我有一点是真诚的,就是希望后辈别再有这样的经历,中国再别发生这一类的故事。

2. 第一个"监狱"

这个题目中的"监狱"只是一般用法,是指政府关人的地方,并非是法律文书中的监狱。一般外人(指没有进过监狱的,又非公安人员)把政府关人的地方都称为"监狱",而在法律文书中这其间区别大了。通常的就有收容站(据说现在已经取消)、拘留所、看守所、监狱,包括监狱工厂、监狱农场。监狱,农场老百姓一般称之为"劳改场"。

收容站是收容盲流(改革开放前,人口不准私自流动,凡私自流动者就称之为"盲流",警察见到就要送往收容站)的,包括许多上访人员和无业游民,有时候也关一些找不到理由关他,但又非关不可的人。那时从理论上说这些人大多属于"人民内部矛盾"。北京的收容站设在德胜门外的功德林,人们简称为"功德林"。这里因为是临时关押、流动性大、经费少、收容量大(特别在节庆或有重要外宾来访期间),伙食特别差。20世纪70年代中,北京看守所、监狱的伙食费已经是每月12.5元,功德林才6元,就这样有的到北京上访的也愿意去。我遇到过一个从功德林转来的犯人,他说,有天晚上,快熄灯了,有个三四十岁的胖女人,听说是通州上访的,抱着一个孩子,拖着两个孩子,非要进来,看守拦住,并轰她走:"去去去,你怎么又来了,这儿没有你的地方了,又跑到这里吃白饭了!"女人边闯边直气壮地说:"谁稀罕你们那两个破窝头,这么晚了,我到哪儿睡去? 不到你们这里,到哪去?"说着就拖着孩子往里走,看守也无可奈何。因为关的人从道理上讲是"人民内部矛盾",所以功德林不上锁,只是把门从外面插上。据说功德林是模仿八卦盖的,

① 那个时代最倒霉的不是好人,更非坏人,而是"怪人"。如果一个人身上稍稍有些异于大多数人的东西,不论好坏,就易于成为被吞噬的诱因。我的行为尚不能说"怪",但在思想上或气质上总被认为是有些不合群的,众人看起来就有些别扭。而合群的国人历来就有改变异端的冲动,"改男造女"运动给这种冲动提供了方便,这样怪人往往首当其冲。谓予不信,读者可以根据你的生活经验看一看历次运动中倒霉者分析一下。被整过的人中的好坏程度与没被整的人的比例差不太多,但被整过的人当中不同于众的比例则非常高。

关押在这里,开着门也很难跑出去。

拘留所在 20 世纪 70 年代属于北京公安局治安管理处管,它关押的大多是违反治安条例的轻型犯罪人员。行政拘留的处罚,也在这里执行。那时行政拘留最长是 15 天。这些人进了拘留所,大多是几天十几天也就放了,少数被公安局"判"(书面语言是"送")"强劳"(强制劳动,比劳教轻)或"劳教"。一些案情复杂、一时弄不清的嫌犯,那时也采取拘留处理,有以拘代押,以拘代审的。如果被逮捕了(签署了逮捕证)就要升级到看守所了。北京市拘留所在东城炮局胡同,简称炮局。拘留所的人员流动仅次于收容站,这里伙食也不行,一些常常出入北京市公安局系统的小青年们有顺口溜有云:"富宣武(宣武公安分局监押机构的伙食较好),穷朝阳,炮局窝头眼(儿)朝上。"

"看守所"本来应该关押逮捕以后待审人员,但"文革"期间以拘代押,以拘代审的人大多也是关在这里。它在普通百姓中是个陌生的词,我曾听一个初次犯罪的中年农民说:"我从看守所门口过,见有当兵的拿枪站岗,以为是看守国家财宝的地方呢! 这回才知道是关犯人的监狱。"大多数人称看守所为监狱,这是不准确的,它也只是个临时看押机构。到看守所来的犯人,大多是被逮捕起诉了,在这里等待正式审判和判决。正常的法治社会,看守所一般关押的是被起诉的,但有可能逃逸、串供、继续犯罪,或对证人有威胁的嫌疑犯罪人员(如目前陈水扁就是因为有可能"对证人构成威胁",才被收拘的,否则,在特侦组调查完毕、起诉后就可以在家中静候法院传票了)。如果嫌犯没有这些可能,一般是在家中静候法院审判,被法院判有罪,则进监狱。

我们在 70 年代是公开说不搞"法治"的,不用说被起诉的人员,只要一被怀疑有罪就有可能被关押。为什么 30 年前,平反了那么多的冤假错案,甚至可以说是"囹圄为之一空",主要原因就是没有一套健全的法律制度,一切都是政策和领导人说了算,不仅打击面过宽,而且株连了许多无辜的人,甚至可以说是"冤狱遍于国中"。

上面说的仅仅是北京市一级的情况,市以下的八区九县,各个区县都有公安分局,每个分局都有监押机构,但不可能像北京市分得这么清楚了。

1975 年 3 月 4 日，我在县文教局被隔离三四天后，被送入了房山县公安局，说是"传讯"。传讯按说比拘留还轻着一级，现在简单传讯，大约都是在派出所问一问，更客气一点叫到饭馆（真是应了"革命从不是请客吃饭，到革命就是请客吃饭"这句民谚）、茶馆、咖啡馆，聊一聊，警告一下，俗称"请喝茶"或"请喝咖啡"；时间长的，关到宾馆等。这是政府有钱的表征。那时，正经为公家出差还没有宾馆住呢！

我被传讯时，房山县公安分局的拘留所、看守所合为一体①。这两所与县公安局在一个院里，它们被有电网设施的高墙圈出，四个犄角有炮楼似的建筑，上有当兵的守卫。候讯室是在它之外盖的两间平房，表示此处与拘留、逮捕有别。这两间房子不上锁（从外面反插着），里面还有火炉（因为进去时是 3 月 15 日之前，按照北京的取暖规定，此时还有火），用以表示这里是收容和候讯，不同于拘留、看守和监狱，然而，它比前三者更糟。因为是收容，里面关有一些生活不能自理者，如流浪的精神病患者、痴呆者等。又因为在这里的多是短暂关押，没有人为之清理、清洁。我一进入这间屋子，第一感觉是一股难以形容的恶味，是臭，是腥，是臊？说不清楚，外面闻不到气味交织在一起，我只感到要呕吐。我一进屋，对面几个小鬼似的人吃惊地从炕上（实际就是半尺高的光板炕箱）爬起来望着我。这就是我进的第一个"监狱"，在此之前虽然也倒过许多霉，但监狱还没来过，这次又添了新的阅历。它给我留的印象极深。

最引人瞩目的是个坐在室内中心地上的大头、细脖、消瘦、眼大无神、头发齐肩、穿着肮脏的青年人。这人对外界反应很小，我一坐定，马上有些人把他推开："疯子，你一边去！"争着围在我这个新进来的人身边。"你什么事？"这几乎是千古不变的，新入监的犯人一进入号子，马上会遭受到的问题。

我感到为难，怎么说呢？"……就几句话，大约是政治问题吧？""嘻……"周围的老号你看着我，我看着你，笑了。"这屋子还没来过这样

---

① 北京市公安局是有分别的。在20世纪70年代北京市公安局的拘留所在东城炮局胡同，俗称"炮局"。当时经常出入公安机关的群体流传顺口溜有"炮局窝头眼（儿）朝上"。那时传讯与收容合在一起，关的地方叫德林，是民国时建造的监狱，听说是按照八卦建造的。"传讯""收容"当时视为人民内部矛盾，所以不锁监房门。

的人呢！"大家又笑了。"你们倒高兴？"我有些生气了。有个青年工人把脸伸向我说："师傅（那时的官称），您看看我眼睛还红着哩，有什么高兴的？大家是看着您新奇。"我说："这有什么新奇的，现在这类事挺多的。你什么事呢？"青工马上一脸愁苦说："我是琉璃河水泥厂的电工（这在当时是很体面的工作），新结婚，到'东炼'（东方红炼油厂的简称，即现在的燕山石油化工厂）来换两身军服，被'东炼'保卫处扣了，说我有意诈骗（那时青年人以军装为时尚服装，换来换去的很多），我有个本家哥哥就在房山分局。"他大约没有说谎，整个候讯室就他有床被子，是局里借的。一般传讯是不借给被子的。

　　我环顾了一下周围的环境。四壁黢黑，大约是烟熏的，因为每天都在室内生火。墙上屋角挂满了蛛丝和尘塔，地下一个犄角堆着二尺高的麦秸，这是给睡在地下的人准备的。新进来的人，由老号看一下他是否有资格睡在木头炕箱上（主要是脏不脏），没资格就让他垫着麦秸睡在地上。即使监狱也是有等级的。那个疯子就睡在地上。

　　一会儿我就和这些老号混熟了。他们主动向我诉说他们的案情，让我帮他们拿拿主意。睡在我旁边的一个姓谭的，对我说，他是3608厂的，一天他去房山县城买东西，在大街上碰到一个女人，这个女人抓住他说，某某天谭在大石河搂抱她、亲嘴。谭说那天他正在上班，不可能去大石河。这应该是很容易闹清的问题，不知为什么，这个谭某被关了二十多天了。我对他说，这很容易证明的，让他单位的领导或同事出具一份那天他在上班的证明就可以了。

　　另外，有两三个河北老乡，他们有的是到房山收购破铜烂铁，有的是联系买煤（房山许多公社出煤），都被以投机倒把罪抓进来了。其中有个一个四十来岁程姓农民老是一副要哭的样子，对我说："您看看，不就因为在房山有个亲戚，联系点煤。我们那里是有吃的，没烧的，这里是有烧的，没吃的。我给联系联系，换一下，挣点辛苦的跑脚钱，这就叫投机倒把？腊月二十七那天，被抓进来的，一关二十多天了，媳妇包好了饺子等着我过年，孩子也等我赚俩钱买炮仗呢！"说着眼泪就流下来了。旁边一个三十来岁有点监狱油子样子的人厌烦地说："别说了，怪讨厌的。身子掉到井里了，耳朵还挂得住！先想想你怎么应付预审员吧。"

这个油子样的人实际上才24岁。他18岁那年被判过一次。这屋里就他不发愁，该吃就吃，没事就睡。还有受到一些室内"玩闹"（"文革"中后期，一些胡同串子，小打小闹，小偷小摸的小角色称之为"玩闹"）的崇拜。当有的玩闹对他不够尊敬时，他会横起眼来训斥他们："你们算个屁。见过什么？五处（北京公安局劳改处又称"五处"）你去过吗？大镣你蹚过吗？万人批斗大会你撅过吗？"于是小玩闹们只得低头服软。

我问，因为什么那么年轻就被判刑。他说是因为与支书吵架，起因是宅基地（这是农村容易起纠纷的问题之一），被判五年，去了劳改场。他把劳改场说成天堂一样："那里比家里吃得都好，定期吃大米白面，几乎每天的菜里都有点肉，那里搞奖金制度（当时社会上批资产阶级法权，坚决抵制物质刺激，大批奖金），每个月能分十来块钱。劳改五年攒了二百多元，出来后可没办法了。老爹因为儿子坐监狱气死了，哥哥跟我分了家。我分了两间冷屋子，每天下地干活，回来是清锅冷灶，还得自己烧火做饭。顾得了吃饭，顾不了下地，顾了下地，顾不了吃饭。我一看没辙，就给劳改场领导写了封信，要求回去。劳改场回信说，我犯罪了，才归他们管，没犯罪，他们管不着。那好，我就再找点罪犯。"我问："你犯什么罪了？""往河北省倒腾电机、电线。""你倒挺能耐啊。""这算什么，没大钱，有大钱还能赚大的。告诉你，钱赚钱，不费难；人赚钱，难上难。"这是他从生活中体验来的。旁边有个窝窝囊囊从外地到房山做上门女婿的小伙子，听他讲劳改生活入了迷，真想去。这位"油子"嘲笑他说："小子无能，情愿更名改姓（这是农村招赘写的婚约文书的开头语）……你到了人家，被人家打了，反而你被抓起来，这叫什么事。你这点事离去劳改场远了去了，人家就是给你个下马威。出去跟我去干吧。这么棒的体格，给我扛电机，一天就能赚个十块八块的。"这个倒插门的女婿听了兴奋得不得了。

这个"油子"除了胡侃外就是"逗疯子"。那个精神病患者也很可怜。他是1966届初中毕业生，"文革"中父母被批斗，全家被遣返回房山。房山在"文革"时批斗"四类分子"手段残酷，在北京有名，其父被打死，母亲病死，他就疯了。平常在外面捡吃要喝，没人管他。逢年过节，或有外宾来，嫌他有碍观瞻，便把他抓到这里来，过了节，也就放了，估计他快走了。疯子不打人、不骂人，别人打他，他也不还手。他"疯"的表现就是唱歌，而且音准、音色都还可以，不让人讨厌。看到当兵的背枪从窗前过他就唱"骑马挎枪打天下"；看见有人进来，冷不丁就会唱一句："王老三，我问你，你的家乡在哪里"；看见公安人员打开门提人，他可能会唱起来："大叔大叔救救我，我不死，我要活"，听起来真是凄惨，可是周围的人都会大笑。他会的歌很多，有时他轻声哼唱"让我们荡起双桨，小船儿推开波浪，海面倒映着美丽的白塔四周环绕着绿树红墙，小船轻轻……"感到与这个场所真是不协调。"油子"逗他唱样板戏中李玉和"狱警传，似狼嗥……"看守进来制止，疯子停了，"油子"又鼓动他唱，当兵的又进来干涉，往返三四次，当兵的急了打了疯子两个嘴巴，疯子一改眼大无神，表情非常痛苦，突然号啕大哭，把一室的人都惊呆了。我责备那个"油子"，他说我也没坏心，就是"解解闷儿"。

虽然传讯、收容的人尚属"人民内部矛盾"，但这个屋门也是从外面插着，想出去，要向看守求告。每天两顿饭，窝头、玉米面粥，有点菜。我刚进来，心烦，吃不下去，分给老号吃，看他们狼吞虎咽的样子。我想，人在食和色这两个基本面上，与动物没多大差别。

每天放三次茅(上三次厕所)，屋里有个尿桶。厕所在拘留所里，要经过有兵把守的大铁门。拘留所里由劳动号(进了监狱的人失去人的名称，通叫做"号")清扫，很清洁，厕所也是一样。上厕所时，在屋门口排队，报数，向把门大兵说清有多少人，解完手，再集合排队，报数，出来拘留所铁门时向守卫报清楚，很严格。在厕所里时时听到拖着沉重的铁镣的犯人行走，他或是被提审，或是放风，这是我第一次在现实生活中听到脚镣响。很恐怖。

借放茅的机会，烟鬼们像很丧气似的垂着头，但他们是专注地捡烟屁，偶有发现，其乐无比。拿回到号里，由室内威信较高的人保存，凑够了一支了再卷起来抽，大家分享。我刚进去，大约是为了表示友好，把存的烟头卷成一支烟，让我先抽，我本来烟瘾不大，谢绝了，说不会抽。旁边一个年轻人说："老师，您把您那口让给我吧"。"他妈的，你捡过几个？抽一口还不够？还想抽第二口。"我旁观他们吸烟，眯缝着眼，铆足了劲，长吸一口，一点儿不让烟从鼻腔逸出，完全陶醉在香烟的享受中了。开始时还有火,就在火炉上点烟,后来火撤了,用鞋底子在木床箱上摩擦起火。这些都是在极小心、极秘密的状况下进行,要是被发现,起码暴打一顿。看守说"监狱无小事"。

关在这里,无所事事,提审一次,只简单地问了问案由。没书看,没有人可聊。这里关得最长的只有七十多天,可是不论谁,一开口就是性,就是女人。那位河北农民老程,别看四十多岁了,挺活泼,挺花哨。是个农村文艺积极分子,他时常小声唱"文革"前的情歌《小二黑结婚》中《清泠泠的水来蓝格盈盈的天》,东北民歌《小拜年》《丢戒指》一类。并自述其结婚时妻子才 17 岁,根本不懂男女之事,从洞房跑出的情景,当着大家说,毫无腼颜……

我在这里待了十多天,一天看守叫我,同室的人说王老师,你该走了,别忘了我们啊!我也以为,没事,该放了。到了看守值班的小屋(拘留所前),他检查一下,并说你没落下什么东西吧?"没有。"我很快回答。看守无言,我问:"没事了吧?""没事了。"看守回答。我可笑地客气一下:"再见。"我拿了包,从拘留所往外走,快走到分局门口了。突然,从另一间屋子出来一个警察,喊我:"王学泰,等等,还有点事。"我停了下来,他要我在院子等一会儿,我觉得有点不妙。过了十来分钟,开来一个带帆布篷子三轮摩托。那个警察要我上车,我问去哪里。"市局。"我上了车。传讯室这一段只是三年多牢狱生活的开始,很短暂,但我至今不忘。

鸿爪掠影（二）

3. 我的第二个监狱

①摩托车上间隙

上篇自述写到我从房山传讯室出来，以为完事了，要放我回家了。没想到正从拘留所往外走的时候，从另一间屋子出来一个警察，喊住了我，要我在院子等一会儿，我觉得有点不妙。过了十来分钟，开来了一辆带帆布篷子的三轮摩托。那个警察要我上车，我问去哪里。"市局还找你有点事，咱们一块去北京吧。"我要上车之前，突然警察拿出一副手铐，"这是干什么？"我有些吃惊。他说了一句通俗小说中的公差常说的一句话："这是公事。"这一天是 1975 年 3 月 23 日。今天 2009 年 12 月 23 日忆述此事，整整过去 34 年半。

三轮摩托离开了房山县城，并未一直驰往北京，在向东行驶过程中，进了良乡镇。摩托七拐八拐进入一个小胡同突然停了下来。警察下了摩托座位，从车棚子里拿出半麻袋东西，背到身上就走，刚走出去又回过头对我说："我给家里送土豆母子去，你在车上等一会儿，不要乱跑。"他这一去有两三小时，估计是吃饭喝酒去了。因为从房山分局出来，已经十一点了，可能还没有吃饭。不过这个警察对我还真的挺信任，相信我不会跑。虽然上车前给我戴上了手铐，但铐子是狗牙形的活铐，可松可紧，他给我戴得很松，只要缩一缩手就可以褪出来。另外，稍有经验的，用硬细棍状（如火柴棍、头发卡子、曲别针等）的东西就能把这活手铐捅开。如果我想逃走，转个弯就到良乡火车站了，上了火车，在这两三小时中也到了天津或保定了。此时已经是春分时节，路旁的小草都已经冒出新芽，麻雀在屋顶上唧唧喳喳飞来蹦去，想起庄子《逍遥游》中所说的"决起而飞，抢榆枋而止"的"蜩与学鸠"，各得其乐；感到在中国当个老百姓也都不容易，不知道什么时候会有不虞之灾的降临。所谓"闭门家中坐，祸从天上来"。

后来，我的同事中，也有位"文革"中坐过监狱的，常一起聊天。坐监狱之前，他的工作与我的工作却有天壤之别。那时我在农村中学，他在"中央文革"。当然"伴君如伴虎"，靠近权力中心更危险。最后他也以莫须有的罪名进了监狱。有一次，我对他说起押送这件事。他说，这个警察没有警惕性。他也说起自己的押送过程。那还是"文革"热潮中，他被从北京押送回老家贵州遵义，坐的是212吉普。深夜里，汽车在黑黢黢的十万大山中穿行。突然车停了，押送人员要他面对万丈深渊站立，不许回头。他说："我望着黢黑的夜和山谷，心想这下子可完了。他们会从后面送来一枪，我就扑倒在深谷之中，从此消失于人间。不料半天，后面没有一点儿动静。好像有人在撒尿，我也不敢回头看。过了一会儿，他们要我转过身来上车。原来是他们要撒尿，怕我跑了。这可比押送你那个警察的警惕性高多了。"

②半步桥边K字楼

摩托三轮进了北京，开到一个大铁门跟前，铁门仿佛大舞台的幕布徐徐开启，原来这就是北京市公安局看守所。看守所与清朝末年实行新政时盖的第一模范监狱相邻，监狱门向自新路开，看守所大门向半步桥开。不过"自新路"是清末盖了第一模范监狱后，新开辟的一条路（原来这里都是农田），"自新"是因监狱而得名；而半步桥则是老名字了，据说明朝时就有了，大约是因有此路名而建此设施吧。20世纪80年代，一次与何满子先生（前不久先生辞世，这里谨致悼念）聊天，他也数次倒霉，坐过数个监狱。他对我说："很怪，为什么监狱老临桥而设呢？上海是提篮桥，南京是老虎桥，杭州是六渡桥"。我补充说"北京是半步桥，听说武汉是娃娃桥"。"半步桥",有深意焉,人间、地狱(鲁迅曾说,中国的旧式监狱是取法于佛教的地狱,不但禁锢人犯,而且要给他吃苦的责任),半步而已。

半步桥在北京南城西南角,过去北京水多,南城地势低洼,水聚尤多,故桥也多。再向西南就是北京西南角的右安门和护城河了。公安局预审处(七处)就设在半步桥看守所里,各个分局履行了逮捕手续的犯人也要到这里来结案。犯人称这里为402(信箱号码)或K字楼(这里关押犯人的主建筑)。关于K字楼,诗人聂绀弩有诗云:

> 奇书一本阿Q传,广厦千间K字楼。天地古今诗刻画,乾坤昼夜酒漂浮。燕山易水歌红日,曲妇词夫惦楚囚。多谢群公问消息,尚留微命信天游。
>
> ——《岁尾年头有以诗见惠者赋谢》

本来寒士切盼得到广厦千间的庇护,而"文革"期间许多有向往的读书人却无缘无故被收进了看守所的K字楼,何其荒诞!半步桥看守所关押犯人的处所主要有三处,主建筑是K字楼,它监室多,功能齐全,超出其他两处数倍,乃至十数倍,虽然说不上"广厦千间",但"百间"总是有的,可以住上千个"寒士"。

一、K字楼。是钢筋水泥建筑,呈K字形。中间是大厅,四只腿是筒道,大楼三层,共有12个筒道。20世纪70年代各筒的安排大体是:1筒关押的是重要政治犯。2筒、4筒关押外国人或特殊犯人;以上三个筒大多是单人牢房。3筒关押的是重病犯人,人称病号筒。5至12筒关押的都是男犯人。我在二层的5筒几个号待过,聂绀弩先生1966年冬至次年秋住9筒1号。

二、五角楼。俗称"王八楼"。它是个红砖建筑物,是关押女犯的。共有两层,每层有5个筒道,共10个筒道,排号接着K字楼,是13筒至22筒。"文革"当中著名导演孙维世和杨宪益先生的夫人戴乃迭女士关押在此。郁达夫先生的侄女、女画家郁风曾著文说戴乃迭女士受杨宪益先生牵连也关在半步桥,"碰巧我当时也被关在半步桥同一所监狱,同一条甬道的不同监号里。我当时还不认识她,只是每天听到她在有人送饭时说谢谢"。

三、死刑小号院。这里有两个筒,排号为 23 筒、24 筒。为死刑筒,俗称"枪号"。有的老犯人说,这里平房原来是关押"高饶事件"中的饶漱石的。一人一个小院,挺清静的。"文革"起来后,把饶漱石转移了,这里才改造为死刑筒,成了令人恐怖的地方。遇罗克、沈元等都是从这里拉出枪毙的。张郎郎有《宁静的地平线》(见三联书店的《七十年代》)详记其事。张郎郎是极少的活着走出死刑筒的犯人。这两个筒在 1975 年被拆,在这里建起工作人员的宿舍楼,死刑待决的都被分到 "K 字楼""王八楼"相应的各筒,监管人员对他们说,把他们提到大号,有不死的希望了,要好好表现。这些戴着沉重的死镣、死铐的待决犯分到各筒,在放茅(上厕所)和放风的时候,他们沉重的镣子在"K 字楼"的水泥地板上拖出巨响,仿佛在过坦克车。

看守所本来应该是关押未决犯的地方,也就是实施了逮捕(签了逮捕证)以后,法院尚未判决的犯人。可是"文革"当中"无法无天",这儿关押的有已经判刑的,但当局认为不宜于送到监狱与大量犯人接触的也押在这里。听说反右时期著名的"右派分子"葛佩琦后被判 15 年,就没去劳改场,而在看守所服刑。1976 年,我被判 13 年后调到关押已判刑号里,遇到号称"苏修第一特务"的老谭被判 20 年,也没去劳改场,就押在这里。他的妻子(苏联人)判 15 年,关押在"王八楼"。更多的是以拘代判,有的连逮捕手续都没有履行,甚至没有拘留手续,就在这里关押着,有的一押三四年,我见过有押十来年的。粉碎"四人帮"后,批判这种做法时叫"以拘代押"或"以拘代判",是典型的"封建法西斯专制"。

"文革"中"K 字楼"一度非常兴隆,迎来了许多专家学者,文人墨客,高官显宦,连佛教协会副会长巨赞大和尚也在这里关了 8 年。狱中关于他的传说很多。其中有一个是巨赞法师自述:"'文革'开始时,我做梦,梦见我在上山时,突然山上有 8 块巨石滚下,我紧躲慢躲,才脱过挨砸的命运,大约我要坐 8 年监狱吧。"后来果然是 8 年期满,赵朴初把他接回佛教协会。和尚没有家室,被羁押时,都是赵朴初给他送东西。另外如著名的翻译家杨宪益也在这里待过几年。黄苗子有诗云"十年浩劫风流甚,半步桥边卧醉因。"就是指杨宪益博士"忽于半夜大醉之中,被送进半步桥监狱,酒气熏天,使同牢弟兄,馋羡不已的故事"。其他如王光美女士的母亲,叶帅亲属钢琴家刘诗昆,前宗教局长徐迈进、小提琴演奏家杨秉荪、男高音演唱家刘秉义、作家诗人聂绀弩,还有前面提到的郁风、孙维世等都曾聚集在这里,可以说是才俊云集,极一时之盛。聂翁还有一首诗记录"K字楼"的盛况:

> 你也来来我也来,一番风雨几帆歪。刘玄德岂池中物,庞士元非百里才。天下祸多从口出,号间门偶向人开。杂花生树群莺乱,笑倒先春报信梅。

这哪里像监狱,简直像开 Party 一样。这首诗是赠给老朋友梅洛的,题为《赠老梅》。梅洛曾是国家物资总局科教局长。这些老一代知识人,口无遮拦。在"天下祸多从口出"的时候,进 K 字楼就不可避免,"号间门偶向人开"是极其自然的。当然"K 字楼"不像聂翁写得那样美,"杂花生树群莺乱,笑倒先春报信梅"。首先这里的吃,量太少,质太糟。特别是聂翁进K 字楼的 1960 年年末,那时粮食 8 两,伙食费 6 元。又规定不准家里送来任何食物,所以在看守所里根本不可能吃饱。长期处在饥饿状态,想吃东西是坐监狱最大的问题, 听说这里的定量是解放初北京市公安局长的助理制定、局长批准的,"文革"这位"局长助理"也进了 K 字楼①才感到伙食标准太低了。不过聂翁笔下的"杂花生树",大约指的是朋友多了,可以互相安慰。"老梅"也应该是这些杂花的一株。

我是 1975 年到这里的,那时"文革"之初乱抓的情况已有好转,老干部大多被释放了,也有被判刑的,像聂翁就以七十高龄,被判无期徒刑,被押到山西服刑。用当时看守的一句话说,"我们这里与前几年不同

---

① 管监狱乃至兴建监狱的人自己也坐了监狱,这是常事。我见过多起。例如监造秦城监狱的原北京市公安局长冯基平"文革"中就被关在秦城。湖南诗人胡遐之原是重庆大学的中共地下党员,1949年随军接管湖南衡山县公安局,留下工作,曾负责修建监狱,他说"当时重在防止逃跑,狱中生活条件多未考虑",不料"文革"中他自己蹲进这座监狱,有诗记其事云:"孰料残冬入狱时,北风抖索冻难持。当年愧少言人道,苦果自吞能怨谁!"

了，那时大批地来，大批地走。现在都已经是神的归庙，是鬼的归坟了"。此时，大多是"一打三反"进来的。

③号间门偶向人开

进了 K 字楼，我从房山分局带来的东西被一搜而空。身上的几十元钱，手表，书包，书包里的侯外庐的《中国近代启蒙思想史》和王夫之的《庄子解》都被留在储物间。把我带进了 5 筒，进了一道带锁的筒道门，看守打开一个"号"的大铁门，屋子空空的，一个人没有。屋子大约有 20 平方米，门在中间，对着门是通道，宽度约 80 厘米，通道两边是炕箱，即用木板做的矮炕。高度有二三十厘米，不到 30 厘米。这个炕长约 4 米，宽约 1.80 米，可并排睡 8 人。看守所之所以不做高炕是为了防止自杀，因为炕高，晚上睡觉时，把一个重物做个套儿，套在脖子上，就会有上吊的效果。晚上睡觉时要把腰带、眼镜等有可能自残的物品统统交出，第二天早上在发还。有个老看守说，监狱所有的制度和纪律都是血筑成。

我一人呆呆坐在炕箱上，思想集中不起来，不知道该想什么，或不该想什么，大脑一片空白。突然阿 Q 老兄来相助，"似乎觉得人生天地间，大约本来有时也难免"被关起来的。阿 Q 真是我们的国粹，历百年而不朽。后来读到聂翁的"号间门偶向人开"感到非有此经历者，很难知此句之妙。一个人在家老老实实地读书，不知什么原因，就把你揪到宫里去，监狱的"号间门"，悄然自开，把一个个吞吃进去，无声无息，一切皆属偶然。当然后来又偶然出来了。

一会儿号子的铁门开了，看守拿来一个半窝头，半碗咸菜，半桶水，放在炕箱上，说："这是你的晚饭，你还没吃饭吧？"此时我才想起，原来早上从房山分局出来，到现在的下午五点多钟已经快一天了，还什么都没吃呢，但虚火上升，肚子一点儿也不饿。躺在炕上，胡思乱想，一会儿睡去，一会儿醒了。看守所的号子里，夜间是不关灯的。这是第一次进看守所的人最不习惯的。听老犯人说，解放前在看守所关押是一天顶两天的，因为晚上不关灯，人睡不好觉，等于两个白天。如果你在看守所待了半年，将来顶一年的刑期。我不知道解放前的监狱制度，不知这是否为真。然而无产阶级专政肯定是不讲资产阶级这一套的。

一进看守所，只要稍有文化都爱讨论为什么这里叫"K 字楼"这个怪名字？听老犯人说，"K字楼"国际通行，"K"是英文监狱的第一个字母。"K字楼"是解放初造的，那时抗美援朝还没完，如果仗打到北京了，飞机轰炸，不要炸监狱啊，这里又不是军事目标。所以一打仗这里很安全。说完他还很得意，好像买了安全保险似的，一脸洪福齐天的劲头。实际上英文监狱"P"是第一个字母，俄文监狱第一字母是"T"，都与K字无关。"K字楼"也不是什么国际通行。我想大约"K"字就是取看守所的"看"字第一个字母。

看守所是一天三顿饭，早上是玉米面粥一碗、半个窝头、一小撮咸菜，我在K字楼期间，早上的食谱没有变过；中午是窝头两个，一碗汤菜；晚上是窝头一个半，一碗汤菜。星期天、节假日是两顿饭，即把早饭取消，晚上的窝头改为两个。改善伙食也是改善中、晚，早上的几乎是雷打不动。这里用"几乎"是说也有极罕见的例外，据在这里待过数年的老号说，有一次早饭是油饼和玉米面粥。这顿"油饼"在K字楼流传了数年之久，为许多老犯人津津乐道。

一天放两次茅，"放茅"是监狱术语，就是上厕所（北方称厕所为茅房）。程序是由看守（通称"队长"）打开监室门，犯人出来进入厕所，厕所与监室在一个筒道里，距离很近，10秒钟就都进入了，此时看守将厕所门从外面插上，大约五六分钟，厕所门打开，队长就要急切地嚷"快点！""快点！！""快点！！！"……（"快点"是我在监狱听得最多的一个词，乃至出狱之后，对这个词很敏感。正像张郎郎的父亲、大画家张仃先生经过"文革"之后对红色敏感一样），待犯人都回到监号，把监号锁上，这次放茅就算结束。碰上心眼、脾气俱好的队长，能够按照规定时间放茅，遇到脾气急，或要拿犯人寻开心的，也许厕所门刚插上不到一分钟，就又开了，随之是直着嗓子吆喝"快点！"也有时，筒道就这一个号有犯人，把犯人轰到厕所，队长插上门走了，也许半个钟头、四十分钟才回来。十几个犯人在一个六七平方米的小厕所中熏着。

一周两次或三次放风。放风就要出K字楼，"风场"在K字楼东侧，一排有十几间。每间"风场"比监室略大，大约有30平方米吧。它与监室的最大区别就是没有房顶，但在比房顶略高处有一行走的通道，上面站着几个背枪的军人巡逻，看下面风场中的犯人有没有不法活动。风场是用红砖砌的,里面也没有挂灰,放风的犯人常常在红砖上刻下文字,以表意达情。其中有几个字至今不忘:"大师兄走了",不知是什么意思,但其中表达的惋惜、惆怅、哀怨是在 K 字楼的人能切实感觉到的。后来听说,所谓"大师兄"不过是北京两个流氓头目中的一个,似乎名字叫陈永安;另一个叫大山子。大山子毙了,大师兄判了 20 年,用飞机运回新疆服刑,新疆不收,又运回来,赶上 1976 年"严打",还是给毙了。

④预审、逮捕、审判

到 K 字楼不久就被提审,预审室很简陋,给我印象最深的就是犯人坐的凳子的腿儿是铁的,并牢牢地铸在水泥地上,大约是防备犯人以凳子为武器袭击审讯人员的吧。

这儿的人审讯与文教局的干部迫我交代问题时态度不同。文教局的干部总爱讲一讲他们是如何站在无产阶级立场上与反动的资产阶级思想作斗争的,还装模作样地说:"你研究《推背图》,我们站在无产阶级立场上也研究《推背图》,而且比你更懂《推背图》。"我承认我弄不懂《推背图》的玄机,但我也相信,在他们没有遇到我这个案子时,可能连《推背图》这三个字都没听说过。因为自宋代以来它就是禁书。谁敢大模大样地"研究"?这里预审人员没有这一套虚话。他很实际,一开始就说:"王学泰,我们两人没冤没仇,你也没有把我们家的孩子扔到井里去。今天我审讯你,是因为我挣这 56 块钱。"的确如此,在审讯时,他也没有多开渠道。因为我的事儿就是几句话,"话"这个东西,说过之后,无影无形,当时也没有录音,人的记忆也不那么可靠。如果他有意扩展,这种事儿是没完没了的。

如就以言治罪的时代而言,我有个致命的弱点:我说过的话,不管对错,哪怕就与一个人说的,人们问起来,如果我还记得,总是情不自禁地承认。"文革"当中有许多人,不仅是食言而肥,而且能够当下说了,马上就能不认账,我真是做不到这一点,因此,连续倒霉,也是势所必至。

虽然因为言论问题我倒过多次霉,可是爱说的习惯总难彻底改掉。只能在单位和大庭广众下说话谨慎一些,而在朋友,特别是多年的老同学、老伙伴之间真是不能做到一句真话没有。我的事情就出在一个老同学身上。

一个南口难友（从 1964 年大学毕业时的思想清理运动中被划为"反动学生"，被发到南口农场劳动）1971 年分配后，在广西电影制片厂工作，他不愿意拍那些"高大全"的片子，那时有品位的，还允许看的文学作品除了鲁迅作品外就是《红楼梦》了。他想拍《红楼梦》，要我把其中的韵文（诗词曲赋）注释一下。在注释《红楼梦》时，我参考了《推背图》。《推背图》是古代一本预言未来大事的书籍，类似图谶。它与《红楼梦》第五回《贾宝玉梦游太虚幻境》所看到的命运册子的格式完全相同。《推背图》中有个图，上画宫装妇女怀抱琵琶，题诗有云"惑乱君臣几千般"，下面还有一弓一兔。"文革"后期琉璃厂旧书店凭单位介绍信可以在那里购买解放前后出版的旧书和线装书，我是在琉璃厂海王村旧书店买书时向人借得此书（后来我因此书出事，也给借给我书的汪先生带来许多麻烦，至今想起，仍感愧疚，这里谨致歉意），也是在那里碰到一位久不见的大学老同学的。这位章姓老兄爱看奇书，视《推背图》如同宝书，与我闲聊，就说起上面提到的那张图和图中所绘妇女。当时社会混乱，江青以其特殊身份乱政，对此有所感慨，就说："三千年前，中国第一个讨伐的文告叫《牧誓》，是讨伐殷纣王的。这篇文告中说，'牝鸡无晨。牝鸡司晨，惟家之索'（母鸡没有天明报晓的责任，如果母鸡天明报晓，家非得败光不可）。三千年后还是这个老问题。那个女的就跟江青差不多。"另外，我们对当时搞得声势极大，而且弄得人人自危的"批林批孔"运动都认为是"另有所指"。我对章说，这场戏实际是上海派在反周（周总理）。上海《文汇报》整天大批周公、批秦朝丞相李斯，已经是图穷匕见了。

章把《推背图》拿走了，后又借给一个文化馆的干部顾某。顾某把《推背图》放大复制（当时复印机极少）了。这位顾某曾当着样板团的面骂江青，让"样板团"的人给告发了。此时正抓"意识形态领域的阶级斗争"。什么批"黑画"、追缴"手抄本"、追查"谣言"和"小道消息"、批"文艺黑线回潮"都出在这个时候。顾某的言论和他的高干子弟的身份引起高层的注意，抄了他的家，《推背图》复制件出现了。那是个草木皆兵的时代，这自然是个了不得的阶级斗争的新动向了。于是由他追到章姓同学，由老同学牵扯到我。1975 年春节过后的一天，他慌里慌张地到我家，对我说《推背图》出事了，公安局找了他，他顶不住了，只得把老兄交代出来了。他对不起我了，以后再补报吧。于是匆匆而去。还算好，他给我一个信，我把一些对"评法批儒"不满的文字处理了。不久又有一位搞业余创作的老同学找我，说北京文联召开的"业余作家创作会"上，市里负责文教宣传领导黄某去讲话了，他说"北京有几个反革命分子攻击和咒骂江青同志"。我想他指的就是我们这档子事。

本来只是私下的议论，不管对不对，影响也就在二人之间，当时我不觉得这是严重的罪行。就是在古代皇权专制的法律中，有"指斥乘舆"罪，也就是说，臣民不许非议皇帝，如被发现，视言论的轻重有被杀头的危险。然而没有法律规定不许臣民非议皇后、嫔妃与大臣。古往今来也没有臣民因为议论嫔妃而入罪（宫廷内部争斗除外）的，法律上更没有"指斥凤辇"罪。预审员不这样认为，他说，你以为这是小事，这就是攻击无产阶级司令部，是反革命活动！是进行反革命宣传！制造反革命舆论！我问，如果与别人说话就是行动，那么言论与行动怎么区分呢？他回答："你自己与自己说，别人没听到，才是言论。"

有一次我问预审员，宪法中也有保护"言论自由"的条款啊，现在宪法并未废止啊。审讯员回答："宪法是保护人民的言论自由的。你是阶级敌人，当然不保护你的自由。"我说："我本来也是人民。"他回答："你看看你那些言论。你是人民？人民有你那样说的吗？从言论来看就证明你是敌人！"这真是"互为因果"的怪圈。因为你是"敌人"，所以不给你言论自由；而"敌人"的定性又是有"言论"。

不过预审员不太在意我如何认识这些问题，只要我认账，他的任务便完成了。我的印象里，他只提审了我两次，认了，也就完了，最后他让我在交代上签了名，捺了手印。此后一直被拘留着。到了1976年，形势日渐紧张，年初周总理逝世，批林批孔逐渐变为学习"无产阶级专政下继续革命的理论"，再变为"反击右倾翻案风"，终于许多人耐受不住了，爆发了轰动一时的、长存青史的天安门"四五事件"。

"四五"之后，K字楼突然兴隆起来，来了大批的年轻人，本来许多号都住不满（每号满员是16人），这时大多号都塞到20人，非常挤，只能侧着身睡。紧接着放风停止了，伙食质量也直线下降，全监开宽严大会,重点在严惩。这次大会抓了两个典型:一个是清华大学的工人,所谓罪行是,誓死对抗无产阶级专政,拒不认罪,在监中哀悼蒋介石之死,以及反对无产阶级大革命和"批林批孔"运动,判处无期徒刑;另外一个是给党中央写了大量的反革命信件,审讯一百余次,拒不交代,判处有期徒刑20年。全监惶惶然。

后来得知,前一位是清华大学的张姓工友,山东人。其父是烈士,其母是淮海战役的支前模范。这个工人也是自幼参军,早年入党,后来复员转业来到清华大学当一名水暖工,平常工作积极。"批林批孔"时要每个人都表态,因为他是山东人,从小头脑中就有孔子是圣人的印象,所以在表态中提出疑问:"俺们山东人都说孔子是圣人,怎么成了林彪一伙的了?"那时"四人帮"爪牙迟群、谢静宜掌握清华大政(让两个仅有初中文化水准的大兵领导大学也属中国奇观),为了突出"阶级斗争新动向",便抓了这个"反对批林批孔"的典型。这位张工友根红苗正,有恃无恐,当然不服,坚决抗拒,于是对他的处理也就逐步升级。先是在学校批斗,不服、闹场,于是送到公安局,更不服,绝食大闹。K字楼不怕你闹与绝食,派几个犯人看着他,三天之内不吃不管你,到了第四天,把绝食者五花大绑捆上,仰面朝天,放在地上,从鼻子里插上胶管,通到胃中,胶管头插个漏斗,从漏斗往胃里灌玉米面粥。由于张某拒不认错,在监狱里也是不断升级。犯人看出当局要整他,也纷纷落井下石。1975年4月5日清明蒋介石去世,那一天张某也正在绝食。监督他的犯人看张不吃饭,给他上纲说:"今天蒋介石死了,你不吃饭,就是哀悼蒋介石。"张某大叫:"就哀悼蒋介石,你能怎么样?"好!同监的犯人马上抓住这立功的机会,向队长汇报。这个罪状远远高出原先的"反对批林批孔"了。于是,在1976年的宽严大会上,他就成了"从严"的典型。所谓"坦白从宽,抗拒从严"的政策,重点在于看"态度"。越是没有罪的,越容易被"从严",因为这样的人态度肯定不好。

另外一位是因为给毛主席写了20封信,被抓到K字楼。由于其父是老干部,又担任一定的领导职务,想通过整他,扳倒他父亲。此人是20世纪50年代老大学生,认死理,拒绝与K字楼当局对话合作。当审讯他时,他问:"你们这里是什么地方?""预审处。""我给毛主席写信,怎么到了你们这里？是毛主席转给你们的？如果不是，你们胆敢扣留毛主席的私人信件，侵犯毛主席的通信自由，你们该当何罪？"这样，双方对立不断增长，审讯一百多次，有几次审讯员多达数十人，企图以声势取胜。最后，这个老大学生也成为"从严"的样板。一年多以后，他保外就医（审讯时，打坏了腰），在外面我们见面时，他仍然愤愤不平。

1976 年 5 月 10 日，"市中法"正式逮捕我。法院说："你的问题与'天安门反革命事件'差不多，都是分裂党中央（指我说的"批孔是上海派反周"。其实，一个平民百姓有什么能力"分裂党中央"？真是笑料一样），反对无产阶级司令部、诬蔑无产阶级'文化大革命'、诬蔑'批林批孔'运动。并说"为了配合打击天安门反革命事件，对你实行逮捕，你签字吧"。这在实行法治的今天，会被视作笑话的，可是在当时，这些是说得义正词严的。仿佛处理惩罚一个人，不是因为他犯了什么罪，而是由于政治形势的需要。

70 年代人们基本上没有什么法律意识，虽然判决书上照例说"特依法判决如下"，但"依"的什么"法"，不仅被判决人不知道，恐怕谁也不知道。因为"文革"中"公检法"已经被砸烂，"法律"是反革命修正主义路线的产物。历史学家唐德刚说当时是"两部法律（宪法与《婚姻法》）治中国"，实际上连宪法也是"告朔之饩羊"了。1975 年初"四次全国人民大会"才通过了新宪法。"依法判决"不能说"依"宪法吧。

1976 年 7 月 26 日，把我从半步桥用 212 吉普拉到"市中法"（当时"中法"还在天安门附近的刑部街，现已拆），先是在一个小屋子候审。小屋子另一端还有个小姑娘在啜泣。我很好奇，看她也就 20 岁左右，就问："什么事？"她停止了哭泣，回答"天安门事"。我说："怎么这样快就到法院了？"她说，似乎法院找她来证明什么。

一会儿，法警把我带到一间不大的办公室。一位女审判员向我宣布(76)中刑反字第 46 号"刑事判决书"。判决书中说该院查明 1972 年到 1973 年伙同反革命分子章某"互相散布反动言论，恶毒攻击无产阶级司令部，诬蔑无产阶级'文化大革命'运动和'批林批孔'运动"于是，"罪行严重，性质恶劣"以"现行反革命罪，判处有期徒刑 13 年"。一张纸，几百字，既没有罪行内容，更无证据，便轻易剥夺了一个人 13 年的自由。

⑤K字楼的吃

人一进了监狱,两眼一抹黑,谁也不认识,许看的书又仅限于《毛选》四卷和马列著作,那么最关注就是人的动物本能——"吃"了。

1974年,毛主席有个关于"监管"的指示,"要把犯人当人看"。这个指示不仅向监管人员宣读,也要向每个犯人宣读。随着这个指示,犯人待遇要比聂翁他们在K字楼时好些了。我到看守所的时候,伙食基本能吃饱。定量每天增至1斤,除了节假日,每天3顿饭,上午2两,半个窝头,1碗玉米面粥,中午4两,两个窝头,下午两个窝头。伙食费每月12.5元,12.5元的伙食费在当时不算少了,大学生的伙食费也是这个价码,城市中的一般家庭,如果人口多的,还达不到这个标准。有个老看守就说:"12.5元,伙食费不少了,就是没给你们细做。"有个年轻犯人跟他很熟,开玩笑说:"老队长,如果再细做,炮楼(看守所四角的瞭望楼)的机枪就不冲里,得要冲外了。"老看守说:"为什么?""大家都想进来吃呀。"惹得号里哄笑。

"没细做",这是真格的。判了刑,到了"一监",同样还是12.5元,而且粮食还比看守所多出10斤(因为要从事体力劳动),而伙食的质量比看守所高出一两倍也不止。为什么?关键是谁安排伙食和谁做。"一监"是犯人自己做饭,自己安排伙食,每月报计划由队长出去采购,做得好不好是他们劳改表现,而且他们自己也在这里吃,做得好了自己吃得也舒服。而看守所则是雇人做饭(可能工资也从这12.5元五中出),从右安门生产队雇的临时工。这些临时工大多是青年,那时农村收入还很低,伙食远吃不到12.5元,因此看着犯人吃饭就生气,你一个罪犯还吃这么多钱?不由得嫉而生恨。有的时候就用饭勺子殴打去打饭的犯人,做饭时能把粗糙发挥到极致。看守所炒菜的"锅",就像澡堂子里的洗澡池子,四周贴有瓷砖,这样的"锅"不能用火炒,只能用水煮。煮菜流程是先用铁锹把菜铲到池子边的粉碎机上,"粉碎机"与养牛场做青储饲料粉碎机一样,菜从一个由传送带做成的凹槽送进机器,槽口有三把像室内吊扇扇叶一样的大刀片,快速旋转,把菜切断,由卷扬机喷到煮菜的池子里(通常情况下菜切得很碎,如果菜是蔫的,刀再钝些,蔫黄瓜、蔫萝卜、蔫小白菜整根便混入锅中,于是有人打菜时,可能碗里就一棵小白菜)，在池子里洗一遍或两遍，水放尽，再放进新水，开高压蒸汽(高压蒸汽管在池子底部)，一百多摄氏度的高压蒸汽，不用几分钟锅里水和菜就沸腾了，时间稍长就能把菜的魂摧没了。煮菜之间，或加上点廉价酱油，或加上桶盐。有时煮着菜炊事员出去了，也许就忘了加盐，犯人吃到的就是白水煮菜，或者加了桶盐后，出去聊天了，回来时忘了，可能再加一桶，其结果可以想见。反正这些身为"人民"的炊事员，谁也不会去尝一尝菜的口味，因为在牢狱中打工的"人民"有个禁忌，好人不吃牢饭。这样看守所的饭菜就很可怕。

第一是泥多，因为菜是煮的，多少都会有汤，吃完菜后，碗底必有土。初进看守所的人受不了，怕生病，其实尽管菜中有泥，但决不会有细菌病毒，因为高压蒸汽能超过摄氏 100 度，就是最耐热的结核菌也受不了。犯人吃了决不会拉肚子，监狱当局比犯人自己更怕犯人拉肚子，坐监久了，身体的抵抗力全面下降，一传染不得了。当时土地污染还较少，另外，人们也还不懂这些高温除不去的重金属、有毒分子链等更危险，没有洗净的菜中会不会有？谁也不知道了。

第二是菜无营养。本来蔬菜也是富有营养的，可是因为做菜的方式使得菜毫无营养。用粉碎机切菜，菜切得过碎，煮得过熟，大约除了纤维素以外的营养都破坏掉了。

第三是最大限度地发挥菜中的恶味。比如黄瓜是多好吃的菜，可以说是介于水果与菜蔬之间的。我曾下放北京远郊山区，那里没有菜园子，黄瓜种在大田里，栽在玉米旁边，也不浇水，虽然产量低，但黄瓜鲜味极浓。屋子里切根黄瓜，香气四溢，能持续很长时间。人们以黄瓜为美食之极品。青年人订了婚有件必行之事，就是到北京来采办结婚物品。当他们回到村子里路上，如果碰上乡人，必然会问："去北京？这回黄瓜可吃足了吧！"可是监狱的黄瓜能持续吃上好几个月，而且不管嫩黄瓜、老黄瓜、好黄瓜、烂黄瓜，一锅烂煮，煮得不成片了，连黄瓜皮肉都分不清了，把黄瓜的清香完全破坏了，最大发挥了烂黄瓜的恶味。煮黄瓜只要一搭进筒道，黄瓜恶味马上弥漫于各号，闻着都头疼，别说吃了。可是天天如此，不吃肚子饿，只好捏着鼻子吃。有一度接连几个月黄瓜、胡萝卜轮流坐庄。号里人开玩笑说，我们要过珠宝市(北京一条街名)可要被高看一眼了,脑袋不是翡翠的,就是玛瑙的。

1976年"四五事件"之后,看守所再度兴盛,本来是住16人的大号,有时住到30人,牢饭的质量大幅度下降,窝头个儿越来越小。我与一位工艺美院毕业,在印币厂负责人民币设计的狱友把唐人王建的《宫中调笑》(团扇,团扇,美人病来遮面,玉颜憔悴三年,谁复商量管弦。弦管,弦管,春草昭阳路断。)改为:

> 蒲扇,蒲扇,犯人睡觉遮面(因为睡觉不关灯)。黄瓜吃了
> 三年,不要一个小钱。钱小,钱小,窝头越来越少。

有人会问,既然伙食如此之糟,12.5元上哪儿去了,是不是都被贪污了?也不是,起码没听说过。而是钱被滥花了。经济学不是讲嘛,花钱有四种方式,自己的钱给自己买东西最省;他人的钱为他人买东西最费。如果再加上一条的话:自认良民的人花犯人的钱为犯人买东西,那是费之又费,一分钱的东西能用天价买来。举个例子,黄瓜从菜园摘下来一直吃到市面没有为止,前后能吃半年多,黄瓜价格有一个从高到低再到高的过程。为自己买黄瓜的都要想一想,什么价格时不能买,什么价格时可以多买。高价位黄瓜买回来,制作和吃上都会有很多讲究;监狱里不管这一套,过春节了,黄瓜已经是人参价儿了(当时还没有塑料大棚,暖洞里出来的黄瓜可以卖到三四元一斤),照买不误,买回来照样拿高压蒸汽照摧不误。一闻味就头疼的黄瓜汤可能是用三四元钱的天价买来的。那时卖菜只有国营菜站,高档价位的菜来了,长时间卖不出去,菜就蔫了,越蔫就越卖不出去,眼看就要送垃圾站了,菜站的职工就会与看守所买菜的说,"拉回去给犯人吃吧",尽管菜已经由蔫到烂了(自己花钱绝不会买),但价码不能变。不能让国家受损失,让犯人占便宜啊。您想,这样花钱,别说12.5元,125元也照样花出去。1978年,平反出狱后,原单位按照中央平反冤假错案的规定补工资,但又要从工资中扣除伙食费,每月12.5元,理由是你不进监狱也要吃饭啊。杨宪益先生出狱后补发工资扣监狱伙食费是每月6元,他开玩笑说,这像度假一样,伙食费自理。

看守所每周有两顿细粮，或白面，或米饭，有两顿肉，也是用蒸汽煮的，用盆子打回来，菜上面能浮着一寸多厚的大油。老年人把分到菜的浮油撇下来，放在自己水缸子里，放在日后的菜里（平常的菜基本没油），年轻人能当场把它喝下，但跑肚拉稀是不可避免的。"四五事件"之后到1976年8月初我离开看守所这4个月中，犯人伙食中的细粮与肉食基本免掉，这也是社会上阶级斗争尖锐化的一种表现吧。

吃是坐监狱的人们最永恒的话题，因为饥饿每天如影随形地陪伴着我们。

⑥K字楼中的犯人

没进过监狱的良民，以为监狱中人多是青面獠牙之辈，千万别挨近，太近了有被吞噬的危险。实际上，监狱中人不是什么特殊训练班培养出来的，绝大多数与社会人一样，但在占人数极少的两极中还有在社会上难得一见的最坏的人和最好的人。俗话有云"河里无鱼市上找"，这句话对监狱也适用。

我在看守所的一年多里遇到的犯人绝大多数是一般刑事犯，1946年4月5日之后所谓的现行反革命犯才多了起来。人们过去无论是口头还是文字上，常说"政治犯"，连1978年我平反之后上访时，市高法接待我的一位老同志也这样说，可能她刚刚到法院工作，不知道这是个禁忌。这个说法被认为是错误的，无论过去还是现今的政法当局都不承认中国有政治犯。为什么？因为你在政治上有了自己的想法、意见，过去叫现行反革命罪，现在叫颠覆国家罪。这些罪都是纳入"刑律"的。因此政治上异议是触犯"刑律"的，触犯了刑律自然是刑事犯，为了避免与一般刑事犯相混淆，在政法上称为"现行反革命犯"。

所谓一般刑事犯，那时大体上有三类，一是经济上，包括偷盗，抢劫，做买卖（当时称为投机倒把罪）等；二是所谓"男女"问题，这包括面广，流品极杂，有些双方同意的不正常的男女关系，如有些特别恶劣的强奸犯（如强奸下乡知识青年）也常常自称是"生活作风"问题；三是流氓犯罪，打架伤人，乃至杀人。

进了监狱，成了犯人，本来无所谓"高低"之分，可是在当时舆论和"两类不同性质矛盾"的学说影响下，一般刑事犯都属于"人民犯了法，也要受处罚,也要坐班房,也有死刑";而反革命则是敌人,在当局看来自然一般刑事犯要比反革命可靠一些。当然,在监狱执行上也还是因人而异,大多队长对不给他找事(儿)的犯人好些,有些好闹事的刑事犯,看守也会找他的麻烦。

在犯人中间,由于青年犯人多(打砸抢或偷盗),这些孩子对"男女"问题的犯人特别鄙视,称之为"杆(儿)犯",经常拿他们寻开心。我见过一个南郊某公社的书记,是个麻子,大高个,因为利用权力强奸知识青年,又正赶上全国贯彻毛主席给《李庆霖的一封信》的精神,清查各地不善待和虐待知青的状况,他正赶在点上,被抓了起来。进了监狱,这麻子还有点不服气,小青年逗他,拿他开涮。有一次,他急了,急赤白脸地说:"我跟你们不一样,我一不反党,二不反社会主义,三不偷不抢不盗,不就有点生活作风问题嘛!"全号的人听了都很生气,不知谁喊了一声"攒(北京俗语,群殴之意)他!"一个小青年把被子蒙到他头上,众人(主要是青年)一通乱揍。我在一边看着特别可笑。麻子在被窝中挣扎、乱喊,但外面听不见。过了一会儿,青年们尽了兴,麻子从被子中钻了出来,一脸鼻涕眼泪,大喊"报告队长",正赶上老队长值班,对他也没有什么好感,听了他的诉说后,只说了一句"知道了","砰"的一声,关上大铁门拿着钥匙走了。

不知是什么原因大多"男女"问题的犯人,形容猥琐,让人望而生厌。有个真实的故事,让现代青年看看,并非涉及男女,必有浪漫。看守所每过一段时间都要搞一个交代"余罪"的活动。动员已经结案的人员,交代以前没有交代过的"余罪",这实际上也就是民间说的"有枣没枣先打一竿子"。号里的喇叭每天要广播好几次,队长还常常坐在号门口听,并加以督促。有个远郊区县的农民大约有 50 岁了,一辈子没结婚,因为乱搞男女关系,被抓了起来。他的案子已在原住地分局审理结清,只是到市局再过一遍,就等着押回分局宣判了。此时他突然站起来,他瘦长个,有点驼背,一站起来很显眼。队长正参加这个号的会,警惕地问他:"你要干什么?"驼背赶紧举起一只胳膊哆里哆嗦地说:"报告队长,我有余罪交代……"队长:"你交代什么?""我还跟我嫂子……"驼背还没有说完,马上被队长打断:"去去……不再说你那点臭事了!"

家长大的，我要是判了刑会影响我舅舅的。他是'高干'。""你这小东西倒有良心，你舅舅既然是高干，你不会影响他，他能救你出去。""他是部队的，不是地方的。""你舅舅是什么官啊？""连长。"这最后一句惹得全号哄笑。他没上过几天学，跟文盲差不多。可是每天吃完早饭这段很长的空闲时间里，他常常盘着腿，把报纸放在床板上嘴里嘟嘟嚷嚷似乎在念。有人说他："小佛爷你认识字吗？不要老霸着报纸，让别人看看。""怎么不认识，你看黑四哥来了。"大家一愣，不知怎么回事，待一看，才知道原来是"墨西哥"来宾，又是一阵哄笑。

有个因盗窃而入狱的，姓南，公安局进进出出不下十几回，可仍然不太油，还有点青年的纯真。有一次我们聊起来。"家住北京哪儿"？他回答："就在崇文门内的船板胡同。""多少年没回家了？""年年过年都回家，但没进去过，都是隔着玻璃窗子看着他们过年。"我大吃一惊："为什么不进去呢？""怕有雷子(指警察)等着我，我倒是不怕雷子抓我，好歹也被抓了十多回了，就是怕让爹妈看着受不了。"后来知道他是自己的父亲送去劳教的。上初中时，他是个特调皮的孩子，学校家里都不待见。1965 年，上初三，有一次拿家里 5 元钱，把他爸爸气坏了，就把他送到派出所，说自己管不了这孩子，要求政府替他管。起先派出所还不收，他不走，派出所就把孩子留下来。那时正赶上北京要搞"水晶石，玻璃板"(意思是把北京打造成纯洁而又纯洁的城市)，地富反坏都要清除，于是就把他送去劳动教养了，说是教养半年。家里不懂"教养"是怎么回事，还同意了。他被发到东北兴凯湖劳改农场，确实就半年。但有期的教养，无期的"就业"。半年之后，期满了仍然不让离开兴凯湖，只能在这里"就业"。这是劳改场，对就业人员的管理与劳教人员没多大区别。"文革"起来之后，这个农场解散了，仍然不让这帮就业人员回北京、回家(那时，劳改、劳教释放后，想回北京几乎是不可能的)，把他们安排到就近的生产队去。到了生产队，当地把这些就业人员当做戴帽子的"四类分子"看待。在劳改场虽然活累，但还能吃饱，到了生产队就不行了，活重吃不饱，天天还要听民兵连长训话，稍有过错就挨打。后来实在受不了了，在快过年时他逃回北京，不想，还没到家就被抓了回来。后来他多次逃跑，也不敢回家，就在外面漂着，没钱，就走上偷窃的道路。他说："在外面因偷盗进狱的大多是久与公安局打交道的油子，因为第一、二次进局子，怎么也到不了 K 字楼，最多也就是"强劳"（强制劳动，一种行政处罚，现已废止）、"劳教"。能到 K 字楼的大多是公安局的常客，进进出出不知多少回了，有的可能还被"强劳"或"劳教"过，出来照样干，最后被选出来几个屡教不改的逮捕判刑。当然这说的只是小偷小盗，如果是大宗盗窃、入室盗窃（室主人的身份很重要）、拦路抢劫等，一次就可能判个十多年，甚至无期、死刑。大宗盗窃主要是盗窃国家财产，因为当时老百姓已经没有什么个人财产，没有什么可盗窃的。搞得最大的是"马路提货"。这些都是团伙作案，有信息来源，有作案工具（如汽车、起重设备等），有销赃渠道。那时都是国营单位，工厂、商店、机关来了大宗货物一时不能拉进单位，堆在马路旁边。这些"马路提货"者便开着汽车，带着起重工具和搬运工而来，到了就装车，装满了就拉走，大模大样，与正常搬货运货毫无区别，很少有人质疑，待到失主报了案才知道这里发生了大宗盗窃。那时农村有些队办企业，没有物资计划指标，就成为销赃对象。

我就遇到过一个"马路提货"的司机。这是个典型的北京小市民，喜爱传统的摔跤，经常与小青年比画比画，小青年对他挺崇拜。他非常满足自己殷实体面的生活，不管这钱是怎么来的。已经到了看守所（他是宣武分局送来的），每天必展示他的包袱里数件不同颜色，而且极鲜艳的运动衣裤，那时对大多数人来说运动衣裤是奢侈品，喜好运动的有一两件换着穿，也就行了。他却有那么多，足以使那些"小佛爷"（小偷自称"佛爷"，因为"偷"的黑话是"拂"，他们佛、拂不分）垂涎三尺。他常常乐道如何夜间在马路上拉"盘条"（一种卷成盘的钢条）、螺纹钢等。

"小佛爷"大多是小偷小摸。有个还未脱稚气的近郊区的小青年，自称"铜铁佛爷"，这很令人联想到峨眉山以铜铁合铸的大佛，其实两者毫不相干。这个小青年只是个偷点破铜烂铁换钱的小偷小摸。因为他到工厂偷了机器上紧要的铜部件，拿出去卖了，找不回来了，工厂非常恨他，才要求公安局把他逮捕判刑。这孩子前有锛儿头，后有脑勺，长得十分可笑。一进了号子总是愁眉不展，与他的年龄不相称。有的狱友问他："你年纪轻轻，又没犯了死罪，发什么愁。"他苦笑着说："从小在我姥姥

'刷夜'，夏天还好，冬天冻得受不了，到火车站被抓的机会多，就睡在暖气井盖上，或暖气管道上。北京哪儿的暖气管道埋得浅，适宜睡觉，我都知道。过年，特别是三十晚上，常常到船板胡同家门口，我们家有个临街的窗户，我就远远瞧着，看着爸爸在那里喝酒或玩牌……不敢久待，怕巡夜的民兵。"怪不得他一到了号里，倒头便睡，原来他太缺觉了。南某说K字楼就是他的休养所，到这里足睡。后来，调号后，遇到过他的同案钟某，证实了他说的大体不差。钟某说："真怪，他爸爸送了他，他还那么想他爸爸，活该！"钟某与南某显然不同，钟很硬，到了K字楼一语不发，死不交代，戴被铐（用一种叫梅花铐的死铐子把双手铐在背后，日夜都铐着）半年，一切行动都靠自己，拒绝同号的人帮助，后来摘了铐子，一只胳膊抬不起来了，一声不吭。听说这两个人，每人各被判5年。20世纪90年代我一度住在东交民巷东口社科院宿舍，离船板胡同很近，常常要到船板胡同菜摊买菜。我每进这条胡同就会想到K字楼的偶遇，想到那个兴凯湖劳教的南姓青年，想知道哪扇对外开的窗户是他在除夕夜常常从远处瞭望的地方。他们一家团聚了吗？

我在K字楼待了一年零四个月，没有见到过牢头狱霸，因为这里常常调号。队长一看到这个号的犯人一起待得久了，彼此熟悉了，就要调号了。所以我对今年云南发生"躲猫猫"事件感到不可理解，如果不是看守有意纵容，看守所根本不会有牢头狱霸（劳改场比较容易形成，那里由于相对有点自由，劳动组织又较固定，容易形成牢头狱霸），看守所的牢头狱霸都是看守纵容的结果。

有一次调完号后，号里就我一个人了。这时已经四五点钟，秋天的斜阳照着监窗，一根根铁条的黑影横卧在监室的炕箱上。突然铁门开了，推进来一个穿白底小碎红花衬衫的。这位跟跄几步，停下来，潇洒地往后拂了一下头发，我才发现这是一个留着披肩长发的男青年，令我惊愕万分。大家别忘了这是1975年，正是批资产阶级法权的时候，男的要是这种打扮，走在街上，巡逻的首都民兵非干预不可；即使民兵不管，小孩也要追着看这种新奇动物。不一会儿，铁门又开了，一个队长，带着个犯人，犯人手里拿着理发用具和一条围巾。这个队长姓郝，脾气也好，对谁都笑。他胖胖的脸上泛着笑容，扯着这小青年的衣领，对他说赶紧推掉。那个理发的犯人,帮他围好围巾,从脑袋中间就是一推子,头顶马上推出一道鸿沟,那长长的、稍带点飘逸的长发马上是楚河汉界两下分了。一会儿,就恢复了正常的男青年的面貌了,不过他已经为心疼头发泪流满面。郝队长说了一句:"你连掉脑袋的事儿都敢干,心疼个毬头发。"说着带着理发的犯人,关上铁门走了。青年始号啕大哭。我把地扫了,问他:"哪儿的,穿得这么花哨?""门头沟城子的。我们那里男青年留长发,穿花褂子的有的是。"我摇了摇头说:"我不信。你们门头沟不是中国?我还以为你是港客呢!"小青年有点急了:"我们那里就这样,不信,你可以去问。"说着,他又笑了,显示出还是个孩子。"什么事?""打死一个人。"他轻描淡写地说。"死了一个人,你还说得轻飘飘的。什么人,你和他有仇?""我跟他都不认识,有什么仇?""杀一个不认识的人,你抢他的东西,他反抗了?""咳!你别这么说好不好?你把我看成'老抢'(北京郊区称抢劫犯为'老抢')了?我可没抢人家东西。""那为什么无缘无故就杀人?""上月礼拜六快吃晚饭的时候,我在屋里听得外面嚷嚷,出去一看是两拨人打群架。我回家拿了一把菜刀就出去了。天黑了,我就乱砍一气,后来他们说我砍死一人,就把我抓来了。"最初我以为他就是一个混打混闹、浑不讲理式的人物。待久了,觉得也不是,他的犯罪就是青年冲动期的逞能,造下不能挽回的悲剧。预审员把这种行为定为流氓打架致死,也不完全准确。预审员说:"你们流氓打架,你把他杀了,好哇,你给社会除了一害;政府再把你毙了,又为社会除了一害。"不过这个小青年遇到奇迹,一是杀人案没戴镣铐,二是杀人致死,判了死缓,这在当时很少见。至于故意杀人,在当时很难脱过一死。四个小孩杀人案就是一例。

四个孩子与被害人都是一班同学,被害者年龄比这四个孩子还大一两岁,家庭条件比较好,父亲是个军官。这四个孩子则是工农子弟,平时这个被害者有点欺负班上比他小的同学。有一天这四个商量报复,其中为头的(我姑且称他为李一)说,我和张某在河边埋伏,你们俩把他引到河边来玩,我们揍他一顿。大家同意了。待被害人到河边以后,李一、张某蹿了出来,张某把被害者放倒,李一用一块大石头砸在被害者头上,当场死亡。四个孩子被抓了起来。这个案子拖了两年,李一等人进来时只有 14 岁。李一与我同号有数月之久,没戴镣铐。我觉得这孩子品质有点问题,一点小孩,懂得看人下菜碟,有势力者则依附之,弱势者则打击之。他爱参与成年犯人之间的争斗,喜欢给力量大的做马前卒,编个瞎话,造个谣比成年人都熟练。他还爱挑事,无中生有,制造矛盾,许多与他同过号的,说起李一,没有说他好的。其实,究其实际,他也挺可怜,父亲是近郊某生产大队的支部书记,平常没时间管他,到了监狱,专学坏,而且一学就会,仿佛是个天才。他的一句口头禅就是"待不了多久,就到卢沟桥底下听蛐蛐叫了(当时处决犯人的刑场在卢沟桥)"! 有时他也略带伤感地说:"可我这一辈子连顿好饭也没吃过呢!"这是实话。看他穿的衣服就可见他家的贫困。他穿的是工人劳保发的工作服,裤子已经很破旧了,还是再生布(用回收的旧棉花纺织出的布)做的。听他这样说,我还真有点同情,曾安慰他说:"不可能吧? 当时你们才 14 岁,不够法定年龄(其实当时已经没有法了,可是习惯上还这样说)呢?"李一不领情:"所以等到我们 18 岁再毙呀。"有时听他说一些监狱油子才会说的下流话,做些成年人才懂的纵横捭阖的事情,也很生气:"小李,你才多大? 怎么学得这么坏,就是从娘肚子里就学也到不了这个地步。"他总是嬉皮笑脸地不当做一回事儿。

　　1976 年 7 月中旬的一个早上,天刚蒙蒙亮,突然监室的大铁门开了,我被惊醒。一个看守叫道:"李一,出来。"李一睡得还很香,我捅了捅他,说:"李一,队长叫你。"李一揉了揉眼睛,睡眼惺忪地站了起来,拿起那条再生布的破裤子,套上了一条腿,当他穿第二条腿的时候,不由得有些颤抖,试了几次,也穿不进去。我扶了扶他,他套上那一条腿,拎了他那件劳动布上衣就出去了。一会儿,从大厅里传来砸镣子的声音,号里有人自言自语:"上镣了,可能去卢沟桥了……"后来才知道真的像他自己常说的那样。

　　有个已结案的杀人犯,因为死刑筒已拆,把他调到 K 字楼大号。我曾一度与他同号。这也是个二十三四岁的青年,戴着重镣死铐,因为在死刑筒待得太久,不见阳光,脸惨白中带青,他的皮肤又很细腻,整个脸仿佛是个青花瓷罐。在号里,他一句话不说,除了镣铐声外,听不到他发出的一点儿声音。最初我以为他是个聋哑人,后来发现,他耳朵很灵,永远立着,警惕地听别人在说些什么。他永远用戴着死铐的双手端着一本红塑料书皮的《毛选》,但心不在焉。他发现问题就会在放茅时走在最后,悄悄向队长报告。"四五事件"之后,"严打"日紧,一个深夜,他突然从炕箱上蹦了起来,微驼的、瘦瘦的脊背紧靠着一个墙角,发出一种人间没有的、撕心裂肺的怪号,而且不停地抽搐,重镣死铐发出激烈的碰撞声。这个声音直刺每个人的心脏,令人不寒而栗。这个声音震动了全筒道,一筒的人全醒了,两三个队长跑到这个筒看发生了什么事。队长打开门一看到这种情景也很紧张,高叫"把他捆上","把他捆上","把他捆上!"与此人一个炕箱的犯人上去把他扑倒,费了很大力,用了半小时才把他捆住。队长来了几个,把他押送到小号,几乎折腾了一夜,人们才重新躺下。他的这次怪叫所留下的恐怖气氛过了许久也没有散去,晚上虽然开着灯,人们不敢入睡,总是有一阵阵惊恐似乎从外面袭来,又似乎从心底产生。有人说,他以极残酷的手段杀了他的女友,人家来找他了;有的说鬼神在警戒他。过两天,他又回到这个号,没有人再理他。他也是从这个号拉出去毙的。当全号都在惴惴不安的时候,唯有一个人像往常一样吃饭、睡觉、祷告,他是因为信仰进狱的老申。

老申是个铁路工人,看道口的。矮个儿,面皮苍老,黧黑,精瘦精瘦的,眼睛仿佛患甲亢,有点鼓。按他的经历来说,他是不该来 K 字楼的。他当过八路军,打过日本,后来又当了三年解放军。建国后,他不当干部,转业做了工人。有革命经历,又非当权派,平常洁身自好,乐于助人,怎么会被投入监狱呢?"文革"中,老申看到世道混乱,遂信仰了一个有中国特色的天主教。说它有中国特色是因为在他们的信仰中居然有人自称是圣母马利亚的化身,教众对这位圣母十分崇拜,一度风靡河北、津京一带。这个教派被北京市革委会点了名,不断地有人被抓。这个教派的信众用今天的话说,多属于弱势群体,以退休的工人职员,鳏寡孤独,残疾人等为多。他们之间只要有一人被抓,便自动有人去他家帮忙。老申就是因为帮助一位被捕的教友照顾孩子而被请进 K 字楼的。我不愿意就别人的信仰说三道四,但老申不仅是个虔诚的信仰者,更是一位先人后己,愿意帮助他人的好人。每天天未亮,他就醒了,围着被子做祈祷,吃饭时,常常是他去打饭,他分配,永远亏待自己。我在房山传讯室待了十多天，棉大衣已经肮脏不堪，K字楼比那里干净许多，天也暖和了，我就把大衣拆洗了，待这些棉布片干了以后，却做不上了。老申帮我做好了，一穿，还挺可身，老申得意地笑了。这件棉大衣我一直穿到出狱。老申对谁都如此，室内有个戴背铐的青年，吃饭很困难，但脾气很坏，用北京话说"整个儿一个三青子"。看守也制止别人帮他。老申每顿都给他喂饭，喂了有两三个月，直到调号。其间看守多次制止，老申好像没听见，我行我素，气得他也想给老申铐上，可是一来老申连拘留都不是（未履行拘留手续）；二来老申的案子是市革委会某领导亲自抓的，他不好做得太过分。后来只好把他们调开了事。老申一家四口，夫妻俩，一儿一女，夫妻和女儿都在看守所。后来妻子（公共汽车售票员）从宽回家了，老申不知怎么样了。时隔三十余年，我仍然记得他的样子。如果他在应该八十多了吧！愿好人一生平安。

⑦上诉期，地震，悲痛的父亲

1976年已经恢复了上诉制度（"文革"中被砸烂了），判刑之后，我从普通号转入等待上诉的11筒。这个号关的有两种人，一是，已经判刑，不宜于送劳改场的；二是判刑后等待上诉的。这个号有三个人给我留的印象特深。

一是在小号关了近十年的张姓农民。见到他时，他还戴着重镣死铐，从镣铐的光洁可测知这副镣铐陪伴他的年头已经不短了。张某已经长久没有与人说话了，一到大号，他的话多了起来，似乎要把这十来年没有说的话全都补回来。张某是个杀人犯，判死缓；1962年困难时期，饿得不行，便到玉米地中去偷半熟的玉米，张某刚刚掰下了一个棒子，还没有来得及装进衣兜，不料，后面就有一双手死死地把他拦腰抱住，高喊"抓贼"。张某十分紧张，马上蹲了下去，捡起一块鹅卵石就向后砸去，也是十分凑巧，一下子便砸中对方头部要害处，伤重而死。这个案子很简单，1964年张某被"市中法"判死刑，他不服，上诉到"市高法"，"市高法"维持原判，他再次上诉到最高法院。不久，"文革"爆发了，"公检法"被砸烂，这种纯刑事案没人管了，案卷一直躺在"市高法"的档案柜里。这个农民则一直戴着镣铐关在小号里。直到1975年，邓小平主持中央工作时搞整顿才重新捡起这些积案。一是时间久了，环境变了；二是当时对反革命案判得重,刑事案相对轻些,法官高抬贵手,张某便从死刑立即执行,改为缓期二年执行(这个挡的死刑,实际上是不死)。10年等待,从"立即"改为"缓期二年",他还挺高兴,特别是上诉期过后,给他摘下戴了十多年的镣铐,虽然走路还显着别扭,但他的神经一直处在兴奋状态,一天到晚不停地说。他说的是什么我一点儿也不记得了,但他说话时的兴奋状态,我是毕生难忘的。实际上从死缓到出狱、重新获得自由,一般还要30年①,对这个农民来说,他还有漫长的监禁生活要慢慢熬过,可是这并不妨碍他高兴,他毕竟能活下来了。从这个人的身上我见到了人求生欲望的强烈。

第二个是个初中二年级的学生李某,16岁。这是个初中二年级的学生,住在北京近郊,父亲是首钢工人,父母都上班,是脖子上常挂着个门钥匙的双职工子女。就是前面说的李一的同案。这四个孩子全部判了,一个死刑,一个无期,一个15年,一个8年。这个李某15年,他是个与李一完全不同的小孩,平常老拿着一本《新华字典》让别人考他难字,好学,也爱帮助人,什么活都抢在头里干。他说在家里干惯了,弟弟妹妹都是他照顾。李某对判他15年不服,但他也没有上诉,那时刚刚恢复上诉,一上诉就被认为是不认罪,态度不好,有可能被加刑。这个胖圆脸的中学生拿着判决书对我说,他的一条命就那么值钱啊!我们为他抵命不说,还要一个无期,一个15年。一个8年啊,说着小脸涨得通红。我看他"判决书"上写的是"反革命杀人犯",很奇怪,一个16岁的孩子,作案时才14岁,怎么就成了"反革命"了呢?"判决书"书写之奇,也使我很难忘怀:"该犯思想一贯反动,说什么'在家不自由,上山当土匪',并扬言要到'云南打游击'。"这些是给他定为"反革命"的根据。一个住在乡镇的十几岁小孩可能连云南在哪里都不知道,判决书引证的那些话无非是做"猫捉老鼠"游戏时的信口开河罢了,哪能作数?宋代范仲淹的儿子范纯礼,曾奉命审一个所谓"村民谋逆"案。原来刚刚看完"三国戏"的村民,回家的路上见匠人做桶,便拿起一只戴在头上说:"我比刘先主(刘备)如何?"匠人告他想当皇帝,是"谋逆"大罪。范纯礼审的结果是"村民

---

① 在正常状况下,由死缓改为无期徒刑要2年,从无期徒刑改判须8年;由无期徒刑改判到有期一般是20年。

无知,说了句不该说的话",只打几板子了事。看起来现代人还不如古人明正通达。

到了这个号的第二天(7月28日晨3点42分),天刚刚有点亮,突然一片嘈杂之声,灌满了着整个K字楼。炕箱仿佛立起来了,把炕上的人推滚到一边,刹那又滚回来。暖气片甩出一二尺远,又甩回来,敲着水泥墙壁,发出震撼性的轰响;暖气上茶缸子被震得稀里哗啦,摔了一地,屋里的人都惊醒了。当我们醒过神来,听得许多筒道的监室的铁门被无数拳头捶得咚咚作响,"地震了!""地震了!""快开门!""我们要出去!"大多是青年人的吼声。最初,还有一些弹压声,"不许闹监!""违者严惩!"但这些弹压声很快消失了,任凭监中人吼叫。此时外面下起了大雨,电闪雷鸣,监室之外大自然制造的各种声音与监内人们的叫嚷声、手捶脚踹声组成了一部不和谐的交响乐。大地还在颤抖,我们躺在炕上,随着大地的起伏也在不停地颠簸。老谭(我下面要说的第三人)快60岁了,头顶的前半部已经光秃一片,他拿起一条破旧的羊毛毯折了十几折,顶在光秃的头顶,紧紧地靠着一个墙犄角坐着,眼睛直愣愣望着天花板。我觉得他的样子有点可笑,劝他说:"算了吧,躺着睡觉吧。房子真要塌了,那是没有用的。外面下这么大的雨,大概所有的北京市民都在雨地里站着躲地震,K字楼的队长不是都跑到外面去了吗?全北京只有我们K字楼还在安稳地躺在床上。"我眯着眼睛养神,炕箱板的反复震荡还是搅得我心神不安。幸好,第一次大震是这次地震的主震,其后的都是余震,虽然震来震去,但K字楼都能抗住,除了碎了几扇玻璃窗之外,没有大的损伤。当天打饭时,在饭桶后面有两个荷枪的士兵,可能怕因地震犯人会铤而走险。

7月28日后的十余天内,余震不断,但越来越小,有逐渐转弱的趋势。但整个北京警惕起来,搭防震棚,绝大多数北京人都睡在建筑物以外的防震棚中。看守所的工作人员与士兵当然也不例外,筒道里除了送饭、放两次茅基本上见不到看守了,有通知也多通过每个监室的小喇叭广播传达。号里的犯人自然也是吃罢饭后就是海阔天空地神聊。

被称为"苏修第一特务"的老谭是K字楼中资历很久的老犯人,那位"死缓"的农民虽然在看守所的时间比老谭更长,但他长时间在小号,什么也不知道。老谭在 K 字楼待了近 10 年,见过的犯人有数百人之多。他的记性又好,说起 K 字楼的掌故如数家珍。后来听说他平反后移居澳大利亚,不知道他写没写回忆录,记录这段神奇的遭遇。

老谭有一半血统是俄国,另一半是中国。他的父亲是山东人,清末民初闯关东,来到了海参崴(现在俄罗斯的符拉迪沃斯托克)。那时,这里中国人比俄国人多,但多做苦力,老谭的父亲有点文化,能写能算,这在苦力中是凤毛麟角的,因而成了工人的头领。后来一个俄国姑娘看上了他,两人结了婚。我想那位俄国姑娘一定十分漂亮,老谭快 60 岁了,鼻直口方,额头圆亮,天庭饱满,双目深蓝,儿随母像,其母可以想见。老谭特别爱回忆年轻时代无忧无虑的生活,那时他生活在靠近海参崴的东西伯利亚。老谭的父亲后来在这里务农。我问:"你们有多少地?"他回答得很奇怪:"想有多少就有多少。""这是什么意思?""那里太大了,又没有什么人家,你想种多少,就种多少。""那么多的地,一定出很多粮食,为什么苏联粮食老进口呢?""西伯利亚地方太大,劳动力缺乏,那里的俄国人整天喝酒,不求致富。再说西伯利亚有粮食,离欧洲太远,中央政府也收不上来。""老百姓生活好啊?""那当然啦。牛奶绝对喝不完,除了做奶油、做酒,大部分都是回归农田,浇灌到田地里。我父亲因为有文化,收入比苦力高出许多,所以他特别鼓励我上学。我一连读了两个大学。"解放前老谭毕业于中央大学(现在的南京大学)中文系,后来又到苏联学习,毕业于高尔基大学俄语系。他既是中国通,又是俄国通,娶了俄罗斯姑娘为妻。他这种身份与学历,在苏联是"老大哥"的 20 世纪 50 年代,真是风光无限,大红特红。据说中共"八大",苏联米高扬代表苏共参加,老谭做翻译组组长。也是这种特殊身份,在中苏分裂和对立之后他便倒了大霉。最后以苏修特务被判 20 年徒刑,妻子被判 15 年,押在"王八搂"。老谭的英文也很好,那么长的刑期,又没有劳动,只好用英文与俄文翻译中国诗歌散文。一遇到有文化的狱友,他便让别人给他背诵,他记下来再翻译(不知在哪里他搞到一个铅笔头)。我给他背诵一百余首杜甫诗,有许多是他没有收集到的。还给他背了司马迁的《报任安书》,他很高兴,以为没有白遇到我。与他同监室的十多天中,我看到一个父亲的最悲惨的一幕。

也许是缘分，也许老谭过于寂寞，在同室的十多天中除了地震最紧急的一两天中，老谭与我谈得很多，他的个人家世、生活、历史，几乎都介绍了。然而他似乎有些避讳谈他的两个女儿。我只是从他零零散散的叙述里得知他有两个混血的女儿，那是他的骄傲，每当偶然涉及她们，必然双眼发亮。可以想见，那是一双玉璧，纯洁无瑕，光鲜亮丽，像是芭蕾舞剧《天鹅湖》中的小天鹅。老谭没有细说她们，可能是他要把那点珍爱藏在心底，也可能是不愿意在这没有自由的牢房里谈论他最宝贵的事情。

有那么一天，号里来了个小流氓，因盗窃被判 5 年。一到了号里便夸夸其谈起来，其实都是些自吹自擂，但大多青年也很爱听，这更增加了吹嘘者的乐趣。比如说吃过哪个饭馆（当时的北京也没有几个好饭馆，大多是人所共知），在哪里刷过夜（这是"文革"中流行于流浪青年中的一句黑话，指在外面睡觉），哪次得手拂（偷）了多少张叶子（钱），拍过几个婆子（指与陌生女孩子交往）等。这些虽然是司空见惯，我们这些中年以上的人对此也毫无兴趣，但由于监室就那么大，青年们谈得热火朝天，我们不听也得听。当他说到在海淀区"北外""拍""两个洋妞"时，我突然感到我坐的床板颤抖了一下，我侧身一看，坐在我旁边的老谭（他在"北外"工作），全身处在紧张状态，脸色变得特别难看。那个小流氓仍在兴致勃勃地说着，听众则是垂涎欲滴。吹嘘者不时地喷出些污言秽语，我侧目偷看老谭，他头上青筋暴露，眼睛微红，痛苦与愤怒扭曲了他的脸部轮廓，似乎一场暴风雨就要发生。我对身边的一个小青年说："你不是要听故事吗？我给你讲林冲吧。"号里青年人大多知道我做过教师，喜欢听我给他们讲故事，于是听众都转到我这里，小流氓的谈话圈子遽然解体，于是，鲁智深出场，倒拔垂杨柳，青年人都围在我身旁，听我讲述。我斜看了老谭一眼，他颓然地依靠在自己被褥卷上望着天花板呆呆发愣，中午，他没有吃饭。同号都以为老谭病了，只有我知道，孩子的遭遇给他带来的打击。"文革"当中，这种现象不是个别的，许多家庭（特别是知识分子和干部家庭）父母都被抓了起来，儿女尚小，无依无靠，有的甚至流离失所，走向堕落，酿成悲剧。吴晗夫妇的养女吴小彦就是一例，在监狱里，我听到许多小流氓谈到她，吴晗是幸运的，他在 1969 年已经死去。

号子里的战争

——评《号子里的人》

　　纪实小说《号子里的人》描写了"文革"时期某地劳改场犯人的劳改生活。没有接触过监狱和犯人的人们对监狱生活抱有一种神秘感，以为关在其中的都是一伙青面獠牙的人物。其实，号子里人与当时的社会上人没多大差别，除了占百分之几的极少数的极坏与极好的人之外，绝大多数也就是社会上的芸芸众生。社会人的物质与精神上的种种需求，平常人喜怒哀乐，愉快、信任、感激、庆幸这些正面感情和痛苦、鄙视、仇恨、嫉妒等负面情绪，以及在利害是非面前的自私自利的谋划或正义的冲动，在号子里的人也一样都不少，而且比社会上表现得更激烈、更狂暴，所引发的后果更严重，因而更具有震撼性。因为监狱是浓缩了的社会，无论什么味道都要更刺激一些，浓缩物因其"浓缩"，较原体更接近原体的本质，那么认识它就有助于研究者考察其原体；因此认识监狱及号子里的人也是研究其所处时代生活的重要参考。当年，陈独秀把监狱和研究室合二而一，大约也是这个意思。

　　《号子里的人》具体的描写年代是 1970 年的"一打三反"之后的五六年间，这个时期是"四人帮"的封建法西斯统治最为严酷时期。社会上"四人帮"把扭曲的阶级斗争、路线斗争推到极端。把它们当做两根棍子用来打遍天下，弄得众人缄口，人人自危，冤狱遍于中国，宵小弹冠相庆，严重地腐蚀了社会空气。社会上如此，监狱中只能更甚。

为什么监狱更甚？原因很多，重要的有两点：其一，参与斗争的人们身份简单化了，尽管在"破四旧""立四新"的"文革"当中，人类文明被扫荡得已经所剩无几，人群的精神气质、文明教养、性格趣味也在日益趋同，因之人的身份自然也在简单化，但社会毕竟还有许多"铁扫帚"不能光顾的死角，而监狱就不同了。这里把五湖四海的人们拘在一起，无论原来在社会上地位多高、教养多好、生活习惯多么雅致，多么年高德劭，一进了监狱都是四方框里一个人——囚，大家一样，仿佛进了澡堂，赤身裸体。如果说还有点差别的话，就是刑期的长短，很少人表示出对某些犯人既有的文明尊重，特别十年浩劫期间，文化被当做反动与罪恶的标志。小说中的昌干事就是典型的一个，他对城市人、学生出自本能地厌恶，正是当时社会风气的反映。被褫夺了人格、尊严、文明的人与禽兽没有多大差别了，因此号子里的斗争实际上是人性与兽性的斗争，这种斗争助长兽行，消弭人性。

其二是号子里的斗争目的简单化、直接化了。犯人为什么要斗？当时社会上倡导阶级斗争，不管倡导者抱有什么目的，其客观上都在引发内斗。社会上的人，大多没有根本的利益冲突，许多所谓的阶级斗争，不过是妇姑勃谿的延伸。监狱就不同了，一个几十平方米的监号住六十多个犯人，注定互相妨碍，冲突自然难免，何况社会上"阶级斗争正酣"，监狱中都是阶级敌人，在监管人员看来，自然应该"老尺加一"。在这种思想指导下，监管人员鼓励犯人互相斗争，甚至以减刑为奖励。这样斗争与生存联系起来，犯人积极投入斗争的目的都是生存，这只能是最低层次的斗争，不管它挂着什么旗号，借用什么名目。如"阶级斗争"，"路线斗争"，"积极改造"，"靠拢政府"等，最后都落实在你死我活上，蝼蚁尚且贪生，为了生存都要使尽全部力量，作最后一搏，这是一场有血有肉的战争。处在这种环境里，每个求生犯人处于恐惧、不安、焦虑之中，他们像狼，盯住他人，设定斗争对象，策划斗争策略，搜寻"罪恶"证据。这种斗争的激烈程度使外人很难想象。如作品中的"我"和"大值星"（犯人头目，即组长、大组长之类，因为犯人不能称"长"，所以称"值星""大值星"，也有叫"执行号"的)李如虎之间的明争暗斗，互相提防和陷害，最后导致李如虎惨死在飞快旋转的造纸的"打浆机"里。

当有监管人员介入这种斗争，利益复杂了，则斗争更残酷。当罗政府来三分队后，结束了由吕干事一人当家的局面。罗、吕二人经历不同，文化水平不一，爱好差异极大。俗话说"有爱孙猴儿，就有爱猪八戒的"，这要在社会上求同存异就成了，可是在监狱监管犯人时就非要斗个你死我活不行，最后以罗政府辞职告终。罗、吕之间的斗争殃及夹在其中的犯人，他们可以选择，但很难预料后果，站在失败一方的犯人可就遭大罪了。第一仗是罗政府拿下大值星马德彪一场戏，其火暴激烈，真像一场短兵相接的战争；待把罗挤走后，作品中的"我"，逃脱一时，终被吕干事砸上死镣，关进反省号，性命岌岌可危，幸运的是被"高法"改判出狱，捡了一条命。这些章节，作者驾轻就熟，平静写来，真是惊心动魄。

了解了监狱也就理解了那个时代。那是个极"左"思潮肆虐的时期，"公检法"被砸烂，正常的法律秩序被说成是"黑线"专政、资产阶级专政。17年来制定的法律除了《婚姻法》外，全部废除，被史学家戏称"一部《婚姻法》治天下"。那时无论是关押、判刑、监狱劳改所依据的不是稳定的、为社会所知的法律，而是临时性的、由领导掌握的政策和忽紧忽松的政治运动。这样政法人员执法没有了依据，也没有了自我约束。像三分队的刘国利还有半年刑期了，仅仅因为"态度不好"，不承认偷了两包香烟，竟被吕干事深文罗织，拉出去毙了。这真是骇人听闻，可是在那无法无天的时代有什么不能发生呢？

（京）新登字 083 号

图书在版编目（CIP）数据

往来成古今/王学泰著. —北京：中国青年出版社，2011.5
（视点文丛）
ISBN 978-7-5006-9900-2

I. ①往… II. ①王… III. ①随笔-作品集-中国-当代
IV. ①I267.1

中国版本图书馆 CIP 数据核字（2011）第 060567 号

责任编辑：万同林

*

中国青年出版社　出版 发行

社址：北京东四 12 条 21 号　邮政编码：100708
网址：www.cyp.com.cn
编辑部电话：（010）57350404　门市部电话：（010）57350370
保定市新华印刷厂印刷　新华书店经销

*

700×1000　1/16　17.25 印张　2 插页　234 千字
2011 年 6 月北京第 1 版　2011 年 6 月河北第 1 次印刷
印数：1-10000 册　定价：28.00 元
本图书如有印装质量问题，请凭购书发票与质检部联系调换
联系电话：（010）57350337